JN124730

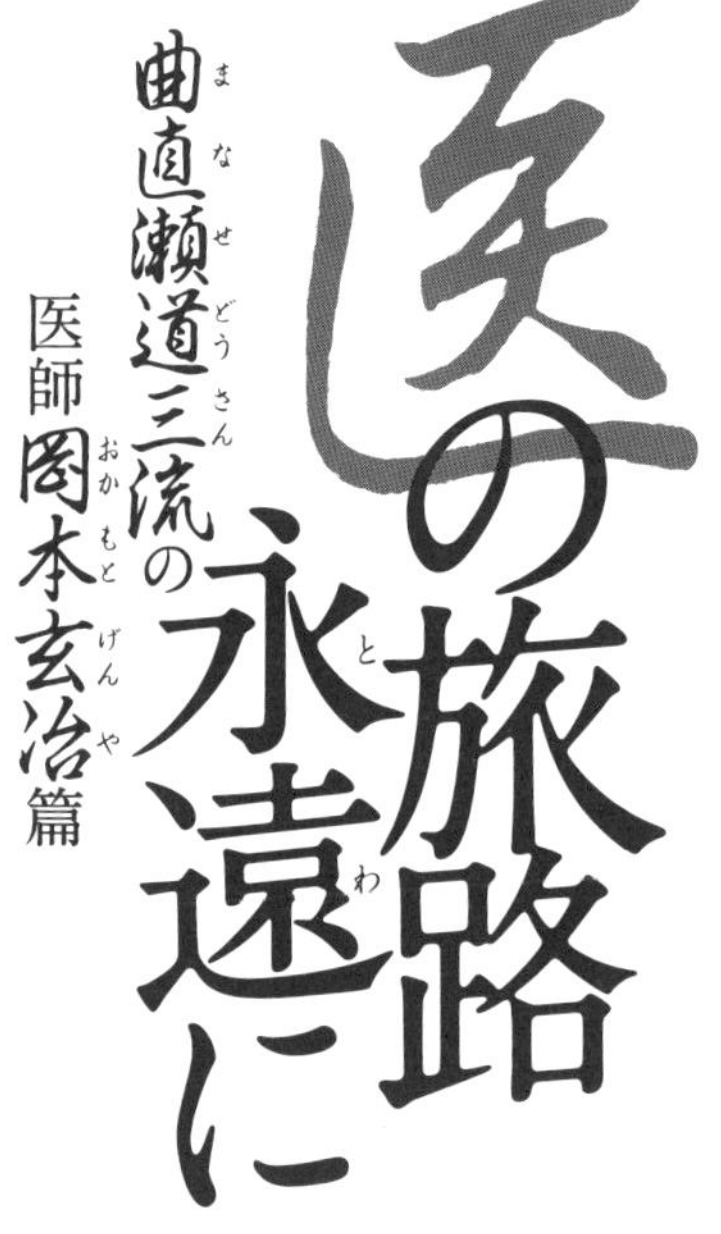

医の旅路は永遠に

曲直瀬道三流の医師岡本玄冶篇

服部忠弘

Parade Books

【　江戸城と現在の皇居周辺　】

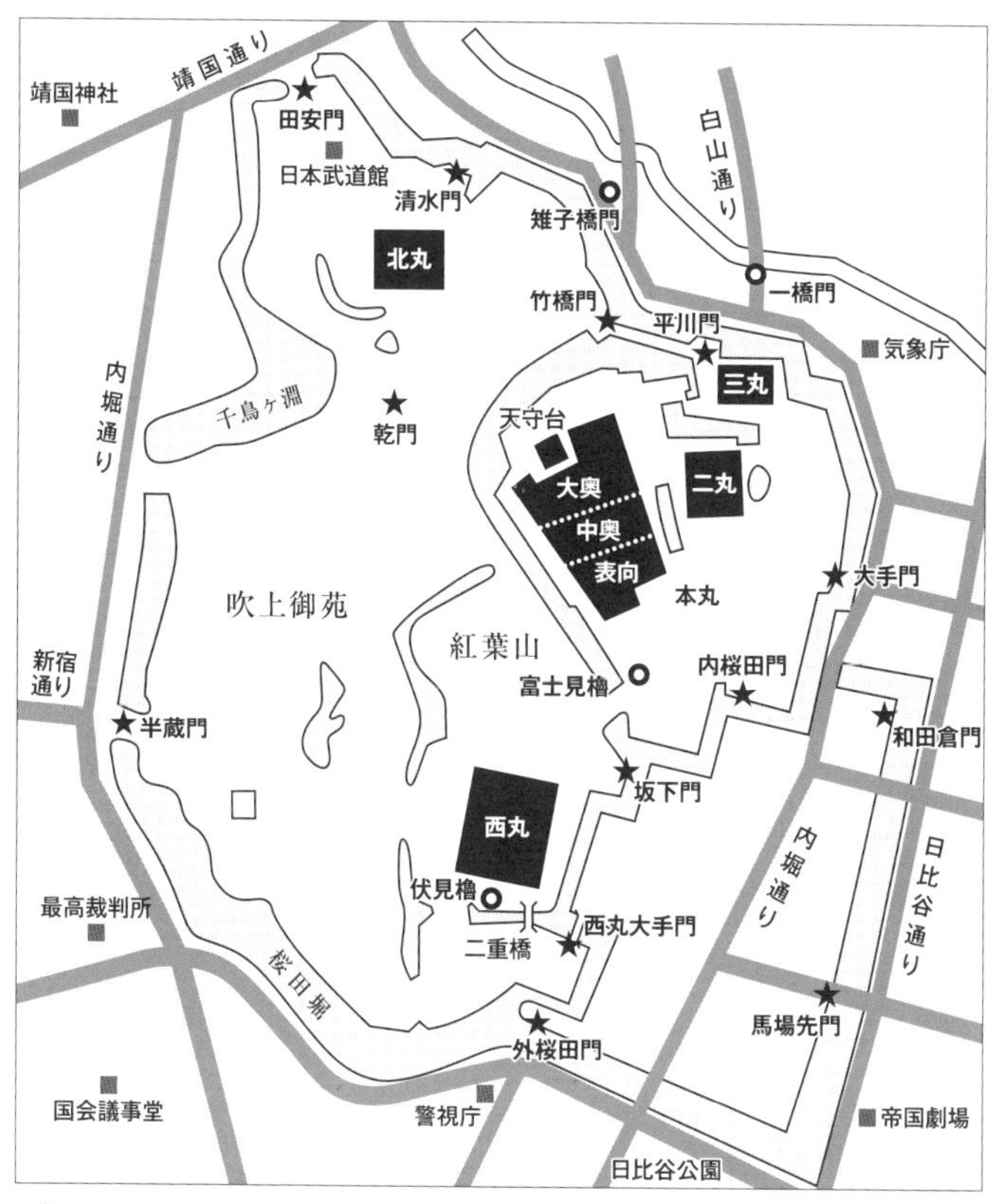

※『江戸城・大奥の秘密』（安藤優一郎著）より参照

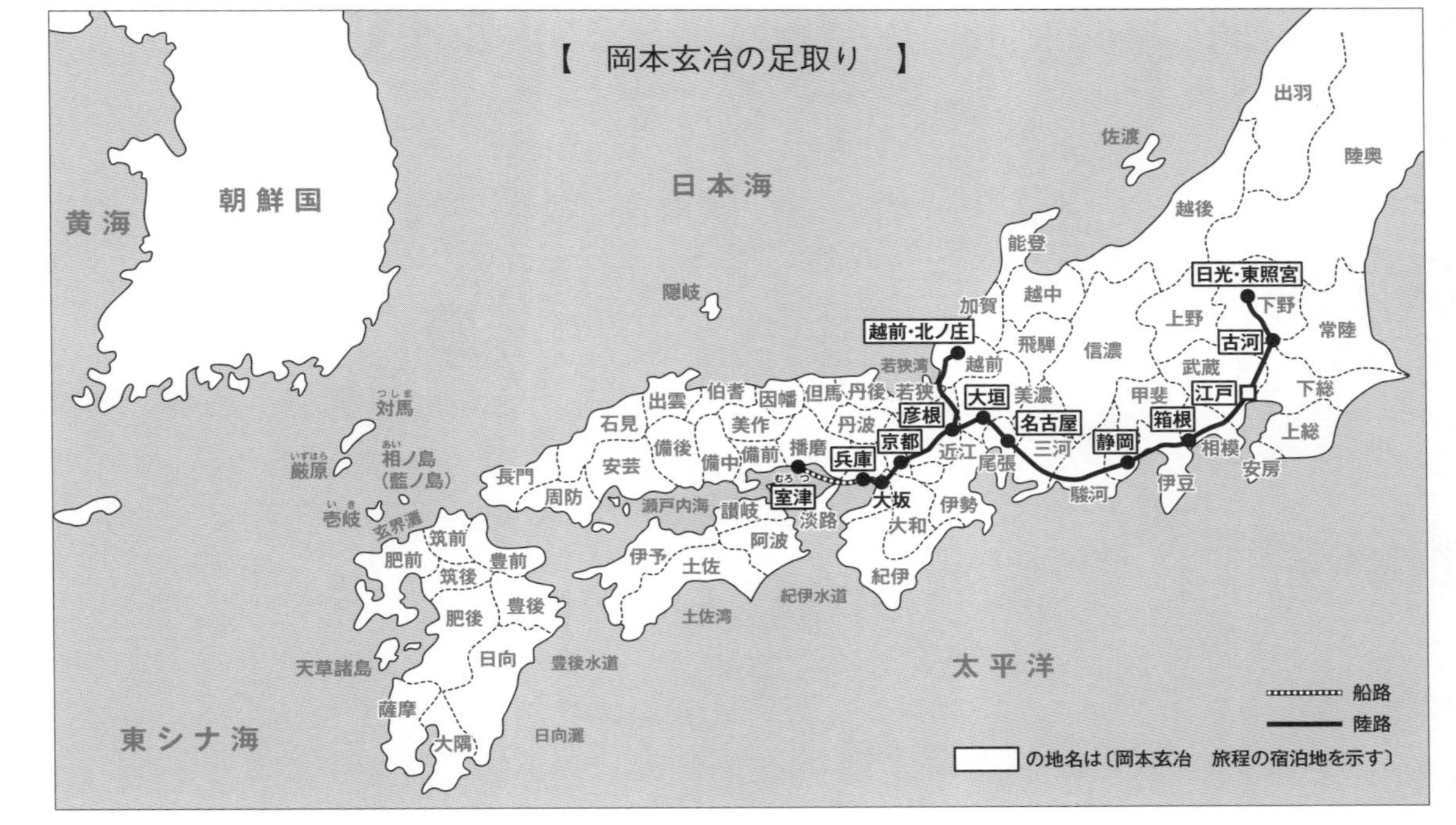
【　岡本玄治の足取り　】
黄海
朝鮮国
日本海
隠岐
佐渡
出羽
陸奥
越後
能登
越中
加賀
日光・東照宮
下野
上野
常陸
越前・北ノ庄
飛騨
信濃
古河
若狭湾
越前
武蔵
対馬
出雲
伯耆
因幡
但馬
丹後
若狭
大垣
美濃
甲斐
江戸
下総
石見
美作
彦根
名古屋
箱根
丹波
厳原
相ノ島
（藍ノ島）
安芸
備後
備前
播磨
京都
近江
三河
静岡
上総
備中
兵庫
尾張
相模
長門
伊豆
安房
周防
室津
大坂
伊勢
駿河
壱岐
玄界灘
瀬戸内海
讃岐
淡路
筑前
大和
肥前
豊前
阿波
伊予
筑後
土佐
紀伊
豊後
紀伊水道
肥後
土佐湾
日向
豊後水道
天草諸島
太平洋
船路
陸路
薩摩
大隅
日向灘
東シナ海
の地名は〔岡本玄治　旅程の宿泊地を示す〕

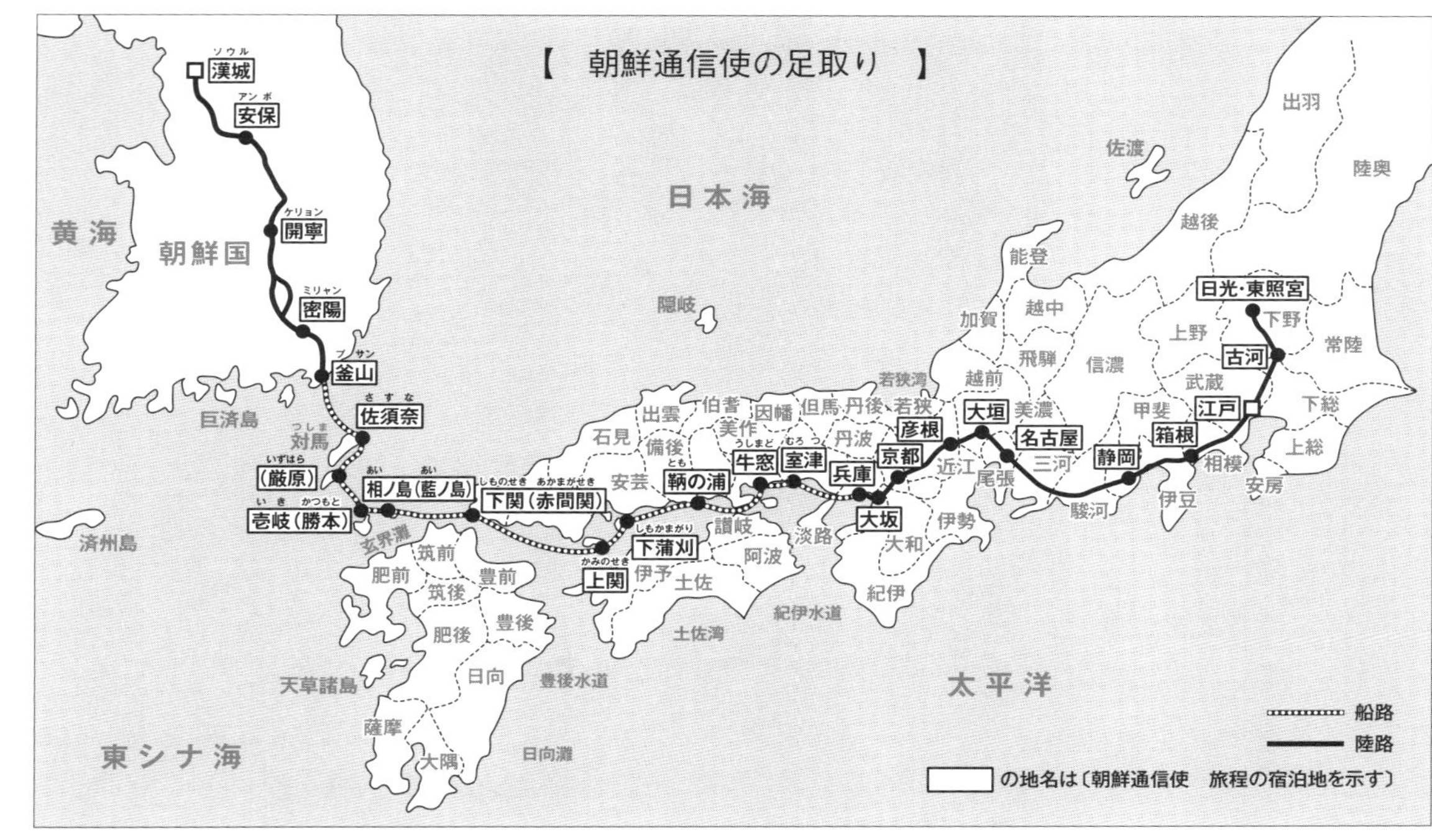
【　朝鮮通信使の足取り　】
漢城
安保
開寧
密陽
釜山
佐須奈
対馬
（厳原）
壱岐（勝本）
相ノ島（藍ノ島）
下関（赤間関）
上関
下蒲刈
鞆の浦
牛窓
室津
兵庫
大坂
京都
彦根
大垣
名古屋
静岡
箱根
江戸
古河
日光・東照宮
黄海
朝鮮国
日本海
巨済島
済州島
玄界灘
天草諸島
東シナ海
隠岐
佐渡
太平洋
豊後水道
日向灘
土佐湾
紀伊水道
若狭湾
出羽
陸奥
越後
能登
加賀
越中
越前
飛騨
信濃
上野
下野
常陸
武蔵
甲斐
下総
上総
安房
相模
伊豆
駿河
三河
尾張
美濃
近江
伊勢
大和
紀伊
若狭
丹後
丹波
但馬
因幡
美作
伯耆
出雲
石見
備後
安芸
讃岐
阿波
淡路
伊予
土佐
筑前
肥前
筑後
豊前
豊後
肥後
日向
薩摩
大隅
船路
陸路
の地名は〔朝鮮通信使　旅程の宿泊地を示す〕

【　曲直瀬道三一派の李朱医学〈後生派〉の略系図　】

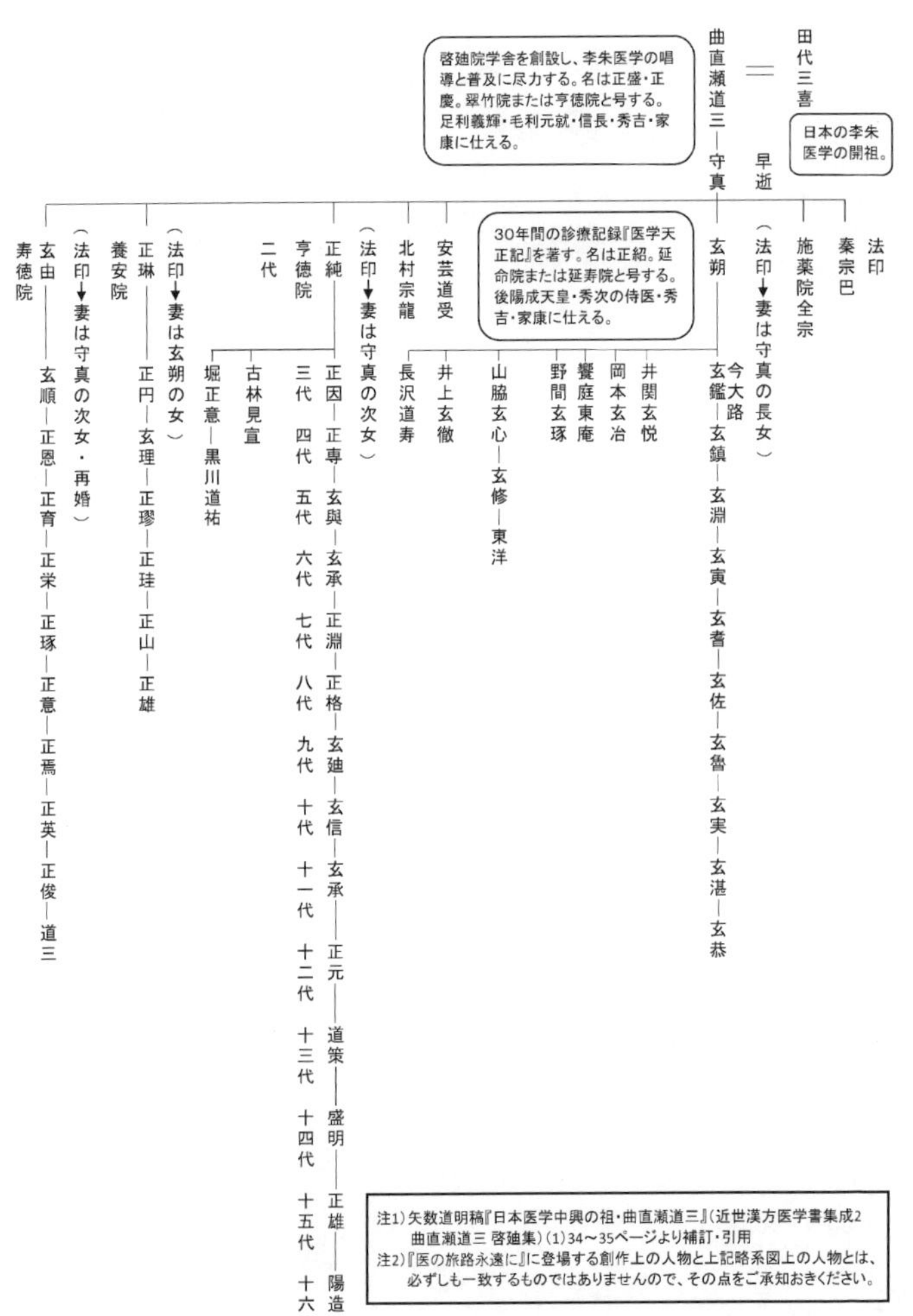

注1）矢数道明稿『日本医学中興の祖・曲直瀬道三』（近世漢方医学書集成2　曲直瀬道三 啓廸集）（1）34～35ページより補訂・引用
注2）『医の旅路永遠に』に登場する創作上の人物と上記略系図上の人物とは、必ずしも一致するものではありませんので、その点をご承知おきください。

【　岡本玄冶家の略系図　】

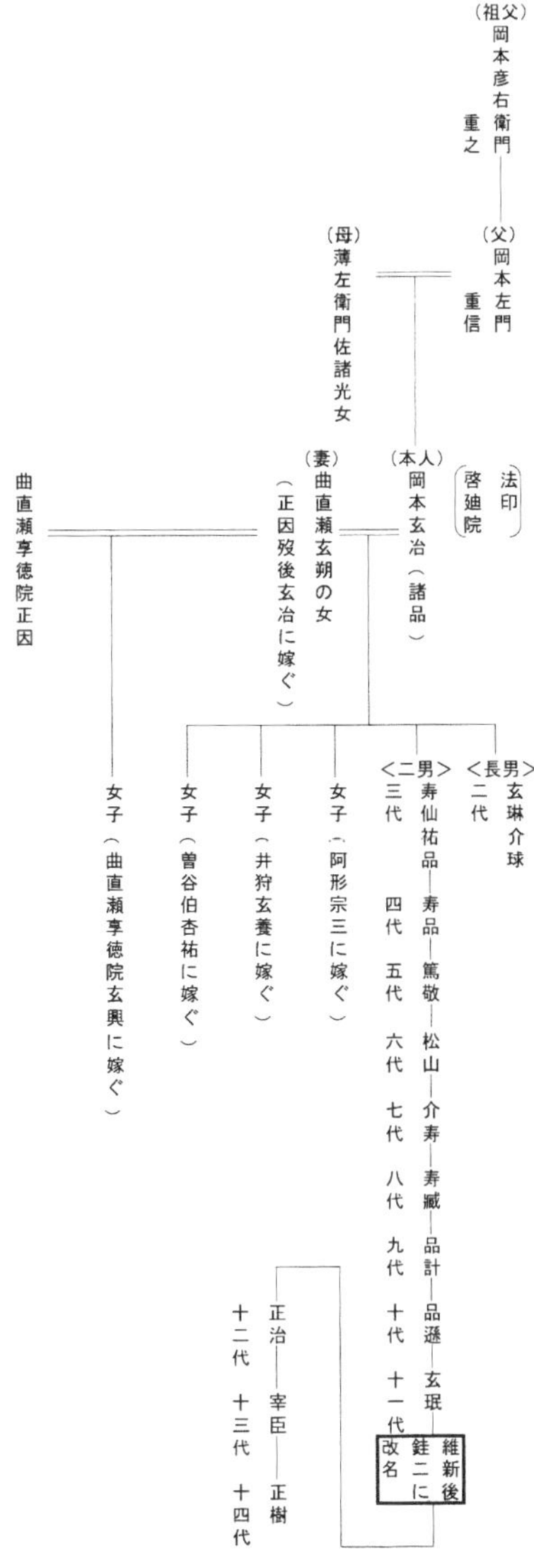

（祖父）岡本彦右衛門重之
（父）岡本左門重信
（母）薄左衛門佐諸光女
（本人）岡本玄冶（諸品）
法印 啓廸院
（妻）曲直瀬玄朔の女
（正因歿後玄冶に嫁ぐ）
曲直瀬享徳院正因
<長男> 玄琳介球 二代
<二男> 寿仙祐品 三代
女子（阿形宗三に嫁ぐ）
女子（井狩玄養に嫁ぐ）
女子（曽谷伯杏祐に嫁ぐ）
女子（曲直瀬享徳院玄興に嫁ぐ）
寿品 四代
篤敬 五代
松山 六代
介寿 七代
寿臧 八代
品計 九代
品遜 十代
玄珉 十一代
維新後鉒二に改名
正治 十二代
宰臣 十三代
正樹 十四代

◆主な登場人物

岡本玄治（諸品）…この物語の主人公。名を諸品とも号する。師匠の曲直瀬玄朔のもとで自立して行く医師。
岡本文…岡本玄治の妻。曲直瀬玄朔の次女で、始め曲直瀬正因に嫁ぐが、正因亡き後岡本玄治と再婚。
岡本たみ…曲直瀬正因と文との間にできた連れ子。正因亡き後、文とともに玄治家に入籍。
岡本玄琳（介球）…岡本玄治の長男。
岡本寿仙（祐品）…岡本玄治の次男。
曲直瀬玄朔…医学塾・啓廸院を設立した曲直瀬道三の後を継いだ二代目の医師。延寿院道三とも称された。
曲直瀬胡菜…玄朔の妻。道三の孫娘に当たる。
曲直瀬道三…啓廸院という医学塾の創始者。玄朔の養父にあたるが、当時、京では医聖と謳われた。
曲直瀬絲…道三の妻。玄朔の養母に当たる。
曲直瀬（今大路）玄鑑…玄朔と胡菜の間にできた嫡男。通称の名は親純。後陽成天皇より橘性と今大路の家号を賜り、以後これを名乗る。
曲直瀬綾…曲直瀬玄朔の長女で、のち曲直瀬正琳に嫁ぐ。
曲直瀬正琳…曲直瀬道三の門弟で、養安院の院号を賜る。
曲直瀬正純…曲直瀬道三の門弟であり、享徳院の院号を賜る。
曲直瀬正因…曲直瀬正純の長男。玄朔の娘・文を娶るがその後病没。
徳川家康…豊臣家の滅亡後、徳川政権を江戸幕府に築く。死後、神格化し「東照大権現」と称す。
烏丸光広卿…江戸時代前期の公卿で歌人・能書家。沢庵宗彭に帰依し禅を修める。

井伊直孝…家康の重臣井伊直政の次男。大坂の陣で武功を立てる。

沢庵宗彭…但馬国出石の生まれ。幼名は春翁。江戸初期の臨済宗大徳寺の僧。紫衣事件により出羽国へ流罪。赦免後江戸に戻り家光に仕え東海寺を開設。

小出吉英…出石藩の藩主、沢庵の故郷の友。

快心…沢庵の姉の子で沢庵の甥にあたる。

志麻…沢庵の姉であり、快心の母親に当たる人。

徳川秀忠…徳川家二代将軍。

徳川家光…徳川家三代将軍。二代将軍秀忠とお江与の間に生まれた長男。乳母はお福（春日局）。

後水尾天皇…第一〇八代天皇。後陽成天皇の第三皇子。再三幕府と軋轢を生ずる。

東福門院和子（**中宮和子**）…秀忠の娘で、家光の妹にあたる。後水尾天皇に嫁いだ後、中宮和子と名乗る。

女一宮興子内親王（**明正天皇**）…第一〇九代天皇。御水尾天皇と中宮和子との間に生まれた皇女。

酒井讃岐守忠勝…家光のお傍付年寄、老中・大老となる。

お福の方…家光の乳母。後の「春日局」。

お江与の方…徳川秀忠の正妻。家光の母親。

土井大炊頭利勝…秀忠・家光のお傍付年寄で老中・大老として幕政を統括。かつ、古河藩主。

柳生宗矩…徳川家に仕えた柳生新陰流の剣術指南役。

天海僧正…徳川家三代の将軍に仕えた天台宗の高僧。

金地院崇伝…徳川家三代の将軍に仕えた臨済宗の僧。

板倉重宗…京都所司代。

宗義成…第二代対馬藩主。初代は父の宗義智。

任絖…派遣朝鮮通信使の正使。

徐敬安…派遣朝鮮通信使の医官。

徐英敏…徐敬安の叔父。

徐レン…徐英敏の娘。

結城（**松平**）**秀康**…徳川家康の次男。下総結城氏を継ぎ、その後松平性の越前国北ノ庄六七万石を領す。

松平忠直…結城秀康の長男。

荻原猶左衛門…もと土井利勝に仕えていたが、後に結城秀康に仕えた武将。

堀江兼之介…古河藩主の土井利勝の家臣。

島津義弘…兄義久と九州統一事業に活躍。文禄・慶長の役で戦功を立てる。

島津忠恒…義弘の息子で慶長の役で父とともに活躍す。

華嶋…大奥の御年寄。

お駒…大奥の御次女中。

桂泉…大奥の御年寄。

お初…大奥の御次女中。

草然…啓廸庵で雇った内弟子。

安五郎爺…借家にすむ老人。

お紺…安五郎爺の娘。

庄司甚右衛門…吉原遊郭の創設者でその後、町の惣名主となる。

保科肥後守正之…家光の異母弟で高遠藩主、最上藩主を経て会津藩主の城主となり、その後第四代将軍家綱の後見役を務める。

目次

序章

東京・日本橋人形町の一角に「玄冶店」を示す石碑が建っているのをご存知でしょうか。これは徳川家の御典医であった〝岡本玄冶〟に由来します。三代将軍家光が疱瘡に罹った折、見事にこれを全快させ一躍その名を高めた人物です。その後の医療にもたびたび貢献し、幕府からここに三千坪の土地を拝領いたしました。地元の人たちへの分け隔てない治療を果たし、かつその余った土地に借家を建て、庶民に貸し与えたことから、この一帯を「玄冶店」と呼ぶようになったのです。

その「玄冶店」がまた歌舞伎の世界でも有名になりました。歌舞伎で「お富さん」「切られ与三」と言えば、お富と与三郎の情話を描いた世話物の名作「与話情浮名横櫛」を思い起こすではありませんか。

「イヤサこれ、お富、ひさしぶりだなア」

「しがねぇ恋の情けが仇……」で始まる長科白が有名ですね。

さらに、昭和時代の中頃、春日八郎という歌い手が「お富さん」という歌でヒットしたのを覚えていますか。その歌詞の一番はこんな風に書かれております。

「粋な黒塀　見越しの松に
仇名姿の洗い髪
死んだはずだよ　お富さん
生きていたとは　お釈迦さまでも
知らぬ仏のお富さん
エーサオー　玄冶店」

この最後の行の言葉にある「玄冶店」が先の人

形町の一角にあった場所、すなわち、幕府から拝領した岡本玄冶の屋敷跡だったのです。これで歌の最後の文句が理解されたのではありませんか。

話は逸れてしまいましたが、その源をたどると一人の江戸時代初期の名医である〝岡本玄冶〟のところに行き着きます。この医師はこれまでに私が出版した『医の旅路はるか』と『医の旅路るてん』の中の主人公となる曲直瀬道三（まなせどうさん）と曲直瀬玄朔（げんさく）の直系の弟子だったのです。

人間は生まれたその日から、極限すると一歩一歩死に近づいている、と言っても過言ではありません。これは人間の持つ宿命なのです。生まれた赤児はいつか時を経て老いて行く。そして、必ずいつか何らかの原因で死ぬ。死なない人は一人もいません。金持ちも貧しい人も皆平等に亡くなるのです。

人間が死ぬ存在であることを、本当の意味で知っているのは医者ではないか、と思いました。今日の発達した近代医学が、人間の寿命をいくらか延命させることはできても、その終止符に逆らうことはできません。

私は中世から近世初期の医師が、戦国時代を通じそのうごめく歴史の中で、はたまた最高権力者の下でどのように処していけば、己の課した使命を果たすことになるのか、あるいは本来の医道を貫くためには禅の仏心一如のごとき精神を持って対処せねばならぬのか苦悩したに違いない、と思います。

複雑な当時の歴史背景の中にあって、身分の定まらない医師はどのような境地で己を見つめ生きて来たのか。当時の医師の診断が確実に間違いなく治せるという保証は何一つないのです。一つ間違えば腹を切る覚悟の場面に遭遇することもあったでしょう。権力者の指示から逃れることはできなかったろうし、その怖れを感じながらの診察、診断であったことは、ほかならぬその医師の内面でしか測ることはできないのです。

　将軍という立場の人や幕府の閣僚の面々や大奥の最高権力者と相対する時、一歩も引けをとらぬ覚悟で医の本道を貫き通した〝岡本玄冶〟という人物を掘り下げて描きたいと思いました。人物にまつわる史実は少ないのですが、その数少ない資料の中から窺い知ることができるものを果敢に渉猟し、推測して参りました。これにより小説化し、この人物をクローズアップできればその実像に迫り得るのではないかと考え、ここに執筆を試みた次第です。

　本書は、全編を通じて〝岡本玄冶〟を中心に書かれていますが、その時代背景に沿って活躍する人物もまたたくさん登場して参ります。彼の偏見なき信念と、よりよき医道の精神を求めてやまない真骨頂を篤（とく）とご賞玩（しょうがん）いただければ幸いです。

第一章　伊吹山

1

伊吹山は高さが一、三七七メートルあり、近江の北東に位置するがこの辺では最も高い山である。室町時代後半には織田信長が南蛮人から入手した薬草を用いて、この山の麓から山頂にかけて薬草の栽培園を造らせた。その後も秀吉がこの地を薬草保護地区として管轄させたのである。そのようなわけで、京の薬剤師たちは競ってこの山に参集し、多くはこの地を収穫の宝庫として合間を見てはやって来るようになった。

岡本玄冶（おかもとげんや）の幼き頃の名は別名〈諸品（しょひん）〉ともいう。

その諸品がいま父親の左門重信（さもんしげのぶ）に連れ添い、伊吹山の野山を右往左往しながら薬草を探している。

この地の地質はどうも栄養たっぷりの鉱物資源が含まれているようだ。湧水も豊富で、山岳行者などは疲れを癒すために身を清めたりしている。地形を熟知しているからそれができるのであろう。

〈伊吹三大薬草〉と言われているものがあり、それは「蓬（ヨモギ）」「当帰（トウキ）」「川芎（センキュウ）」である。また、お灸に使われる「艾（もぐさ）」は古くから〈伊吹艾（いぶきもぐさ）〉が有名で、すでに全国各地に知れ渡っている。その他の薬草では、イブキジャコウソウ、ウツボグサ、カキドオシ、ゲンノショウコ、シシウド、センブリ、ドクダミ、ミヤマトウキ、リンドウなどがあるが、これらはいずれも伊吹山の東山麓で多く採集されている。

「もう少し上の方へ向かってみるか」

と父親の左門重信が息子の諸品に声を掛けた。

家で待ってる母親が病で臥せており、何日も前からお腹の調子が悪く困っていたので、その薬となる「ゲンノショウコ」をここ伊吹山で探し求めていたようだ。

諸品はすでに十二歳になっていた。足腰もしっかりして来て父親に付いて行くどころか、自分が父親の先を行くそぶりを見せた。それを見て、

「あんまり急ぐでない。周りの草むらをよく見て探さないと採れないぞ」

と諭したのであった。この「ゲンノショウコ」昔から「現の証拠」と言って、読んで字のごとく、この草の乾燥したものを煎じて服めばたちどころに治る、という代物(しろもの)だ。

母親はもとより病弱の体質で下痢がひどく、しかも長期にわたるのでなんとかコレで治したいと考えていた。女性の場合、単なる腹痛ではなく女性特有の婦人病で長く患っていることもあるので、どうしてもこの「ゲンノショウコ」を採って服ませる必要があった。また、採取するには花が咲いてる今のこの時季が一番で、しかも土用の丑の日辺りに採るのがいいと昔から言われていた。それで暑い盛りだが今日にしたのだ、という。ただ、これは毒を持つと言われる「トリカブト」にも似ており、間違いやすいことが難点だった。

そこで、父親は息子の諸品に言った。

「ゲンノショウコの特徴だがな、まず葉っぱと花を見よ。葉は三～五個に深裂して、花は紅紫色だ」

すると、諸品が言う。

「トリカブトとどう違うのや」

「まず、ゲンノショウコは蔓性(つるせい)であるがの、トリカブトは蔓性にはならないんよ。また全体にやや細い毛が生えているのに対して、トリカブトは全

体が平滑で毛がないのう」

「花の違いはどないですか」

「そうやな、ゲンノショウコが梅の花の形をしているのに対して、トリカブトの花は烏帽子(えぼし)の形をしておる」

　また、付け加えて、

「諸品よ、よく聞くがよい。この猛毒と言われるトリカブトも根っこの塊を干したものは〈附子(ぶし)〉または〈烏頭(うず)〉といって、漢方では鎮痛剤として生薬に使われるのだ。だから、まったくないがしろにするものでもない」

「毒が薬になって来るなんて、植物の妙味でもありますね」

「そのとおり。植物の薬草には葉っぱや茎、それに根っこなどで、それぞれ効能が違うから、採取の仕方も変わるのだ」

「それじゃ、このゲンノショウコはどこに薬草の効果があるのですか」

「それはだな、茎と葉のところじゃ」

　すると、父親は近くの草むらから地上を這うように伸びていたそのゲンノショウコを見つけ出し、諸品に見せた。

「諸品よ、よく見てみなさい。この葉だが人間の手と同じような掌状を示し分裂している。それと葉面に濃い紫の斑点があるし、茎、葉ともに細い毛が付いている」

　すると、

「ここに小さな白い花が咲いてる!!」

「そう、その花も特徴だ。花は白ばかりでなく淡紅色の時もある」

「そうなんだ」

「さあ、これで分かったかな。後は、周りをよく見てたくさん採りなさい」

それから、二人は無我夢中で辺りを探し求め採取したのだった。

その後、昼飯を食べようと少し上にある高台に出た。そこは高山植物を含む野草がお花畑のように群生していた。

さらにそこから見える景色のなんと素晴らしかったことか。南東には米原、彦根方面の人家が見え、反対方向は関ケ原を望むことができた。

そして東は遠く鈴鹿山脈が見えたのだった。

帰路は琵琶湖に通じる河の畔で一夜野宿し、家に着いたのは二日目の夜であった。

2

岡本家は京の郊外にわずかな土地を持ち、そこで畑を耕し、自給自足の生活で一家は支えられていた。

慶長七年（一六〇二）諸品十五歳の時、一大決心をして、医学の道を目指そうと心に決めた。家にはひとり弟がおり、家の後は弟に任せて自分は医学で身を立てることを考え、それを父親に相談すると、いやみ一つ言わずに承諾してくれた。母は相変わらず病弱で無理なことはできなかったが、それでも自然療法の薬草を試みながら、なんとか体を快復させていった。

翌年、諸品十六歳になった時、京に出て京では一、二を争う今や道三流医術で有名になっている〈啓廸院（けいてきいん）〉の門を叩いた。

啓廸院はもと初代曲直瀬（まなせ）道三（どうさん）が「道三流・療治庵」と称し、上京（かみぎょう）地区上長者（かみちょうじゃ）新町通りに建てた医術治療の家宅が出発点であった。それがいつの間にか口伝いに評判が良くなり、建屋も拡張し今の二代目道三、すなわち曲直瀬玄朔（げんさく）先生に引き継がれていった。今は〈啓廸院〉と呼ばれ、患者を診る「療治所」と、それに弟子を養成する「学舎」ならびに門弟や塾生を養う「寄宿寮」を領有していた。

諸品は啓廸院の門の前に立つと思わず身震いした。あまりにも立派な建屋で大きかったからである。顔の表情が引き締まり、禅寺にでも入る心持ちになった。

「お頼み申します、お頼み申します」

声を上げた。すると、一人の弟子らしき身分の者が出て来て何の御用かと訊く。

即座に諸品は、要件を話すと、その弟子が言うには今先生は留守でいないから再度お越し願いたいと言うのだ。諸品はやや困った顔をしたが、

「それでは仕方ありません。自分はこの近くを見聞しながら後でまた参ります」

と言って引き下がった。諸品としては京の街は初めてで一縷（いちる）の不安はあったが、まあこれもいいかなと思い、歩き出した。しばらく行くと高い土塀が続く屋敷にぶち当たった。個人の家などは大体見慣れていたから分かるが、こんな邸の主は何物か知りたいと正面の出入り門を探した。だが、その塀があまりにも長く、なかなか行き着かない。やっとのことでその先に門が見えた。だが、そこは御主殿（ごしゅでん）門の造りになっていた。正面は唐破風（からはふ）の門構えであり、両脇には宮仕えの歩哨が一人ずつ立っていた。

諸品は、いつか父親が話していた、啓廸院の近くには天子様が住まう内裏（だいり）があると言っていたの

を思い出した。すなわち、そこは時の天皇である後陽成（ごようぜい）天皇の御所に違いないと思った。あまりにも風格のある門構えとその広さに驚いた諸品であったが、中に入ることは到底許されず、ただ茫然とするばかりであった。

その場を離れてしばらく北に向かって行くと、大きな総門の寺院にたどり着く。

通りの人に聞いてみると、そこが京都五山の一つである相国寺（しょうこくじ）だと分かった。

その境内の中は松林が点在し、誰にも咎められずに見て廻ることができた。

毘沙門堂や鐘楼、宝物を収納する経蔵も立派であるが、法堂（はっとう）がまた地方にある寺とは桁違いの数段ドデカイ建造物であった。話によれば、ここで初代道三は修行のために見習い僧として少年期を過ごしたことがあるという。

この少年期の喝食（かつじき）時代というのは儒教思想に身を投じた頃ではなかったろうか。相国寺は臨済宗の禅寺では最も厳しい宗派であってみれば、そのことが頷ける。大僧正と言われる偉いお坊さんもたくさんいたと思われるので、その影響を受けて感化されたに違いない。

この相国寺は何年もの間、京の都を巻き込んだ戦乱や飢饉で興廃を繰り返してきたところであるが、それでもこうして建造物が立派に再興し存在し得たのは、まさに仏を信じる民衆の力、民衆の支えに依るものなのかもしれない、と合点がいった。

そんなことをふと考えながら、またもとの道をたどって、啓廸院に戻って来た。

諸品は体を動かし歩いたせいか気持ちがほぐれていた。門を入った所でまた、

「お頼み申します、お願い申します」

と声を掛けてみた。今度は歳の頃、四十代の中年の女の人が出て来た。

竹の粽笹（ちまきざさ）模様をあしらった小袖に細帯を脇に結んだ凛とした女性だった。髪は後ろできりっと束ねて結ばれ、いかにも清らかな様相をしていた。

「あなたさまですか、諸品どのというのは。先ほどは留守をしてあい済みませんでした」

「ハッ、いえ、べつに……」

「あなたのことは、あなたのお父上から書状を受け取っており、玄朔どのにもお見せしてあります。今日来られることも承知しておりましたのでご安心ください」

「……ひとつよろしくお願い申します」

「塾内のしきたりその他のことは門弟頭の玄徹（げんてつ）にお聞きください。そして、一応荷物の整理が付いたら、先生の玄朔どのに挨拶に来なさい。先生は離れの母屋の方におりますのでそちらの方にね」

「はい、分かりました」

後で、このお方が玄朔先生の奥方、胡菜（こな）様だと分かった。

諸品は、奥方のていねいな言葉にただ返事を返すのみであった。その後、玄徹と呼ばれた門弟頭がやって来て、弟子たちが寝起きする寄宿寮に連れて行かれた。そこは、十人が一部屋に泊まれるようになっていて、板の間には個人個人の机が各々置かれてあった。たぶん寝る時は机は邪魔になるから隅に片づけることになるのであろう。荷物入れは簡単な物入棚があってそこに入れた。

門弟頭の玄徹からは、朝の掃除から始まって食事の摂り方、学問の稽古時間、午後には薬草の採取の仕方、生薬の作り方、医術書の講読や実学などの割り付けをつぶさに聞いた。まさに世間で評判どおりの医学塾であった。

ひととおりの説明を済ませ、荷物の片づけが終わった諸品は、奥方の胡菜様に言われていたように離れの母屋に向かった。玄朔先生に挨拶するためだった。

板葺き屋根の木戸門をくぐり母屋の前に立っていると、例の如才ない奥方が出てきて手招きをしている。

その指示にしたがい諸品は家の中に入って行った。襖障子を開けるとそこは書院の間で、玄朔が座っていた。風格のある顔だちで背筋が立っていた。

諸品がかしこまりながら初対面の丁寧な挨拶をすると、玄朔は、

「もっと楽にしなさい」

と声を掛けてくれた。そのひと言で諸品の心は和らいだ。すると、

「諸品とやら、今日からの医の修行は大変だと思うが辛抱して励んでほしい」

すかさず、諸品は、

「はい、一生懸命頑張ります」

と応えるのが精一杯であった。

3

啓廸院の朝の一日が始まる。

寮にいる門弟たちは寅の刻（午前四時）に起き出すと身支度を整え、外にある堀井戸の釣瓶（つるべ）で水を汲み上げその冷水で顔を洗い、持っていた長布を水に浸し全身を摩擦した。この冷水摩擦はここ啓廸院の昔からの習わしになっていた。全身を摩

擦することが血行を良くし、覚醒には最も良いとされているからだ。

初めの仕事は、自分たちが毎日世話になる厠（かわや）の掃除だ。ここが清潔でないと患者の体を触るなどもってのほかということらしい。次に庭の掃き掃除、終わると今度は二班に分かれて一方は学舎の中の掃除、もう片方は朝粥炊きだ。

入門者は初めから講義は受けられず、こうした雑用が少なくとも半年は続く。

諸品はこのような下働きは当たり前だと思っていたが、入門者の中には身分の高い権門の家柄や富商の子が医術を試みようと入って来た者もおり、このような者たちにとってはかなりの苦痛を伴うので、途中で折れて諦め辞退してしまう者も多数いた。

ある日、学舎の廻りの掃除をしていると、そこに骨格のいい仁王面（におうづら）した男がやって来て、

「今日の厠の掃除をした奴は誰だ」

何しろ声がデカイ。顔を真っ赤にして口から泡を飛ばしている。

「おまえたちは、自分の家でもあんな風な掃除をして来たのか」

皆、何事かと一瞬躊躇（ためら）いながらその顔を見た。

「いいか、厠というのは便器だけを拭けばいいというものじゃない。その周りが汚れていれば、匂いは残ったままで後の人は不快感で一杯だ」

「………」

「今日の当番は誰か！　手を挙げろ」

皆いっせいに顔を見合わせている。誰も手を挙げようとしないのだ。その仁王面をした先輩が怖いのだ。すると、一人すっくと手を挙げた者がいた。あの諸品である。

この仁王の男だが、名を〈兵夜叉（へいやしゃ）〉といって、寮の部屋住み頭であった。先輩たちの間では、ただ単に〈夜叉（やしゃ）〉とだけあだ名されていた。ここに来る前は、「陣僧（じんそう）」であった。その「陣僧」とは、戦場へ出陣する軍勢に従い、傷を負った武者がいると手当てをしたり、不幸にして負傷者が死ぬとその戦死者の供養と後始末をし、弔ってやるという、いわば医者と坊主が合体したような役割を果たしていた。

その夜叉に諸品は頭を下げて、

「てまえが至らぬばかりに粗相（そそう）をいたしました。これからは気を付けます」

そう言うと、さっそくその場を立ち去って厠に向かったのだった。

掃除を済ませ部屋に戻って来ると、仲間の一人が、

「申しわけない。あれはわっちの後処理が悪かったのじゃ」

たぶんその始末はこの男であろうと諸品も察しは付いていた。その男は公家の出の息子で、いかにも家では何もしていない様子であったから致し方ないと思っていた。またやれといってもまた失敗するであろうから、諸品が代わってやったのである。

「大事（だん）ない、大事（だん）ない。お互いにできないところは補うしかないさかい。共同で生活するということはそういうもんじゃ」

やや、京言葉風にそう言うと、周りの新入生も皆感心して諸品を見倣うしかないか、という顔をした。

四、五日した後あの強面（こわもて）の夜叉がまた渋い顔をしてやって来た。

「今朝の粥作りは誰が当番か？」

と言った。そこで今度は若者二人が同時に手を挙げた。

「てまえどもが作りました」

するとと、また、

「おまえら二人は、粥作りの水加減も知らんのか。こんな水っぽかった粥じゃ、腹に溜まらんではないか、食った気がせん!!」

夜叉づらで怒るその顔は、まさに面相どおりの顔になっていた。

昼近くになると、中食(ちゅうじき)を摂ることになった。新顔の若者は大台所に入って行った。この頃の一般の食事は一日二回、朝と夕方が多かったが、若い男所帯の啓廸院では中食といって軽く食事を摂ることが多かった。

その日は京芋を出すことになっており、若者たちは芋の皮むきに専念していた。ところがその皮をなかなかむくことができない者がいた。包丁さばきが慣れていない者が何人かいたのである。なぜかまたそこへ夜叉がやって来た。若者たちにすればまた、という顔で見合わせた。

「おまえたち、遅い！　そんなこっちゃ中食の時間は終わって食べそこなうぞ」

すると一人が、

「でも、仕方ないじゃないですか。まだ、慣れていないのですから……」

「そうか、分かった。おまえらは今日は中食は抜きじゃ。いいな！」

「そんなア～」

「当たり前だ、くやしかったらもっと早く皮むきができるように練習してこい」

まあ、こんな調子が半年近く続いたのだからたまらない。その間、学舎の雑役に辟易(へきえき)して辞めていく者も何人かいた。ところがわれわれと同世代の年ごろでありながら、しかも柔和な顔だちをしていつも学舎の方で講義を受けている者がいるのが分かった。寮の一人が、

「あやつは何者だ。俺たちと変わらぬ年ごろなのに、いつも雑役もせずにノウノウと先輩の講義を受けているではないか」

すると、その脇を通りかかった門弟の野間玄啄(のまげんたく)という先輩が言った。

「あの人は別格だ。ここの御曹司だからな。つまり、玄朔先生の息子の親純(ちかずみ)さまよ。以後覚えておくように」

その息子の親純だが、それ以降はずっと、玄鑑(げんかん)と称した。

「そうでしたか」

「そなたたちと身分が少々違うが、医術を学ぶことには変わりはない」

それを聞いた諸品は、

「玄啄さま、わしらもいつか親純さまと机を並べる日が来るのですね」

「そうだとも、講義は誰でも受けられる。だからと言って、今の下働きで手を抜くようじゃだめだ。しっかりこなしておくように」

「はい」

「これも修行の内だからな」

他の新米弟子たちも一様に納得したようだった。

4

月日は経ち、晴れて諸品は、他の若者たちと一緒に人並みの講義を受けられる身分になっていた。

また、課外の授業もあった。

啓廸院の広い敷地の中には薬草園がある。そこには生薬を産み出す薬草があって、常に管理されている。

今日はその野外での野草の見聞である。

その薬草畑は東南の位置にあって、約一町歩もあり、これを一から耕すのは大変なことだが、これまでの先輩たちの活躍が実を結び、今は採取を容易にしている。

薬草を見ると、ちゃんと収獲時期の春夏秋冬の区分がされていて、新顔の若者たちでもそれとなく分かるようになっていた。

先頭に立って玄啄先輩が今、「黄芩（オウゴン）」の生薬になる薬草の説明をしている。

「これはシソ科の多年草で、草丈が二十～三十センチほどで直立してますがな。葉は長楕円形で上の方に二センチ位の紫色の花冠を付けおります。でも、薬用になるのは根っこの方で、日干しで乾燥させ粗皮を除き、再び乾燥させればよかです」

すると、諸品が質問した。

「玄啄先輩どの、この薬草は何の処方薬に用いられるのですか。またその効能はどんな風ですか」

すると、こ奴なかなかの者じゃな、と言いたげなそぶりを見せてこう言った。

「漢方では、解熱・消炎・鎮痛・止血などに効果があるとされる〈小柴胡湯（しょうさいことう）〉の処方薬として使われる。これは中国古典の『金匱（きんき）要略』にもそのことが書かれてあるので後でよく調べておきなはれ」

「はい、分かりました」

次の場所へ行くと、「半夏（はんげ）」になる薬草があった。

「いいかな、これはサトイモ科の半夏で、地下に一センチほどの球径があり、これが薬用になる。

球径を採取するのは夏の花のある時期と秋の時期だ。球径の外皮を剥き水洗いした後に日干しすればよい。漢方の〈半夏瀉心湯(はんげしゃしんとう)〉の処方薬に使われるのじゃ」

「その効能はなんですか」

また、諸品が訊いた。

「それは、脾胃(ひい)がもたれるとか、食欲がない場合に効き目があるのじゃ」

次に行った所は、なぜか囲いがしてあって戸口に鍵が掛かっていた。皆不思議そうに中を覗き込んだ。玄啄先輩が錠を出して戸口を開けて中に入った。

すると、

「ここはみだりに入って採取すると困るので、こうして鍵を掛けてある」

「毒を持った植物でもあるのですか」

と誰かが言った。

「そのとおり。ここの中はそういう毒草を作っている所。お分かりかな」

「何ですか、その毒草とは?」

「それはキンポウゲ科の〈附子〉だ。山野のやや湿った林の中にはごく普通に生えてるもので、別名〈トリカブト〉とも言うがな」

すると、またも諸品は訊いた。

「なぜ、毒草が薬用になるのですか?」

「薬草というのは、人間にとって良薬にもなるし毒薬にもなる。それは紙一重、使い方でまったく変わることをまずは知っておいてもらいたい」

皆、真剣に耳を傾けた。

「附子の草丈は結構大きく育っていて、一メートル近くにもなる。そして三センチほどの青紫の兜状の花を付ける。塊根が有毒の所だが、秋に地上部が枯れる頃子根を採取し、岩塩水に付けた後、茹でたり蒸したりして毒性を減弱させるのじゃ」

「どのような時に使いはるのどすか?」

と誰かが言った。すると、

「有毒であれば呼吸や知覚障害の麻痺を起こさせる。逆に漢方で薬用として常用する場合は、その加減を見て衰弱した身体を回復させることができる。なお、性機能障害や頻尿にも応用されることもある」

すると、藪から棒に聞いて来る者がいた。

「さしずめ、お年寄りで自制が利かなくなった男子のモノを奮い立たせるには、格好のものということどすか」

と言うと、他のもう一人が、

「おぬしには、当分必要ないじゃきに」

と言ったので、皆がどっと笑いころげた。


学舎の中の講義部屋に戻ると、別の先輩や同僚の門弟たちがたくさんいた。

今度はどうも「儒学」の時間らしい。孔子に始まる中国古来の道徳の学問だ。たぶん、医師となる心構えについて話すのかもしれない、と諸品は思った。案の定、玄朔先生が出て来た。

先生は開口一番こう言った。

「人格形成に最も大事なのは孔子さまの訓えどす。四書五経の内の四書とは『大学』『中庸』『論語』『孟子』を言うが、このなかでも『論語』は最も日本で普及した学問で、医業を志す者にとっては自己の倫理を修養する意味でも重要である」

とおっしゃった。だが、難しい言葉は不要と思ったか、玄朔先生は具体的なことから話し出した。

咄嗟(とっさ)に一番前に座っていた、まだ入塾して一年も経たない塾生にこう尋ねる。

「仙郭(せんかく)といったか、おぬしの名は」

「はい、そうです、先生」

「少し、質問するが、もし、片親しかいない母が病に罹ったら、おぬしはいかにするか」

　すると、仙郭は、

「てまえはまず近くの医者に見せまする」

「でも、医者に見せるだけのお金もなかったらどうするか」

「てまえの判断で母の様子を窺い、昔から伝えられる薬草などの治療を施します」

「そうだな、母親をなんとか病の苦しさから救おうとする。それが親子の愛情というものだ」

　次に、隣の者に尋ねる。

「名を行蔵(こうぞう)とかいったな」

「はい、そうです、先生」

　すると、今度はこんな質問をした。

「人が川で溺れているのを見たらどうするか、おぬしは」

　行臓は、間をおかず、

「てまえでしたら、すぐにでも飛び込んで助けようといたします」

「だが、助けるにも川幅が広く流れもあり、危険が伴う。簡単にはいかぬぞ」

「それでは、助ける手段としての道具を探します。たとえば長竹や縄紐などです。これでやってみます」

「いいところに気が付いたな。だが、なぜ、己だけで助けようとするのじゃ」

　行臓は、やや困惑した顔を見せた。すると、

「そうか、分かりました。人を呼べばいいのです」

「そのとおりだ。まずは身近にいる人に声を掛け、

応援を頼むのだ。少しでも多くの人に声を掛け、協力してもらえば危機を救うことになるな」

今度はその後ろに座っていた諸品に番が回って来て、先生は尋ねた。

「諸品だったな、そちは」

「はい、そうです、先生」

すると、また玄朔先生が尋ねる。

「通りがかりに、人が倒れているのを見掛けたら、そなたはどうしたらいいだろうか」

「修行の身とはいえ、端くれにもわたしは医術を学ぶ人間です。まずはその人の生死を見極めねばなりません。心拍停止していれば諦めましょうが、脈があれば、すぐにでも手当てしてあげ、その処置をいたします」

「その手当てとはいかなることかな?」

「気道のとおりを良くすること、すなわち肺の換気が得られるように気道を確保いたします」

「そのとおり、医師は己の良心にしたがい、患者を思いやる気持ちが通じれば、必ずやその者を助け出すことができる」

「先生、昔から〈医は仁術〉と言いますが、慈愛の精神が大切なんですね」

「諸品、よくぞ申した」

玄朔は、医者の最も大切な倫理観念として、次のように話した。

一つ、生きることの素晴らしさを知り、生命(いのち)を大事にすること

二つ、他人には温かい心で接し、親切にすること

三つ、父母や祖父母を敬愛し、家族には感謝の気持ちを忘れないこと

四つ、嘘をついたり、ごまかしをしないこと

五つ、善悪の判断を身に付けること

などの五つを肝に銘じさせた。

こうして、先生と門弟たちとの対話による講義は、いつも熱を帯びながら月日を重ねていったのである。

第二章　不思議な出逢い

1

いつのまにか門弟の中で抜きんでた成績を修めていた諸品（しょひん）は、時を経て塾頭の地位を占めるまでになっていった。

そこで先生の玄朔（げんさく）は、そろそろ学舎で教鞭を執る学頭にしてもよいと考えた。ある日のこと、

「諸品どの、今日からわしの代わりに皆に講述しなさい」

と言われ、その日から師匠の代講を務めることになった。

医のずば抜けた才は無論のこと、物事に執着する生真面目（きまじめ）さを玄朔は買っていたのだ。それから以後、往診の際は、いつもこの諸品を引き連れて行くようにした。

おりしも慶長十九年のその年は、徳川家康と大坂城に立て籠もる豊臣家総大将の秀頼や淀君とが険悪になり、とうとう「大阪冬の陣」が勃発した年であった。

その原因となったのが、方広寺の大仏開眼供養の際造った梵鐘の銘盤、その銘に、

「国家安康君臣豊楽」

という文字が入っていたことだった。これは、家康の側近で幕政の中枢を取り仕切る本多正信あたりから、

「家康という名を二つに引き裂いて、再び豊臣家を君主と仰ごう、とする呪詛ではないか」

と因縁を付けられたことが発端であった。

ついに十一月十九日、徳川軍の総勢二十二万の

軍勢が大坂城を攻め立てた。

豊臣側も奮戦したが、とうとう戦意を喪失し、和議を申し込んで講和が成立した。秀忠は伏見に戻り、家康は京の二条城に入った。

この時、家康はすでに七十三歳であった。健康には常々留意しているとはいえ、戦陣の真っ只中で指揮を執ることがいかに容易でなかったことかが、うなずける。しかも、冬の寒さも応えていたと思われる。足腰の痛みと同時に体全体の疲労を感じていた。

その時、家康の頭をふとよぎったのは、京で評判の良い二代目道三（どうさん）、すなわち曲直瀬（まなせ）道三の跡継ぎとなっている医師・曲直瀬玄朔のことであった。

家康は、過去にもこの玄朔とは何度か会っていて、気心も通じ合っていたのだ。

家康はこの頃すでに〈薬研狂（やげんきょう）〉と言われるほどの薬方の腕前を持ち、家臣や家族が体の不具合を訴えると自分で薬を調合して与えていた。またその自前の薬を服用させて回復させていたのも事実であった。

だが、己の齢（よわい）からくる体の疲労感はぬぐうことができなかった。内臓の痛みとは違うことが家康自身も分かっていた。すると、

「しばらくぶりに〝京の道三〟と言われる玄朔どのに会って、診てもらうか」

ということになり、傍に付き添う本多正信に事の次第を告げ、玄朔を呼ぶことにした。啓廸院（けいてきいん）はこの二条城からそう遠くない所にあったから間もなくやって来た。

ところが同行したのは玄朔だけではなかった。もう一人、薬用箱を引っ提げて後ろに控えている者がいるではないか。それが岡本諸品であった。

家康自身、少々不快感を現わした。

「おぬし一人ではなかったのか？　そうであろうな、今では京でおぬしの名を知らぬものはなかろうし、弟子の一人や二人付いて来ても不思議ではないわい。武将なんぞいつも狙われる存在だから、外出の際は一人では歩かぬ、用心棒になるからのう。いや医者も薬籠持ちがいないと困るからな、わしが気を回し過ぎたかのう」

「いや、そうではございません。てまえも、急ぎの用あらば一人の時もございます。しかし、今日はほかならぬ大御所さまにお会いするので、てまえが医業を託せる一人と頼んだ者をひと目だけでも会わせたかったのでございます。こちらに控えているのが岡本諸品と申します」

すると、諸品も丁寧に挨拶をした。

「なるほどな。先々のことを考えるのは医業も同じじゃな。ところで玄朔どのはお幾つになられたか」

「てまえは、今年六十六歳になります」

「わしは、今年で七十三歳じゃ、おぬしより七つも年上じゃ。わしも、跡継ぎは秀忠が将軍職を継ぎ、孫の家光、忠長も申し分なく育っている。おぬしのところは、いかがじゃ」

「わたしどもは、長男の玄鑑が後を継ぎ、長女は弟子の曲直瀬正琳（しょうりん）に嫁いでおります。後は二人の娘が残るのみです」

「それは、重畳（ちょうじょう）。曲直瀬家は安泰ではないか」

「恐れ入ります。ところで、大御所さま、今日はどのようなご用件でございますか」

「そうか、そうであったな。そちの連れがあまりにも凛々しい姿で静座してるので、つい見惚れてしまったわい」

「それはそれは御冗談を……」

「実は、わしもこの歳でまだ戦の陣頭指揮を執っている。今度の大坂城での争いはちと手こずっておったのじゃ。だが、もっけの幸い、相手から折れて来て和議が相成った。それを聞いて急に気が抜けてしまったのかどうか知らんが、妙に体の節々が痛くなったのじゃ」

「それは困りましたな。それでは、そういう場合に最も効果があるのは〈鍼灸(しんきゅう)〉でございます」

「ほう、それはそうやな。それは分かっとるが、素人判断でやるのはちと面倒だ。そこでおぬしに頼んだのじゃ」

「そうでしたか。それはお安いことです。その鍼灸をするに当たってはてまえが施しますが、その様子を弟子の諸品にもお見せしてもようございましょうか」

「それは、構わぬが、それほど難しいのか？」

「大御所さまもご存知かと思いますが、鍼灸の経穴(ツボ)について、少しお時間をいただき論じてもよろしいでしょうか」

「構わぬ。わしももとはといえば素人じゃ。こういう機会に生命体と中国医学の話を聞けるのはありがたいことじゃ」

「では、噛み砕いてお話ししましょう」

「そうじゃ、こういう機会なので、わしとあまり違わぬ正信にも聞かせよう」

　すると、家康は先ほどまでそこに控えていた側近の本多正信を呼び寄せ、事の次第を告げ、玄朔の鍼灸の経穴の話を聞くことにした。

　玄朔は言う。

「人間の生命を保持しているのは、〈気・血・水〉という体内の活力源ですが、これがわれわれの六臓六腑を養って生命体を支えておりまする」

「日本では五臓六腑と言っておるぞ！」

　脇に座ったばかりの正信がひやかし気味に言った。

「正信さま、よくご存じで。実は、中国の伝統医学では六臓六腑と考えて腑の〈三焦（さんしょう）〉に対応した臓に〈心包（しんぽう）〉を当てていますので六臓となりました」

「正信、あまりちゃちゃを入れるな。玄朔どのが迷うではないか」

　そう家康に言われると、正信も、

「承知しました。以後邪魔を入れませぬよう気を付けまする」

　と言い放ったので、玄朔は続けた。

「その〈気・血・水〉がよどみなく流れていれば人間は健康を保てますが、いったんよどみが生じると、体の機能低下が起こり体に変調をきたします。そのよどみを起こしてる障害を取り除くのが鍼灸の務めと心得ます」

「そうか、その障害物の所が経穴なのじゃな」

「そのとおりでございます。鍼を打つのも灸（やいと）を据えるのも経穴の場所は同じなのですが、どちらかというと、鍼は緊急性があるのに対し、灸は大事に至らぬように事前の養生治療に効き目があると考えます」

　その後、玄朔は中国の鍼灸学の権威者として、十四世紀に活躍した滑伯仁（かつはくじん）という人を紹介し、その伯仁が、七十歳を過ぎても少年のごとく若々しく、すこぶる健脚で、酒も滅法強く底抜けであったと話した。

「それじゃあ、伯仁は後世ますます人気が出たであろうな」

「それが日本でも歓迎されて、豊臣秀次の侍医であった〈小瀬甫庵〉が、日本で初めて『十四経発揮』という古活字版医書を出したくらいです」

「なるほど……」

「でも、てまえも負けてはいられず、その後、灸治療をさらに噛み砕いて要領よくまとめた著書『日用灸法』を、入門書として発刊いたしました」

　すると、家康は、

「玄朔どの、鍼灸の講釈はそのくらいでよいから、そろそろわしの体を験してくれないか」

「これは失礼しました。てまえも少々図に乗って話が長くなってしまいました。さっそく手技に移りましょう」

　そう言うと、玄朔と諸品の二人は用意された別室に案内された。

2

離れの控えの間の入り口には別の家臣がすでに一人立っていた。

「こちらへどうぞ」

と言うから、二人がその部屋へ入って行こうとすると、諸品だけが止められた。

　玄朔が、

「この者はてまえの弟子であって怪しい者ではない。わたしのやり方を学ぶためにやって来たからいいのではないか」

「いいえ、だめです。ここは、大御所さまご自身のお部屋で、本来ならばどなたも通すことはできませぬが、玄朔どのは侍医として認められておるのでお通しするのです」

　すると、夜着に着替えて来た家康がやって来て、

その次第を見た家康は、

「その者、諸品とか申す者は御簾（みす）の向こうで見てはいかがかのう」

と、気を利かして事を収めてくれた。

玄朔は、諸品に対して、

「大御所さまの仰せのとおり、その御簾の向こうから見ていなさい」

と、申し伝えた。

それから、寝所に横たえた家康の体を凝視したが、あまりにもその太り肉（じし）の体に驚いた。信長様とともに戦場を疾駆していた、あの頃の家康殿の体形とは雲泥の差であった。玄朔はそのことには触れずに物申した。

「大御所さまはこの度のお働きで、大変お疲れのご様子になっておられます。また、寝つきが悪く、体に力が入らないというのも、その過度の疲れから来ているものと思われます。まずは体を強壮にする灸で元気を取り戻すことにいたしましょう」

「とにかく、おぬしにお任せする」

家康が仰向けになると、お臍（へそ）の下三寸の所にある灸穴に一荘目の米粒大の艾（もぐさ）を置いた。そこに線香の火を点火したのだ。

艾は煙りとともに燃え出した。二分も経たぬうちに艾の炎は消えようとしたので、今度は二荘目の艾を少し大きめにして置き点火した。その後、三荘目、四荘目、五荘目までの艾を経穴近くに置いていった。

すると、家康の出べそが堪え切れずに笑い出し、

「ウウッ！」

と声を上げたので、玄朔は素早く灸を据えるのを止めた。

次に、俯きになり、今度は背中に灸を据えるこ

とにした。その場所というのは、体の中心を走る脊骨の両脇にある灸穴だった。

まずは、「風門（ふうもん）」という第二胸椎の左右両脇に灸を据えた。ここは今でいう〈風邪（ふうじゃ）〉の引き始めの治療には欠かせない灸穴であるが、首や肩凝りを治す所でもある。米粒大の艾を一握りそこに置こうとしたら、何度も灸を据えた跡が残っていた。

玄朔は、

〈よほど戦場での怒りが収まらず緊張が残っていたので、肩凝りが癒えずにいたに違いない〉

と思った。

次に、肝の臓を浄化するという〈肝兪（かんゆ）〉に灸を据えた。解毒の特効灸穴とも言われている所だ。胸椎が十二本ある内の第九番目の両脇にある。

玄朔が、

「よく我慢強くしていて灸の跡が痣（あざ）のようになれば、灸の効果が最大限に出たことになるという灸師もおりまするが、それは邪道です」

と言った。さらに、

「体力の衰えを補うために、最も重要な腎の臓を活発にしなければなりませぬので、〈腎兪（じんゆ）〉という場所にも灸を据えまする」

そこは、脇腹の一番下にある肋骨の先端と同じ高さにあって、背骨の両脇から二本分指を当てた所にある。ここにも五荘の灸を据えたが、灸を心得ている家康にとってはほど良い心地になっていて、そのうち寝鼾（ねいびき）が聞こえて来た。

玄朔はそろそろこの辺でお仕舞にしようと思ったが、心残りがあるといけないと考えた末、足の方に目を向けた。そこで最後に、膝が痛いとおっしゃっていたので、膝下にある灸穴にも据えることにした。

「大御所さまは我慢強いお方ですな。今度は足の方に行きまして、足のだるさをなくし、体の無力感から解放されますよう、ここにも灸をします」

「そこか、そこはわしも知っておる。昔からよく言われてる灸穴じゃからな」

「そうでございますね、この〈足の三里(さんり)〉は向こう脛の外側にあり、膝の下から指腹三本分下がった所にあります」

「うん、そこだ。わしが指圧しただけでも痛いのが分かるので灸を据える位置も容易に分かる」

「素人にも分かる灸穴ですので、皆さん、ご自身でよくなさります」

「それをおぬしのような名人にやってもらうのだから、わしは贅沢ものじゃな」

「いえ、とんでもございません。てまえこそ大御所さまのお体を施すことは名誉なことでございます」

そう言いながら、両足のその場所へ各々灸を五荘据え、その後丁寧にもみほぐしをした。そして、

「普段から随時凝った時には、このようにご自身でなされば日々の疲れはすぐに取れまする」


他にも据えたい灸はまだあったが、家康公のお歳を考えるとこの辺で止めておいた方がいいと判断した。

その間にも、御簾の向こうでじっと見ていた諸品は、時々手元にある紙片を出しては何かを記録するのに忙しなかった。たぶんそれは玄朔が灸穴の位置を確かめるために行っていた、指さきを這わせる数のことに相違なかった。後で、その紙片を見ると、走り書きした体全体の略図のなかに起点となる背骨から灸穴までの位置が、指数で何歩、

膝から上に何歩、下に何歩とびっしり走り書きしたあとが残っていた。

3

日も暮れて遅く帰って来た二人だったが、玄朔は弟子の諸品を伴って奥に入って行くと、玄朔の娘の文（ふみ）が出迎えてくれた。その文が、

「母は、今日は疲れてしまい、早く床に入られました」

と言うので、玄朔は、

「わしら二人は腹が減っている。何か食わしてくれないか」

文も一瞬困った顔をしたが、弟子の諸品のひもじい顔を見た途端、かわいそうだと思ったのか、

「承知しました。何かあるでしょうから、お待ちください」

と応え、台所へ向かった。

文は、自在鉤に吊るしてあった鍋の竈（かまど）に火を付けた。

しばらくして煮詰まった鍋とご飯の入ったお櫃（ひつ）を持って、そのまま二人の所に戻って来た。

「お父上、すぐにできるものはこれしかなかったので、我慢してくださいませ」

「おお、それでよい。早く飯を盛ってくれ」

諸品も、その後に続けて、

「文さまにはいつも感謝いたします」

と、ていねいな言葉を投げ掛けた。

二人は、本当に腹が減っていたのであろう。ただ、黙々と鍋の中に入ってる煮っころがし芋と青物野菜を口に入れ込んだ。

一段落して、胃袋を満たすと玄朔が切り出した。

「ところで、明日の予定じゃが、わしは後陽成天子さまの診察に行かねばならない。だが、もう一人、歌人の烏丸光広卿からも頼まれておったことを思い出したのじゃ」

するると、娘の文は、

「父上、そのような大事なことを今思い出したのですか」

「仕方ないじゃないか。これも、歳のせいというものよ」

「最近はいつもそうおっしゃっているのを、母上の前でもお聞きしたことがあります」

「そうか、初めてではなかったかのう」

「初めてではありません。なんどもお聞きしております」

「それは困ったのう」

「いえ、困るのは御父上だけではありませぬ。周りが困るのです」

「そこでじゃが、以前文はわしと一緒に光広卿の所に行ったことがあるのう。明日はここにいる諸品を連れて行ってはくれぬか」

「諸品どのでは失礼にはなりませぬか」

と、文が言葉少なに申したところ、

「それこそ、諸品に失礼ではないか。諸品はもういっぱしの医師じゃぞ」

すると、傍でただこの会話を聞いていた諸品だったが、とうとう堪え切れずに切り出した。

「先生、てまえは光広卿の診断の処方はできまするが、敷居が高過ぎて荷が重過ぎるのではありませぬか」

だが、玄朔は断固として言い放った。

「何を言うか。おまえの医業の腕前はもう一人前じゃ。医師としての心構えもできておる。自信を持って行って来なはれ」

初めて先生にそう言われた諸品だったが、何だか狐につままれた気分になった。すると、文も、

「そうよ、諸品さま。父がああおっしゃるのですから大丈夫。明日は私も道案内について行きますから、ご案じなさらないでください」

「文さまがそこまでおっしゃるのなら、お供仕ります」

「勘違いなさらないで、わたしがお供するのです。諸品さまがお公卿さまを診て差し上げるのですから……」

「そうでした」

と言うと、二人とも顔を見合わせ思わず吹き出してしまった。

それを見ていた玄朔だったが、つい言葉のはずみで、

「文や、おぬしは近々嫁入りする身であるぞ。外であまり、はしたないことをするとみっともないから、気を付けなさい」

と、きついお達しを受けた。その言葉を聞いた諸品は初めて耳にする意外な言葉に驚いた風であったが会話はそれで途切れた。

翌日、大納言烏丸光広卿の住まいを尋ねることになった。

ところが光広卿は故あって洛外の地に住んでいた。もとは御所近くの立派な烏丸邸の中に住んでいたのだが、慶長十四年（一六〇九）に起きた〈猪熊事件〉によって今の場所に蟄居させられた。しかしその後、後陽成天皇によりその蟄居を解かれ、勅命により赦免されたのである。

——猪熊事件とは、時の美男子公家の左近衛少将の

猪熊教利（いのくまのりとし）が人妻や宮廷女官にやたらと手を出し、また女官との密通が露見した。その後も仲間の公卿を誘って不義密通を重ねたために後陽成天皇から勅勘を蒙り、連座していた烏丸卿も処分が科された事件である。その結果猪熊教利は死罪、だが、烏丸光広卿が歌人で誉れ高い教養人であったがため、後陽成天皇の生母新上東門（しんじょうとうもん）院（いん）の寛大な処置を願う嘆願書が功を奏し、首尾よく蟄居の範囲に留まり、その後もとの官位に戻れたのだった。

それでも、光広卿とすれば勅免されたからといって、すぐのもとの屋敷に引き上げるのはあまりにもあつかましい気がしたので、当分は洛外の今のこの地に住むことにしたというのである。

―後年彼が書いた『東行記（とうこうき）』は有名で、これは彼が京都から江戸まで旅した時に作った紀行文なのだが、さすがに歌人らしい叙情豊かな歌詠みになっている。

しるしらず　会とひかはす　旅人の
　行くとかへると　あふ坂の関

さらには、瀬田の長橋（ながはし）（唐橋（からはし））に来た時に詠んだ歌は、

あふみなる　瀬田の長橋　ながかれと
　廻りそめたる　君が代のとき

いかにも京を出て、すっかり旅気分に浸ってる長閑（のどか）な歌になっている。

4

着いた先に光広卿の邸はあったが、そこは廻りが狐狸も棲まないような荒れ果てた所で、そこに

ただ一軒家、ぽつんと佇（たたず）む寂（さび）れた住まいがあった。傾（かし）げた門や、茅葺き屋根に苔が生え、土塀も所どころ剥げ落ちて、木舞竹（こまいだけ）がむき出しになっている。部屋に入ると塗り壁の滲み跡、張り替えのない障子が黄ばんでた。ここで三年も住んでいたとは不思議でならない。なぜなら、彼の今までの羽目をはずした遊蕩生活から想像すると天と地の住まいであったからだ。それでも、他の花山院忠長（かざんいんただなが）卿や中御門宗信（なかみかどむねのぶ）卿などの十七年間に及ぶ流刑島配流よりは増しであった。

　光広卿にとっての蟄居期間中は、従来のような奢侈贅沢（しゃしぜいたく）は一切禁止で、粗衣粗食に準じなければならず、相当不遇を囲ったに違いない。ましてや京の街中なんぞに出歩くことは一歩もできなかった。

　初めて会った諸品は、光広卿の顔を見るなり、張りがなく皮膚の色が蒼白であることに気付いたが、ことのほか明るさを装って、

「初めてお目にかかります。今日は玄朔先生の代役で参りました」

　と言った。すると、その言葉には目もくれず、その脇にいる文に気が付いて、

「おお、そちは玄朔どのの娘さんじゃったのう」

　文も慌てて丁寧な挨拶を交わし、

「いつも父がお世話になっております。今日は父が来れずご迷惑をお掛けいたしますが、これなる門弟はその中でも一番優秀な諸品どのをお連れしましたのでお許しください」

　すると、やや機嫌を直したのか、

「よいよい、構わぬ。そちの案内（あない）でこのような辺（へん）鄙（ぴ）な所まで来たのじゃから贅沢は言えぬぞ。早く診てたもれ……」

何か次の言葉を言おうとしていたが、その言葉が続かない。

それでも、諸品が問診で尋ねると、

「予は外に出ることもなく運動不足で食欲がわかない。声も息切れのするしゃがれ声」

なおも、

「足が冷えて、体がだるい。小用を足すにも出が悪いのじゃ」

「熱はありまするか?」

と、諸品が問うと、

「なんか体にこもった微熱があるようじゃが……」

とおっしゃり、

「一向に回復する気がしない。そこで、なんとしても今京でも評判の玄朔どのに診てもらいたかったのじゃがのう」

「それはそれは、申しわけないことをいたしました。先生は別件で来られなかったものですから、てまえが参りました」

今度は諸品が侘びを入れた。

「いやはや、諸品どのには余計なことを申してしまったな。でも、そちの診察に不満を申してるわけではないぞ。機嫌を損なわないでおくれやす」

「それは、もうようございますから」

と言って、とにかく諸品は診断に取り掛かった。

諸品は手始めに、光広卿に舌を出させた。すると、舌に苔があってザラザラしていた。

諸品が思うに、

(光広卿は、昔だったらいつも友と一緒に何かに打ち興じることで憂さを晴らすことができただろう。しかし、ここでは一人暮らしの寂しい生活が続いたので、体が委縮してしまい、同時に思い悩

むことが多くなり、疲労が頂点に達しているようだ）

そこで、このままではじきに体に異変を来たすだろうと諸品は判断した。

当時、光広卿が詠んだ『黄葉和歌集』の句の中にも、それが伺われた。

「身のうさを　忘れてむかふ　山ざくら
花こそ人を　世にあらせけれ」

つまり、

―気がめいってそれを忘れようと山桜を見に来たが、その咲いてる花こそ、この世では人を混乱に陥れてしまっているのではないだろうか

と、いかにも儚げである。

そこで諸品は、彼を元気付けるために、「補中益気湯」という薬を薬籠から取り出し、これを煎じて服ませることにした。

「補中益気湯は、黄耆、人参・陳皮・白朮・当帰・柴胡・升麻・大棗、甘草の生薬が入ったものです。この〝補中〟というのは、脾胃を助けるという意味ですが、特に生薬の黄耆、人参、白朮は無力感や体力低下を回復させる効果がありまする」

諸品は光広卿にこうも言った。

「大納言どの、今度はあまり余計なことはせず、時々昔を思い出しながら歌を詠み、さらには書や水墨画を嗜んでみてはいかがでしょうか」

「そうだな、麻呂もそちに言われて初めて気が付いた。これからはそのように相務めようぞ」

光広卿の気持ちが落ち着いてきたところで、諸品は邸の廻りを散策して帰って来ていた文に声を掛けた。

「お嬢さま、大納言どのの処方箋は終わりましたので、帰りましょう」

光広卿も、

「文どの、だいぶお待たせしたのう。麻呂はここにおわす諸品どののお蔭でこのとおり、気分がようなった」

「そうでございますか。それはようございました」

「帰りましたら、玄朔どのによろしゅうお伝え願いまする」

そこで、二人は光広卿に挨拶し、邸を離れた。

邸から数歩出ると、その辺りは殺伐とした雑木林ばかりの荒れ野で陽もすでに暮れかかっていた。文は、獣道（けもの）とは言わないまでもそれに近い足跡が残る道をわれ先に進んで行く。

諸品は帰りみち、昨日先生が言った「文は近々嫁入りする身なので……」という言葉が気になっていて、何から話そうか迷っていた。

そのように気をもんでいたところ、文から先に話を切り出してくれたので胸をなで下ろした。

「諸品どのは、いつまで啓廸院にお残りになるの」

「なぜ、そのようにおっしゃるのですか」

「それは、父上が諸品どのの医術の力量はもう納得済みですし、医の心も十分備わっている、といつもおっしゃっていますから」

すると、

「それが身どもに対する本当の評価でしょうか。それとも身どもはもう啓廸院には不要な存在なのでしょうか。もうお払い箱ですか」

一瞬、間があったが、この時をおいて聞くことは叶わぬと思い、

「文どのはどなたさまに嫁ぐのですか。身どもが

いると、そのお方の邪魔になるのでは……」

　諸品は、思わず口走ってしまった。すると、

「何を言われるの、諸品どのは。私にはあなたを嫌う理由はこれっぽっちもありませぬ。何か考え違いをなさっているのでは……」

　文の心の中にはいつも気楽に話せる諸品がいて、日常交わす挨拶言葉であればなんでもないことだったが、事ここに至って文の心は動揺した。

　諸品も、

（なぜもっと早く身どもにだけは打ち明けてくれなかったのか）

　と言いたげだったが、咄嗟に次の言葉が出ていた。

「どなたさまとの縁組みでしょうか。差し支えなければ教えていただきとうございます」

——この縁組みは、父上の玄朔が決めていたことだった。曲直瀬道三の弟子である曲直瀬正純（享徳院）からの申し出があり、その長男の正因に嫁ぐことが約束されていたのだ。つまり、玄朔からしてみても兄弟弟子の弟に当たる正純の息子の正因であれば間違いはない。やはり伝統ある曲直瀬家の伝統医術を繁栄させるためには他の者とは添わせるわけにはいかないと考えていたからだった。

「あなたもよくご存じのはず。わたしは正純先生の息子さんの正因さまの所に嫁ぎますの。驚いたでしょう」

「いえ、驚きはしません。正因さまは折り目正しいお方で真面目な方ですから、文さまとはお似合いですよ」

「そう言ってもらうと本当に嬉しいわ」

「確か、身どもより三つ歳上でした。ところでいつ式を挙げられるのですか」

その問いに文は少々はにかみ気味に応えた。

「実は来月がその挙式なの」

そのあまりにも唐突な出来事に諸品は驚きを隠せなかった。でもそれが文殿の意思ではなく父親の考えや先方の意向でもあることが分かったので、諸品は諦めざるを得なかった。

5

一年という歳月は瞬く間に過ぎて行った。

驚いたことに啓廸院の奥の住まいに行った時、諸品が見た光景は、稚児（ややこ）を抱いた文の姿であった。

何かがあったことは想像がついた。文がただ浮かぬ顔で外を見ていて茫然自失しているのが気になった。

後で分かったのだが文様と正因殿はめでたく縁組みをし、嫁入りしたものの、それもつかの間だった。

正因殿の医術に対する情熱は計り知れないものがあって、昼は患者の治療に専念し、夜は夜で薬剤の研究に没頭する毎日で、みるみるうちに体力が消耗していった。そこに運悪く流行（はや）り病に罹ってしまい、一年後に亡くなってしまったのだ。

その時文殿には既に可愛い女の稚児が生まれていた。本人の落胆はもとより、里の玄朔と胡菜（こな）の両親もさぞや嘆き悲しんだことであろう、と想像された。

その日から文様は、もとの玄朔の家に出戻り、しばらく家事の手伝いをしながらそのまま暮らすことになった。

その年は昨年に続き徳川方と豊臣方が相争う〈大坂夏の陣〉があった。またも家康の調略であの要害堅固な大坂城が落城、徳川軍が大勝利し、豊臣家の御曹司である秀頼と母の淀君は城内にて自害、ここに豊臣氏は滅亡した。

この時、最も活躍した武人がいた。それは家康の重臣・井伊直政の次男の井伊直孝だった。彼は父譲りの赤備えの装束で立ち向かったが、その激戦ぶりは凄かったらしい。

勇猛果敢で豪胆な戦いにはかなり向こう見ずのところもあったが、大坂城攻略の夏の陣の最終局面では、秀頼と淀君が逃げ込んだ山里曲輪（やまざとくるわ）を包囲し、一斉射撃を加えて二人を自害に追い込み、それが勝利に結びついた。大事な一戦で武功を立てたのである。

しかし、五ヶ月前の冬の陣で、真田幸村が守る「真田丸」を攻め、その時受けた鉄砲傷が癒えぬうちに無謀にもまた戦陣に出ていたので、足の傷をこじらせてしまった。

それを知った二条城にいた家康は、やにわに啓廸院の曲直瀬玄朔を思い出し、側近の供をすぐさま使いに走らせた。

しかし、やって来た医師は、〈諸品〉であった。

ところが、その時、〈諸品〉は先生の一字をもらい名を〈玄冶（げんや）〉と変えていたから、取次の者が、

「啓廸院から〈玄冶〉どのがお見えになりました」

と言われた時、一瞬顔を曇らせた家康だった。

だがその顔を見て、

「おぬしはあの時の玄朔どのの傍にいた〈諸品〉か？」

と大声を出してしまった。

実に諸品が〈玄治〉の名で家康の面前に顔を出したのだから、家康が驚くのも無理はない。

「大御所さまにはこれで二度目ですが、この度はてまえが参りました」

「あの時は、玄朔どのに世話になった。今度はわしでなく、部下の直孝の傷じゃ。あ奴はこれまで歴戦の勇士と謳われておるが、ちと無茶なところもあって、前の冬の陣の時打たれた鉄砲傷の治りが遅く、困っていたのだ」

「今、この二条城におられるのでしょうか？」

「おるおる、わしに用事があるとか言って片足を引きずって来たわい」

するど脇にいた側近が、

「その部屋にご案内いたしまする」

と言ったのでそれに従った。

部屋に入ると、いかにも剛腕闊達で知られる井伊直孝が脚を投げ出して座っていた。

「おお、来てくれたか。そちが玄治どのか」

と、頑丈な体に似合わずやさしい声であった。

「さっそくだが、このわしの足の傷を見てくれないか」

「承知しました」

すると、

「その前に、少しばかりわしの話を聞いてくれないか」

と言うのだ。

「わしはな、親父（井伊直政のこと）どののように『関が原の戦い』で島津義弘から受けた銃創がもとで死にたくはないのだ」

「そうでございましょ。あれは確か右腕に敵の弾丸が当たった傷でございましたかな」

「そうだ」

「一説によれば、あれは血管の中に菌が入り悪化させた、という医師の診かたもありましたが、てまえはそうは思いませんでした」

「何故じゃ」

「御父上の場合は、その後一年半も経過してから亡くなったのでございますから菌が入ったことによる死因ではございません」

「別な原因だと申すのだな」

「さようでございます。てまえがこの度呼ばれて気になったのはそのことです」

「わしも、一年半後には亡くなると申すのか」

「いいえ、違います。このまま放っておけばそれよりもっと短期間で亡くなるかもしれません……ですが」

「おい！　わしを脅かす気か」

さしもの、豪胆な直孝が一瞬顔色を変えた。

「とにかく、その傷口をお見せ願いまする」

「そうだな、それが先じゃ、分かった分かった」

と言いながら、玄治に投げ出した脚を診させた。

その直孝の脚のふくらはぎを、自分の太腿においてしばらく眺めていた玄治だったが、その傷口に鼻をくっ付けて臭いを嗅いでいた。腐臭の進行度合いを診ていたのだろうか。

「治るのか。玄治どの」

直孝は、何度も傷口を診ている玄治にとうとうしびれを切らして声を掛けた。

玄治はそれには応えず、なおもじっとそこを診ていた。

するとこう言った。

「少々我慢していただけまするか。傷の中に小さく光るものが目につきましたので、これを執るのに少し痛みまするが我慢願いまする」

そう言って、玄治は艾を取り出した。その艾を傷口の廻りにおいて灸をした。つまり、患部の廻りを熱により消毒したのであるが、その後で傷の奥にあるごく微細な剥片を取り除きに掛かった。

するとさしもの直孝も顔を曇らせ、

「ウーウッ」

と呻いた。

「それは、何なのだ」

と、直孝が尋ねた。すると、

「これは銃弾の破片ですが、あまりにも微小になっていたので、前に診た医師もこれに気付かなかったのかもしれません」

「そうだったのか、よくも気が付いてくれたな、玄治どの」

「この銃弾の細片は、鉛が原料ですから、これが溶け出して体に異変を生じさせ、いわゆる鉛中毒をおこすのです」

「すると親父どのもこれと同じことで命を落としたのか」

「そのとおりです。幸いにも井伊直孝どのは微小な剥片に過ぎませぬ。しかし、御父上の場合はたぶんもっと大きな破片があり、しかもそれが体内に長く留まっていたためにその鉛の中毒作用により麻痺や腎の臓を侵して死に至ったものと思われまする」

「父上も助かる見込みはあったのか？」

「これは想定するしかありませんが、受けた銃弾の破片を完全に摘出さえしていれば、あるいは命を落とさずに済んだかもしれませぬ」

と言いながら、今は目の前にいる井伊直孝様の足を治す方に集中する玄治だった。

無事に処置も終わり、直孝様の部屋を出たが、このまま帰るのは失礼にあたると思い、大御所様にも挨拶しようと願ったが時すでに遅く、大御所様は年寄衆の土井利勝や酒井忠世とともに次の世の徳川幕府体制に取り組んでいたので、そのまま側近に事の次第を告げてその場を去った。

この時家康は、徳川家の基盤を盤石するための「一国一城令（いっこくいちじょうれい）」及び「武家諸法度（ぶけしょはっと）」の構想を模索し、ついにその年の六月に秀忠の名の下で「一国一城令」を発布させ、また七月には「武家諸法度」を公布させたのである。

――「一国一城令」とは、諸大名に大名の居城以外の城郭の廃却を命じた法令であり、また「武家諸法度」とは、城の修築、婚姻・参勤交代の制度を定めたものである。

このことは、西国大名の戦力を削ぎ落し、徳川家の全国制覇をより盤石にする効果があったことは言うまでもない。

6

啓廸院に戻った玄治は、師匠の玄朔先生に二条城での仔細を話した。大御所様がお会いになってくれたこと、それから井伊直孝様が受けた銃弾傷の処置などをつぶさに話して玄朔の判断を仰いだ。すると、玄朔は、

「よくやったな、玄治。そちの処置は万全じゃ。一週間もしたらもう一度傷の経過具合を診て差し上げよ」

と申された。ところがその後の言葉に驚いた。

「ところで、玄治。そちは幾つになられたか？」

「今年で二十八歳になります。それが何か……」

「よき年ごろじゃないか。所帯を持つ気はないか」

と、あからさまに申された。

「なぜでございます。てまえはまだまだ修行が足りず、先生から学ぶことが多うございます」

「うむ、それは分からないでもないが、その件はこっちにおいといてじゃ。わしの娘の文をどう思ってるか聞きたいのじゃ」

「えっ、なんとおっしゃいましたか」

「つまりじゃ、早い話が文と連れ添う気はないかということじゃ」

寝耳に水とはこのことを言うのかもしれない。玄治も予期せぬことで、返事に窮した。

「玄治、おぬしは文が嫌いか」

と言うのだ。

「いいえ、そうではなくて、これは文さまがご承知かどうか、そこのところをお聞きしたかったまでのことでございます」

「無論、文は承知のうえだ。これまでも、おぬしのことを思っていたそうではないか」

「まことでございますか」

と、少々おとぼけ顔になって、

「お生まれになった稚児はいかがなさいまするか」

玄治は少々難儀なことを口に出してしまったことを恥じた。すると、

「それは、おぬしと文との二人で話し合えばよいではないか」

しかし、玄治は、文様が承知のうえであれば、お子様も始めから育てる覚悟はできていた。そこで、

「いいえ、先生。てまえが文さまと一緒になるのであれば、当然のこと乳呑児(ちのみご)も始めからお育てする覚悟でございます」

「おぬしは、なんと器の大きい奴。わしの見込んだだけのことはある。そうと決まれば、急ぎ祝言を済まそうぞ」

しかしながら、文にしてみれば二度目のことなので、玄治と文との祝言は身内の者だけのこじんまりしたものになった。それでも、玄治は弟子入りした時からあこがれていた文との縁組みができるなんて夢にも思っていなかったので心の底から嬉しかった。

玄朔と胡菜の両親は、啓廸院からそう遠くない所に二人のために小さな住まいと療治庵を提供してくれた。すなわち、玄治の医療の腕を認め一本立ちを許したのだった。

玄治は、表の看板にこう書いた。

「岡本療治庵・本道他なんでも施療由候」

さらには、その脇に、

「往診請申候」

とあった。

玄治とすれば、まだ名の売れぬ療治庵に来る患者がおるかどうかも分からぬので、思い切った看板にした。しかも乳呑児を抱えた文との共同でこれを支えねばならぬのだ。

ある日のこと、見るからに貧相な五平爺さんがやって来た。歳の頃は五十をとうに過ぎて青白い顔に深く皺を刻んでいる。

入って来るなり、玄治は訊いた。

「どうしましたのじゃ」

すると、

「腹、胸、腰の辺りが痛くてのう」

「そうか、どれどれ、診てみよう」

と、さっそくその五平爺の腹をさぐろうとしたが、着ているぼろ衣からの異臭が鼻をついて、つい顔をそむけたくなった。

無論湯浴みなど長らくしたことはないのだろうが、それにしても臭い。

玄治は、構わず胸から腹に向かって痛みの激しい部位を確かめようとした。

―この頃の疼痛を伴う胸部、腹部、腰部などの内臓疾患は、ほとんど「疝気」もしくは「癪」であった。しかし、この区分だが「疝気」は特に腹部・下半身の内臓の痛みであり、「癪」は胸部・上半身の内臓の痛みであるとされた。どちらとも言いがたい場合、当時の医師の診断は「疝癪」と言ったのである。

面白いことに、腹が立つのを「シャクに障る」と言うが、これはこの病の「癪」から来ている。

玄治が腹診を診るにあたって重視するのは次の三点である。

一つ目は、腹部の緊張度すなわち弾力性を診る。

二つ目は、圧痛の部位と麻痺。

三つ目は、腹内部の状態すなわち胃部の振水音や腹鳴の有無を診る。

である。この点に気を付けながら爺さんの腹を手でやさしく触れていった。

五平爺の腹の所が総じて冷えているのに対し、上半身はというと首、喉に手を当てた時熱っぽさを感じ取った。

「痛い、というのはどの辺かな」

「臍の下の方です」

玄治は、再度手をそうっと腹の下腹部に持って行って部位を探り当てようとした。その瞬間五平爺が、

「ウウッ」

と唸った。

「ここかな？」

と言ったが、

「そこも痛いのですが」

「すると、この辺りか？」

と抑えた時、五平爺は飛び上がるほどの痛みを感じた。

「やはり、疝気か」

と、言いながら
（この男、見るからに血色すぐれず痩せていて虚弱体質だ。話を聞くとしばしば腹痛を起こすというし、慢性の気があるので、処方薬は〈小建中湯（しょうけんちゅうとう）〉がいいな）

そう、玄治は独りごちた。

小建中湯とは、生薬の桂枝（ケイシ）、甘草（カンゾウ）、生姜（ショウキョウ）、大棗（タイソウ）、芍薬（シャクヤク）、膠飴（コウイ）を組み合わせた処方薬で、体の冷えを除去するのにかなり効き目がある。

このなかで最も重要な生薬は膠飴で、これは水飴でもよく、消化機能を向上させ呼吸器を潤し、緊張を緩めるのに役立つ。また、桂枝は芍薬と配合されて血液の流れをよくするのだった。

五平爺は、明らかに文（もん）無しだと分かっていたので、

「お代はいつでもいいですよ……」

と文が言って、調合した薬を持たせてやったところ、その五平爺が翌日晴れやかな姿で現れた。

「先生、不思議なこともあるもんやな。あの腹を刺すような痛みがまったくなくなってしもうた。先生には払う金もないが、後できっと恩返しをしますで、これで勘弁してくださいな」

と言って、裏の畑ででも採れたのか、大根と

菜っ葉を嫁の文に渡した。すると、文も、

「五平爺さん、こんなにたくさんありがとよ。この次からは何も要らないからね……」

と、相手に無理強いさせないように話した。

7

その後口伝いに評判を聞いた患者が、一人二人と日々増えていき、最近では外で番待ちができるほどになっていた。ところが、文のお腹が少しずつ大きくなっているのに気付いた玄冶は、ある日、

「文、おまえは赤子ができたのではないか？」

すると、文は、

「ええ、そうみたいです。でも、……わたしは生みたいです」

文にはすでに先夫の正因との間にできたたみという連れ娘（こ）がいたので、文は玄冶に気遣っての物言いとなった。その子もすでに三歳になっていたが、聞き分けの良い娘であったし、玄冶にも懐（なつ）いてくれた。それでも、こう患者が増えて来ると、何もかも忙しくなる。玄冶の手助けをしながら家事とともに三歳のたみを見て、今またお腹に子ができたとなればかなり負担が重くなるのは目に見えてくる。

そんな時、やって来たのが、曲直瀬正琳（しょうりん）（養安院）夫婦であった。

この正琳は初代道三の門弟であったが、適齢期を過ぎてから玄朔の長女綾（あや）を娶っていた。つまり綾は文の姉に当たる。

啓廸院での正琳夫婦は跡継ぎの玄朔を補佐し、院を盛り立てていたが、その後独立し、いつしか洛内で別の療治院を建て専念していた。玄冶より

もずっと前に独立していたために、すでに固定した患者がたくさん付いていた。

ところが玄治の医術も次第に良き評判となり、それが姉の綾にも聞こえて来たので、綾とすれば一度は訪れてみたいと考えていたのだ。それに正琳も別件の話があったので、さっそく挨拶に行く手はずを整えた。

そしてある日、正琳夫婦はちょうど患者の診察を終えた切れ目で、院の後を弟子たちに任すことにして、玄治のところにやって来た。

ところが、その行列を見るなり驚いた。

「これは評判どおりの療治庵じゃ。そのうち、わしの所は閑古鳥が鳴くかもしれんな」

正琳夫婦は二人で顔を見合わせ、ほくそ笑みながらやって来た。

その声で二人の訪問に気付いた玄治は、咄嗟に、

「これはこれはおいでやす。お義兄さま夫婦にこんな忙しないところをお見せするのは、なんともお恥ずかしい限りです」

文も、

「あらあら、お姉さま、よくいらっしゃいました。大丈夫なんどすか、お仕事の方は？」

綾もそれに応えて、

「それは、大丈夫なんよ。それよりも文、あんたお腹が大きいんじゃありゃしませんか」

「ええ、まあ、そうどすけど……」

「たみもまだ小さく子育て中だというのに、ほんまにしんどいのと違いますか……」

正琳夫婦は、一度は来てみたかっただけに、なかなか来れなかったのが惜しまれたが、今日来てみてよかった、と言う。正琳は見るに見かねて、さっそく居並ぶ患者の診療を手助けし出したので、

玄冶が診る患者の処置も早めに片付いた。

　あれほどいた患者も終わり、一段落したところで、正琳は話を切り出した。

「以前から大徳寺の住職を通じて知り合った人物がおってのう。沢庵宗彭というて、但馬国出石出身の僧だそうだ。通称は〝沢庵和尚〟と呼んでおるそうじゃ。この者、多くの師について禅宗を学び修行を重ねて来た男だが、いつしか自分もこの者の良き友となっておったわ」

―曲直瀬正琳は大徳寺が新たに寺院を設立する際、自身も寄付を投じることにより、月岑宗院和尚と昵懇になった。そして、この月岑を通じて沢庵和尚とも交流を持つようになったのである。

　そもそも沢庵という男は、天正元年（一五七三）但馬国出石の生まれで、父は出石城主山名宗全の家臣で秋庭綱典といい、その二男として生まれた。

　すると、玄冶は、

「てまえもその者の名前は聞いたことがあります。清貧独居の境遇も何のその、大徳寺での修行時代に甘んじることなく、泉州・堺と京の間を、また京と故郷の但馬・出石を何度も往復しながら、禅を究める沢庵どのの姿が目に浮かびまする」

「おぬしもそのように思うていたか」

「して、義兄うえ、今日の用事はなんでござるか」

「そうよ、その沢庵どのに頼まれてのう。一人、故郷の出石に医の道を志したい若者がいて、どこか弟子入りしたいと申されるのじゃ」

「はあ、それで……」

「わしのところはもう弟子が一杯おってこれ以上は申し受けることができぬ。そこで、おぬしに頼みたいと思うて来たのじゃが、どうかのう」

「そうは言っても、ご覧のとおりてまえどもは手狭でのう」

「そこをなんとかお願い仕る」

「てまえ一人の独断では決めかねる。何しろこぶつきが一人とこれから生まれる赤子で忙しくなる。医術を教えてる暇なんぞないぞ」

「いや、そんなことはない。家の中のことはなんでもやってもらえばよい。それが療治庵の仕事のすべてじゃからな」

するると、そこへ妻の文が顔を出して来た。

「話はようく聞こえてはりましたよ。私は構わないし、姉もその方がよろしおへんかと言うてくれましたわ」

「そうか、大変なのは皆同じか。その若者もそのような状況でもよいと言うなら、良しとしようではないか」

「じゃあ、話は決まった。明日にでも大徳寺に行って沢庵どのに話して来ようぞ」

用事を済ますと正琳夫婦は、そそくさと帰って行ってしまわれた。

第三章　沢庵宗彭と会う

1

あれから梨の礫で音沙汰なかったのだが、一ヶ月も経った頃、着古した清貧姿の坊さんが、テカリ頭の若者とともにわが療治庵にやってきた。どうもそのお方が沢庵和尚のように見受けられたが、本当に身なりは構わないようだった。それでも、その立ち姿は毅然としていた。

ここで話を少しばかり、沢庵宗彭のことに触れたいと思う。

京にある大徳寺は日本でも数少ない純粋禅宗の寺であるが、その時の住持は春屋宗園で、その人に沢庵は帰依していた。宗園という人は塔頭として三玄院を開山し、今井宗久、千利休などの茶人や戦国武将の黒田孝高（官兵衛）、長政親子とも茶の湯を通じて親しくしていた。一方泉南の堺の地では、師の一凍紹滴から印可を受け『沢庵』の道号を授かり、そこに「南宗寺」を開設した。

しかし、大坂の陣では、堺を含む泉南一帯の地は戦火で焼失し、南宗寺は見る影もなく無残な廃墟と化した。沢庵自身、戦に無関心でいられるはずはないと心積もりはしていたが、まさか愛着のある己が棲む寺までが焼かれるとは思ってもみなかったに違いない。

思えば、十五年前の関ヶ原の戦いでは、石田三成の居城の佐和山城にいたため、その災難にも出くわした。戦にはどちらにも加担しないが、二度も苦痛をなめさせられた点で、家康憎し、となるのはやむを得なかったのではないか。

家康側への強い憤りがあったことは確か。逆に、仏心篤く再三寺を建立し、豊臣家を最後まで守ろうと義を貫いた三成は、沢庵にとっても忘れがたい恩人であり、彼が世人の言うほどの狡猾な人物でもなかったことが、今日の歴史学者の考察からも窺える。

その後、南宗寺が南の地へ移転する際、家康配下の金地院崇伝（こんちいんすうでん）の指示で寺領を削られたことがあり、またしても徳川幕府の権力の前に従わざるを得ず押さえつけられた。

そのような時、故郷出石（いずし）の友である、小出吉英（こいでよしひで）から誘いがあった。

小出吉英は出石藩主であり、その菩提寺は宗鏡（すきょうじ）寺にあるが、沢庵もまたそこに先祖の墓があった。

そこで出石の名刹・宗鏡寺に向かったが、その寺の荒廃振りに気を病み、思い切って小出吉英に復興をお願いした。すると、小出吉英はその意をくみ、宗鏡寺を見事修復させた。

落成の日に帰郷した沢庵は、親戚縁者とともに父母の仏事を済ませたことで安堵した。

その後、いったん京に戻ったが、京や堺での煩わしさが募（つの）ってくるに従い、嫌気がさしてまた出石へ帰ることが多くなっていた。

そのような時に、姉が一人の男の子を連れて沢庵を訪ねて来た。

要件は、姉の子供が出石界隈のある寺で修行をしていたが、本人は僧になるつもりはまったくなく、むしろ医の道へ進みたいという望みを持っていた。それを母である姉がくみとって沢庵に相談を持ち掛けたというわけである。

沢庵は、己の甥に当たる前途ある若者の希望をぜひ叶えてあげたいと思い、姉の頼みを請け負うことにした。

　甥の名は、快心（かいしん）といった。

2

　その快心と沢庵が、さながら托鉢の身支度で二人して、玄治（げんや）の療治庵にやってきたのは、陽も暮れかかっての頃であった。沢庵の第一声は、

「こちらですか、岡本玄治さまのお宅は」

　すると、妻の文（ふみ）が出て来て、

「お話は伺っております。沢庵和尚さまですね」

「この度は、まことにぶしつけな申し出をお受け願いまして、なんとお礼を申してよいのやら……」

「そのようなご挨拶は、よろしいですから、とにかくお疲れでしょう。中にお入りくださいませ」

　中に入って行くと、まだ患者を診ている岡本玄治がいた。

「やあ、沢庵どのですか。今終わりますから少々お待ち願いますか」

「こんなに遅くまでお仕事を続けておられるとは、驚きです」

「いや、なあに。困ってる者がいれば治してあげるのが医師の務めですから」

「それはそうですな。拙者は構いませんから、そのままどうぞどうぞ」

　二人は、文の案内でそのまま奥に入って行った。

　文が出す白湯に一息ついた沢庵は、おもむろに尋ねた。

「御内儀どの、玄治どのはいつもこのように忙しいのかな」

文は、なんと応えてよいのやら、一瞬まごついた。

「ええ、まあ……。ですが、今日は少々特別かもしれません」

「そうですか。でもこの頃の玄治どのの療治庵はなかなかの評判だと聞いておりまする」

「沢庵さまのお耳にも達してらっしゃったんですか」

「そうですとも。私は今故(ゆえ)あって世俗を避けたいと願い、閑寂を求めながら各地を転々としておりますが、どこの地でも京医師の岡本玄治の名前が出て来るので、驚いておるのです」

「それはほんまですの」

「京で、〈医術の啓廸院(けいてきいん)〉を知らぬものはおりません。その門下生の中で最も優秀な逸材と謳われたのが〈岡本玄治どの〉ですから」

「エッ、主人がですか。それはお買いかぶりです」

その様な話をされているところに、玄治が戻って来た。

「沢庵どの、たいへんお待たせして申しわけありません」

「いえ、なんのなんの。さっそくで何なのですが、こちらが甥の快心です。まったくの未熟者ですが、気概だけは人一倍ありまする。ここで住まうことが叶うなら為すことすることすべてが修行だと申しつけておりますので、そのおつもりでお使いくだされ」

「そうですか。そのようなことまでお話しになったのですか。いずれにしてもお預かりして一人前になるようにいたしまする」

快心も、頭を下げながら、

「叔父上の申すとおりですので、よろしくお願いいたします」

と、やや言葉少なに応えた。


年月が経つのも早いもの、一年も過ぎると文に男の子が生まれていた。名を介球と名付けた、その子のお宮参りのためその日は家族で家を出たが、療治庵は留守にするわけにもいかず、快心に留守を頼んだ。

そんな日のこと。

岡本療治庵に乳飲み子を負ぶった若い女がやって来た。療治庵は困った患者のためにあるので普段から門を閉めてはならぬ、といつも玄冶が言っていたからその時は快心が診る羽目になった。

小袖に前帯をして髪はあっさりとした丸髷の女であったが、ただの庶民には見えなかった。快心は身分を問うのは失礼に当たると考え、すぐさま症状を訊ねることにした。

「いかがされましたか？」

するとその女、

「いいえ、私はどこも悪いところはないのですが、この子が……」

と言って、やや不安そうな顔をしながら、

「さかんに夜泣きして、痙攣を起こします。それが一日に何度もあるので心配になり、先生に診てもらいたいと思いやって来ました」

さっそく快心は、今そこで眠っている乳飲み子の額に手を当てて熱を診た。脈も診た。

しかし、熱はないし、脈も乱れた様子はなかった。

快心が頭を掻きながら言うには、

「これは〈疳(かん)の虫(むし)〉かもしれませんな。小児によくある異常反応です。虫の知らせとか虫の居所が悪いとか言う時がありますな、その《虫》のことです」

「治りますでしょうか」

「大丈夫です。疳が強い子には〈抑肝散(よくかんさん)〉という良い薬がありまして、これを服ませれば直に治るでしょう」

そこで、快心は奥に入り、さっそく〈抑肝散〉の生薬を調合して持ってきた。

「これを服めば痙攣は収まると存じます」

そう言われて、若い女は懐から銭を出しそそくさと帰って行った。

ちなみにこの処方薬の中にある「釣藤鈎(チョウトウコウ)」と「柴胡(サイコ)」という生薬が興奮を鎮める効能を持つので感情不安定の子には効き目がある。

玄治夫婦が帰ってくると快心は今日の患者について、事の次第を逐一話した。

玄治はその時、

「ああそうか、分かった」

と、返事したもののどうも納得したようには見えなかった。

数日した頃、この前診察してやった女の家に住むという下女が慌てるようにして療治庵にやって来た。

「先生、大変です。若奥さまが首を括りました。急ぎ来てください」

快心は驚きを隠せなかったが、玄治は、快心を連れてその下女の後をついて行った。幸いにしてその女の邸は療治庵からそう遠くない所にあった。

築地塀に沿って歩いて行くと立派な門構えがあ

り、見るからに相当名のある家柄とお見受けした。

門の前には下男が立っていて、玄冶と快心を中に通し、二人は、玄関口で履物を脱ぎ中に入って行った。部屋の前に来ると衝立があった。その向こうに寝床が敷いてありそこに横たわっているのがこの間のあの女であった。

そこにこの家の当主と思われる年嵩のいったご仁と後ろに控える跡取り息子の若主人が二人して、われらが来るのを待ち受けていた。すると当主がいきなり、

「早う来んかいな、おまえら医者どもが何を言ったか知れんが、このありさまだ。とにかく早う診てくれ」

玄冶はこういう時こそ冷静にしなければならぬと思い、

「ご当主さま、落ち着いてくださ い。まずは若奥さまのお体の様子を拝見させてくださいませ」

と言い奥に入っていった。女は堅い蝋人形のように見えた。横たわっているその脇に座り玄冶は手を差し伸べて女の脈を診た。

ところがどうだろうか、微かに脈が感じられたのである。首もとの縄の跡を見た玄冶はそこがあまり食い込んでいないのを確かめた。すると、

「ご当主どの、若主人さま、若奥さまは助かりますよ。大丈夫、ご安心ください」

と言って二人の気持ちを安堵させた。

次に、玄冶は快心に薬籠を持って来させ、中から消毒用に使う匂いの強い水溶液を取り出した。

まずはこれで気絶状態になっている女の息を吹き替えらせることにした。しかし、あまりながく嗅がせるのは返って害になるので僅かの時間で様子を見究めた。

するとどうだろうか、鼻息を大きく吐き出してはまた吸い込むという動作をくり返し始めた。玄治自身、

「これで大丈夫だ」

とひとりごちた。それから、若主人には廻りの衝立を取り払うようにお願いした。また下男には東側にある障子も開け放って心地良い空気を入れ替えるようにお願いした。すると、それを見たご当主は安心したようにその場を去って行ったのである。

　四半刻もした頃だろうか。若奥様の意識が戻って、目を開けた。ただ、その姿は茫洋として焦点が合わない目つきだった。

「若主人さま、今はまだ朦朧(もうろう)として正気が戻って来てませんが、時が経つとともに少しずつ意識は戻って参ります。それと、気持ちが落ち着くような薬を調合して差し上げますので、これを後で服ませてください。これは精神安定剤です」

と言って、「加味逍遥散(かみしょうようさん)」を三袋ほど手渡した。

ちなみに、「加味逍遥散」は、肝臓の機能低下を抑制し、血液を順調に全身に送らせる薬であり、イラついたり、憂鬱になったり、女性特有の帯下(こしけ)などの生理不順等などに効き目がある。

帰りしな、玄治は門の入り口にある表看板に気が付き快心に指さした。それには、

「狂言師・鷺(さぎ)流」

と書いてあった。

玄治はこの「狂言」については以前から興味があり、その知識も得ていたので道すがら快心に説明した。

「狂言は、能とともに歴史が古い。奈良時代に中

国から伝わった『散楽（さんがく）』という物真似芸が発達し、平安時代には『猿楽（さるがく）』と呼ばれ、さらに時代が下って、観阿弥（かんあみ）、世阿弥（ぜあみ）が活躍した室町時代に、猿楽は『式楽（しきがく）』と呼ばれるようになり、『能・狂言』は武家社会で典礼用の正式な『音楽式楽』として扱われた。極めて格式高いものだったため、信長、秀吉、家康のような強大な後ろ盾を得てこの時代まで受け継がれて来たものだ。

『能』がお面を付けて実際に存在した人物を演じるのに対して、『狂言』はお面を付けず登場人物は無名の庶民の人々が多い。

　また、『能』は舞踊的要素が強く抽象化・象徴的表現が目立ち、内容は現実と夢が交差する悲劇的な演目が多いのに対して、『狂言』は庶民の日常生活で沸き起こる笑いを演目にした喜劇なので、どちらかというとわれら一般にも理解できるようなものが題材になっている」

　快心は、玄冶の詳しい説明にただただ感心していた。

「今のこの時期、狂言は最も盛んになり、家元として、大蔵（おおくら）流、和泉（いずみ）流、鷺（さぎ）流の三派があり、なかでも徳川家康のお抱えとなっていたのが今日のこの狂言師・鷺流の鷺仁右衛門宗玄（さぎじんうえもんそうげん）に違いない」

「そうでしたか。すると、その鷺流の跡取り息子が宗薫（そうくん）であり、そのご内儀が先の若奥さまなのですね」

「そういうことだ。幕府や藩のお抱え狂言師や能楽師は、武士の身分が与えられており、幕府の身分はお目見え以上で、旗本の扱いとなっている。家康直々のお抱えとあらば、鷺流の家元はかなりの格式が高かったとみてよい。それに三派の中では筆頭格で、狂言界の重鎮と言っても差し支えない。お弟子さんも多数抱えており、当主や大御内儀(おおおかみ)の指導や躾はかなり手厳しいという。

　嫁に来てまだ数年位にしか経たない若奥方にしてみれば、甚だ窮屈だったに違いない。そこに乳飲み子の夜泣きや痙攣で夜もろくに眠れなかった女が、昼日中から舅や姑にああしなさいこうしなさいと言われたら、頭が変になるのは目に見えている」

「そうですか」

「もう限界に来ていた嫁が気も動顚し、発作的に自殺行為の挙に出たのは自明の理としか思えない」

　玄治は、後で快心にはこう言った。

「いずれにしても生命を取り留めたことだけは善(よ)しとしなければならないが、おぬしは、ただ乳飲み子の診断だけをした。乳飲み子の母親の様子も見ておれば何かを感じ取ったのではないか」

「確かにそうでした」

「つまり、若奥さまの日頃の生活状況をつぶさに聞いてから診断すれば母親にも異常があったことに気が付いたであろう。問診はそのためにあるのだ」

「これからはそのようにいたします」

「それでもその方はわしのいない留守にようやってくれたわ、礼を言うぞ」

　そう言って玄治は快心に医師の心得を諭し、その後やさしいねぎらいの言葉を掛けるのを忘れなかった。

3

　玄治は、その後の大坂の陣で泉南の南宗寺が焼けてしまい、定住の地がなくなってしまった沢庵和尚が気になっていた。甥の身でもある弟子の快心に訊くとこんな言葉が反ってきた。

「京の大徳寺の一隅を宿舎にしたり、岸和田城主になった小出吉英の伝手で城内にある月光寺に仮住まいをしたりしているそうです。また南宗寺の建築中に、筑前太宰府の黒田長政から彼の菩提寺である崇福寺を博多へ移築したので落成法要を行うから来ないかと誘われましたが、これも固く断ったそうです。それは、関ヶ原の戦の敗走後、捕縛された石田三成に掛けた最後の長政の見下した言動があまりにもひどかったので、これが沢庵さまの脳裏に応えたらしいのです。沢庵さまにとって三成さまは忘れがたい恩人でもあったようですからね」

「そうか、そのようなこともあったのか」

「さらに沢庵さまは放浪の日々を繰り返し、山城の妙勝寺の一庵にも寄居しました。ここは晩年一休宗純が住んだ寺で別名一休寺とも呼んだようです。でも翌年、各地を転々とした沢庵さまは、故郷の但馬出石に戻ることを決意し、その宗教寺の背後にある山麓に草庵を結んだとお聞きしました」

「何ゆえ、ふる里に戻ったのだろうかな」

「やはり、世俗を避けて安穏な暮らしを望んだのかもしれませんね」

「それは分からないでもないことだ」

その後沢庵は、出石の草庵を「投淵軒」と名付けた。

二間半の間口に切妻屋根で、玄関はあるが中は粗末な一室のみである。鍋釜一つで自ら米を研ぎ、粥を煮てすする。寒くなれば一麻衣をまとって凌ぐ。それだけで一切の生活をする。

余計なことは一切しない。

読書と歌詠みに興じ、一生が雲水、修行と心得、故郷の山居を愛する沢庵がそこに在った。関ケ原以降の世相を凝視しつつ韜晦していた沢庵はこんな歌を詠んだ。

我庵の花咲く山のふところを
　さぐりて梅を訪ふ人もなし

我庵の前なる山にあつまりて
　よしなの鳥のとはず語りや

春夏秋冬の四季折々の風雅に合わせ、時にはたゆたい白い雲に心をそそぎ、清貧独居のなかに、風流の楽しさを味わう。さらに、

我庵山田の蛙つぶめくも
　己が心をのぶるならずや

わが庵の軒のつづらに住むかげは
　消えてもきえぬ春の夜の月

わが庵は軒も扉もまばらにて
　風さえうちにやどりかねぬる

まさに沢庵の歌作三昧の暮らしであった。

沢庵はこの「投淵軒」で『理気差別論』を書いた。儒学を踏まえた朱子学で、彼独自の世界観、人生観を描き出した。

つまり沢庵はこう言う。

「万物は、理と気との相互連関によって生成し存在する。理が働いて気が生じる。気は現実界を生きる力だ。

理は空である。無形無想。天地の間に満々とあって、いたらぬところはない。魚の目に水が見えぬように、人の目に空は見えもしない。

見えないからとて、ないのではない。草木が動けば風が分かるように、心法を悟った人は心眼で

これを見る。

　色形のないものを見るには心眼が必要。心眼をひらくことが大事。

　人の自然なまことの姿は、啼くことと笑うこと。人が啼くのは、田舎でも都会でも異国でも同じ、このように天地自然と同じように人は啼き笑う。幼児の啼きは、田舎でも都会でも変わることがない。血気からつくるものではない。

　天地自然の正直にしたがうのが〈道〉なのである」


　ことほど左様に沢庵は、世情から離れこの但馬の山奥にこもって一心不乱に独自の思想論を弁じた。ただ、暮らしは貧しかった。貧乏はどん底で、米櫃が空っぽの日が幾日も続いた。周りにある野菜作りもわずかしかなく、飢えを凌ぐのに精一杯だった。時々都から訪ねて来る者がいた。

　あの和歌づくりの名手烏丸光広卿だ。彼が来た時は歌合せなどして興じ、また貢ぎ物もあって欣喜雀躍。

　しかし、その後は訪ねる者もなく、日に日に体が衰弱して行くのが分かった。そのような時に、快心の母親であり沢庵の姉でもある、志麻がこの「投淵軒」を訪れた。

　志麻は、草庵の入口と思われる枝折戸に手を掛けたが開閉が上手くいかず手をやいた。いかにも人の出入りが少ないことを思わせた。

　詫び住まいに徹しようとした沢庵はほとんど来客を遠ざけた。先の烏丸卿だけは歌作りの仲間として興じ合えたので通したくらいだ。

　しかし、その後も姉の志麻は弟の身が心配になり、とうとうこの草庵を尋ねる気になったのだった。近づくと、経典を読む読誦が聴こえて来た。

無常甚深微妙法（最高にして深遠な真理には）

百千万劫難遭遇（どれほど生まれ変わりしても巡り合うことは難しい）

我今見聞得受持（しかし、私は今仏教に出会ってその教えに触れることができた）

願解如来真実義（願わくば仏陀の説かれた真理を体得せん）

これは開経偈の一節だ。続けて懺悔文が始まった。

我昔所造諸悪業（私が昔からなしてきた様々な悪しき行いは）

皆由無始貪瞋痴（すべて始まりもない昔から貪りと怒りと愚かさを原因として）

従身口意之所生（体と言葉と心によってなされたものです）

一切我今皆懺悔（それらすべてを私は今皆懺悔いたします）

今度は四弘誓願文の経である。

衆生無辺誓願度（数限りない一切の衆生を救済すること）

煩悩無尽誓願断（尽きることのない多くの煩悩を断つこと）

法門無量誓願学（広大無辺の法門をことごとく学ぶこと）

仏道無上誓願成（尊い仏道を修行して必ず成就すること）

これら一連は大徳寺の禅宗のお経の読誦である

が、志麻はいつかどこぞの宗派でも聴いたような気がしていた。まして、最後の「四弘請願文」などは、仏教徒としての四つの誓いを示したお経なので、志麻は何度も聴いたことがあった。

その後に続けたのは「般若心経（はんにゃしんぎょう）」であった。

それが終わると、また「甘露門（かんろもん）」というお経が始まったのであるが、どうも段々お経の声が弱くなり、今までのような荘厳の響きがなくなっていた。読誦というのは、詠み進むうちに古代のサンスクリット語のリズムに乗るようになっていき、不思議なくらい、歌詠みのような抑揚感を味わうようになる。息継ぎもほとんど分からない位になっていくのだ。ところが、志麻が今聴いているお経にはすでにそれがない。以前聴いた沢庵の読誦になっていないのだ。

志麻は、気付かれないようにそっと戸の傍に忍び寄った。

すると、今まで続いていたお経がなぜか弱弱しくなりついには聴こえなくなった。途中で止んでしまったのだ。

すると、バタン！　という何かが倒れるような音がした。

そこに至って初めて志麻は異変に気付いた。

思い切って引き戸を開けた。

そこは、行を組む姿の和尚ではなくなっていた。座ったまま横に倒れた沢庵がいた。

志麻は驚いて傍に駆け寄って行った。

「これ、春翁（しゅんおう）！　大丈夫かぁ」

春翁というのは沢庵の子供の頃の名であるが、咄嗟にその名が出ていた。

応答がない。今度は耳の当たりに近づけて大きな声を出した。

「姉の志麻じゃけ。分かるかヨー」

気を失っているせいかまったく覚醒しない。

次に背中に腕を回して体を起こそうとするが、骨皮ばかりでこわばっており、直に骨に触るような気がしたのだ。

これまでの禅修行一途の僧が、いかに身を潔白にし困難を極めながら御仏（みほとけ）に仕えて来たか、志麻は知る由もなかったが、それでも肉親の弟にもしものことがあってはならないと身を案じた。

この冬は極めて寒さが身に沁み、食料さえ調達するのが難儀であったろう。それを思うと居ても立ってもおられず、こうして志麻は米、味噌、野菜の他に鹿の乾（ほ）し肉、スルメ、さらに栗、胡桃（くるみ）の実、それに濁酒などを見繕って持って来たのだ。

食を何日も断つ修行があること位は分かってはいても、体の冷えと衰弱が高じれば身が持つまいと考えてのことだった。

それが図に当たった。体は骨川筋衛門、見事な細りようだ。

「春翁、目を覚ませ！　起きろ」

志麻は、体を起こし背中をさすりながら張り裂けんばかりに大きな声を出した。

時を経つのも忘れて志麻の介抱が続けられた。顔を当て鼻息がするのを確認すると死んではいないと悟った。

すると、何かにうなされているかのような呻（うめ）きがあり、かすかに目を開けた。

「おお、気が付いたかの、春翁。おらじゃ、分かるけ」

しばらく宙を見ていた沢庵だったが、傍に人がいるのに気が付いて、

「姉さまか、そこにおるのは……」

と言う声とともに、

「春翁、煮炊き場を見たが何もなかったぞ。おぬし、ここのところ何も喰ってはおらぬな」

「食を何日も断つ行じゃよ」

「嘘つけ、こいつ。食べ物がない時は正直に言うもんじゃ」

「まあ、姉さま……には……嘘は……付けぬわ。ワハハ！」

と言い、口から出る言葉がかすれて、あまりよく聞き取りにくかったが、

「どこか、悪いのけ」

他人に本音を吐くことはない沢庵であるが、姉の志麻には話した方がいいと思い、

「実はな……姉さま、このところ……腹の痛みが収まらぬ」

「ええ、それはまことか。それで、今まで我慢しておったのか」

「そりゃあ、まあ……でも痛みが収まってくる時もあるし、こりゃあ大したことはねえと、安心しておったのよ」

「そりゃあ、ダメじゃ。息子の快心がところの玄治先生に一度診てもらえ」

「でも……わしは……当分京には行かんと……決めたのじゃ」

「そうか、おまえもいったんそう決めたら、後を引かぬ性質（たち）じゃからのう」

志麻は、考えあぐねたすえ、

「それなら、快心に手紙を出してやるわ」

すると、

「そんなことやめて……くれい……わしなら大丈夫……心配すんな」

しかし、志麻が見るところ、沢庵はだいぶ弱っ

ているように見えた。日頃から気丈夫で誰にも弱みを見せたりはしない男だが、尋ねてきた姉には肉親の情ってやつで、ややもすれば本音が出てしまったのかもしれない。

　そんな会話があった後、快心から志麻の出した文(ふみ)の返事が来て、玄治先生が一度但馬・出石に物見遊山に出掛けたいと言ってきたのであった。まあ、それが口実であること位、志麻はお見通しだったが。

4

　姉の志麻の手紙に書かれた「沢庵の体の具合がおかしい」という、その言葉に気押されるようにして、旅支度を終えた玄治は、快心とともに京を出て但馬出石に向かった。

　老ノ坂を越えるとそこはもう丹波国亀岡の盆地である。

　玄治はここが以前明智光秀の所領であったことを思い出した。当時光秀は信長から備中（今の岡山県）で毛利勢と対峙している秀吉の後詰(ごづめ)をせよと命じられていた。信長の本能寺を襲うということが果たして愚挙かどうか判断のつかぬ光秀ではなかったが、この時誰かがこうせねばという心理状態が働いたとしか思えない愚行に出た。

　丹波での光秀の治世は評判がよく民衆にもよく受け入れられていたという。その丹波が取り上げられ、しかも彼が好んでない秀吉のもとへ功名を助けるべく備中へ行けと命じられるのは甚だ合点がいかなく思い悩んだのであろう。

　光秀はこの時五十歳を過ぎていて、心身の負担に耐えうる力は乏しくなっていた。強靭ではなくなっている人の神経が苛まれる時とはいかなることか。もはや精神錯乱に近い心情で、一万三千の兵を率いて道幅の狭い老ノ坂を越え、京の市街地へ向かったに違いない。その本能寺の変が日本史上の歴史の転換点になったことは否めない事実となった。

その亀岡の地に明智光秀の亀山城があった。

その亀山城を過ぎて園部（そのべ）に着く。先の出石藩主の小出吉英の先祖は小出甚左衛門（こいでじんざえもん）といい、この園部の地から始まった。この甚左衛門の生まれは秀吉と同じ尾張の中村で、そのよしみで家来になったと思われる。また、ここから西へ折れれば篠山（ささやま）に行くが、われら二人はそのまま真っ直ぐ丹波道の福知山を目指した。

丹波福知山城も光秀の居城であった。その福知山の先が夜久野（やくの）高原である。周囲の山々に囲まれた自然が豊かな所で、桜の木々が通りの両脇に植えてあり、春にはさぞかし多くの見物客で賑わうであろうことが想像された。

ここで休憩し道草をしていると、その道の真ん中に猿が現われ、われわれの前で毛づくろいをした。まるでのどかな風景だと二人は思った。

その先を見やると、樫やナラの落葉樹が鬱蒼と茂る森林地帯になっていた。

ここはもう播磨（兵庫県）との堺である。播磨の朝来（あさご）には「竹田城（たけだじょう）」がある。もとは山名宗全（やまなそうぜん）の配下の太田垣（おおたがき）氏が築城したが、秀吉の時代になって弟の秀長に攻められ陥落する。その後、播磨龍野（たつの）城主の赤松広秀（あかまつひろひで）が治めている。

―今の「竹田城跡」は、関ヶ原の戦いの後、赤松広秀の死とともに廃墟となったその姿が残っている。その石垣は野面積みで近江の穴太衆にによって築かれた。この地方の早朝の気温と日中の気温差が大きく、これが雲海の現象を引き起こし、雲海が取り囲む幻想的な竹田城跡を望めるのはこの時で、「天空の城」と呼ばれる謂れはここにある。

その竹田城とは反対の北の方角に道をとると、遠方に八百メートル近くある床尾山が見えて来た。西と東の床尾山連山を横に見ながら山道のすそ野を歩くが、二人の他には誰の姿も見当たらない。道はくねくねと登り、また下って行くと先の方にどこの住まいから出ているのか分からないが煮炊きのような白い煙を目にした。すると、

「先生、出石はもう近いです」

と快心が言う。

「おぬしの土地勘がそうさせるのだな」

「はい、もう心配はいりません」

すでに陽は落ち、暮れかかっていたのだが遠くの家々が影絵のように見えていた。

間もなくして出石の村落に入り、快心の実家にたどり着いた。

着くや否や、快心の母親の志麻とその亭主の大野新三郎が温かく出迎えてくれた。大野新三郎は出石藩主小出吉英の家臣ではあるが、すでに歳も取っていて普段は農家の仕事に従事していた。新三郎は腰を低くしながら、

「玄治先生、よう、来んさったなあ」

すると、志麻も、

「お疲れになったでやしょう、先生。さあ、さあ、ここに座って足を投げ出しておくれでないか」

旅の者が宿に着くと同じように、おみ足を雑巾

ですぐに拭ってくれたのである。

　陽が落ちると、この辺は極端に寒くなるので、すでに囲炉裏に火が入っていた。

「さ、こちらにどうぞ」

　と言うご亭主の誘いにのって玄治は、囲炉裏の四辺のうちの客座にすわった。

　その後、志麻が温かい深(ふか)し饅頭(まんじゅう)と甘酒を持ってきてくれた。

「これを食べてみて温まっておくれんしゃあ」

「快心も食べろ」

　二人は旅の疲れを落とした。

　一段落した頃、志麻はこの間起きた沢庵の体の状況をこと細かに見たままを話した。すると、

「よう分かりました。とにかく明日、現地へ赴き本人の体を診てみましょう」

　と玄治は言った。

5

　朝早く志麻の案内で三人は家を出た。

　集落を通り過ぎ、しばらく行くと杉木立が点在するなかに宗教寺が見えた。三人はどこの武将からか献納されたであろう何基かの石灯篭の側を通って向拝の前に立った。一行が拝礼を済ませたところで、快心が、

「この先に道はありませんね」

　すると志麻は、

「わたしも初め来た時は、迷いましたさ。この先どう行けばその『投淵軒』という所にたどり着けるのかとね」

　すると玄治が、

「そこは裏の山に在る、と言うのでしょうから、本堂の裏側に登り口があったのでは？」

「そのとおり、さすがは先生」

志麻が指さす本堂の裏手にその登り口があった。

志麻はさっさと先導してその裏手口から登り始めた。その脇道だが椿の茂みが交錯して生えており、すんなり前へ進むことが難しかった。

間もなくして、やや高みのある空間に出た時、竹藪の向こうに草庵が微かに見えた。息せき切って登って来た皆だったが、その平らな空間で一休みしようと下を眺めると、出石村の全貌が一望できた。

なおも、藪同然の中をくぐり、壊れかけた枝折戸に手を掛けながら三人は中に入って行く。

志麻が戸口で声を掛けると、始め応答がなかったが、二度目の時はいつも聞き慣れている相手の声だと分かったからか、反応があった。

だが、顔を出した和尚は、三人を見て驚いた。

何ゆえ、ここに三人で来たのか不思議でならないという顔をした。それでも、久しぶりに会う玄治殿と快心の顔をみて、万感の悦びを見せた。

「玄治どの、久しぶりじゃのう。それに快心もよく来たのう」

沢庵は、痩せこけた体に目をギョロつかせながら皆の顔を見た。そして、いみじくも肉が落ちて骨だけになったその手で玄治の手を握った。

だが、玄治はこの握った和尚の手に震えがあったのを見逃さなかった。修行でやせ衰えていたのは確かであったが、本人も気付かないほどの小刻みの震えに異様さを感じ取った。

「沢庵どの、しばらくお会いしないうちにだいぶおやつれになりましたな」

「わしの体か。まあ、この寒さのせいで、体が麻痺して震えが止まらぬこともあるが、たいしたことじゃない。ただ、時々手に痺（しび）れがあるがな」

「それはいけませんな」

「頭はまだ衰えてはおらん。だが、口がよう廻らん。それと時々眩暈（めまい）がして立っておられんこともあるがのう」

「それは、もう中風（ちゅうぶ）の気がおありです。気が虚になって血が滞り、栄養が全身に行き渡らぬために起こる病です」

「何、病だと。わしは病などには罹（かか）ったことがないわな」

「痺れや口のもつれが出るのはそのしわざです」

「玄冶どのは医師（くすし）だから分かるのか」

「ところで、こんなことをお聞きするのはちと酷ですが、尿の漏れなどありませぬか」

「いや、そのことじゃが、なんともお恥ずかしいことに、この何日か用も足さぬのに褌（ふんどし）が滲みておるのじゃ」

「やはりそうでしたか。修行とはいえ空腹を長い間続けておりますと、心身ともに弱って参ります。人との交流もないと喜怒哀楽のなさと栄養不足の障害によって邪気に侵されます」

「それは、まことか」

「このままではいつかお命にかかわる大事が訪れて来るでしょう」

「おどかすでない。わしはまだ死ぬわけにはいかぬ。なんとかなるのかのう、玄冶どの」

「偶然とはいえ、わたしがここにいるのが幸いしました」

「それじゃあ玄冶どの、ひとつわしの体を診てはくれぬか」

「それはもう、大丈夫。ご安心くだされ」

　そう言いながら、玄冶は後ろを見た瞬間、志麻殿に目配せした。

　勘づかれずに上手くいった、という合図だった。

　それから玄治は、まず沢庵の左手をとり、差し指、中指、薬指の三本の指を当て、動脈の拍動が脈を打ってる所に触れた。

（脈が弱く、手首を強く押さえてようやく触れる感じがした。脈の迅さは一呼吸の間に四つから六つまでだったので正常。だが、弱い脈は気と血の欠乏があり疲労感が宿っている証拠だった）

「沢庵どの、診断の結果ですが、やはり中風と心得ます」

「中風とな。いかにすればよいのじゃ」

「今から治療すれば治ります。目、口がつり上がり、半身麻痺を起こすようになったら手遅れですから」

「そうであったか。偶然とはいえ、そちが診てくれたので鬼に金棒じゃな」

「この病ですが、この寒さのなかで邪気に当たり体が変調をきたしたのです。気と血が滞ったに違いありません」

「して、どうすればよいかな」

「これから灸と薬を処方いたします。つまり、気血の通りをよくする手当てです」

「治るのにどの位かかるのかな」

「沢庵さまのご努力次第でございますが、重症とまではいってないので一、二ヶ月もすればおおかた治ると存じます」

　玄治は沢庵の体を俯き（うつむ）に寝かせて、肩甲骨の最上部両脇にある「風門（ふうもん）」という所にお灸を据え、その下にある二ケ所にも灸を据えた。さらに肩甲骨の下部を結んだ背骨の中央の所に灸穴（つぼ）があるのでそこにも艾（もぐさ）を置いて火を付けた。かなり、熱く

なるのを堪えているようだったので、玄治は、

「そろそろ終わりに近づいてきましたよ」

と、安堵感を与えた。

それから快心を呼び、服み薬は「補陽還五湯（ほようかんごとう）」の処方が良いと言い渡した。快心は「当帰（トウキ）」「川芎（センキュウ）」「芍薬（シャクヤク）」「桃仁（トウニン）」「紅花（コウカ）」「黄耆（オウギ）」「地竜（ジリュウ）」以上七種の生薬からなる薬を処方して沢庵に与えた。

―地竜は、ミミズの腹を裂き体内の内容物を除いて乾燥した生薬のことだが、主に解熱・利尿薬として用いる。

「何から何まで手を尽くしてくれて感謝申し上げる」

「なんのこれしきのこと、大事な沢庵さまにもしものことがあれば、公卿の烏丸光広卿や大徳寺の宗主さま方に叱られまする」

「それは別として、玄治どの。ここに来た良い機会じゃからこの先にある城崎（きのさき）温泉にでも行き、湯治でもなされたがよかろう」

「ええ、そんな湯治場がこの辺にもおありですか」

「さしずめ、物見遊山の旅のつもりで、いい機会ではないですか。それ、快心も同道して行って参れ」

妙に変な成り行きになって来たが、玄治も久しぶりの長旅を覚悟していたので、辺境の地で雅境に入るのもいいかなと思い、快心とともに城崎へ行くことにした。

もとはといえば、沢庵は玄治が物見遊山の旅に此方に出掛けて来たのかと思った位だから、まったくそのとおりに事が運んでいったことを悦んだ。

玄治と快心の二人は、但馬街道を北に向かっ

た。そこは豊岡という地名で、室町時代から山名氏が治めていたところで、その豊岡城は山名持豊が築城したものだ。但馬街道沿いに寄り添うように流れる川に円山川（まるやま）があるが、これは但馬国最大の河川であり、その支流の大谿（おおたに）川沿いに湧出する温泉が城崎温泉である。その川の両脇に湯宿が何軒かあった。二人は湯宿を通り過ぎそのまま上流に足を運んだ。すると、朱塗りの橋を渡った所に寺の山門があった。ここが沢庵が話していた「温泉寺」だと分かった。なんでもこの寺は天平年間（七二九～七四九）に道智上人（どうちしょうにん）が開創した所らしい。堂の中に入ると本尊様と思われる十一面観音（かんのん）立像（りゅうぞう）があり、その荘厳の重々しさに思わず圧倒されたのだが、同時に二人はここに導いてくれた沢庵和尚の気遣いと逸早い快復を願い、手を合わせた。そしてこの像は、奈良の長谷寺にある本尊、十一面観音像と同じ木で彫られていることが分かった。お参りを済ませた二人は、もとの湯宿が立ち並ぶ所に戻り、宿主の案内で極楽気分の湯に浸ることができた。

湯から上がり、部屋に戻った二人が、ふと外を見ると、柳並木が続く川沿いに石灯篭や石造りの太鼓橋があるのに気付き、改めてここの情緒あふれるたたずまいに感嘆したのだった。

――この「出石」と「城崎温泉」には、幕末の志士・桂小五郎（かつらこごろう）（木戸孝允（きどたかよし））の逸話がある。桂小五郎は、禁門の変で朝敵として追われる身となったのだが、その潜伏先がここ出石と城崎温泉だった。彼は知人を頼り、この出石に落ち延びて荒物屋を営みながら町人に成りすまし、また城崎の湯治場で湯治人として過ごしていた。

八ヶ月潜伏した後、京から来た妻の幾松の説得で長州へ舞い戻って行った。

さらに、ここ「城崎温泉」のことは、『古今和歌集』の藤原兼輔の歌に詞書されて、

「但馬国の湯へまかりける時に……」

と掲載されているように、平安時代からすでに、都人には知れ渡っており、また、その客人たるや、京・大坂・堺などの商い人たちが大勢来ていたところだったのである。

玄治は、この時初めてここの温泉宿が由緒ある名湯なのだと知った。

湯治客のように長逗留はできなかった二人だが、帰路はやはり心配になった沢庵を診るため出石に立ち寄った。

すると、沢庵の体はすっかり快復の一途をたどっていて顔に血の気が戻っていた。

「これならもう大丈夫、沢庵どの」

と玄治は励ましの言葉を掛けて、二人はまた京を目指して帰って行った。

第四章　徳川家との奇縁

1

翌年の元和九年（一六二三）五月十二日、二代将軍徳川秀忠は江戸を立ち、京に上洛、二条城に入った。遅れて六月徳川家光も江戸を出立した。五月の予定が瘧(おこり)病を発して六月にずれたのである。—瘧病は、マラリア性の熱病の一種である。

家光は七月に入ってから京に着き、伏見城に入った。

七月二十七日、朝廷の公家衆を迎え、この日伏見城で家光の将軍宣下の儀が正式に行われた。家光、二十歳(はたち)の時である。

さらに、家光はその返礼のため八月六日、参内(さんだい)し、後水尾(ごみずのお)天皇に拝謁した後、太刀・馬を献上し、あわせて銀一千枚、綿一千把を進上した。

その後、天皇家に嫁いだ妹の女御徳川和子(まさこ)にも暫くぶりに対面する。そして、二条城へ戻り、秀忠のもとで三献の祝宴が開かれた。祝いの宴が終わった後、その日のうちに伏見城に帰って行った。

参内を終えた家光は、一連の行事が無事終わったので後は自由になった身で、八月十九日大坂へ行き、徳川家が建てた新大坂城を見物した。その後、伏見に戻ったのであるが、疲れが出たせいか食欲がなくなり、急にお腹の痛みを催した。そこで、いつか大権現(だいごんげん)様（家康）から聞いたことのある京での名医を思い出した。

それは、曲直瀬(まなせ)流本家の曲直瀬玄朔(げんさく)が今は徳川幕府から拝領された江戸城大手門近くに住まいを持ち暮らしているのに対して、一方京ではこの曲直瀬流を継ぐ名医の〈岡本玄冶〉という医師がいるという話であった。

　そこで、家光は急遽その岡本玄冶なる医師を伏見に呼ぶことにした。

　将軍家光の使いの者が突然訪れ、事の次第を告げられた玄冶は、そのあまりの出来事にびっくり仰天。果たしてこの申し出を断るわけにもいかず頭を悩ましているうちに、とうとう迎えの駕籠が玄冶の家にまで来てしまった。

　それから、その駕籠に乗って伏見城に向かったまではいいが、城の中に通された玄冶はあまりにも煌びやかな表向き御殿の造りに圧倒されていた。

　玄冶がかしこまって着座していると、そこへやって来たのはまぎれもない家光公であった。

玄冶は、咄嗟に頭を下げ床に擦り付けた。

将軍とはどのようなお人かは知らぬが、初対面でもある。興味はあったが粗相をしてはならぬと体がこわばった。

「そちが岡本玄冶か。表をあげい」

　そう言われて、頭をゆるゆるとあげていった。

「ハハア。てまえが玄冶にございます」

「そう硬くなるでない」

「こたびのお呼び立て、かたじけなく思います」

「それはそうと、京でのおぬしの医師の評判は大したもんじゃな」

「それはありがたき幸せに存じます」

「いや、わしもこたびの度重なる行事ですこし体がこたえた」

「いかなる状態でございまするか」

「体の芯が疲れたせいか、とんと食欲がわかぬ。

さらにこの辺りの腹が急に痛むのじゃ」

「それはいけませぬ。失礼とは存じますがお差し支えなければ上さまのお体の方を診させてはいただけないでしょうか」

「そのようだな、別の部屋に臥所がしつらえてあるのでそこで診てはくれぬか」

家光は、家臣を伴い先に立ったが、その後しばらくして玄冶も案内に従った。

肌衣で床に横たえた家光は、

「待たせたな。それでは診てはくれぬか」

玄冶は家光殿にお会いした時から感じていたのだが、顔の表情が尋常でなく、しかも顔の色艶、手の皮膚に光沢がないのに気が付いていた。左手を取り、脈を診た。脈に力がなくすぐに〝虚〟と診断した。

次に横になった体の腹部を触ってみると、結構堅く張っており弾力に乏しいことが分かった。このたびの江戸からの長旅の疲労と到着後の京での一連の「将軍宣下の儀」の行事などが体に堪えたようである。生命力が虚衰していた。

玄冶の診断は、「癪聚」と診た。

―これは俗に「癪」または「疝気」とも言ってるが、一般的には気滞の浮沈から来るもの。腹の痛みが突然やって来て苦しんだというから、今日でいうところの胃痙攣あるいは神経性の胃炎、または胃潰瘍・十二指腸潰瘍のたぐいである。

そこで、玄冶は次の処方を考えた。

庶民の間で評判の即効薬に「延命草」というのがある。通称「ヒキオコシ」とも言うが、これをまず服ませることにした。昔、旅人が山中でにわかに腹痛に苦しみ、まさに死なんとした時、たまたま弘法大師が通りかかり、傍らの草を取って与えたら、たちどころに回復したという逸話がある。そこでこの「延命草」という名が付いたというのだが、これを服ませた。

　すると、すぐに効いて来たようだが、また呼び出しがあった。

　これは飽くまでも一時しのぎの即効薬であったから、虚弱体質の体をもとどおりにするためには、脾胃(ひい)の補強と滋養が必要と考え、「甘草瀉心湯(かんぞうしゃしんとう)」を調合した。この生薬には甘草(カンゾウ)、半夏(ハンゲ)、黄芩(オウゴン)、乾姜(カンキョウ)、人参(ニンジン)、大棗(ダイソウ)、黄連(オウレン)の七種を用い、薬剤とした。

　よく眠れないとも言っていたので、これにも対応できる調剤を与えたのであった。

　これらは、鎮痛作用もあり、肺や脾胃の機能を活性化させる。しかも、甘草は緩和作用を持ち潰瘍に効能があり、食欲不振を抑えて体力増強に寄与できる生薬なのである。

　すると、また何日かして呼ばれたので登城してみると、家光の顔のこわばりが取れ、顔に色艶が戻っていた。部屋に入って来た家光は玄冶を見るなり、

「おぬしの薬方は見事じゃ、わしの体がようなったぞ」

「それはようございました」

「食欲も出て来て食事が待ちどおしくなった」

「美味しく食べられているということですか」

「そのとおりじゃ。気持ちも落ち着いて力が湧いてきた」

「それはそれは安心しました。でも、まだ続けて薬剤はお服みください」

「よう分かった。ところで、そちに茶でも進ぜようと思うがいかがかな」

「有難き幸せに存じます」

と言って、茶室に案内した。

すると、やにわに家光はこんな話を切り出した。

「玄冶どの。たっての願いだが、今度江戸へ帰る時、一緒に供（とも）してはくれまいか」

それはあまりにも唐突のことであったので一瞬返事に窮した玄冶ではあったが、

「何ゆえでございまするか」

「それはおぬしも知ってのとおり、こたびの帰りの旅も長旅じゃ。体が心配なのじゃよ」

「そうでありましたか。それならば、他の医師でも務まるのではありませぬか」

「いや、それはだめじゃ。おぬしでなくてはならぬ。どうもわしはおぬしとは相性がよさそうじゃからな」

「それはありがたきお言葉、幸せに存じます」

「無理を承知で頼んでおる。聞き届けてはくれまいか」

「心得ました。しかし、てまえにも家族がございます。わたしが旅立てば残された家族のことも心配になりますので少々お時間をいただきとうございます」

「それは構わぬ。じゃが、わしの意向を切に酌（く）んでのことなので頼むぞ」

そのように言われた玄冶だが、茶をゆるりと飲んでもいられぬ心境になり、そそくさと席を立って帰路に付いた。

2

玄冶はすでに覚悟を決めていたが、困ったことが一つある。

妻の文（ふみ）がまたお腹が大きく懐妊していたのだ。

文にはどう話したらよいものか考えあぐねていた。しかし、それは取り越し苦労に過ぎなかった。将軍家光との話を聞かされた文は、

「あなたさまのこれからの命運をどう考えるかです。つまり、将来何が最もあなたさまを幸せにするか、ということですよ」

「わしはな、わしの留守中、おまえたち家族のことが心配でいかにも不安なのだ。つまり、文の他には二歳の長男の介球（かいきゅう）がいて連れ子のたみもいる。今度また稚児（ややこ）も生まれてくるではないか。見習い医師の弟子の快心（かいしん）もいるぞ」

「それは杞憂に過ぎませぬ。こたび将軍さまからいただいたご褒美の銀子（ぎんす）もあるし、今まで貯えた金子（きんす）もあることですし、なんとかなりましょう。それと、将軍さまには弟子の快心も一緒に連れて行ってもらうことをお願いしたらいかがですか」

「そうか、それは良い案じゃな。さっそくお側付の者から上さまへ頼んでみようぞ」

そんな夫婦水入らずの会話をしながら解決を見出そうとした玄冶であったが、その後弟子の快心も一緒に江戸行きが許された。

京での在任中、シャム（今のタイ国）の使節が二条城の大御所秀忠を訪れたことがあったが、家光はこのシャムのご一行が伏見城に来られることを予測し、八月三日この使節に謁見した。そして同月八日、家光は二条城を訪れて秀忠に挨拶した後、江戸に出立することになっていた。しかし、これからのこともあろうから、この岡本玄冶なる医師を大御所の秀忠にも挨拶させておこうと思った。

二条城に着くと、大御所がどこかにお忍びで出掛ける支度中だった。付き人に聞くと御所内に住む娘の和子に会うというのである。

「これはもっけの幸い。話が長くならずに済むわい」

そう言いおいて、家光は玄治を連れ添いながら大御所様に目通りさせた。

そこで玄治は大御所様から、

「これからも末永く尽くされるよう励んで参れよ」

との、身に余るお言葉を賜った。

八月八日は出立の日。朝から青空一面で夏の陽光をいやがうえにも浴びることになった。

この暑さの中での行列がいかなることになるか、玄治自身想像がつかなかったが快心にも先々思いやられる覚悟を示したのだった。

家光将軍の行列は京を出発した。

ただ、将軍の行列となれば、戦時の臨戦体制よろしく幕府の権威と格式を誇示するためにも大規模で華美にならざるを得ない。出費も重なるが政治的意図を考慮すればこれも致し方ない。この京から江戸への帰参行列もその例外ではなく、それは、行列の随員の規模の大きさを見れば分かった。

騎馬や徒歩の武士、鉄砲隊、弓隊などの足軽隊は無論のこと、道具箱や槍持ちなどの中間（ちゅうげん）や人足の人数の多いこと、将軍身辺に仕える草履取りもいる。それに今回は特に数人の側近医師がいた。その中に玄治と快心の二人が加わった。さらに、途中鷹狩りをすることもあるので、その鷹と鷹匠も連れていた。

まさに〝大大名行列〟とはこういうことを言うのかと玄治は初めて知った。

京から江戸までの距離は百二十四里八丁（今でいうと四八七・八キロメートル）ある。長丁場である。この長い旅程の間には健康を害する者も現れよう。食当たり、過労、あるいは怪我によって治療が必要になることもしばしばあるに違いない。そのような時に臨機応変に対処できる医師が必要となるのだ。したがって、行列に欠かせぬ存在となった。

行列は最初の宿営地「近江膳所藩」に到着した。

この膳所藩は、大津藩が廃嫡になった後にできた所であり、戸田一西が初代の藩主となったが通称は〈左門〉と云う。この左門は紅シジミ漁を奨励し、膳所藩は紅シジミの宝庫となった。以後「左門シジミ」と名付けられ、そのシジミ汁は京都の朝食には欠かせないものとなった。

その後、膳所藩は家康、秀忠に仕えていた譜代の大名の菅沼定芳が、元和七年（一六二一）伊勢長島藩より三万一千石加増され入封した。

菅沼定芳は、家光の新将軍の拝謁を受けるために早々と支度して城門の前で出迎えた。奥の間に通されると、改まってお祝いの挨拶を交わし、祝いの印として記念の品々が大広間の縁上に並べられた。樽酒、鯛肴、紬、黄金などであるが、その他に変わった品がおかれていた。それは、鳥籠に入った「九官鳥」であった。

羽色は全体が光沢のある黒色だが、嘴と耳の辺りは黄色い。まことに際立った鳥と言わねばならない。定芳は、家光の顔色を窺いながら、

「上さま、このような鳥はいかがでございましょうか」

家光は、傍の付き人である酒井忠勝の顔を見てにやりと笑った。

「定芳どのは、わしの好みを知ったうえでの献じ品か」

一瞬、定芳は粗相を仕出かしたと思い、

「これは、失礼いたしました。すぐに引き下げまするのでご無礼の段、お許しください」

すると、

「何を勘違いなされるか。わしは、嫌うてはおらぬぞ。むしろ、このような貴重な献じ品は今までなくたのもしく思うぞ」

脇にいた付き人の酒井忠勝も、

「上さまは、好奇心旺盛のお方で、こういう珍品は大いに結構と申しておるのじゃ」

「そうでございましたか。安心いたしました」

「ところで、これはいかがいたしたのじゃ」

定芳が言うには、

「以前、この地域におられました宣教師が飼っていたものを、ここを離れる際にてまえどもが引き取ったのでございます」

忠勝は、

「鸚鵡（おうむ）や九官鳥は、物マネが上手と言われるが、この九官鳥はどうなのじゃ」

「それがよく分からない言葉を発しておりまして、何のことやら分かりません」

「でも、教えれば何かの役に立つかもしれんな。上さま、いかがいたしまするか」

家光は、扇子を膝にトンと叩いて、

「長い道中、あきあきせずにすむかもしれんな、忠勝。これは持参して参ろうぞ」

「承知いたしました」

と言って、この九官鳥も行列に加わることになった。

3

翌朝、行列は瀬田の唐橋を渡り、二つの街道が合流する草津に着いた。道標には「右東海道いせみち、左中山道美のぢ（美濃地）」とある。

東海道は家康公が江戸幕府を開き、治世下においてから整備して作られた街道筋である。これまでの京と江戸の間は東山道一本であったが、ここも整備され今は中山道と名を変えた。

家光の行列一行は、右の東海道を進んで行く。しばらく行くと「八町二十七曲がり」と言われ、曲がりくねった坂道が連続する鈴鹿峠に差し掛かる。普段は山賊・盗賊が絶えない難所と言われるが行列ではそれも遠く聞こえる。この峠を越えた先に「関宿」がある。つまり、東山道の「不破関」、北陸道の「愛発関」と並ぶ古代三関の一つ、「鈴鹿関」が置かれた「関宿」である。

ここはまた大和街道、伊勢別街道の分岐点にもなっている所で、格子戸や虫籠窓を備えた軒の低い街並みが美しい景観を造っており、町の人々も親しみやすい顔をしている。

その家光が泊まる本陣には宿主や奉公人が一列に並んで一行を迎えてくれた。

本陣奥の書院の間に通された家光だったが、気になることが一つあった。それは、九官鳥の籠をどこに置いたものかと思案してのことだった。でも、なぜか傍に置きたくなったので、すぐ隣の間に置くことにした。

またお傍付の酒井忠勝は離れの間に置かれ、玄冶と快心の二人はさらに離れた下段の間の一部屋をあてがわれた。

その夜、酒井忠勝から玄治に突然の声掛けがあった。

「玄治どの、起きてるか。夜分甚だ申しわけないが上さまが眠れなくて困っておられる。何か良い薬はないかのう」

「そうでございましたか。てまえが行って聞いて参りましょう」

そういうと、奥にある書院の間で寝ている臥所(ふしど)に様子を聞きに行った。

「上さま、酒井さまからお聞きしましたが、寝付かれないようでお困りだとか……」

「おお、玄治か。ちこう、寄れ」

「ははあ」

「なんか、一度眠ったと思ったらまた目が覚めるのだ。夢見が悪いのかもしれぬが目が覚めてしまった。何か眠れるよき薬はないかのう」

そう言われた玄治は、

「上さま、よき薬がございますので今調合して参りますから少々お待ちください」

そう言いながら、その場を離れ自分の部屋に戻った。

しばらく経って戻った玄治は、

「上さま、これをお服みください。すぐに眠れるようになると思います」

と言って、渡したのは「抑肝散(よくかんさん)」であった。

—これは神経過敏や不眠症によく効く薬で、興奮を鎮める効能を持っており、滞りがちの血液や水分の流れをよくする薬剤である。

家光は子供の頃虚弱体質であったので、感情の不安定は大人になっても引きずっていたきらいがある。その神経過敏のところが成人してからも治りきらずにいた。したがって、何かが神経に障ると寝付かれなくなる体質であった。

　しかし、この時は玄冶の機転の利く投薬で事なきを得て、その後よく眠れた。

　次の日の朝、玄冶が伺いを立てると、家光はいたって機嫌がよく、

「おお、そこもとか。昨夜は面倒を掛けたな。お陰でぐっすり眠れたぞ」

「そうでしたか。ですが、何か気掛かりなことでもおありでしたか」

　家光はそう言われて、ふと気が付いたことがあったと言うのだ。

「そうそう、小鳥が囀（さえず）っている夢をなんどか見たな」

「その小鳥とは、九官鳥ではなかったですか？」

「うむ、そうだな。小鳥でも少々大きかったし、全身が黒色に見えたので、言われてみれば九官鳥かもしれぬ」

「お傍には九官鳥がいらっしゃいますから、そのようですね」

「してな玄冶。その九官鳥が夢の中で何やらキャッキャ、キャッキャとわめいておるのよ」

「九官鳥は人の声をマネすると言いますから、そのことではありませぬか」

「じゃがな、その鳴きマネが何を言ってるかは分からなかったわい」

「そうでしたか。では、今度夢見た時に目が覚めたら、その鳴きマネの言葉を教えていただけますか」

「まあ、それは覚えていたらのことじゃな」

　行列は次の宿場へ向けて出発した。亀山を過ぎ「石薬師（いしやくし）」に入る途中に「日本武尊（やまとたけるのみこと）」の伝説が

あった。伊吹山で傷つき、石薬師にいたる「杖衝(つえつき)坂(ざか)」の坂を上りきった所でヤマトタケルが力尽きたという謂れである。その石薬師も過ぎて四日市に向かうが、その途中に「日永(ひなが)の追分(おいわけ)」がある。ここは、伊勢街道との分岐点で、伊勢神宮へ行く人でごったがえしていた。伊勢を目指す人たちを送ると、「四日市」に到着する。四日市は四のつく日に市場が開かれるので付けられた地名だが多くの人で賑わっていた。しかし、行列は宿の中心を通り越して次の「桑名」を目指した。

桑名は「焼蛤(やきはまぐり)」で有名。木曽川の河口付近で採れる蛤を焼いた「焼蛤」があっちこっちの出店で売っていた。しかも、佃煮(つくだに)の「時雨蛤(しぐれはまぐり)」の方は土産物として売られており、江戸へ持って帰るにはちょうどよい名産品となっている。

本日の行列の宿営は、ここ「桑名」だった。

夕飯時の酒肴にはさっそくこの「焼蛤」が出てきて、飯の料理には焼き魚と漬物、それに温かい大根汁が付いた。玄冶は、満足げに、

「快心や、旅にでも出なければこんな名物にもありつけないな」

するとその快心も、

「ありがたいことです。それに一日に八里（三十二キロメートル）から十里も歩けばお腹も空きます。ご飯も美味しく食べられます」

「そうじゃな。歩いて腹が減り、飯が旨い。だから体にも良い。一挙両得じゃよ」

「それに、夜はよく眠れます」

二人にとってこの行列は、他の者たちの役どころと違ってあまり窮屈さを感じずに過ごして行けた。

桑名からは、行列を二手に分けた。一つはその

まま陸路を続けて「宮（熱田）」まで行くものと、もう一つは「七里の渡し」と言われる渡し船で行く方法である。船ならば四時間超で行けるのに対して、陸路はまだ整備されていない佐屋街道を行くので優に十時間は掛かる。

家光は、お付のお傍衆と玄冶を含む医師など二十数人を引き連れて渡し船に乗り込んだ。ところがこの渡し船の中で尿意を催すと大変なことが分かった。

小用を足す所なんかありゃしない。一人の旗本がなんかモジモジし出したので船頭はそれとなく、気を利かして、

「お侍さん、小用ならばこれを」

と言って手渡されたのが、竹筒であった。

長さ三尺（約九十センチメートル）、太さが直径二寸（約六センチメートル）はあると思われる竹筒である。

この旗本、船頭のなかなかの手際のよさに感心して、

「これは良い道具だ」

と言って、すぐに着物の裾を払い、そのモノにあてがって放尿してしまった。

するとどうだろうか、隣の仲間の旗本の足元の所に小便が流れ出してきたではないか。当の本人も慌てふためいたが隣の旗本も面喰った。

「おいおい、臭いぞ。おぬし、何かしでかしたか」

すると、当の旗本は予期せぬ事態に、

「いや、すまん、すまん。これが漏るとは知らなんだ」

すると、隣の旗本が、

「おぬし、知らんかったか。この竹筒は初めから底はついておらんのだ」

「へえ、そうでしたか。じゃあ、なんのための小便貯めですかいな」

「それは、貯め筒ではなく、海へ流す流し筒じゃよ」

「でも、船頭はこれを……、と言って渡してくれたぞ」

「船頭は、おぬしが知ってるとばかり思うて、そこまでは説明しなかったのではないか」

「そうであったか。まことにこの上ない粗相をしてしもうた。ご勘弁ご容赦のほどを願いたい」

「まあ、それより次回からは船中での酒を控えた方がよろしいかもしれませんな」

「ありがたきご忠告。肝に銘じておきまする」

そのようなことがあったとは誰知らず、船は進んで行ったが二刻（四時間）ほどで「宮」の港に到着した。

4

「宮」は熱田神宮の門前町。伊勢神宮に次ぐ権威ある社であり古くからの門前町である。また、「宮」宿は佐屋街道や美濃街道の分岐点にもなっている。東海道のなかでも最大級の賑わいを誇った宿場で、江戸から伊勢参りへ行く渡し場の地でもあるので人の出入りが多い。

家光一行の行列はこの宿場で五日目の宿営をした。

ところが、夜遅く食事を終えた家光が酒井忠勝を呼び寄せた。

「忠勝や、わしのところに置いた九官鳥じゃがな、何か変な言葉を漏らすのよ」

「どのようなお言葉ですか」

「それがさっぱり分からぬ」

と言うので、それを確かめようとした忠勝は、上様の後に付いて部屋に入って行った。

するると、九官鳥は落ち着きのない仕草で籠の中を右に左に行ったり来たりした。

その動きを止めた瞬間、家光と忠勝の顔を見るなり、鳴きわめいた。

「♀Δ∈♯☆◇ε♀Δ∈♯☆◇ε♀Δ∈♯☆◇ε」

「なんと、これは何の鳴きマネか」

次に間をおいて、

「L×♂♯⁉L×♂♯⁉L×♂♯⁉」

今度は、

「◇∂∬◇∂∬◇∂∬」

と。

これでは、忠勝もお手上げ。

「なんのことか、てまえにもさっぱり分かりませぬ。ですが、これはどうも我が国の言葉ではありませぬな」

「では、どこぞの言葉なんじゃ」

「それは分かりませぬが、上さまがこの前、夢見が悪かったというのはこのせいではありませぬか」

「そうかもしれんな。じゃが、九官鳥というのは何か意味のある言葉を発するというではないか」

「それはそうですが、今のは大和（やまと）言葉ではありませぬ」

「では、何言葉なのじゃ」

「分かりませぬ。ですが上さま、今日はもう遅いので明日どなたかに調べさせましょう」

「そうだな。じゃが、またここに置いて行かれると困る。この前のように寝付きが悪くなるからのう」

「承知しました。別の部屋にでも移動させましょう」

そう言って、忠勝は九官鳥の籠を持ち、引き下がって行った。

翌日、忠勝はさっそく配下の何人かにこの九官鳥を見せた。だが、九官鳥はその時は一向に昨日のような言葉を発しなかった。忠勝はハタと困ってしまったが、配下の一人である仙右衛門（せんえもん）という者に継続して見張るよう申し付けた。

次の宿営地の「岡崎」まで仙右衛門は、九官鳥の鳥籠を持って見張ることになった。

道中、仙右衛門がその都度餌を与えると首を振り振りよく食べたと言うのだが、何も言葉など発しなかったと言うのだ。忠勝は仙右衛門に問うた。

「おぬし、小用を果たす時にはいかがいたしたか」

すると、

「けっしてその時も、てまえは鳥籠を傍から放しませんでした」

それに感心した忠勝は、

「ほう、それはよき心掛けじゃった。それでは続けて頼むぞ」

「かしこまりました」

そう言って、九官鳥の担当を仙右衛門に託した。

そのまま、行列は矢作川（やはぎがわ）の橋を渡り「岡崎」の宿場に着いた。ここは、言わずと知れた家康の生誕地である。家康は少年期を織田や今川の人質として他国で過ごすことが多かったが、桶狭間（おけはざま）合戦の後は、岡崎のこの地で自立し、その後の十年間の元亀元年（一五七〇）浜松に移るまで岡崎城を本拠とした。江戸幕府ができてから、岡崎藩はわずか五万石でありながら代々家格の高い譜代大名が藩主を務め、幕府からは常に重要視される藩になった。

家光自身、このような土地で宿営するのは、畏(おそ)れ多く気掛かりだったが、荷役組がかなり疲れて来てるのが分かったので、これ以上の行進は無理と判断した。

九官鳥係の仙右衛門も、道中鳥籠がかなり揺れていたので心配になっていたところだった。宿に到着すると将軍様のお側役の酒井忠勝様がすぐにやってきて問うのだった。

「ところで仙右衛門や、この九官鳥、何か申したか」

「いいえ、酒井さま、道中は何も申しませなんだが、この岡崎に着いたおり何かわけの分からぬ言葉を発しましたので、ここに書いておきました」

と言って酒井殿に書いた紙切れを渡した。

それには、

「アルマデーリャス、アルマデーリャス、アルマデーリャス」

二行目に、

「クーダード、クーダード、クーダード」

三行目に、

「トレス、トレス、トレス」

と書いてあった。

忠勝は仙右衛門に聞いた。

「おぬし、この意味が分かるのか」

すると、

「いいえ、てまえにはなんのことやらさっぱり分かりませぬ」

「でも、よく聞き取れたな」

「それは、てまえが以前九官鳥を飼っていたことがありましたので、啼き声から判断したまでのことです」

「そうか、それはでかしたな。じゃが、その意味が分からぬではどうしようもないな。誰か分かる者がいればよいのじゃが……」

するとと、頭に手をおいてから考えていた仙右衛門が、

「酒井さま、こういうことは、今、上さまのかかりつけ医になっている岡本玄冶どのに伺ったらいかがでしょうか」

「なぜじゃ」

「それは今、医師の間では、イエズス会のバテレンたちが持ち込んだ南蛮医学が興味の的となっておりまして、それを深く追求するにはポルトガル語を解する必要があるからです」

「その南蛮医学に医師の玄冶も興味を抱いておったというのじゃな」

「そうではないかと思い出したまでのことですが」

「そうか、よく思い付いてくれたな。後で確かめようぞ」

さっそく酒井忠勝は、玄冶を呼んで今までの事の次第を話した後、仙右衛門が書いた文字を見せた。するとと、どうだろう。玄冶は驚きの表情を隠せなかった。

玄冶は耶蘇（やそ）教の信者ではないが、以前から南蛮医学に興味を持っていたので、ポルトガル語を勉強していた。だが、その意味には不思議な暗示言葉があったので驚いたのである。

玄冶は忠勝に説明を請われたが、これはお人払いしなければ話せない内容だと言い、別室に案内してもらった。そこで、おもむろに話し出した。

「酒井さま、この意味を単刀直入に申しますと、こうです。

『落とし穴　気を付けよ　三度』

こう申しております」

「なんじゃと！　わしの聞き違いか。もう一度申してみよ」

「あまり、声高には申し上げられないので、声を潜（ひそ）めたのでございます。もう一度申し上げます。

『落とし穴　気を付けよ　三度』

こうでございます」

「それは一大事じゃ。上さまに何かあったら、わしは生きてはおれぬ」

「それは、てまえも同じことです。ですが、あまり気に掛けても仕様がありませんから、このまま様子を見ることにいたしましょう」

「しかし、このこと上さまに他言は無用ぞ！　無論他の者にも話してはならぬ」

「それはもう、承知のうえです」

「それから、仙右衛門にもあの意味を話すでないぞ」

「分かっておりまする」

5

『慶長見聞記』によれば、江戸幕府は家康の指示で慶長九年（一六〇四）、全国的に往還道の改修事業を起こしたと言う。道幅を広げ、曲がりくねった所をやわらげ、牛馬の障害となる小石を取り除き、松や杉などの並木を植えて街道を整えていった。

しかし、それは簡単なことではなくこの東海道の大街道でさえ、難渋していた。

すなわち、まだその過渡期であったから、行列の行く道はくねくね道もあれば、道幅が二間（三、六メートル）に満たない所が多数あった。馬道の通る二間幅でもぬかった所は滑りやすいし、荷を積む馬はかなり困難を極めた。

　松林を通りいくつかの集落を過ぎると、もう整然とした田畑の光景に変わり、昨日降った雨道がまだ油のごとくぬめっていた。そこへ上様の駕籠が通って行ったのだが、どうしたことか四人一組で担いでいた前の一人が足を取られて滑ってしまったものだから、慌てた後ろの担ぎ手もよろめいてふらついた。途端に駕籠は前のめりに揺らいだ。

　駕籠の中の家光はというと、平衡感覚を失い、脇の出口戸から体をはみ出し、道端に転がさんばかりであった。慌てたのは側役の酒井忠勝である。すぐに体を起こして、

「上さま、大丈夫でございますか。お怪我はありませぬか」

　すると、

「心配はいらぬ。わしは大丈夫じゃ。まあ、ちと、体を打ったが大したことはない」

「そうでございますか。担ぎも疲れが出て来て足を取られたものと思います」

「あまり、担ぎを叱るでないぞ。道がぬかるんでは何が起きても仕方ないわな」

「いや、それにしても大怪我になるところで、危なかったです」

「そう、忠勝や。話は逸れるが、昨日も夢に出たぞ、あの九官鳥が」

「今あの九官鳥は、仙右衛門に預けて面倒を見させております」

「どうも気になって仕方ないので、一度また見たくなった。ここに今連れて来てはくれぬか」

「今でございまするか」

「そうだ、今じゃ」

　酒井忠勝も、上様の御命令とあれば致し方ないと思い、急ぎ傍にいる家臣に言いつけて九官鳥を持って来るよう命じた。

　九官鳥の入った鳥籠をぶらさげて来たのは仙右衛門。上様を見た途端、驚いた様子でそのままひざまずき潔く頭を下げた。

　家光は尋ねた。

「そのほうか。わしの九官鳥を預かってるというのは」

「はい、てまえが酒井さまから申し付けられて預かっている者でございます」

「ところで聞くが、そのほう、この鳥に何か教えたか」

「いいえ、てまえは何も教えたりはいたしません。ですが、なぜか変な言葉でしゃべるので、気にはなっておりました」

「どのような言葉なのか」

「はい、てまえの耳には、〈アルマデーリャス〉〈クーダード〉〈トレス〉と聞こえまする」

「なぜ、そのように聞き分けられるのじゃ」

「てまえは、以前このような九官鳥を飼っていたことがございまして、その言葉が聞き取れるのでございます」

「そこで、その言葉だが何を意味するのじゃ」

「それは、てまえにも分かりかねまする」

　すると、家光と仙右衛門の話を割って入るように、その九官鳥がまた言葉を発した。

「アルマデーリャス、アルマデーリャス、アルマデーリャス」

　少し間をおいて、

「クーダード、クーダード、クーダード」

また、間をおいて、今度は
「トレス、トレス、トレス」

だった。

すると、家光は、

「この言葉に違いない。わしの夢に出て来るのは……」

と言った。その時、酒井忠勝は咄嗟に、

「これは上さま、吉運の言葉かもしれません。なぜかと言えば、上さまが将軍になられた誉め言葉でございますよ、きっと」

「ならば、気にすることはないか」

忠勝の機転を利かした言葉で、その場は収まってしまった。

行列は先へ先へと進んだ。

江戸へ行く別道の中山道と比べて、東海道は河川が多い。中でも「大井川の川渡し」は最大の難所と言われた。川幅は十二町（約一、三キロメートル）もあって人足による川越も大雨が降ると増水し、一ヶ月近く通れないこともしばしばあった。

ましてや、ここは〈関東鎮護の要衝〉、すなわち江戸幕府の防衛線上最も重要な箇所として、船橋を架けることは相成らんということになっていた。

——この船橋とは、川などに船や筏を繋ぎならべ、その上に板を渡して橋がわりとしたもの。

今、金谷宿（かなやじゅく）を経てその大井川を渡る所まで来た。

この川を渡れば駿河国である。しかし、この川には川渡しの専門人足が大勢いて、それを生活の糧としているのであった。言わば幕府がその者たちの既得権を暗に認めているのである。したがって、将軍の行列とはいえそのしきたりに従わざるを得なかった。決められた川渡し場以外の場所を歩いたり泳いだりして渡った場合には「間通越し」または「廻し越し」などといって、幕府より厳罰に処された。

この川を渡る時の段取りとして、

一つ目は、

肩車で人一人ずつ運ぶ方法

二つ目は、

四人で梯子を担ぐようにして運ぶ「蓮台渡し」がある。

ただし、将軍や姫君や公卿など賓客が渡る場合は、

三つ目として、

十人から十五人位の大勢で駕籠を神輿のように担ぐようにして運ぶ「神輿渡し」がある。

―ちなみに、庶民の川渡しには、川越人足の人数分だけの「川札」が必要になる。「川札」一枚の料金は、川越人足の体のどの部分まで水深があるかで決められる。

股の下まで：「股通し」となり、四十八文（今でいうと九六〇円）

褌の帯の下まで：「帯下通し」となり、五十二文（一〇四〇円）

褌の帯の上まで：「帯上通し」となり、六十八文（一三六〇円）

乳首より下の位置：「乳通し」となり、七十八文（一五六〇円）

脇の下まで：「脇通し」となり、九十四文（一八八〇円）

脇より水深が深くなる：「川止め」

たとえば、水深が脇の下までの「脇通し」の時、蓮台を使っていくと、九十四文の川札が四枚(四人分)必要になり、合計三百七十六文(七五二〇円)掛かる。「脇通し」の日に肩車で渡るとなると、九十四文(一八八〇円)で済むが、だいぶ濡れることになってしまうので、お金のある人は蓮台を使って優雅にわたる方法を取った。

その日は幸い天候もよく、川渡りには絶好の日和であったし、川渡しの人足たちも今日は将軍様の行列が通るというので朝から浮足立っていた。

そうこうしているうちにその行列がやって来た。人足たちは今日の川底の地形を見て、昨日雨が降ったことは承知していたが、今の状態は褌の帯の上と判断し、「帯上通し」とした。

一番隊から六番隊までの足軽はすべて肩車の一人担ぎで進み、以後の大名から四人で担ぐ蓮台に乗って行進した。松平忠次殿、保科正光殿、酒井忠世殿、前田利孝殿と続いて五組目が青山忠俊であった。その時、人足の誰かが、声高に、

「水かさが増して来たぞー」

と叫んだ。その時、将軍お傍付きの青山忠俊は一瞬後ろを振り返った。すぐ後ろには十人からなる家光将軍が乗る「神輿渡し」があった。すでに川の真ん中辺りに差し掛かっていた。

忠俊の蓮台は向こう岸の浅瀬に掛かり始めていたので、川の増量をもろに被らず難を逃れたが、後ろの家光の駕籠担ぎ人足を見ると肩以上に水かさが増して来ていた。さすがに経験を積んだ古強者どもも焦った。川渡し人足の肩はまだしっかり

駕籠の担ぎ棒に付いていたものの、足元が川底から離れ、川の流れに掬われていた。駕籠はみるみるうちに深みに嵌まり沈みかけていった。

青山忠俊は、川瀬にいた人足の貸元を見つけて、

「早くあれをなんとかせい。そうしないと上さまがおぼれてしまうぞ」

それに応えて貸元は、急ぎ一人の大男を呼んだ。下から上を見上げるような大おとこで背丈が七尺近くある。その男に指示を出したのである。

男はこういう時には己の役目をわきまえていた如く、咄嗟に川に飛び込み、その家光公が乗ってる駕籠を目がけて泳いで行った。泳ぎ着くと、その沈みかけた駕籠の中から家光公の体を引きずり出して、自分の頭の上に上様の両足を刺す股上に乗せてしまった。川の水はその男の肩辺りまで来ていたが、なんとか水を被ることなく上様を肩車の状態で渡し場口まで運ぶことができた。その駕籠はというと、後から十人の人足が泳ぎながら運んで来た。

家光は、島田の宿に着くと着替えながら、傍の酒井忠勝に話した。

「おい忠勝、わしはこの間の駕籠から落ちた件といい、今回の川場の難儀といい、これで二度目の災難に遭っておる」

「これは自然災害の禍でなんともしようがありませぬ。上さまだけとは限りませぬので、あまり気になさらない方がよろしいかと存じますが」

「そうか、それならばよいが、わしの考え過ぎかのう」

「そのようでございますとも」

その後、行列は「府中（今の静岡）」に着く。

ここは初代将軍徳川家康のお膝元である。家康はすでにお亡くなりになっているが、今その駿府城には幕府直轄の譜代大名がいる。

駿河国最大の宿場は賑やかで町も活気があふれているが、何よりも大権現様が住んでいた駿河城もあり、何かと家光自身気分も安らぐのだった。

そのこともあり、家光は急に〈鷹狩り〉がしたくなったのである。家臣の青山忠俊を呼ぶとその旨を告げた。すると、忠俊は、

「上さま、ここは控えた方がよいのでは」

と、苦言を呈された。上様も癇に障り、

「何ゆえ、そのように申すか」

「それは、将軍宣下の後でもありますし、事故でも起きたら面目がたちませぬ」

「そのことか、それはわしの覚悟で決めることじゃ、構わぬ」

「それと、長年大権現さまの居城であったことから、目立たぬようにおとなしくしていた方がよろしいのではありませぬか」

「何を申すか、忠俊。大権現さまは〈鷹狩り〉が大好きじゃった。だからこそ、この居城で〈鷹狩り〉を行うのは大権現さまに喜んでもらうためじゃ」

「しかし、それでは……」

と言い掛けたが、これ以上は申しても聞かぬ上様なのでやめてしまった。

忠俊は、家臣を呼び鷹狩りの準備を進めるように命じた。

―このお傍付年寄りの青山忠俊だが、何かにつけて家光の行儀作法や日常生活の立ち居振る舞いやらを細かく言うので、この行列が終わった時に年寄り格を罷免されてしまった。

初代将軍家康は鷹狩りを嗜（たしな）み、江戸に住んでる時は、目黒不動尊、中山御立場（東中野）、井の頭（かしら）御殿山など江戸城下や近郊にまで出掛けて〈鷹狩り〉をしていたので、家光もこれを踏襲した。〈鷹狩り〉は、単に鷹を使い鶴や兎の獲物を狙うというだけでなく、外様大名などに幕府の権勢を見せつける効果もあった。

この府中では家康のお膝元であったことから、その権威とやらを見せる役目もあったが、何しろ長い道中のことゆえ家光はこの単調な行列に飽きてしまったきらいがある。そこで、皆の者にはこう言った。

「皆のもの、よく聴いてくれ。今日は気分を変えて〈鷹狩り〉をする。幸い、鷹匠も連れて来ておるので心配はない。ただ、無理をするでない。体ほぐしだと思ってやってくれ」

すると、前田利常が、

「上さまがああおっしゃるのだから、皆も存分におやりくだされ」

また、細川忠利も言葉の歩調を合わせて

「そのようですな、さすれば気も心も晴れて後の行列も楽になるというものじゃ」

そのような会話があってのち、幕府直轄の地元武士の案内で近隣の山に入って行った。

〈鷹狩り〉の獲物は、通常鶴や兎を主としていたが、その日は他の獲物も視野に入れていた。この鷹は家光が二の丸で特に手塩に掛けて育てて来ただけあって眼光も鋭く今までもたくさんの獲物を獲得していた。飼っているこの鷹の名は、〈響（ひびき）〉という。

ひと山超えた所にこの駿河国を見渡せるほどの

大草原が現われた。一度自由気ままに羽ばたかせようと〈響〉を空に向けて大きく放った。すると、天空を一回転しながら地上を嘗め回すように眺め、また家光の腕に戻って来た。次に草原のかなたを見ると何やらうごめく獲物がいた。〈響〉は、ある一点を定めるともうまっしぐらに直行して行った。その後馬にまたがって疾駆する家光はその方向に一目散に走らせた。獲物を捕らえたモノを見ると、それは「鼠」だった。

　家光は少々がっかりした様子だったが、すぐ気持ちを切り替えて次の獲物に挑戦する機会を〈響〉に与えた。〈響〉はその鼠を食した後、腹が空いてると見え、すぐ二度目の挑戦に身構えた。二度目の獲物はまたたく間に見つかり、家光の腕を離れ直線的に飛翔した。

　今度の獲物は「雉」であった。全身黄褐色で尾が長い日本特産の「雉」を絶妙な飛翔で捉えた。

　すると、家光の脇に付いていた鷹匠組の側近の一人が素早く〈響〉の口から獲物の「雉」を取り出し、手に持っていた餌と交換していた。なんとも手際のよさが目立つ。家臣の酒井忠勝も、

「お見事!!」

と、つい感嘆の声を出してしまった。すると、家光が、

「これ、忠勝。こんなことは朝飯前じゃ。のう鷹匠どの」

　鷹匠も少し、小っ恥ずかしげに、

「恐れ入ります」

と応えるのが精一杯だった。

　三度目の挑戦は、かなり大げさで山向こうから大勢の勢子が鳴り物入りで此方に向けて追い込んで来るという仕掛けにした。つまり、今度の獲物

は小獣を狙ったものだ。何が引っかかるかは分からないところに醍醐味がある。山向こうから追って来る勢子の声が大きくなって来たので、こちらにいる家光の方も〈響〉も体制を整えて身構えた。

そこにかなり大きな動きに見えた獲物が草葉をガサガサ音を立てながらこちらに向かって来ていた。家光は馬にまたがっていたが、片腕に乗ってる〈響〉をその方に向けて潔く放った。次の瞬間、遅れまいと馬を蹴って合図した。馬は〈響〉の飛んで行く方向を目指してわき目もふらず一目散に走って行ったが、二十メートルも行った所で、ガクンと前足がのめり込み、上に乗っていた家光の体が宙に浮いて弾き飛ばされた。

藪の中から家光の悲鳴が聞こえてきた。

「オオッー、ウオッー」

一瞬、間があいたが、また、

「ここだ、ここだ。誰かおるか」

動きが取れないと見えて、どこか体の一部を打っているのかもしれない。

慌てた家臣たちもどこにいるのやら分からなかったが、二度目の呻き声で家光の所在がようやく分かった。

家臣の一人、忠勝が行ってみると、家光の野袴に茂みの枝が絡まって動きが取れないでいる。だが、それだけではなかった。家光が忠勝に手を宛がって立ち上がった瞬間、足の脛辺りに激震が走った。どうも、馬から放り出されて藪の中にのめり込んだ際、足の脛を木の枝にぶつけたものと思われる。

「上さま、どの辺が痛みまするか」

と、忠勝が尋ねると、

「忠勝、この辺りじゃ」

それは、脛の真ん中辺りだった。忠勝がそこを見ると、かなり腫れていた。

「これは、いけませんな。すぐに医師の玄治にでも診させましょう」

家光も、

「そうしてくれぬか。このままでは歩くこともできぬ」

だが、忠勝はその場では何もできぬと思い、上様を背負って、お休み処まで運んだ。

その後、付き人の案内でやって来たのは、医師の玄治だった。

玄治に会った家光は、開口一番、

「おお、玄治か。また、おぬしの世話になる。今度は足の骨が折れたやもしれぬ」

「上さま、とにかく診させてくださいませ」

玄治は、まずいつもの患者と同じように向き合い、家光の気持ちを落ち着かせようとした。患者というのは、得てして不安を抱えていて精神状態も普通でない場合が多い。だから、玄治は上様が動揺を抑えきれず興奮気味になっているのが分かっていた。

家光の右足の大腿骨から足先の方までを念入りに診て、もう一度膝下の脛の腫れ具合を診た。すると、

「上さま、骨に異常はなく、骨折ではありませぬ。ただ、この脛骨（けいこつ）の当たりに無理な力が加わったために腫れがひどくなっております。ここを冷やすように手当てすれば回復も早いと存じます」

そう言うと、傍にいる助手の快心に薬籠を持って来させた。中から取り出したのは、炎症の治療には最も効き目のある「芋湿布薬（いもしっぷやく）」であった。これは前もって造らせておいたものだった。これを

患部に塗って布で蔽った。

「上さま、その他、服み薬を差し上げますので、これをお服（の）みください」

そう言って、服ませた薬は「三黄瀉心湯（さんおうしゃしんとう）」であった。

―「三黄瀉心湯」は、体の熱や炎症を取り去るのに適した薬で、「黄」の字が付く三つの生薬、すなわち「黄芩（オウゴン）、黄連（オウレン）、大黄（ダイオウ）」から成り立っている。

湿布薬と服み薬の治療で落ち着いてきた家光は、玄治にひと言、

「おぬしに診てもろうてよかった。なぜか痛みが取れてきたみたいじゃ」

「忝（かたじけ）のうございます」

「これからも傍にいてたもれ」

「ありがとう存じます……」

そのように応えた玄治だったが、お傍に仕えるのがどの位になるのか予想もつかず不安になっていたことは確かである。つまり、本心から出た言葉とは思えなかった。それは、暗に京において来た家族のことが浮かばれたからである。

その時、家光は傍にいた忠勝に訊く。

「おい、忠勝。獲物はとれたのか」

「はい、〈響〉は見事兎を捉えました」

「そうか、やはり〈響〉はすばしこい。飼ってる価値があるというものよ」

「そのようです」

「ところで、忠勝。わしはやはり不吉なことに呪われているのではないか」

「そのようなことはありませぬ」

「しかし、災難に三度も遭っておる」

「そうでしたか」

　忠勝は、そ知らぬふりをした。すると、

「忠勝、そのようにとぼけてもだめじゃ。わしは覚えておるぞ」

「どのようなことですか」

「一つ目は、駕籠からの横転、二つ目は川の渡し場での難儀、そして三つ目は今回の乗馬からの転倒じゃ」

「よく記憶に留めていらっしゃいましたな」

「当たり前じゃ。わし自身のことだ、忘れるわけはなかろう。誰か、吉凶を占うものはいないか？」

　そこへ、たまたま通り掛かったのが、忠勝に仕える九官鳥の係の仙右衛門だった。右手には鳥駕籠をぶら下げている。

　家光は、咄嗟に、

「おい、待て。そこの九官鳥や」

　と言って呼び止めた。慌てたのは仙右衛門である。

「おぬしの提げている鳥籠の中は九官鳥だな。その者は依然、何かわけの分からぬことを言っておったな。わしの吉凶を占う意味でももう一度何か試してみよ」

　忠勝は、やや困った顔をしたが、上様の言うとおりにせよと、仙右衛門に命じた。

　あれから仙右衛門は九官鳥の餌や籠の中の掃除など世話をこまめにしていたので、九官鳥も仙右衛門の言うことはよく聞いて応えてくれた。そこで仙右衛門がこんな風に聞いてみた。

「おい、勘九郎！」

　実はその後仙右衛門は、この九官鳥の名を〈勘九郎〉と名付けていた。

「おい、勘九郎や。こちらのお人をご存知か？」

すると、勘九郎が、

「ソウヤナー……」

すぐに返事がなかったが、その後出て来たのは、

「ウエサマ！　ウエサマ！」

と言ったのでこれには驚いた。これは、たぶん以前家光が傍に置いていた時に、家光の所に家臣が来るたびにそのように呼んでいたからで、それを覚えていたのであろうか。

次に、仙右衛門が、

「それじゃあ、勘九郎や。ウエサマに何か言うことはあるか？」

勘九郎はしばし考えてる風をしていたが、突如出て来た言葉が

「アルマデーリャス、アルマデーリャス、アルマデーリャス、」

そして、少し間をおいて、

「クーダード、クーダード、クーダード」

さらに間をおいて、

「トレス、トレス、トレス」

と、同じ言葉を三度ずつ言った。

家光は、

「これは前にも聞いたことのある言葉じゃな、仙右衛門」

すると仙右衛門は、

「これはポルトガル語のようです」

と応えたものだから、忠勝は観念したように傍にいる玄治に向かって、

「玄治どの、そちはポルトガル語の造詣が深いと聞いておる。何と言っておるのだ」

忠勝には以前その意味を説明していたので、何を今さら知らない風を装うのか、惚(とぼ)けるのも大概にしてほしいと思ったが、

「上さま、あまり気になさらぬ方がよろしいかと存じますが、これは不吉な三つの予言言葉です」

「なんと言っておるのか、正直に申してみよ」

「つまり、それは

『落とし穴　気を付けよ　三度』

と、このように申しております」

「そうであったか、やはり。それで、この度のことも合点がいくではないか」

だが忠勝は、

「しかし、これはこちらで受け取る前から覚えていた言葉なので、この度のこととは関係ないように存じまするが……」

「いや、しかしそうとも思えんな。なぜか呪われてる感じがするのう。これ、仙右衛門とか申したな。そちが、この九官鳥に二度とこのような不吉な言葉を発しないように申し付けよ」

すると忠勝も、仙右衛門に、

「分かったな、仙右衛門。上さまの言うことは厳命であるぞ、しかと心得てこの〈勘九郎〉とか申す九官鳥に申し付けよ」

仙右衛門も、

「ハハー。よく申し聞かせておきまする」

と言いながら、鳥籠を脇に抱えて引き下がっていった。

だがこの一件は、後で仔細が分かった。

つまり、近江膳所藩の前の大津藩の時、ポルトガル人の宣教師がここに移り住んでいてこの九官鳥を飼っていた。ところが、耶蘇教に業を煮やした秀吉のバテレン追放令が出た折、宣教師も己の身の上が危ないと考え、この九官鳥を置きざりにして早々と長崎へ逃れて行ってしまった。その当時の宣教師の秀吉への恨み言葉がこの九官鳥に仕込まれたものだと分かった。

その後の家光の行列は、何事もなく進行し無事江戸城に着いたのだが、家光は城内の本丸ではなく西ノ丸に入った。それは、秀忠が依然として本丸にいて権力を維持していたからだ。

一方、玄冶と快心は、家光の住まう西ノ丸城内の一郭にある医局の間をあてがわれたが、これはとにもかくにも家光直々の配慮に違いないと思われた。

第五章　江戸城内

1

玄冶（げんや）が江戸城を見るのは初めてだった。快心（かいしん）が傍にいるのも忘れ、しきりと感動している。

「なるほど、先君家康さまがお定めになり築いたお城だけあるな。天守をはじめ、本丸、二の丸、三の丸を築き、それに北ノ丸、西ノ丸の城郭があり、外堀の石垣もしっかり防備を固めている。このような盤石な城はどこにも見られまい」

快心も、その膨大な広さと今だに普請中の工事を見て、

「城門の建造や長大な濠を掘削している箇所がたくさん見受けられます」

「そうだな、上さまの天下普請は切りがなさそうじゃ」

その頃はちょうど、全国の大名がこぞって石垣用の石材をこの江戸城に海上から船で運搬していたのだった。

寛永元年（一六二四）一月二十五日江戸にいた諸大名が西ノ丸に集められ、去る二十三日、大御所の秀忠から「御馬（おうま）しるし」が家光に譲られ、「天下御仕置（てんかおしおき）」が家光に任されることになったとの申し渡しがあった。

この「御馬しるし」とは、家康が用いていたが大坂夏の陣のおりに秀忠に譲られた「金扇（きんおおぎ）の大馬印（おおうま）」であり、徳川家軍団の象徴でもある。すなわち、この「御馬しるし」が秀忠から家光に譲られたことは、軍事指揮権が家光の手に移ったことを意味し、かつ「天下御仕置」が家光に任されたこ

とからすれば、家光は秀忠から全権を譲られたことになる。

大御所としての秀忠は、家康とは違い、まったくの隠居の身になった。そして、この年の十一月家光は西ノ丸から本丸へ移っていった。

さらに、家光はこの将軍襲職と軌を一にして結婚することになった。

妻となったのは、摂家の鷹司信房の娘孝子である。しかも、この人選を行ったのは、家光の母親であるお江与の方だった。祝言は、家光の本丸移徙とともに執り行われたが、祝言そのものは翌年八月に大御所秀忠、お江与の方を本丸に迎えてなされ、この日より、孝子は「御台」と呼ばれるようになった。

この一連の将軍襲職と結婚の儀を併せ持ったため、江戸城内はてんやわんやの忙しさになっていた。

その矢先、岡本玄冶は殿中の一郭で偶然、玄鑑殿に出会った。

玄鑑は玄冶の師匠である曲直瀬玄朔先生のご子息であるが、今は後陽成天皇から家号の今大路を賜り「今大路玄鑑」と名乗っている。

「玄鑑どの、わたしでござる。岡本玄冶です」

「おお、玄冶か。久しぶりじゃのう。して、おぬしが何ゆえここに」

「てまえは、将軍家光さまのお傍付医師の一人として加えさせていただきました」

「おお、そうであったか。わしは今、お江与の方さまの侍医になっているのだ」

「お方さまの侍医とは、お心配りも大変なことでしょうな」

「そう思うてくれるのは、そなた位しかおらぬ」

二人の会話は短かであったが、

「このような殿中の祝いの最中で二人がばったり会うのも何かの縁かもしれませぬ」

しかし、玄治としてみればなぜか不思議な、これから先々の予感めいたものを感じざるを得なかった。

「そうでしたか。それはそうと、玄鑑どの。御父上の玄朔先生は御息災でしょうか」

「父上か。古稀（七十歳）を過ぎてはいるがまだ息災じゃ。今、城内の和田倉門近くに住んでおるので、顔を出せば喜ぶと思うがのう」

「そうでしたか。それでは近いうちにお伺いいたしますのでよろしくお伝えくだされ」

後日玄治は、和田倉門近くにあるという曲直瀬宅を訪ねることにした。なんでも濠の近くにあるからと訊いていたのだが、周りを見わたすと外様大名の屋敷ばかりで面喰った。探索方のように目を凝らして行き、すぐに目立ってあったのが大きな門構えの細川越中守の邸であった。

その近辺は、前田大和守、松平丹後守、嶋田弾正守など錚々たる屋敷が連なっていた。さらに戸惑いながら探し求めていると、「延寿院道三」と書かれた立札を見つけた。

これまた立派なお邸であったが「これだな」と分かった。

今は〈玄朔〉ではなく勅旨により名を変えて「延寿院」と称している。また二代目〈道三〉の名跡をそのまま引き継いでいたので、このように「延寿院道三」と名乗っているのであろう。

今この脇を流れている濠を世間は「道三濠」と称している。それは濠を挟んだ真向かいに息子・

玄鑑の邸があり、二代将軍・秀忠は道三の一家をここに住まわせ、両邸の間にある濠を「道三濠」と名付けたのは至極当然なのかもしれない。さらにそこに架けた橋を「道三橋（どうさんばし）」と名付けた。

―これは後から造られた橋だというが、これにはこんな逸話があった。

大御所秀忠様が病のため、緊急にお召しがあった時のことだ。

二代目道三、つまり玄朔は少々刻限に遅れてしまった。そのわけを聞かれた玄朔は、大手門まで行くのに遠回りして行かざるを得なかったと申し開きをしたところ、

「それではこれからも事あるごとに困るであろう。近くに橋を造ってしまえばよかろう」

というお沙汰があって、すぐにできてしまったという、曰（いわ）くつきの橋だった。

玄冶はその立派な道三邸のくぐり門を入っていき、玄関口で声を掛けた。

なかから出て来たのは、玄朔先生の奥方の胡菜（こな）様であった。胡菜様も年月を経てお歳を召していたが、品の良さと美しさは昔と変わりがなかった。その胡菜様が久しぶりに見る玄治の立ち姿に一瞬戸惑いを見せた。

「どちらさまで」

玄治はかしこまりながら、

「わたしは玄朔先生にお世話になった……」

そこまで言うと、胡菜様もすぐに気が付いた。

「おお、玄治どのでしたか。立派になられて、始めよく分かりませなんだ。江戸まで来られていたとはご苦労様のことです。して、娘の文はいかがしたものかのう」

「奥方さま、この度は急遽将軍家光さまのお供に加わりましたので、てまえだけの江戸行きになってございます。ですから、文はまだ京におりまする」

「そうであったか、それは存じ上げず失礼を申し上げた。まあ、それはともかく中にお入りくだされ」

そう言いながら、奥の部屋に通された。

しばらくすると、懐かしい玄朔先生の声が襖障子を通して聞こえて来た。

障子を開けた時、お互いの口元がほころび顔の表情が和らいだ。

「先生、お懐かしゅうございます」

「玄冶どの、息災であったか。会うのは何年ぶりかのう」

「先生が江戸に来られてからは一度も会ってませんので、十数年ぶりになるかと察しますが……」

「そうか、わしもこの歳になって江戸から離れるのが億劫になってしもうたわ」

「今、お幾つになられましたか」

「あまり、歳は数えたくないが古稀（七十歳）を五つ位過ぎたかな」

「そうでしたか。それにしてはお顔色も良く、ご壮健でいられるのはなぜでございましょうか」

「それはわしの著わした『延寿撮要（えんじゅさつよう）』に皆書いてある」

「ああ、あの養生書ですか」

「〈気（き）〉を軸にして人間の根源的な欲求を制御できればよいのじゃ」

「つまり、先生がおっしゃる養生の道は、当時謹慎中の流刑の身で常陸太田にいた頃、目にし耳にした庶民の暮らしぶりを参考にしながら書かれたお言葉ですね」

「ただ三事(みこと)『一つ神気を養い、二つ色欲を遠ざけ、三つ飲食を節制するなり』じゃ」

すると、玄治が『延寿撮要』の中味をそらんじた。

「一つ〈神気を養うこと〉とは、天地自然に従って行動し、正直であること。

二つ〈色欲を遠ざけること〉とは、年齢に応じ、性欲を抑えること。

三つ〈飲食を節制すること〉とは、五味を整え、食い合わせを避け、飲酒や喫茶についても慎むこと。

そうすれば、先生のようにいつまでも若々しくいられるということですね」

「そのとおりじゃ。まあ、詳しくはわしの書いた〈言行篇〉〈飲食篇〉〈房事篇〉を読めばよい」

「そうでした。これからは中年を過ぎた勇将、猛将たちによくよく伝えて参ります」

「そうよ、それが良い。ところで、玄治。おぬしがこれから城内で上さまに仕えるにあたって心しておかねばならぬ掟がある」

「それは何ゆえでございまするか」

「これは息子の玄鑑にも言い伝えてあることじゃがな」

「どのようなことでございますか」

「これは、いっさい他言は無用じゃが、おぬしが連れて来た快心だけにはよくよく伝えておきなはれ」

「三つある。一つは、神君家康公の汚点を暴き出すような話をしてはならぬ。たとえば、加藤清正公が亡くなった時の死因じゃ。巷ではもっぱら毒殺の噂が流れていたが、これは黙殺じゃ。絶対、取り合わないことじゃな。二つ目は、お福（ふく）の方さま（春日局（かすがのつぼね）のこと）へ疑惑を持ってはならぬ、また反抗もしてはならぬぞよ」

「それはなぜでございまするか」

「お福の方さまは、生まれたばかりの竹千代君からお育てになった乳母なのじゃ。母親同然の絆で結ばれておる。事あるごとにお江与の方さまと衝突があるから難しいのじゃよ」

「三つ目はなんでございまするか」

「三つ目は、朝廷と幕府の医療の従事で天秤を設けてはならぬということじゃ」

「よく分かりませぬが……」

「幕府もいまだ朝廷には頭が上がらぬところがある。官位を頂戴せねば世間体に差し障る。つまり、権威が保てぬということであろうか」

「てまえも、これからは江戸と京を何度も通わねばならぬやもしれませぬ」

「それも修行じゃよ。それから、もう一つ肝に銘じておくことがある」

「なんでございましょう」

「それは、医師という存在は、各大名や朝廷の侍医となることがあっても、けっしてそれらと固く結びつくことは相成らぬ」

「果たしてそれは、いかようなことでございまするか」

「それはな、わしの経験談からじゃ。わしが秀次さまの侍医となって肩入れしていた時があったがために、秀吉さまから睨（にら）まれて常陸国へ放逐されたようなことじゃ」

「そういうことですね」

話はもうこれで打ち切りかと思われたその時に、

「さらにじゃ、最後に言っておきたいことじゃが、決して政治的なことには深入りしてはならぬぞ」

玄治も、この最後の言葉は身に沁みたらしく、

「はい、篤と肝に銘じまする」

と言った。

それからは、胡菜様の手料理と濁酒が運ばれて来て、その酒の肴を味わいながら三人の他愛ない冗談交じりの雑談で賑わった。陽も暮れかけて城の暮れ六つの刻限を気にし出した頃、玄治は、

「明日のお勤めもありますので、この辺で失礼仕ります」

と言って、玄朔の家を辞したのであった。

2

その後の家光公であるが、二歳年上の孝子との仲は、あまり良くなかった。気位が高い年上の孝子は嫉妬心が強く、それが原因で孝子は本丸から江戸城吹上内に造られた御殿へと移られ、これ以後、孝子は「中の丸殿」と呼ばれた。

玄治の普段の暮しだが、上様のお体に差し障るような異常がなければ、至って穏便な生活を送ることができた。だが、将軍になってからの上様は極めて神経が過敏になりつつあったので、何かというと片頭痛を起こしている。

しかし、それは一時のことで済む場合があるのだが、それを大げさに取り繕う女がいた。それは誰あろう大奥の総取締役「お福の方様」である。「将軍様お局役」として君臨。後に「春日局」と名乗るが、この時はまだ「お福の方様」で通っていた。大御台所のお江与の方様の下で大奥の公務を取り仕切っている。この時も、大奥の役所や法度などを整理・拡充するなど大奥を構造的に大幅

に整備して行くのに懸命であった。

　さらには、将軍への献身的な仕草も、乳母からの母性愛を笠に着たとしか思えない忠節ぶりを発揮している。その、お福の方様から本日玄治にお声が掛かったのである。

　玄治は江戸城に入ってから、幾度となくお福の方様の大奥内での権勢振りを噂に聞いていたので、お呼びが掛かるのは意外で身の引き締まる思いがした。

　部屋に入ると、

「そちが今度上さまのお抱え医師となった玄治どのなのか」

「初めてお目見えいたしまする」

「あまり、固くなるでない」

「して、わたくし目に何か御用向きでも……」

「そうじゃったな。そちは上さまの母上君がお江与の方さまであることはよく存じておろう。そのお江与どのが今からだの具合がよくなく床に臥すことが多くなっていると聞く。差し当たって、そちの義兄弟ともなっている侍医の玄鑑どのが付きっ切りで容体を診ているが、老中たちは、はかばかしくないと申しておる」

「そのことで何か」

「よいか、玄治どの。そのうち、おぬしにも声が掛からぬとも限らぬ。その時は、快く診てさしあげよ」

「はい、かしこまりました」

「じゃが、その後でじゃ。この福にも容体の様子を詳しく報(しら)せよ。よいか」

　玄治とすれば、上様の母上様の病であれば至極当然のこととて、何も疑義を挟む余地などあり得なかった。

しかし、その後、義兄の玄鑑から、一度上様の母君であるお江与の方様のお体の具合を診てくれないかとの相談があった。

玄冶は、玄鑑殿が診ているのだから何もてまえにあえて診させることはないと思うのだが、なぜであろうか。この時は上様とお福の方様のお許しを得て、西ノ丸へ向かった。

お江与の方様のお付の方に奥向きの部屋に案内されたが、御方様は床に就いておらず、あたかも玄冶が来るのを待っていたかのように座っていたのである。

しかし、見るからに顔色は今一つ良くなかった。

「玄冶とやらはそちのことか。将軍家光のお抱え医師とのことで安心して来てもろうたのじゃ」

「玄鑑さまやそのお父上の延寿院道三先生（玄朔のこと）には、これまで数知れずお世話になって参りました。てまえはその弟子の一人にございます」

「いや、そのようなことを聞いてはおらぬ。おぬしが家光の養生を常に気に掛けてくれているので、一度礼が言いたかった。これからもよしなに頼むぞよ。それと、この頃のわたしの容体がはかばかしくない。玄鑑は何ともないと言っておるがこの機会にそちにも診てもらいたいと思ったまでのこと」

「そうでございますか」

ございましたか。どのような自覚症状が

「この間、大奥の中臈と仕来たりのことで用事があり、西ノ丸と本丸の大奥の間を乗り物も使わず往復したことがあったが、部屋に戻ると眩暈がして暫く止まらず困った。だが、その後も城内の部屋渡りをする時も屡々冷や汗とともに眩暈が止まらぬのじゃ」

「その時、熱はありましたか」

「そうそう、その夜はカッカと体中が熱くなり心配になったので、侍医の玄鑑を呼んだのじゃった」

「何か、処方されましたか」

「玄鑑は、これは風邪（ふうじゃ）の初期じゃからと薬を服ませてくれたのじゃが」

「それで、回復に向われたのではありませぬか」

「翌日になって、熱は下がって来たようにもみえたがまた、何日かすると寝汗が出たり胸の辺りがドキドキして来たりしたでのお」

「そうですか。それではてまえでよければ、お体を診させていただきまする」

　そう言って、玄治は御方様の手を取り脈から見始めた。

　玄鑑殿は、いつもお江与の方様のお体を診ているので、この時は風邪や神経症状に効くという「柴胡桂枝乾姜湯（さいこけいしかんきょうとう）」を服ませたようである。

（適格な診断と言わねばならない）

と思えた。

　だが、御方様の今までの日常生活を見るとかなり多忙であることが分かった。大御台所である御方様の役割として、まずは大奥での表向きの総取締りがあるのであるが、この総取締り役の裏方はお福がやっている。

　下の年寄や中臈たちの人気はお福には叶わず、幕閣との取り決めや大奥から幕閣への要求はお福に任さざるを得なかった。そこへ持って来て、次期将軍の後継者争いがお福との間にあって、なおさら神経をとがらせていた時期があった。また、家光が将軍となってからも、お江与の方様は、弟君の忠長様に目が行き、お福との軋轢（あつれき）は増すばかりであったという。病というのは見えぬ間に少しずつ疲労が重なり、気が付いた時には重症になっていることが多い。従来が気強い性格であっても長年の気苦労で疲れが溜まって来ると神経に差しさわり、支障を来すようになるものだ。

この前の出来事もそうだった。

御台所（みだいどころ）となった摂家の娘である正妻の孝子と家光との不仲がお表沙汰になった時のこと。これを所望して世話したのはお江与の方様であったから、これは「お福」が裏で陰謀をめぐらしたに違いないと心底考えるようになっていた。ある時、それとなくお付の女にそれを探らせたが、証拠は出て来なかった。これは人選して妻合（め）わせた自分にも責任があると思い、孝子に己の不甲斐なさを詫びる始末であった。普段から性格の強い女で通ってきたお江与の方様だが、自分の思いが通らなかった腹いせでひどく嫌悪感に悩まされていた。こんなことで眠れない日々が続き、とうとう発熱したというのが真実のようだ。

最近のお江与の方様は、まさにそのような張り詰めた日々の暮らしぶりだったと玄鑑様や師匠の玄朔様からお聞きしていたので、玄冶はここで薬を与えるのは止めて、心の安寧で補助するのが良いのではと思案した。

それには〈灸（やいと）〉が最も効き目があると知っていたから、その処方を試みることにした。

「お方さま、灸などはなされたことがありますでしょうか」

「以前、天海さまが大御所さまにおやりになってるのを見たことがあります。その時私の膝が痛くてどうしようもなかったので、ついわらわにもと言ってお願いしたことがありますが」

「その時はいかがでしたか」

「足が一時熱くなりましたが、その後スーッと痛みが引いていくのを覚えておりまする」

「そうでしたか、それならば安心いたしました。その灸なるものをこれからさせていただきます」

「侍医の玄鑑は今までそのような治療は用いなかったが、玄治とやら、今日はそちの治療に任せて進ぜましょう」

「ありがとう存じます。では、まず初めに右手をおかしくだされ」

　玄治はお江与殿の右手首の筋際（すじぎわ）にある〈神門（シンモン）〉という経穴（ツボ）に小粒の艾（もぐさ）を置き、火の付いた線香からその艾に点火した。しかし、最初から刺激が強過ぎると後の灸に差し障るので、頃合いをみて艾が燃え尽きるかなり前で取ってしまわれた。

　次に足の方へ行き、脛（すね）の裏側にある経穴に転じた。内くるぶしの上に指幅三本分の所にある〈三陰交（サンインコウ）〉の経穴、その上にあるもう一つの経穴にも灸を据えた。いずれも、頭痛、不眠、冷え性、肩こり、動悸、憂鬱など更年期に起こりやすい症状に効くものである。

3

　その後、肌衣（はだぎ）を脱いでもらわなければならないので、お方様に断りを入れねばならないと思った。

「お方さま、この次はお体の方に参りますが大丈夫でしょうか」

　すると、お江与の方様はいたってさっぱりとしていて、

「何を気兼ねしておるか。そちは医師であろうが」

「はい、そうでございますが。肌着を脱ぐのに抵

抗されるお方さまもおありでしたので、ついお伺いいたしました」

「そんなことは気にすることでない。早うやってたもれ」

「承知しました」

　すると、お方様は座ったまま小袖をさらっと剥（は）いだ。

　下には見るもあでやかな梅模様の花柄が付いた染色の襦袢が表われた。それもすかさず脱ぐと更年期を迎えるお歳（とし）にしては色艶のいいふっくらとしたお肌が見えた。

　玄治は、高貴なお方を禁中でも何人か診ていたが、皆歳相応の肌をしていたので、お方様のような色艶の良い体を直に見た時の驚きよう、尋常ではいられなかった。しかし、それを相手に悟られるようでは医師としては失格である。

　玄治は何気ない素振りで、

「お方さま、向こうむきになってくださいませ。両の肩の中央に灸を置かせていただきます。ここは〈肩井（ケンセイ）〉という経穴でございまして、全身の血行がよくなり、冷え性にも効くという所です」

「そうか、やってたもれ」

「それと、その肩の上の首筋の後ろに〈風池（フウチ）〉という経穴がございますので、ここにも二か所やっておきまする」

　少し時間が経つと、その効果が現れて、

「おお、首から肩からなんと火が付いたようじゃ」

「熱うなって、堪えんかったら言うてくださいませ」

　すると、

「大丈夫、大丈夫じゃよ」

　だが、玄治とすれば跡形がひどく残るようでは困ると思い、灸が燃え尽きる前に消した。

それから、今度はお方様の向きを正面に変えた。

お方様の両乳房が見えた。

（なんと、ほどよい隆起。これまでに八人の子を宿した女とは思えないこの輝き。この柔肌に灸をしてよいものか。後で、大御所様から叱責の沙汰が下るのではあるまいか）

そして、玄治は一瞬躊躇（ためら）った。するとまた、

「何をしておるか。はやく灸をせよ」

との、言葉が発せられた。

玄治は、それでは、と言って乳頭と乳頭の間を結んだ中央の位置にある〈膻中（ダンチュウ）〉の所を指さし、

「ここにも、灸をしておきます。ここは、動悸、息切れの症状を和らげる所でございますから」

玄治は玄鑑からお方様が時々イライラが収まらない時があるとお聞きしていたので、ここに灸をした方がいいと考えたのである。

さらに鎖骨の下にある所にも艾を置き、

「ここは息切れや胸の痛みの症状を和らげまする」

やや、沈黙があったが、

「これで灸はお仕舞いです。今日の灸はすべて体調を緩和するのに役立ちます」

と言って、玄治は仕舞い支度に取り掛かった。

すると、お付の中臈（ちゅうろう）が頃合いを見計ったように、女中に茶を持たせて玄治の前に差し出されたので、驚いた。

身支度を終えて戻って来たお江与の方様は、ややほてり気味のお顔でいかにもご満悦の様子で、

「玄治とやら、予はこれほど灸が効くとは思わなんだ」

「それはようございました」

「体が軽いのじゃ。灸の後の痛みなどまったくない、快適じゃ」

「また、機会がありましたらご所望くださりませ」

「その時は、また玄鑑から頼み申そうぞ。ところで、そちのご内儀は息災か」

「今は、京の自宅におりまする」

「そうか、将軍のお付で主人が江戸に来てしまってるので、京で留守居を務めておるのだな」

「てまえの務めはこちらにありますので……」

「そうであったの。して、ご内儀は玄鑑の妹御になると聞いておるがまことか」

「はい、そうでございます」

「では、そちと玄鑑とは義兄弟じゃありゃしませんか」

「ええ、まあそんなところです」

「して、玄治どの。近々、また家光どのは大御所さまと一緒に二度目の上洛をされるのをご存知か」

「それは、初耳でございます」

「なんでも、後水尾天皇の二条城行幸のために親子で上洛するということでござる」

「はあ……」

「じゃから、そちも一緒に京に戻れるというものよ」

「ありがとう存じます」

「これは大御所さまからお聞きしていることで間違いないことじゃ。その際、多くの大名を引き連れての大軍勢、大行列になることよのう。その時に侍医の玄鑑も同行するそうじゃ」

「玄鑑どのもですか」

「そうよ、わらわにとっては、侍医が留守になるのは、ちと不安で寂しい気もするが仕方ありゃしませぬ」

　そのような会話をし、玄治はかなりお方様と打ち解けて来たのであるが、そろそろお暇しなければならないと思い、西ノ丸を後にした。

第六章　二条城の行幸

1

寛永三年（一六二六）七月、家光は二度目の上洛をする。

この時岡本玄治も同道し、京に舞い戻ることになったが、快心を一緒に連れて行くべきかどうか迷った。

しかし、熟慮のうえ、江戸での勤番医も人手が足りぬであろうし、また、留守居役として誰か見知った者がおった方が良いと考え、快心には留まるよう説得した。快心はその辺の事情を呑み込み、玄治の気持ちを素直に受け取ってくれた。

大御所秀忠は五月、すでに供奉の大名を大勢伴って江戸を出発していたが、その後に発った家光は、八月の初めにやっと淀城に入った。すると、すぐに昵懇の公家衆から礼を受け、その二日後にもこの同じ淀城で摂家・門跡・堂上・地下のいっせいなる挨拶を受け、やや恐縮した思いであった。

十日後には上洛の挨拶に参内し、銀子一千枚と綿一千把を献じた。すると、その返礼に朝廷から将軍家光に〈従一位右大臣〉への昇格が伝えられた。

九月六日、今回の最大の行事目的である、御水尾天皇の二条城行幸が行われた。

その二条城は二年前から諸大名を動員して石垣普請を行い、伏見城を廃し、その建物を移すなどして大改造を果たしたものである。二条城の主は秀忠であるため、秀忠は城に待機してもらっていた。

この時家光はといえば、秀吉が聚楽行幸の時に禁裏へ後陽成天皇を迎えに行った例にならって、後水尾天皇を迎えに赴いた。

迎えの行列は、京都所司代板倉重宗を先頭に、その後、長刀持・烏帽子着・馬添・白丁・傘持ちを召し具した馬上の従五位下諸大夫の武家二六二人、ついで年寄り土井利勝・酒井忠世が続き、その後に家光の牛車が進んだ。その車に続いて、御三家の弟君である徳川忠長も大名四十三人とともに続いた。

この長い行列を後ろに控えたまま、後水尾天皇は鳳輦に乗り、雅楽隊が鳴らす楽人を先頭に公卿を従えて二条城に入った。五日間にわたって、二条城で和歌、管弦の遊び、舞楽、能楽の催しがあり、日々酒宴が開かれた。

この間には、将軍家光や大御所秀忠から天皇はじめ公家衆に夥しい量の御進物が贈られた。すると、後日後水尾天皇は、改めて家光を〈左大臣〉に、秀忠を〈右大臣〉に任じたのである。

この二条城行幸の最大の意図は、徳川氏への臣従を確かなものとし、徳川氏に反感を持つ公家衆の諸勢力に対して徳川氏の力を見せつけるものであった。

さらにもう一つ大事なことは、妹の和子入内と、女一宮の誕生を併せて祝い、これまでの幕府と朝廷の軋轢を解消する融和策にあった。

2

一連の将軍家光の行列から解放された玄治だったが、京都の町並みをこの足で踏みしめ、その賑わいを久しぶりに肌で感じとっていた。

江戸がまだ新開地の途上の町であるならば、この京都は平安京の地盤を経て来た歴史ある町と言わねばならない。まだ戦乱の昔日の面影が残る街並みであっても、やはりそこには住み慣れた庶民の顔があった。

玄治は、あれから三年の月日が経っていることに気が付いた。

妻の文へ、最初の書状には、

「一年後には必ず戻るゆえ、それまで達者でいてくだされ」

と書いて出したものの、その約束も果たせず、その後は半年ごとに書状を出していた。そして、いつの間にか三年が過ぎて、面目ないと思いながらやっと今日の日を迎えた。

家の近くまで来ると、妻の文と五歳の長男介球、三歳の次男祐品、それに連れ子の八歳のたみが揃って出迎えてくれた。

文はやさしさのこもった言葉で、

「お勤めご苦労さまでした」

と言うと、子供たちもそろって、

「お父上、お帰りなさいまし」

と健気な声で言うのだった。

玄治は、これまで寂しい思いをさせてしまった家族には詫びる気持ちで一杯であったが、これが将軍様にお仕えする医師の仕事であると己に言い聞かせるしかなかった。そして文には、

「長い間待たせてすまなかったな」

と言って、文の手を握りしめ、また傍にいる三人の子らを抱きすくめた。

家の中に入って落ち着くと、文が白湯を持って来てくれた。

その湯のみを玄治に渡しながら、

「あなたさまは、こたびのお供でお務めは終わりやすな、もう行くことはありまへんな」

唐突にそう言われて、玄治ははたと言葉に窮した。

「……」

「もう、ないとおっしゃってくださいまへんか」

「しかし、それはわしの一存では決められぬ」

文は、これまでの子育てがいかに大変だったかを、主人に話そうとしたがやめた。それが、嫁の務めであることを自覚していたからである。

次の日から、また表に医者の看板を出した。

―この当時、医者は今のような免許制度はなく、医術の心得に自信がありさえすれば、己の責任のもとで誰でも医者稼業の看板を出すのは自由であった。

京都の町は、三方が山に囲まれた盆地である。したがって夏は熱気が逃げにくく、しかも湿度が高く、ジメジメした蒸し暑い日が延々と続く。

そのような照り付ける一日が始まるのだ。

天球の真上から降り注ぐ太陽の光が灼けるように迫ってくる。

鴨川はじめ、どの川面でも白光の輝きを受けてさざ波を打っているに違いない。

職人の多いこの辺りでは、親は一生懸命仕事に精出してるが、子供はほったらかしである。看板を出して幾日も経たないうちに、近所の桶屋の御(お)内儀(かみ)が五つ位の男の子を連れて、玄治の療治庵にやって来た。

「どうしたんだい、御内儀」

すると、

「先生、うちとこの子を診てやってくださらんかいな」

「どこか悪いのかえ」

「吐いたり、くだしたりをくり返し、しきりに痙攣を起こすのや」

「ほう、そりゃあ、よくないな。どれどれ手を出して」

　そう言いながら、脈を診て、次に額に手を当てて熱を診た。

「何か食べたかい」

「ええ、どうもこの炎天下のなか、近くの鴨川で川遊びをしてたようどすがな。そのうち喉が渇いてきたので、仲間の誰かが近くに井戸があると言うさかいに、そこに行って、くみ上げた生水をがぶ飲みしはったそうです」

「そりゃあ、まずかったな。だが、高い熱が出ていないので、今流行りのコロリ（コレラのこと）ではないから大丈夫じゃ」

「では、何なのですかえ、先生」

「これは〈霍乱〉と言うて、一種の熱射病じゃよ。『鬼の霍乱』という言葉があって、今まで元気闊達の子がいきなり具合が悪くなり、病に罹ることを表してこう言ったのだがな」

「じゃあ、治りはりますね」

「無論じゃ。こういう暑気当たりに効く良い薬がある」

「なんですか、それは」

「『奇応丸』と言うて、これは、小児の疳の虫にも効く。昔唐の高僧鑑真和上によってもたらされたという代物だが、それを改良して作られたのがこれじゃよ」

―〈霍乱〉は、「揮霍繚乱」の略で、激しい吐き気や下痢を伴う急性の病気と言われた。また、「奇応丸」は、麝香、熊胆、沈香、人参、牛黄の五種の生薬からなり、〈小児五疳薬〉とも言われた。


「そんなのが昔からありはったんかいな」

「そうよのう、あったんじゃ。とにかく今この薬がわしのところにあるからこれを服めば治る」

そう言って、その〈奇応丸〉を五粒ほど服ませると、男の子の血色のない顔が見る見るうちに正常に戻ってきた。

御内儀はそれを見てびっくり、

「いやはや、先生、これは驚きましたワ。こんなに早うよくなってくるとは思いもせなんだ」

「わしの力ではないがな」

「いや、先生のおかげでんがな」

「まあ、それはいいとして、とにかく、こう暑い日には子供を長い時間外に出しておくのはよくない。御内儀が仕事で忙しいのは分かるが以後気を付けてくだされ」

そう言って、玄治はむやみにお代を取ることなどしなかった。

次の日には、近くの農家の嫁がお腹の辺りを抱えながらやって来た。

すると、その嫁は、

「先生、ここんところ堪えきれない位にお腹が急に痛み出すのどすー」

「他には……」

「そうかと思うと今度はお尻の当たりがむず痒くなりはります」

「どれどれ手をかして」

と言って、まず脈を診た。

「もう少しくわしく聞かせてくれないか」

すると、嫁は話し出した。

その現象はひと月前から起こっていた。腹部の上下が発作的に痛くなったかと思うと、次はお尻の当たりが変にむず痒くなったりするという。食欲はなくなり、何もする気が起こらなくなったというのだ。

そこで、玄冶がピンと来たのは、これは人体に巣食う寄生虫に違いないと判断した。その一つに「蛔虫症（かいちゅうしょう）」があるが、この蛔虫は、長さ二十～四十センチメートルほどの白い細長い虫で、普通、野菜についている虫卵が人体に入り成長し、これが胃や小腸、大腸を移動し、発作性の疼痛をおこすので、「疝気（せんき）」とも称された。また、肛門まではい出て、廻りの皮膚に産卵すると皮膚炎や湿疹を起こし、同時に瘙痒（かいよう）感をおぼえさすのである。

人体寄生虫にはその他に蟯虫（ぎょうちゅう）や条虫（じょうちゅう）（サナダムシ）などがあるが、この頃最も多く人々を冒していたのがこの「蛔虫症」であった。

ひとえに、この頃農作物の肥料は人糞尿がほとんどであったし、野菜や食器・手などを十分に洗うようなことはせず、また当時は漬物を多食していたことが原因と思われた。

そこで、玄冶はこの〈虫下し〉に効くという『雷丸（らいがん）』という駆虫薬を渡した。

―『雷丸』とは、竹に寄生するサルノコシカケ科のキノコの一種の菌体で、直径一～二センチメートルの塊状のもの。しかし、今日ではサントニン（原料はシナ花（か））や、マクリ（海人草（かいにんそう））などの紅藻（こうそう）が虫下しとして使われている。

そこで、玄治は言った。

「この蛔虫の卵は抵抗力が強く、白菜、ネギ、大根などに付着するとなかなか取れないので、これからはよく洗ってから食べるようにしなさい」

「よう分かりました」

「それと、この蛔虫が体外に排出されるまでは、二、三回は服むように」

「おーきに、そないにいたします」

それから二週間後、彼女がやって来た時は、顔がほころんでいて、すっかり回復しているのが分かった。

そして、玄治に向かい、

「先生、これからもよろしゅうお頼み申します」

とご機嫌よろしく感謝の気持ちを込めて帰って行った。

3

上洛最大の目的であった後水尾天皇の二条城行幸が首尾よく終わり、禁裏に還御された翌日の九月十一日、江戸から早馬が来て、家光の母親のお江与（えよ）の方様、〈危篤〉の報がもたらされた。

すると家光の弟君の忠長は、誰に断るでもなく突如二条城を抜け出し、その日の夜半には江戸へと出立された。

ところがお江与の方様の侍医と言えば、江戸城内で唯一お方様から目を掛けてもらっている玄鑑（げんかん）である。玄治にとっては義兄に当たるが、その玄鑑は大御所秀忠様の侍医でもあり、今回の行事すべてに加わりながら健康管理いっさいを任されていた。

その玄鑑が、京に来てから過労が祟（たた）って病に伏せていた。大御所秀忠様のお傍でかなり神経を使われていたのであろうか。

　それを知った玄冶はさっそく宿に尋ねると、玄鑑が何やら江戸への旅支度を始めていた。

　顔は青ざめて気は失せており、いかにも病人風情の様子。玄冶はその姿を見るなり、

「玄鑑どの、いや義兄（あに）うえ、その様子では江戸までの旅は無理でございます」

　すると、

「わしは行かねばならぬのだ。お江与の方さまが危篤と訊けばなおさらのこと……」

「でもお体の様子が変です。お体の症状は何なのですか？」

「こちらに来てからじゃが、食事と水が合わなかったのやもしれぬ。足や膝がだるく、膝から下が麻痺して急に立てなくなるんじゃ」

　人間というのは、環境の変化に弱く、違う土地に来ると、食事や寒暖の気候の変化に体が適応しきれない時がある。

　行列一行が京都に来てからというもの、湿度は高く暑苦しい日々が続いていたのが一因かもしれない、と玄冶は思った。

「それは、今流行りの〈アシノケ〉ではありませぬか。胸は苦しくありませぬか、脈を診させてくだされ」

　と言って、玄鑑の手の脈筋に軽く三本の指を当てた。

「義兄うえの脈拍数は乱れており、かなり速くなっておりまする。心の臓に異常があるようにも窺えますが……」

「それは、わしにも分かっておる」

　玄鑑は、少々怒り気味になっていた。

玄冶は、玄鑑の病が「アシノケ」と診断した。玄鑑の長道中は、もってのほか、何とか思い留まらせる方法はないものか。

—「アシノケ」とは〝脚ノ気〟つまり、現代病の脚気のこと。

「義兄うえ、今のこのご容体では江戸までの道中は無理でございます。死出の旅立ちになりまする」

「しかし、わしの務めはどうなる」

「それとこれとは別でございます。死と引き換えになさるおつもりですか」

「いや、わしの体は不死身じゃ。何としても行くぞ」

そのような問答がしばらく繰り返されたが、玄鑑は弟子の貞信に何か言いつけて隣の部屋に入ってしまわれた。

玄冶はこれ以上のことを言えば、お互いに傷つけ合うだけだと思い、帰りしな、

「義兄うえ、わたしはこれでお暇いたしますが、義兄うえの体はご自分のものだけではありませぬ。義兄うえのご家族もあれば、ご両親の玄朔先生ご夫妻もおりまする。よくよくお考えの上、ご判断くださいませ」

その言葉を最後にその場を去った。

翌日玄冶がその宿を尋ねると、もぬけの殻、すでに玄鑑は旅立った後だった。

ただせめてもの救いは、単独の旅立ちではなく、いつも玄鑑の医療を手伝う弟子の貞信が付きしたがって行ったことだった。

京と江戸を繋ぐ東海道の道のりは、普通男の足

でいけば約十二日はかかる。しかし、急用で馬などを使えばその半分位で行けると見た。

出立して三日後、玄鑑から早馬の書状が玄冶に届けられた。

—其ノ節ハ失礼ノ段御赦願度候
昨日大井川ヲ無事渡河今遠江藤枝ニ到着
昨夜薯蕷汁ヲ食シ元気快復ス御安心召サレタシ
親純拝

玄鑑の通称の呼び名が〈親純〉だったのでこのように署名してあった。

これを見た玄冶は、義兄うえの体が少し持ち直してくれたかと思った。

しかし、その後の知らせはなかった。六日も経っているので江戸到着の知らせがあってもいい頃と思っていたその矢先、今度は、弟子の貞信から書状が来た。なぜかやや不安を覚えた。

書付の内容はこうである。

—岡本玄冶様へ
京デノ在職ノミギリ、恐縮ニ存ジ上候
急用ナル御知ラセノ段有リテ申送候
現在、箱根ニ在候
箱根越ヘ難所ニテ手ヲ焼ク。
急坂ノ石畳ニテ馬ニ乗ルコト叶ワズ、先生、杖ヲ片手ニ歩行前進。十歩進ミテ休ミ、五歩進ミテ休ミヲ繰返ス。
途中、喘グ息遣イ増シ疲労困憊ニテ難儀有。
愈々歩行困難トナル。
拙者先生ヲ背負イ、辛ウジテ峠越ヘ果シ麓ノ宿ニ到着ス。
其後、先生ノ容体急変シ、目下地元ノ医者ニ身ヲ預ケタル次第。

貞信拝

と書いてあった。

玄治は、それを見てなぜか嫌な予感がした。

「アシノケ」は、疲れが高じると高熱が出て足が膨れ、麻痺して歩くことなど、到底できなくなる。そのうち顔がむくみ食欲もなくなる。しまいに「アシノケ」特有の心の臓の障害で亡くなることがあるのだ。

予測が的中した。最後の書状が箱根の貞信から早馬で届いた。要約すると、それには、

—地元医者ニ依テ〈安中散〉ナル
薬処方シ回復祈願託ス
而其後努力ノ甲斐無ク
箱根宿ニテ息途絶候
今大路玄鑑、享年五十歳。

亡骸宿近傍ノ「早雲寺」ニ埋葬ス。

と、認めてあった。

—この「早雲寺」は小田原北条氏の菩提寺になっている。

ところが、運悪くこの玄鑑が亡くなる二日前に、すでに、お江与の方様も九月十五日亡くなっていた。

家光の弟君の忠長様は危篤の報を聞き、すぐさま早馬を飛ばして江戸に向かったが、時すでに遅しで一日違いで死に目に会えなかった。

しかし、玄鑑の死とは別に、お江与の方様が突如亡くなったというのが、玄治には腑に落ちなかった。玄治がつい、三ヶ月前に江戸城内でお会いした時には気の病からくる疲れはあったものの、

命を落とすようなお体ではなかった。

「ましてや危篤状態になるお体の兆しなど毛頭見られなかった」

その後しばらく経ってから、今度は江戸城内に残っている弟子の快心から書状が届いた。

快心の書状内容を要約するとこうだ。

―将軍家一門の遺体は通常そのまま土葬にて葬られることになっているが、意外にも彼女は荼毘(だび)に付された、という。

九月十八日、遺骸は麻布我善坊(あざぶがぜんぼう)に設けられた荼毘所にて荼毘に付されたのである。葬儀は十月十八日に盛大に行われ、戒名は「崇源院殿昌誉和興仁清大禪定尼」で、諡号(しごう)、つまり贈り名は「崇源院(すうげんいん)」と称された。

享年五十四歳。死後、芝増上寺に埋葬された。

とある。

他の者がみれば、一見何の変哲もない内容に思われるが、玄治には不可思議きわまりないものと感じとったのである。

つまり、将軍家の世襲である埋葬の仕方である。歴代の将軍をはじめ、その正室はすべて亡くなれば遺体をそのまま葬るのが習わしであった。それが、崇源院様のみが何ゆえ火葬で葬られることになったのか。

この件で不思議に思った玄治は、すぐさま快心に疑義を問い合わせた。

一、遺体を火葬にするという場合、普通考えられるのは疫病などで他に伝染するのを防ぐために行うのであるが、この頃江戸で何か大きな疫病が流行ったか否や。

二、また、大御所様、将軍様の留守中にもかかわらず、誰の指示でそのような世襲事の大事な一件を決めたのか。

この二点であるが、これはどうしても知っておかねば、その後に遺恨を残すと思われたからであった。

その後、十日も過ぎて快心からの返事があった。しかしその内容は、快心が調べに難渋し、四苦八苦している様子が読み取れた。

その様子に開口一番、こう書いてあった。

―何処ニ尋ヌルモ手懸ナク、術(スベ)ナシ。此件吾ニ甚ダ過重ニテ困惑候。

しかし、その後から来た書状ではまた少し、希望が持てた。

それは、快心が思い切って亡くなった玄鑑様のお悔やみも兼ねて玄朔先生宅を訪問したと、書いてあったからだ。

だがその時の母上胡菜様の嘆きは尋常でなく、玄鑑様の突然の訃報がいかにも哀れで仕方なかったと申し添えてあった。

その後快心は別室に通されて、本題に入るための例の一件を玄朔先生に問い合わせたのだ。すると、偶然にも玄朔先生が、お江与の方様の死に目に立ち会っていたことが分かり、その詳細を窺い知ることができた。

その話によるとこうだ。

―お江与の方様に付いていた医師は、いつもであれば城内で最も信頼されていた侍医の今大路玄鑑(いまおおじげんかん)であったが、留守の時は秀忠、家光にも仕えていた坂家(さかけ)の上池院宗説(じょうちいんそうせつ)と、同じく坂家の真庵(しんあん)

宗之寿仙の二人が当たることになっていた。この二人はいずれも京都の生まれであるが将軍が上洛のおり謁見して、その後江戸に出府して侍医となった者たちである。

お江与の方様は亡くなる五日ほど前から、急に容体が変わり床に就いたという。体こそ小さく華奢のようにみえるが、普段は気の強い性質であったので、廻りの御年寄はじめ御小姓は、お方様の急な変わりように驚きを隠せなかったというのだ。つまり、お方様は、手足のしびれとともに体全体が脱力感を味わうようになってきて、厠で用を足すのも二人がかりでなければできなかったという。そして、その最後の亡くなる日には、発作的な錯乱状態を繰り返した後吐血して床に就いたのだが、そのまま息を引き取ったというのだ。

留守医の宗説と真庵の二人が、この間付きっ切りで診ていたが、その甲斐もなくお亡くなりになってしまわれた。

しかし、城内の留守居役の責任者といえば、やはり大権現様ご存命からの御目付け役の天海僧正であった。その人が、

「お江与の方さまお墨付きの侍医の玄鑑が不幸により立ち会えなくなってしまった以上は、少なくとも老医師になったとはいえ、父親の延寿院道三どの（曲直瀬玄朔のこと）に会わせねば道理が通らぬのではないか」

と二人の侍医に話したので、お付の者が玄朔先生を訪れ、その日の内にお方様の立ち会いがなされた。

しかし、玄朔先生が御台所の寝所で、その亡骸を拝見した時の驚きようはなかったという。なぜ

なら、まず、お腹が変に膨れていたのと、白衣の下から見える皮膚がいかにも墨で塗ったように黒々としていたのだ。さらに異様に思ったのは、手指の爪先を見たら横断状の白線があったという。しかし、傍にいる天海僧正の手前もあって、何も悟られることのないようにお悔やみの言葉を添えてその場を去って来た、というのだった。

快心の書状はかなり、長々と詳しく書かれていたが、当時江戸での疫病はなかったと書いてあったので、一点目の疑義はなくなった。二点目の疑義も文面からすると、どうも留守を預かる責任者は天海僧正のようであった。

問題は、お方様の死因である。医師の診断からすれば、こちらの方が大事なのである。次の書状で、快心にそれを問いただすとその回答が来た。

—坂家の二人の診断は、かなり日々の抑圧や鬱積からくる疲労が溜まっていた。しかも不眠症に陥っていたので、〈柴胡加竜骨牡蠣湯（さいこかりゅうこつぼれいとう）〉の薬を服ませていたという。これは精神的障害気味の人が神経を病んだ時に服ませる薬だが、不眠が一向に収まらず飲酒が毎晩多用され、その中毒症状が原因で亡くなったと判断を下したそうである。

しかし、玄治は納得できなかった。快心からは、その後も書状が来て、お方様の飲酒は確かにあったがそれに溺れるほど飲んだ形跡はないという。しかし、いつもの凛とした聖断捌（さば）きは見られず、いかにも腑に落ちない所作で一見落着させようとする、何か複雑な思いを感じていたというのだった。

4

玄治は、ふと肥後の加藤主計頭清正公が亡くなった時の経緯を思い出していた。清正公は、熊本へ船で海路を帰ることになったが、その船中にて吐血し倒れ、発病した。そして、帰国して間もなく息を引き取ったという。その幾日か前までは伏見にて家康公と暫しの別れを惜しむもてなしを受けていたのである。

　邪魔者を亡きものにする謀略者は、あからさまに表に出して見抜かれてしまうようでは、大物とは言えまい。相手をその場で射殺す戦術はもってのほか。昔から、

「謀は密なるをもって良しとする」

　という諺どおりで、毒を盛るのに食べ物や酒に混ぜて分からぬまま毒殺させるのは戦国時代の常套手段と言える。

　御台所のお江与の方様とお福殿すなわち、後の春日局は、城内の儀式や大奥のしきたりなど何かにつけて反目し合う間柄であったから、その下で働く奥女中や御小姓も同じように仲違いが絶えなかったのではなかろうか。そのお互いの敵同士の中から相手に言いくるめられて間諜まがいのことをする者が現われれば、まったく闇から闇へと事が運ばれてしまうのがこの世界。

　つまり、御台所様の食事の際、それが起こっても気が付かず、事は成就するというわけである。特に毒のあるヒ素を少量ずつ毎日服ませれば、ひと月後には必ず発症することは明らか。

　しかし、玄治が以前江戸に入府してから玄朔先生に会い、初めて言われた言葉を思い出していた。それは、城内では、清正公の死因のことと、今は

春日局となられたお人に対する疑惑と反抗は禁句だと話されたので、それを絶対守らねばならぬと覚悟していたからで、またそれを守ることは、医者の務めでもあると心得ていた。

その後また新たな噂が快心からもたらされた。

彼が言うには、

―それはお江与の方様の内輪、つまり身内の奥女中から出た噂だと言ってました。つまり、お方様は南蛮人から聞いた話だと言っていたそうですが、以前中国の本道（内科）療法の中にヒ素の扱い方次第で美白効果があるというのを話していたと言うのです。まさかとは思いますが、こんなことを真に受けて少量ずつ服んでいたのではないかということも風の噂に流れていたようです。

それにしてもお江与の方様の死は謎が多く、疑念を抱かれても致し方ないことばかりだったのですが、いつのまにか忘れ去られてしまいました。

第七章　江戸での活躍

1

玄治(げんや)は、京での自分の療治庵の仕事になじみ、患者もそこそこやって来ていたし、時には家族団らんの食事に打ち解けながら笑いが絶えない日々を過ごしていた。また子供たちと外で遊ぶ機会も増えた。

夏が終わり、大御所秀忠と将軍家光の京都での行事いっさいが片付いて、行列一行は江戸に帰って行った。ところが三ヶ月も過ぎて秋も終わりを告げる頃、一通の書状が江戸の老中・酒井忠勝様より届いた。

—岡本玄治殿へ

近頃ノ将軍家光公ノ病多々有リ困惑スル
其許ノ手ヲ借リタシ至急江戸表ニ来ラレタシ

酒井忠勝拝

いかにも慌ただしき内容の書付であった。

上様はもとよりお体の強い方ではなかったので、嘘ではないことは分かっていたのであるが、玄治の方にも都合はある。

玄治とすれば将軍家光の侍医の身分はまだ保留になっている。

いつまた、再開されかねないとは思っていたが、まさかこんなに早くお呼びが掛かるとは思ってもみなかった。今度江戸表に行けば長逗留せねばならず、家族に迷惑が掛かることは明らかであった。

玄治はハタと頭を抱えてしばし考え込んでしまった。

その夜、妻の文（ふみ）に話した。

すると、文は、

「まず、おまえさまのお考えをお聞かせください」

と言うと、玄治にも心づもりはあったので、話し出した。

「わしの考えじゃが、先に結論から申そう」

「どうぞ！」

「わしは、江戸表へ行くべきと考えておる。この前、わしを行列に加え江戸城内の医師に推挙してくれたのはほかでもない、上さまご自身だ。だが、あのお方は幼き頃よりあまりお体が丈夫とはいえず、将軍の身分に就いてからも心労が絶えない。将軍は公的行事や幕府の政務が目白押しだ。しかし、引き受けてしまったからにはそれを全うする任務がある。また、大奥での私生活の場は跡継ぎをつくらねばならぬという責務もある。日々の行動は寸分の余地もないほど忙しいはずじゃ。これが病で倒れ、政務、任務が滞れば泰平の世がくずれ、武士も町人も安穏に暮らせなくなるのではないか」

「何もおまえさまだけにたよることでもありますまい」

「それは違う。上さまがわしを望んでおるのは、たぶんわしと心が通じ合えるからだろう。わしが、上さまの健康を気遣い、日々の上さまのお体をお守りすることができればこれほど安んずることはない。以上だが、今度は文が思ってることを存分に伺おう」

そう言うと、文も素直な気持ちで話し出した。

「おまえさまのおっしゃることは、まっこと筋が通っておりまする。男のお勤めとはそういうものなのでしょう。まして、命を預かる医師の身分は本人にとっても命がけで事に当たらねばなりませぬ。それはわたしが医師の曲直瀬家で育てられたのでよく存じております。しかし、医師は患者の身分を問わず分け隔てなく診て差し上げるのを本分とせねばならぬというのも、祖父の道三や父上の玄朔からも教えられて参りました。おまえさまの上さまへのご執心はごもっともですが、ひとりの医師が同じ人間の体を診るに当たっては、将軍も大名も片や町人の貧富の差もないではありませぬか。つまり、人の命を診るということは身分で診断方法に差があってはならぬのでしょう」

「そのとおりだ」

「しかし、わたしが言いたいのは、城内の将軍さまだけのお抱え医師にはなるのではなく、身分を自由にして一般の患者も診ることができるのであれば、賛成だと言うことです」

「なるほど、よく分かった。さすれば、その旨は酒井どのに申し伝えておこう。ところで、家族はいかがしようかのう」

「それは、おまえさま次第ですが、今度は長逗留になると申しておりましたので、できればわたしたちも江戸表に行きとうございます」

「そうか、さすればそのようにいたそう。じゃが、向こうは急ぎ来てほしいというので、あまり時間もないようじゃ。冬の寒さが来ないうちに旅立とうと思う」

「そうですね。これからはあちらで住まう最小限のものを用意してさっそく荷物を纏めておきまする」


晩秋ともなれば陽が落ちるのが早い。

玄冶は家族が冬の季節風に煽られるのは何とし

ても避けねばと、師走に入る前に江戸に入ることを念頭においた。

あたかもその日は秋晴れで、あっちこっちの寺社の境内では菊市が行われていたが、歌詠みの好きな玄治はふと浮かんだ和歌を試みた。

空青し　家族門出に　菊薫る
残り香惜しむか　江戸の行く末

家族を伴う今度の江戸行きは、どのようなものになるか不安がよぎったのである。

この頃の一般庶民が長旅をするのは楽ではない。この前のように行列に付いて行くのであれば何も苦労はいらない。だが、今度は家族連れだ。玄治と妻の文、連れ子の長女たみと長男の介球（かいきゅう）、それに乳飲み子の次男祐品（ゆうひん）の五人連れである。

これでは、とても江戸までの旅は無理と考えたのであろうか。江戸表の老中・酒井様が京都所司代の板倉重宗様を通じて、玄治の旅に勘助という名の供小姓の一人を付けてくれた。また、通行手形と関所手形も用意してくれた。通行手形は身元証明書であり、関所手形は旅の目的や関所通過の要請など記載されたもので、男子は免除されることがあったが女子は必須であった。

輸送手段は、馬の二駄のみ。荷物だけの馬一駄と赤ん坊を背負いながら馬に乗った妻の一駄であった。

後の四人は歩きである。東海道は五十三の宿場があり、各宿で疲弊した馬の交代ができる。でも、東海道という長旅は大人の旅でも十二日は掛かるのだから、この子連れの家族が歩いて行くにはどの位掛かるか先が知れず不安になったのは無理もない。

東海道には関所が二ケ所あって一ケ所目は新居関だ。その関所が近づきつつあった。

白須賀宿を過ぎると、古くから海を見下ろす景勝地として知られる〈潮見坂〉に来た。京を出てから幾多の川を渡り、幾多の峠越えを果たし、また幾多の武士、町人、巡礼者などに出会ったことか。

だが、われらのような家族連れの一行には誰ひとり会わなかった。

これまでの疲労は溜まっていたが、妻や子供たちにとって海を見るのは初めてで一服の清涼剤になった。

玄治は妻の文に言い含めた。

「これから行く関所は女にはうるさいから気を付けた方がいい」

それは、有名な箱根が〈入り鉄砲に出女〉と言って、鉄砲の持ち込みや女性の旅人を厳しく取り締まっていたが、この関所も同じように吟味していたからだ。

その新居関が目の前にやって来て、玄治一行は身の引き締まる思いがした。

関所構内に入った一行は、まず、玄治が居並ぶ関所役人の前へ進み出た。ここで、玄治は『証文』を差し出した。

役人は『証文』の中に書いてある、①身分②旅の目的と行先③人相の特徴などを見て、玄治が医師だと分かったので、

「異常なし!!」

と言って、通した。供小姓の勘助も難なく無事通った。

次の者、と言った時、乳飲み子を背負った妻の

文と二人の子供を連れて前へ進み出た。

役人は、驚いた様子で目の前の文たちを見た。

すると役人は、

「乳飲み子を下ろし、女は『人見女（ひとみおんな）』の検査を受けよ」

と言った。

―その『人見女』とは、〈出女〉を検分する役目の監視役であった。『人見女』は通称〈改め婆（ばばあ）〉とも言うが、この女の取り調べは特に厳重に行われた。それは、髪型の特徴、顔のホクロの位置や怪我の跡などこと細かに調べ、少しでも不審な点があれば厳しい詮議が行われた。

そこで、その〈改め婆〉は妻の文だけを別の部屋に案内した。女手形の証文を見た〈改め婆〉は、いかにも怪しげな顔で文に質問した。


「汝は医師の妻か？」

「はい、そうです」

「子供三人も連れてなぜ江戸表に行くのか」

「主人は三年も江戸表でお仕えし、このまま京に帰って来たばかりなのですが、また引き返して江戸表にお仕えするとなれば、今度はいつお帰りになるか分からぬので、家族四人が一緒に付いて行くことにしたのです」

「しかし、一人はおぬしの子ではないの？」

「いえ、わたしの子です」

「ここには、別の名前が書いてある」

「エッ、それは何かのお間違いでは……」

「いいか、ここには一番上の女の子の名前が、〈曲直瀬たみ〉となっておる」

「それは、わたしと前の夫との間にできた子だからです。前の夫はすでに亡くなっておりまする」

「じゃが、ここには岡本の名前にはなっておらぬ。他人の子ではないのか」

「いいえ、それはありませぬ。籍入れの届はちゃんと出しておりますから」

「それでは、岡本の籍に入ったのを確認しなかったのか」

「いいえ、そういうことではなく、お役所のお仕事に間違いはないと信じておりましたから……」

「おまえの言うことを信じたいが、ここではそれは通じないズラ。ここを通すことはできかねる。通りたければその子だけを置いて行きねえ」

「それは、できません！」

押し問答が繰り返され、埒（らち）が明かなくなった。

証文に書かれている内容しか検分しない〈改め婆〉は、一歩も引こうとしない。文は困って、わたしの主人を呼んでください、と話した。すると、こうだ。

「ここは女の取り調べをする所だから男子は入れない」

すると、文はこう言った。

「では、もう一度主人の検分を差し戻すように取り計らってください」

改め婆は、悩んだ末に、暫し待つように言われた。

いったん下がった〈改め婆〉が、奥から出て来て、

「おまえの言うように、主人の検分を差し戻すので、そのように伝えて参れ」

文は、部屋を出て玄冶に会い、これまでの経過を話した。

すると、玄冶は落ち着いて言った。

「わたしが事情を話して見るから大丈夫、何も心

配はいらぬ」

玄治は、取り調べ役人の前に出た。

それまで関所のその役人は、てきぱきと手際良い捌（さば）きをしていたが、玄治を再び見るなり、言葉に力が入った。

若いが眼光鋭く目利きとしては適任者のように見えた。

「おぬしが、玄治だな。身分は医師であるか」

「はい、そうでございます」

「ところで、何ゆえ江戸に参るのか」

「それは、証文に書いてあるとおりで、江戸表からのお達しで参るのでございます」

「そのようであるが、おぬし一人で事は足りる。何も家族は必要あるまい」

「そんなことはありませぬ。個人と家族の繋がりは強く、心の糧になるものでございます。てまえは三年もの間江戸に一人でおりましたが、独り身の不自由さと家族水入らずの生活に憧れ、こたびは家族同伴での旅と相成りました」

「そちはなかなか正直者よのう。じゃが、玄治どの、おぬしの連れ子がおぬしの籍に入っておらぬのだ。したがっておぬしの家族とは言いがたい」

「それは何かのお間違いです。お調べになれば分かることです」

「それが、ここではなんとも調べようがないのじゃ。したがって、家族は引き返すか、その子だけを置いていくかの二とおりしかない」

「……（よくもそんな無謀なことが……できますかいな）……」

「何か申したか……」

玄治はハタと困ってしまった。

ここで玄治は、やむを得ず伝家の宝刀を抜こうとした。

「お役人さま、てまえのこの度の江戸行きの役目ですが、あるお方からの御指図で江戸表に参るのです」

「それが何だ」

「いいえ。もし、てまえと家族が江戸表に行けない理由が、この新居関にあると分かれば、それ相当の御処分が下されると思われますが、それでもよろしいでしょうか」

「何を申しておるのか、よく分からぬが……」

「それは、つまりこういうことでございます」

と言って、〈将軍家光公〉から出ている〈お達し〉であると述べようとしたその時である。奥の方から一人の四十がらみの当関所の頭領と思われる主（あるじ）が現れた。

その者が、若者を押しのけて出て来た。

「奥で顔を見ずに話だけ聞いておりましたが、よくよく見たら岡本玄冶先生ではありませぬか」

玄冶も、藪から棒に言われて驚いた。

「覚えてないのは当たり前。先生は京でも名がとおり、多くの患者を診ていましたからな。拙者は京都所司代・板倉重宗の家臣で小幡源十郎（おばたげんじゅうろう）と申す者。京にいたおり、先生に一度熱が出てしもうて診てもらったことがございます」

「そうでしたかな。それは失礼をいたしました」

「それはそうと、あの時先生はすでに今の奥方と一緒に住まわれて、確か女のお子が傍におりましたな」

「小幡さまは、よく覚えておいででございますな」

「その時のお子が、亡くなった曲直瀬正因（しょういん）どののお子なのですか」

「そうでございます。しかし、その時以来、すでに妻の文とともに私の籍に入ってございます」

「それで合点がいきました。こちらの不手際で申しわけござらぬ。暫しの間不安を募らせてしまいました。ご面倒をお掛けしたことお詫び申し上げます。さあ、どうぞ皆さま、そのままお通りください」

この機転の利いた小幡源十郎の采配で、岡本玄治とその家族一行は無事新居関を通過することができた。

この頃の庶民の旅というのは楽ではなかった。一人旅は宿屋で警戒するから難儀である。お伊勢参りや湯治場などは仲間で行くことはあるが、それとて経済的に余裕がないと行けない。玄治などの家族連れの旅は稀で、旅籠（はたご）屋に入るといっせいに不審な目で見られた。しかし、玄治は今度の宿では宿帳に旅の目的や家族構成を正確に記入して書いたので、宿の主人も納得してくれた。

旅籠屋は、泊まる客に病人が出た場合必ず役所に届け出なければならない義務もある。幸い、それからというもの玄治の家族の一行は途中不慮の事故もなく旅を続けることができた。

二番目の箱根の関所では、前の新居関から通達が来ていたのだろうか、お咎めもなしに難なく通ることができた。

川崎を過ぎると六郷（ろくごう）川に出たが、ここには大権現（だいごんげん）様の家康公によって架けられた六郷大橋があった。その六郷大橋を渡ると、もう風光明媚な品川宿である。

2

ここで一休みしていると、江戸城内からの伝言が供小姓の勘助から告げられた。

それは、玄冶一行の江戸住まいの行き先が城内の近くではなく、ここからさらに二里も離れた所の、麻佐布（あざふ）（今の麻布）村という集落になったというのだ。なぜなら、その近くに薬草園があるが、その一角に師匠の曲直瀬玄朔（げんさく）先生も居を構えていたからだった。

玄朔先生はお歳を召して来たので、江戸表の城内近くにある大手門を引き払い、ここに弟子を何人か連れて移居して来ていたのだ。玄冶一行をここに住まわせようした玄朔殿の老婆心のようにも思われた。

この麻佐布という場所は、武蔵野台地には違いないが平地と谷間（たにあい）が交互に続く、緑も豊かな一帯である。寺社仏閣が多く、同時に陽当たりも良く、一面の丘陵地帯が続く農地で、暮らす人たちにとっては持ってこいの地形であった。

さらに麻佐布の地名がその後「麻布」と変わったのには、この地域で麻を栽培し布を作っていたからだとも言われた。そのような所に、玄冶一行はやって来た。

玄冶は、妻の文と子供たちに、

「よく辛抱して江戸まで付いて来てくれたのう」

と、労（いた）わりの言葉を掛けた。すると、文も、

「さいわい城の近くでなくて安心しました。ここは子供たちにとっても環境に良い所です」

「そうだな、畑を耕す土地もあり、雑木林や森林も多く、しかも近くに川もある。周りには農家の集落、寺や神社もあるなど変化に飛んだ土地柄だ。

こんなよき所はないぞ」

と、二人は声を弾ませながら胸をなで下ろしたのだった。

数日は、引っ越しの荷物の整理で追われたが、何はともあれ、玄朔先生のところに挨拶に行かねばと妻の文と子供三人を連れて、薬草園の近くにあるという先生の家を訪ねることにした。

しかし、目の前に見えたのは広大な薬草畑なのである。ここは窪地になった所のようで、もっと上にあがればその様子が分かるかもしれないと、急いで登っていった。

その上に立つと下が茶畑かと思われるほど碁盤目のように整備された薬草園が広がっているのが理解できた。どの位の広さなのか見当もつかぬが、遠くまで見渡せることは確かだ。その場所から、少し離れた南の方角に先生の住まいがあった。

玄朔先生と奥様の胡菜様は、玄冶の家族がよく決心して江戸まで来てくれたことを悦び、温かく迎えてくれた。

先生は、これまで徳川家に尽くしたご褒美としてこの土地を拝領したと言い、弟子とともに薬草造りに専念するのが最も適っていると、この地を余生の場所と決めたようだった。

しかし、玄冶にはこうも言った。

「おぬしは、これからのお人なので、家族はここで暮らすのがよいが、おぬしはそんなわけにはいかぬぞ」

「それは何ゆえでございますか」

「徳川家は盤石となったかに見えるが、家光公はお体に不安が残る。将軍職を全うするためには、おぬしの力が必要になるということじゃ。おぬしはそのために江戸に伺候されたのじゃ」

「それは分かりまするが……」

「そのお覚悟をされ、奥方はじめ家族の皆には今から伝えておいた方がよい」

「そうでございますか。よきご助言をいただき、感謝申し上げます」

その後家族全員での馳走を受けて帰参したが、道すがら玄治の頭のなかは困惑ぎみであった。

果たして、年を越して翌年になると江戸表の城内からさっそく使いがやって来た。

それは、昨年玄朔先生から言われたとおりで、玄治も予想しての事柄だった。通達は将軍家光様の侍医としての務めであった。

玄治とすれば、もう少し家族と一緒の生活が続けばよいがと思ったが、それもかなわず、また単身で城住まいを覚悟せねばならなかった。

妻の文に事情を話してみると、

「江戸表のお務めならば、おまえさまはいつでも戻って来られますから安心でございます。また、城内の〈医局の間〉には弟子の快心もいるのですから心強いです」

「そのように理解してくれると思うとありがたい」

玄治は江戸城内にいた。すでに、城内の〈医局の間〉にいる快心とも再会し、日頃の職務に邁進し時を過ごした。

時に寛永六年（一六二九）二月半ば。将軍家光様の御容態に変化が起きていた。「虫気」と称する腹痛を伴う病に罹った。しかし、それもほどなく治ったかと思ったら、今度は急に発熱を生じ、ぞくぞくする寒気に襲われたのだ。

普段の回診は、医師の岡道啄と久志本常諄が診ていた。家光は、幼少の頃水疱（水ぼうそう）に罹って高熱を出したことがあったが、なぜか軽く済んでいたので、二人の担当医もこの時解熱剤を投与し、大したことはないと高をくくっていた。

ところが、口の中や体のあっちこっちに発疹が出て来て、それがいつのまにか体中全身に広がっていた。その発疹が膿疱（うみ）になり、やがて瘡蓋を形成するようになって来たので、これは『疱瘡（天然痘ともいう）』に違いないと診断された。

これを聞いたお側付きの酒井忠勝は驚いた。

無論、家光の乳母であるお福の方様にも伝えたのであるが、それを聞いた時のお福は愕然とした。何せ、当時の「疱瘡」の死亡率は高かったし、治っても顔に醜いあばた面が残る。江戸時代、よく言われた言葉に「麻疹は命定め、疱瘡は器量定め」と言って恐れられた。

この時からお福の日常が一変し、異常としか思えない行動に出た。

この頃の「疱瘡」の病は特別な治療法がなく、この病は人間の穢れを怒る神の祟りと捉えていた。さらには仏教の影響が強かったためか、海外から「疫病神」が襲来すると考えられるようになった。

そして、お福の方様はこの「疫病神」は赤色を嫌うというので、家光様の肌衣をはじめ寝具類いっさいを赤で染め抜いたものに変えたのである。また、赤色の郷土玩具があればそれを持参せよ、と御年寄に命じると、さっそく会津出身の者から赤い張り子の牛「赤べこ」が送られてきた。

さらに、お福はその日から、江戸城内の紅葉山にある「山王権現・産土神」に日参して病の快復と命乞いをしたのだった。

──山王権現・産土神についてはこんな話がある。

それは徳川家康公が江戸に入府した時、江戸城内の「梅林坂」に山王宮（山王権現）が鎮座しているのを知って大変喜んだ。それは、当時の太田道灌が江戸城主の時、川越喜多院にあった山王宮を江戸に勧請したものだった。そこで、家康はその山王権現を「産土神（氏神）」と定め、江戸城内の紅葉山に移したという。

家光の容体だが、頭の先から足の先まで熱が走ったように激しくなり、一向に回復しなかった。すると、誰が呼んだか知れぬが、おでこに赤いねじり鉢巻きをした山伏風情の男が現れ、一心不乱に呪文を唱えて疫病神を追い払おうとした。疫病を追い払うのにはこれしかないと考えた誰かの知恵だろう。

お福の方様は、その時、

「このわけの分からぬ呪術者を呼んだのはたぶん天海僧正か、もしくは金地院崇伝に違いない」

と察した。二人とも幕政の参謀格であるから、あまりむげにも断ることができず困惑していた。

そんな中、家光は高熱を発し続けたのであるが、お福は一晩中夜も寝ずお側に付ききりで看病した。

また、なんとか食べてもらわねばと匙にもった粥を一口ひとくち差し入れて介抱に余念がなかった。

しかし、それらの霊験やお福の努力にも拘わらず、一向に回復の兆しが見えなかった。

3

酒井忠勝は、急遽主治医を即刻半井驢庵、武田道安（だどうあん）の二人と古老の名医・曲直瀬玄朔の三人に代えた。しかし、歳を経た玄朔はすぐさま本人の意向で辞退してきた。

　この当時の「痘瘡」の病には、治療法がなかったが、二人の医師は相談しながら何らかの薬を調合し投与し続けた。それでも、容体の兆候に進展が見られなかった。

　これを見てとった忠勝は、

「そうだ、忘れていた。あいつだ！」

　と言って、兼ねてより将軍家光と気心が通じ合っていた医師、岡本玄冶に白羽の矢を当てた。

　さっそく呼ばれた玄冶だったが、これは通常の調合薬などでは治らないと悟り、思い切って侍医団の半井驢庵、武田道安の二人に相談を持ち掛けた。

「てまえは、〈酒浴湯治法（しゅよくとうちほう）〉を試みようと思うがどうであろうか」

　すると、驢庵は、

「それは妙案かもしれんな。だが、あのお福どのが認めるわけはありませんぞ」

　道安も同様に、

「その案は、無理かもしれませんな」

　玄冶は、そう言われると思案に暮れたのだったが、やはりこれしかないと定めると、

「お二人の意見は、ごもっともだが、上さまの治療法はこれしかありませぬ。こればかりはてまえは引き下がることはできませぬ」

「そうか、それほどまでにおっしゃられるのなら、玄冶どの、ご自身で掛け合ってみてはどうかな」

「お二人の気持ちはよく分かりましたので、てまえ一人で掛け合ってみまする」

相変わらず、お福の方様は将軍家光様の寝間に付きっ切りで、介護に専念していた。

そこへ玄治が入って行き、

「お福の方さま、折り入って話がござりまする」

不意に訪ねて来られたので、お福も一瞬何ごとかと疑いの目を見せた。

玄治は、別室に誘い、こう言った。

「今の上さまの御容態が一向にはかばかしくないのはご存知のとおり。そこで、てまえは〈酒浴湯治法〉を試みたいと存じます」

「なんと。今何と申したか」

「〈酒浴湯治法〉と申しました。酒を加えた湯浴(ゆあ)み療法にございます」

驚いたのは、お福殿であった。

「上さまに酒の湯浴み療法じゃと……。何をたわけたことを申されるか。誰の案なのじゃ」

「これは、てまえの案ですが、侍医団の半井驢庵と武田道安のお二人には同意を得ておりまする」

「そうではない。そのようなことは唐(から)の国でも行われているのか？　わらわは一度も耳にしたことがないぞよ」

「試してみる価値はございまする」

「何をもっともらしいことを言われるか。唐の国にない治療法を、恐れ多くも上さまに施して、万が一のことが起きた際には責任をどうなさるおつもりか」

お福は、居丈高に詰め寄ったので、廻りの奥女中はハラハラドキドキであった。

玄治はこの時肚が座っていた。

「その覚悟はございます。しかし、唐の国にないとおっしゃられまするが、これらは唐の国の古典『周禮(しゅらい)』のなかに明らかな記載がございます。これを知らないのはお福どのがご存じないだけでございます」

―中国の古典『周禮』には「醫酒有り、巫彭（ふほう）、初めて醫と作す」と書いてあり、この巫彭という人が初めて酒を医薬に使った人物と言われる。

もっとも、「医」という字のもとの字は「醫」であり、これを分解すると、「医＋殳＋酉」で、「医＋殳」は「イー」という病める人の声を表わし、「酉」は治療に用いる「酒」を示しているというのだ。

これにはお福殿はぐうの音も出なかった。さらに続けて、

「過去の先入観に囚われてはならないのです。これまでに積み上げられた長年の医学の治験というものは尊重しなければ無駄になってしまいます。ここに至って素人が口出しするのは言語道断と言わねばなりませんぞ」

玄治は、今後も医師の言動に口出ししないよう強い言葉で言ってのけたのであった。

そこで玄治は、別室の湯殿場へ行き、たっぷり入れた湯の中に枡に盛った酒を適量入れさせ、かき混ぜた。将軍の浴衣と言えば、下帯を付けたままであるが、浴槽に肩まですっぽり漬けてもらい、体を沈めさせた。頃合いを見計らって浴槽から出ると一旦清水にて体を流し、再度浴槽に浸かったのである。体の芯まで温まったら出てもらい、丁寧に体をふき取って終了させた。半刻ほどのことであったが、将軍はお付の侍女に支えられてそのまま寝所に向かい床に入ると、寝息を立てながら眠りについた。

その後の症状についてであるが、この対処療法でみるみるうちに回復の一途をたどった。〈酒浴湯治法〉は、もとより血液の循環をよくし、内臓の機能と疲労回復に格段の効き目を発揮することが分かり、これが「痘瘡」の治療にも功を奏したとしか思えなかったのである。

　回復後の将軍家光が玄冶に褒美を取らせようとした時、玄冶はこう言った。

「上さまがご快癒になられたのは、てまえ一人の力ではございません。医師団の協力とお福どのの熱心な介護があったればこそでございます。ぜひお福どのにもその旨をお伝え願いまする」

　なぜかと言えば、この時のお福殿が、山王権現様に次のように誓うと、その日のうちに夢を見たというのである。

―「将軍さまの病が平癒いたしますれば、わたしは生涯薬を服用いたしません」

　すると、その夜家康公が枕元に立ち、これに拝したことで病が本復した、というのである。

　そして、そのとおり、〈薬断ち〉のその誓いは彼女が死去するまで守り通された。酒井忠勝、土井利勝など老中たちは後日、

「さすが、お福どの」

と、ひとしきり褒め讃えたというのであった。

4

　この年、またよからぬことが起きた。〈紫衣事件〉が頭をもたげ再燃し出したのだ。

　そもそも〈紫衣事件〉とは何ものなのか。

「紫衣」とは、徳の高い僧が身に付ける紫色の僧

衣のことで、これは時の天皇の勅許により贈られていた。ところが、江戸幕府は寺院・僧侶圧迫の手段として、慶長十八年（一六一三）「勅許紫衣法度」並びに「大徳寺妙心寺等諸寺入院法度」を定め、さらには慶長二十年（一六一五）「禁中並公家諸法度」を定めて、朝廷がみだりに紫衣や上人号を授けることを禁じたのである。

ところが時の後水尾天皇は従来の慣例どおり、幕府に諮らず十数人の僧侶に紫衣着用の勅許を与え続けた。これを知った幕府は寛永四年（一六二七）、事前に相談がなかったことを法度違反とみなして多くの勅許状の無効を宣言し、京都所司代・板倉重宗に法度違反の紫衣を剥奪するよう命じた。

これに強く反対したのは、大徳寺住職・沢庵宗彭、玉室宗珀、江月宗玩や妙心寺の単伝士印、東源慧であり、彼らは京都所司代に抗弁書を提出した。

これがもとで、沢庵のもとへ一通の江戸出府への呼び出し状が届いた。まさに、将軍家光の疱瘡が治る頃と機を一にしての寛永六年二月末のことだった。

呼び出し状の差出人は、幕府きっての黒衣の宰相金地院崇伝であった。

沢庵には、堺の南宋寺の一件で寺領を削られた苦い経験もあり、不安がよぎった。しかし、その前に同じ大徳寺派の江月宗玩に確かめようと塔頭の瑞光院を訪ねた。

「わしらの他に誰かいるかのう」

「あいつがいる、玉室宗珀だ」

「しかし、玉室も抗弁書に名をつらねてはいたが、その後大徳寺一山、とりわけ強硬派の北派をまとめて、別の行動をしていたので、あ奴は除外されるのではなかろうか」

「呼び出されても無罪放免かな」

「さすれば、わしら二人だけになるな」

「妙光寺の方は分からぬが、大徳寺はわしらだけだ」

「二人そろって首を刎ねられるのか」

「覚悟しておかんといかんな」

「御法度に異を唱えただけで死罪か」

「でも崇伝のやり方は憐憫の情なんぞまるでないからな」

「崇伝のわしらへの憎しみは底知れぬものがあるぞ」

ところが、江戸へ出府する日に同道しようと約束した大徳寺へ立ち寄ったが、すでに江月宗玩の姿はなかった。なぜか、江月は一日前に商人の天王寺屋と同道し出立していたのだった。どうも、沢庵とは同道し得ない不安定な心情が見え隠れしているようにも感じられた。

江戸へ到着した沢庵は、幕府より指定を受けていた神田の〈広徳寺〉に草鞋を脱いだ。後から玉室宗珀も来た。しかし、江月宗玩は姿を見せなかった。

―この〈広徳寺〉は、箱根の早雲寺に繋がる末寺で、もとは相模にあった。ところが家康の江戸開府とともにここに移って来た。昌平橋の内に建てられ、当時は臨済宗の学問所であった。

到着後も沢庵らは、小堀遠州の紹介で藤堂高虎の家臣、藤堂左京に会い、高虎の意向を聞いたり、老中・土井利勝に書信を送って弁疎した。柳生但馬守にも会って意見陳述もした。

その後幕府内での会議は紛糾し、なかなか結論が出ず月日が経過した。

　ある日、その様子を聞き分けてやって来た岡本玄治が沢庵を訪ねていた。

　玄治は、沢庵を見るなり、心もとなく映ったやつれ顔と苦悩しているその姿に驚いたが、それを察して、明るく振舞おうとした。

「沢庵どの、お久しぶりです。お体だいじょうぶでしょうか」

「おお、玄治どのではないか。おぬしとは何年ぶりかな？」

「十年以上になるかと思いますが。但馬出石（たじまいずし）の宗教寺（すきょうじ）近くの草庵でお会いした時の出来事が、走馬灯のように思い出されて参ります」

「そうであったな。あの時はそちの機転で身も心も回復した。しかし、今度ばかりはわしもほとほと手を焼いている。にっちもさっちもいかぬのだ」

「この場に及んではあまり動き回らぬ方がよいかと存じまする」

「しかし、幕府のあまりの非道に先例を述べて、法度の不当を論じたまでのこと、これが何ゆえ分からぬのかのう」

「和尚の言うのが正論と見えまする。これは、僧侶の官位昇進、名誉表彰一切の権限を初めから朝廷より幕府側へ横取りしようとした崇伝の悪知恵ではないでしょうか」

「戦の権謀術数と同じことなのか」

「権力者を笠に着た大ナタですから、逆らっても勝ち目はありません。ここはおとなしくして、沙汰を待つ方が良いかと存じまする」

「おぬしもそう思ったか。実はわしもそろそろそのように考え、悟ってきたのじゃ」

「とにかく、いかような御沙汰がくだされようとも、己を信じて行動ください。必ずや光明が差す機会が訪れると思います」

そこで、沢庵は幕命の沙汰を待った。

江戸幕府は態度を硬化させていたが、ついにその沙汰が寛永六年（一六二九）七月二十五日にくだされた。

最後まで抵抗した者、すなわち、沢庵は出羽国（でわのくに）上ノ山（かみのやま）（山形県上山市）へ、途中で異議を挟み翻（ひるがえ）した玉室宗珀は陸奥国棚倉（むつのくにたなくら）（福島県東白川郡棚倉町）へ、単伝は出羽国由利（ゆり）（秋田県由利本荘市）へ、東源は陸奥国津軽（青森）へ流罪とした。また、元和元年（一六一五）以来幕府の許可なく身に付けた紫衣を剥奪したのである。

納得いかないのが、江月宗玩が処罰されずにいたことだ。理由は大徳寺の長老四人が欠けては法式を行う者がいなくなって困るということと、江月が密かに崇伝に謝罪を入れていたということだった。

江月は天下の財閥家天王寺屋を江戸に連れ添って、崇伝はじめ関係者に金銀をばらまいたであろうことが憶測された。

世の中、いつの時代でも起こり得る表と裏があって、そこに不正の匂いが感じられたのは、間違いないことだった。

沢庵の旅立ちの日は七月二十七日であったが、その前日の夕刻、一人の男が広徳寺へ現れた。その男、まぎれもない江月宗玩である。

沢庵は黙って突っ立っている江月に声を掛けた。

「おお、江月か。まだ、江戸にいたのか」

言葉が出ない江月から、ただ涙がこぼれ出ている。

「もう終わったではないか」

と沢庵は言ったが、その後ひと言、

「すまぬ……」

と言った。

「江月、なぜ崇伝がおぬしだけを許したか、知ってるか」

「それを言ってくれるな、沢庵」

「分かっていればよい。これ以上は言わぬ」

そう言いながら、二人は別れた。

あくる日の二十七日、沢庵と玉室の二人は旅立った。

途中、禅寺に二泊して下野（今の栃木県）・大田原まで来た。城下を抜けた和田村という所で道は二手に別れる。玉室が真っ直ぐ北上すれば、陸奥へ行き、棚倉、内藤豊前守（ぶぜんのかみ）に預けられる。左の道は出羽へ行く。沢庵の配所は上ノ山で土岐山城守（ときやましろのかみ）に預けられる。

別れの際、酒好きの玉室は腰にぶら下げた瓢箪を取り出して、

「おぬしとも当分お別れだ。別れに一献（いっこん）交わそう」

「そうだな、今生（こんじょう）の別れとは言わぬが、ケジメだな、これも」

すると、二人が飲み交わしているうちに沢庵は興じて一偈（いちげ）を詠んだ。

天南北に分かち両鳧（ふ）飛ぶ。
何れの日か旧栖（きゅうせい）に翼を同じくして帰らん。
聚散（しゅうさん）常無く只この如し。
世情の禽亦枢機（とりまたすうき）あり。

（鳧は鴨のこと。空中で二羽の鴨が南北に別れて

飛んでゆく。いつの日か古巣へ翼を並べて戻ることができようか。集まるも散るもすべて無常。世の鳥たちも向きが変わる時があろう）

これに対して、玉室も応えた。

草鞋（そうあい）竹杖、雲と飛ぶ。
旧院何れの時か手を把（と）って帰らん。
水遠く山長し猶（なお）信を絶つ。
別離今日已（すで）に機を忘ず。

（草鞋（わらじ）や竹杖は雲とともに飛んでゆく。自分ら二人はいつ手をとって京都へ帰れるだろうか。水遠く山長く音信も絶えた。別離の今日すでに機も忘れた）

沢庵が上ノ山に着いたのは、八月十五日であった。江戸を発ってから二十日近くもかかっている。

上ノ山城主の土岐頼行（よりゆき）は庵室をこしらえて待っていた。配流の師ではなく、心の師を迎えるつもりであったのである。

沢庵はこの庵を「春雨庵（はるさめあん）」と名付けた。三年に及ぶ謫居（たっきょ）でありながら、城主・土岐頼行の厚遇を受けて過ごすことができた。

しかし、その三年間のなかで世の状況は変わっていた。

後水尾天皇は、自分が許可して与えた紫衣がすべて無効にされたことを怒り、退位すると、最後通牒を武家政権へ突き付けたのである。

そして、ついに自ら譲位を決定づけてしまった。

次の天皇は、秀忠の娘の東福門院和子（とうふくもんいんまさこ）が後水尾天皇との間に設けた一女、八歳の「明正帝（めいしょうてい）」であった。推古帝以来の女帝が即位したのだ。これには、陰湿な策謀家、金地院崇伝がかかわっていたことは明白。

またしても、沢庵にとっては不倶戴天（ふぐたいてん）の敵であることを印象付けた。

沢庵は玄治との別れの会話でもあったように、今のこの世で逆らうことがいかに無謀であることを悟ったので、己の生きる道に準じていた。

そのとおりで、配流地の上ノ山での生活は思いの他居心地がよく、歌や茶事を存分に嗜むことができた。それもこれも、城主・土岐頼行の人柄と厚遇があったからに違いない。

第八章　兵法者と崇高の士

1

　時は流れて、あれから三年が経った。

　寛永九年（一六三二）一月、医師団の懸命の努力の甲斐もなく、二代将軍秀忠公が亡くなり五十四歳の生涯を閉じた。遺体は増上寺に葬られ、朝廷から正一位が贈られ台徳院の法号が与えられた。死因は、胃がんなどの消化器がんと思われた。

　最も普段から偉大な家康公の傍で長く付きしたがっておれば、心労の負担は想像以上であり、内臓が痛めつけられてくるのも当然と解された。

　なお、岡本玄冶はこれまでも二代将軍秀忠公の病に尽くし、この度も相務めたことでご褒美に『法印』の位を授けられた。

―『法印』とは、僧位の最高位に授けられる位だが、医師もこれに準じて与えられた。

　さらに、京都の朝廷からの御用があれば労をいとわず帰洛し、東福門院和子の御脈拝診と御薬の献上を仕り、往還することたびたびであった。その貢献により今度は勅命にて、「啓廸院」の院号を賜った。

　これに対して玄冶は、初代曲直瀬道三が建てた由緒ある医学舎と同じ名前を頂戴したので、悦びもひとしおであった。

　この年の五月、肥後藩の内輪もめの争いごとを理由に肥後熊本藩主・加藤忠広の改易が命じられた。

しかし、それとは別にこの時、秀忠公が歿したことによる、『大赦令』が出された。

これを受けて、紫衣事件に連座した沢庵たちは、天海僧正、柳生但馬守宗矩などの尽力により、江戸に戻ることができた。江戸の滞在先は神田広徳寺であった。

流罪を赦免された沢庵であったが、その後江戸に留まるのが条件であったため、やむを得ず上ノ山謫居中に書信を交わしていた堀丹後守直寄の江戸下屋敷である駒込に幽棲の地を決めた。

しかし、沢庵は三日に明けず麻布にある柳生宗矩の下屋敷に通った。そこは屋敷とはいうものの剣業道場に近く、ここに柳生宗矩はほとんど顔を出した試しがないが、沢庵は剣士たちの立ち捌きを見つめるとともに、禅の心魂を鍛えようとした。

だが、もう一つ理由があった。それは、玄治の住まいに近いことが分かったからだ。玄治がたまに江戸城の務めから戻って来て、家族に身を寄せる時は沢庵もそれに合わせて来るようになったのである。玄治はその時、叔父と甥の関係にある快心も一緒に連れて行くことにした。

玄治と快心が、麻布の家に戻って家族とともに寛いでいる時、この日も沢庵が訪ねて来た。お互いに気ごころが知れている間柄、顔を見た刹那、玄治は、

「さあさ、こちらへどうぞ、沢庵どの」

と言葉を掛けた。沢庵も、

「皆さん寛いでいるなかに、おじゃましていいのですかな」

「いいのですとも、快心もいるし、皆親戚同然じゃありませぬか」

「おお、快心もいたのか。どうだ、医療修行も身

に付いてきたかのう」

すると、快心もすかさず応えて、

「先生には学ぶべきところ多々あります。まだまだ修行が足りぬと考えまするが……」

「その控えめなところは褒めて遣わす。精進あるのみぞ、快心よ」

玄冶も言葉を添えて言う。

「和尚どの、心配はごもっともでござるが、快心はもう一人前で、何もご案じ召さるな。わしの手は借りぬとも立派な診断ができまする」

「そうかな、ではその証拠を見せてはくれぬか」

そう言うと、沢庵は快心の前に座り、左の片腕をポンとばかりに出した。

快心は、叔父上の竹を割ったような性格を承知していたので、すぐに応じた。

「叔父上、では、脈を計らせてもらいまする」

快心の脈を計る手さばきは、もう堂に入ったもの。

そして、快心は沢庵の腕を取りながら、

「叔父上の脈は、正常で〈平脈(へいみゃく)〉にございまする」

「それはいかなることなのか」

「つまり、脈動の様子・状態を診察しましたところ、一回の呼吸で四、五回拍動し、適度な弾力もあり、活動的な脈打ちをしているということでございます」

「そんなことで健康状態が分かるのか」

「はい、分かりまする。体のいずれかの機能が衰えてくれば必ずや脈に顕著に表われるものでございます。たとえば、一呼吸に六拍以上脈が打てば、体に熱のある徴候を示し、これが三拍以下ならば寒のある徴候を示します」

「ほう……そんなものかのう」

と言って、隣にいる玄治の顔を見ると、

「沢庵どの、そのとおりでございます。快心はご覧のとおりで、もう一人前の医師ですぞ。お認めになってはいかがですかな」

「まあ、玄治どのがそうおっしゃられるのであれば間違いなかろうからのう」

すると、快心も安心したように頭を下げて二人に感謝の意を表した。

そこへ、妻の文（ふみ）がお膳の用意ができたことを告げに来た。

無論、食前の濁酒（どぶろく）が出されたが、沢庵は暗にそれを拒否され、

「拙僧は、あの時以来酒を断っているので、ご遠慮願いたい」

と申したのであった。あの時とは〈紫衣事件〉のことである。

それがいかにも意外だったので、玄治も快心もそれは困ったという面持ちで顔を見合わせた。機転を効かせた沢庵は、

「拙僧には構わずおやりくだされ」

しかし、そうは言うものの、和尚が呑まないのにわれわれがそうするわけにはいかず、

「それではすぐに食事にしましょうか」

と言い、文に催促した。

初めに出て来たのが椎茸、銀杏（ぎんなん）入りの「茶碗蒸し」であった。

沢庵も快心も、「美味じゃ！　これはうまい」

と言ってむしゃむしゃ食べた。

次に出て来たのは、「こんにゃくとひじき和えの煮込み」。

終わりに、折敷（おしき）膳を持ってきたが、そこには、シメジと枝豆の入った混ぜご飯に、鯵（あじ）の干物、シ

ジミ汁と香の物が載っていた。

　これには、沢庵もびっくりで、こんな馳走は久しぶりと言いながら口一杯に頬張った。

　玄冶も文がこのような客のもてなしをしてくれたのは、今までなかったことだったので、内心嬉しかった。

　食事がひととおり終わると、沢庵は、

「文さん、今日は腹一杯食べさせてもろうてありがとう存じます」

「いえいえ、これしきのこと、とんでもございません。むしろ、禅寺ではもっと美味しいものが出るのではありませぬか」

「いや、禅寺のものは質素そのものです。一汁一菜ですからな、ワッハハハ」

　と、大きく高笑いした。

「ところで文さん、貴女も苦労されますな、一番上の娘さんはお幾つになられたかな？」

「今度、十五になるところです」

「おやおや、もうそんなに大きくなられたのか。それでは婿どのを捜さねばなりますまい」

　すると、脇から、玄冶が、

「そのことなんですが、もう嫁ぎ先は決めてありますので」

「ほおー、どちらへ」

「それは、同じ曲直瀬道三一家の血筋である享徳院玄興のところでございます」

「それは重畳！　よきご縁ですな」

「ありがとう存じます」

2

　寛永十一年（一六三四）五月、沢庵は大徳寺へ帰山が許された。

しかし、この年の七月、将軍家光の三度目の上洛があり、侍医の岡本玄冶も同行した。この時の上洛に供奉した人数は、三十万人を数え、今までにない上洛となった。

神君家康公、二代将軍秀忠公が上洛した時ですら、せいぜい十万に過ぎぬ総勢だったから、これは明らかに、将軍家の威光を誇示し、かつ朝廷や諸大名などへ目にみえる形で示したものである。武家の示威を示すだけでなく、家光は御領所へ増額を配慮し、また禁裏・仙洞（せんとう）御所へ銀子・贈答品などを配り、さらには京・大阪・奈良・堺の町人にまで大盤振る舞いをしてみせた。

その後、家光は仙洞御所へ参上し、御水尾（ごみずのお）上皇のご機嫌伺いに向かったが、折しも体の不調を述べられたため、機転を利かした将軍はすぐさま侍医の岡本玄冶を御所に遣わし、自分は続いて、姪に当たる明正（めいしょう）天皇に拝謁し、次いで院の御所、妹である東福門院和子の住まいを訪れた。

一方、指令を受けて仙洞御所に向かった玄冶だったが、後水尾上皇とは初対面であり、緊張が高ぶっていた。しかし、それは杞憂に終わった。

上皇は隠遁生活に慣れていたせいもあり、玄冶に面と向かうといきなりこう切り出した。

「そちか。余（よ）の身を案じてお出ではった医師というのは……」

「はい、てまえは岡本玄冶めにございます」

「なんでも、沢庵どのとは誼（よし）みがあると聞き申したが、まことでおじゃるのか」

「はい、ご赦免されて陸奥からお帰りになってからも何度かお会いしておりました」

「今、京に戻っておられると聞くが、余が会いたいと申し伝えてくれまいか」

「それはもう、すぐにもお伝え申し上げまする。ところで、お体の具合はいかがでしょうか」

「何、たいしたことはない。余は過去にも江戸〈将軍〉とは相性が合わぬので、少々作り病をしたまでじゃ」

「そうでしたか。それは安心しました」

「でも、体が凝り固まっているので、なんかいい方法があったらお願いできまへんか」

「それでしたら、首筋や肩をほぐすのに〈罨法〉がよろしいかもしれません」

「なんでもいいから、やってくれへんかのう」

「承知しました」

と言って、玄冶は湯を沸かせて、布にそのお湯を浸して首筋と肩に当てた。その後、軽くもみほぐすと、血液の流れもよくなり体が好転してくるのである。

「ほおっ！　これはいい。体が火照って楽になったわい」

「それは、ようございました」

「玄冶どの、そちは余の気持ちに寄り添ってくれるよき医師じゃ。この次もまた何かあったら来てほしいが、よろしいかのう」

「ええ、いつでもお声を掛けてくださいまし」

そう言いながら、玄冶はその場を離れて仙洞御所を後にした。

後日のこと、玄冶が大徳寺にいる沢庵和尚にその旨を話すと、沢庵はさっそく後水尾上皇を訪れることにした。

某日、御所への訪問が叶うと、また上皇から配流の労いを込めたお言葉を賜り、また上皇と禅の話や仏門の話題で、止めどなく親しく楽しいひと時を得ることができたので、いたく感動を覚えた沢庵だったという。

それから、大徳寺の一隅に帰着し安堵した沢庵であったが、その後間もなくして幕府付きの堀丹後守直寄より急使の書状が届いた。中味は、今将軍家光公が上洛しており、この機会に流罪放免されたことへのご赦免の御礼と、幕閣への挨拶をした方がよい、との連絡を受けた。

沢庵は、すぐに返事をしなかったので、その後、天海僧正（てんかいそうじょう）からも書状が届いた。だが沢庵は、

「拙僧は何の取り柄もない一放浪の身であり、将軍拝謁は分不相応で、どうかお見逃しを願いたい」

と断りを入れた。一筋縄ではいかぬ臍曲（へそ）がりの和尚がそうやすやすと引き受けぬはずはないと思っていたが、そのとおりになってしまった。

すると、今度は柳生宗矩から同趣旨の書状が届いた。沢庵は、武芸の達人の宗矩とは修行の道で一脈相通じるところがあって、気心が合うので、

「あの柳生宗矩までがそこまで言うのなら、致し方ないか」

さらには、ダメ押しともとれぬ堀丹後守が再三再四誘い続けたので、とうとう拒みきれずに、根負けした。

この二人に付き添われた沢庵は、将軍家光と初対面に及んだ。

「そちが、沢庵どのでござるか」

「沢庵宗彭と申します。臨済禅一筋の放浪僧にござります」

「和尚には、こたびの件で難渋させてしもうた。悪く思うな」

「拙僧は、江戸も上ノ山も、はたまたこの京も同

じ仮の世、仮の住まいで、長く滞在すればするほどそこに馴染んでしまい、どこが住み心地が良くて、どこが住み心地が悪いということはありませんなんだ」

「幕閣にも多様な意見があり、こたびのことは苦慮した結果でござる」

するると、沢庵は次のような禅の言葉を語り出した。

「禅の言葉に『莫妄想（まくもうそう）』というのがございます」

「それはどのような意味なのか？」

「簡単に申せば、妄想に執らわれてはいけない。済んでしまったことをいつまでもくよくよ引きずらず、今を生きることに専念しなさい、という意味でございます」

「それは、余のことか」

「滅相もありませぬ。一般論を申したまでのことです。われらの住まう人間界において起こるすべてが禅問答に取り上げられますので、禅の言葉は大事で、普遍一般の事象を課題にしておりまする」

「つまり、これは、過ぎたことはあまり考えるな、ということだな」

「そのとおりでございます。われわれは、常に、生死、善悪、是非、勝敗など、二つの相対する概念を作り出し、その一方に執らわれ苦しみ迷うのですが、それこそが妄想でございます。そのような時はより積極的に、生死、善悪、是非、勝敗などにこだわることなく、全身全霊を傾けて一心不乱にやり貫けということです」

「なるほどな、和尚のいうことが、よう分かった」

「もう一つ、禅の言葉を語らせてください」

「それはどんな言葉じゃ」

沢庵はおもむろに普段から身に付けている筆と懐紙を取り出し『放下着』と書いた。

「して、それは何と読むのか」

「『放下着（ほうげじゃく）』とお読みします」

「どういう意味なのじゃ」

「下着を放る、という意味ではなく、着にはあまり意味がなく強いて区切りを付けるなら「放下・着」になります。〈着〉は〈放下〉を強める働きをする字で、『捨ててしまえ』とでも解釈しましょうか」

「面白い言葉じゃのう。してどのような意味があるのか」

「これは、筏（いかだ）の喩（たと）え話をした方が分かりやすいかと存じます」

「早く申せ」

「ある旅人が幅の広い河に差し掛かりました。泳いで渡るには無理があったので、その旅人は筏を作って河に浮かべ、漕いで向こう岸へ渡りました。無事に対岸に着いた旅人は思いました。

『この筏がなければ私はこの河を渡ることができなかった。この筏はとても役に立つので捨てることはせず、肩に担いでこれから先も持って行こう』

旅人は筏を背負って歩き出したが、すぐにバテてしまいました。たとえ、役立つものであっても、執着すればそれが負荷をもたらして苦しみをもたらす、というお話でございます」

「それは今、筏に喩えたが重さを感じないものでも同じだ、ということだな」

「恐れ入ります。上さま、ご明察にござります。気に入って購入した服であっても、そこに執着が残っていれば捨てることができなくなります。大事だと思うものほど、自分をより苦しめる筏になり得ます」

「なるほど得心した。『執着という心』にはよくよく気を付けて参ろう」

　また沢庵は、話ついでに〈論語〉に書いてあることを持ち出した。

「国を有(たも)ち家を有(たも)つ者は寡(すく)なきを患(うれ)えずして均(ひと)しからざるを患(うれ)え、貧しきを患(うれ)えずして安からざるを患(うれ)うと」

「それは何かな」

「つまり、『国を治め家を治める者は、人民の少ないことを心配しないで、取り扱いの公平でないことを心配し、貧しいことを心配しないで、人心の安定しないことを心配しなさい』という意味です」

　なんとも斯様な話を縷々(るる)聞いた家光は、沢庵の見識の深さに圧倒され、返す言葉がなかった。

　その後江戸に戻った将軍家光であったが、あの和尚の偽らざる迫力ある透徹な眼に魅了され、なんども夢を見た。さっそく柳生宗矩を呼び、

「宗矩、あの沢庵と申す和尚は、おぬしの言うようにただ者ではないな。沢庵の禅風をぜひ学びたい。なんとか江戸に迎えたいがまたひとつ骨を折ってはくれまいか」

　これには、宗矩もハタと困った。この前は将軍にお目見えするのにあれほど困難を強いたので、今度という今度は並大抵では動かぬのではないかと思案した。

　それでも、将軍の要求は強く、しかも事を急(せ)いていた。

　将軍家光は、沢庵を当代随一の禅匠と見て、宗矩にはこう言うのだった。

「いいか、宗矩。沢庵には京の大徳寺が背景にある。後水尾上皇は沢庵の禅風を慕っており、上皇の周囲には公家もおり、皇室との繋がりが密になるのではないのか」

「そうとも、言えまするが……」

「神君家康公、父君の秀忠公は幕府の権力の座を不動のものにしたが、朝廷との間に紛糾を起こし、亀裂を生んだ。これからの幕府は、朝廷、公家とも仲良くせねばならぬ。そこに、あの沢庵が介在しているのが分からぬか」

「ごもっともです。ですが、あの者は江戸を嫌っておりまする」

「そこを、おぬしとの誼みで何とか働き掛けてくれ。兵法者のおぬしが敬慕して止まぬという禅の第一人者には、ぜひとも江戸に呼んで住まわせたい」

「そこまで考えておいでですか」

「あの者の口からほとばしる言葉が、水墨の字が紙に吸い込まれるように脳裏に焼き付いているのだ。頼むぞ、宗矩!!」

「そのようにおっしゃられるのならば、やむを得ませぬ、やってみましょう」

3

寛永十二年（一六三五）、柳生但馬守宗矩の説得にしたがい、沢庵は江戸に入った。だが、将軍のさしむけた宿舎には入らず、麻布にある但馬守の下屋敷の一郭に住み、ここを「検束庵（けんそくあん）」と称した。沢庵は、この近くに医師の曲直瀬玄朔（げんさく）先生や岡本玄冶の家があることも知っての仮住まいであった。

ここは、小高い丘や盆地が多く、鬱蒼たる木立の森からはシジュウガラやヤマガラの小鳥の声を始終聞くことができる。またほどなき所にきれいな川や池があって魚釣りもできる自然豊かな土地柄である。

沢庵は、ある日久しぶりに柳生宗矩が検束庵を訪れるというので、玄冶を呼ぶことにした。将軍家光の傍に仕える宗矩であってみれば、二人はいずれ城内で会うことになるであろうから、その前に誼みを通じておいた方がよかろうという沢庵の老婆心である。

さっそくやってきた宗矩は、

「わしの家に呼び立てするのは厚かましいではないか、なあ、沢庵どの」

「まあ、そう怒るな。今日は、拙僧の昔からの友を紹介する」

「おお、そういうことかいな。このような辺鄙な所にお呼びだてしたのか」

「おぬしは、ここの家主には違いないが、ほとんど住んでる気配がないから隣近所との付き合いもなくもったいない」

「それは構わんがいったい誰なのじゃ」

そこへやって来たのが、医師の岡本玄冶だった。

「お初にお目にかかります。てまえは近所に住む岡本玄冶と申します」

「すると、おぬしひょっとして延寿院道三どの（玄朔のこと）の一番弟子の玄冶どのではないか」

「京での医の修業時代もそうでしたが、江戸に来てからもこちらの麻布で世話になりました」

「そうなのか。上さまが最も気に入ってる医師とはそちのことだったのだな」

「いえいえ、てまえなど……」

　と言いながら、玄治はきまり悪そうに照れた。

「思い出すが、そちの義祖父（そふ）に当たる初代曲直瀬道三先生とわしの父柳生宗厳（むねよし）（石舟斎（せきしゅうさい））が柳生の里で会った時を覚えておるぞ。あれはわしが十五歳の時じゃった」

「義祖父も新陰流を見たのですか」

「そう、あれはもと今川家の家臣であった武芸者が柳生の里までやって来て所望した立ち合い試合であった」

「宗矩さまが立ち会われたのですか？」

「わしはこの時、この武芸者とやってみたかったのだが、父上はそれを許さなかった」

「なぜでございますか」

「それは、父上がこの武芸者は相当腕の立つ者とみたので、わしに立たせて負けでもしたら柳生の名声に傷がつくと思ったからではないか」

「それでいかがされましたか」

「結局、わしの父が向き合って試合をしたのじゃ。まあ、相手はその新陰流を知らぬから見事それに嵌（は）まってしまってぐうの音も出なかったがな」

「そうでしたか。それはよきお話を聞かせていただきました」

　その後、沢庵は二人に茶をもてなしてあげたが、二人とも今日の出逢いに至極感動し、満足して帰って行った。

　ある日、沢庵は江戸城に招かれて家光から仏法宗門の宗旨を述べるよう請（こ）われた。その際、沢庵は、他宗をけなすことなく自力宗（じりきしゅう）の素晴らしい禅語を披露し奉った。

　さらに、家光の質問にも機敏に応える沢庵は、まるで仏典の宝庫のようであった。そこには柳生宗矩も列座していたが、その様子を見た宗矩は、これでは上様が沢庵にのめり込んでいくのは時間の問題で、ますます帰依心を深めるに違いないと思った。

　案の定、沢庵が引き下がった後、家光は宗矩を呼び、

「あの和尚には、ずっと江戸にいてほしいものよのう」

「そのようですか」

「ひとつ、和尚に寺を造って献上したい。さすればいつでも和尚と膝を交えて禅語を学ぶことができるじゃろうからな」

「しかし、時宜を得て話しませんと、また嫌われまする。寺などほしくないと言われたらいかがなさいますか」

　しかし、家光はその言葉を無視するかのように、

「何が今一番所望なのかのう、沢庵どのは」

「たぶん、今お望みなのは、寺の建立ではなく、大徳寺の勅許復元ではございますまいか」

「なるほどそうか、そうであったか。よく分かった」

　しかし、沢庵は、また故郷が恋しくなり、江戸を発ち京に向かったが、そのまま京を通り過ぎ但馬出石へ帰って行った。

　沢庵はちょうどこの頃、柳生宗矩のために『不動智神妙録（ふどうちしんみょうろく）』の草庵に没頭していた。

―これは宗矩が沢庵に参禅して〈武と禅の極意〉を究めようとしていた時、それに応えようとした指南書である。当時環境の良い宗矩邸下屋敷の〈検束庵〉に住まわせてもらっていた時に構想を練り始めたが、それを故郷の出石に持ち帰り、まとめ上げ完結させたのがこれである。

これは、剣法と禅法の一致《剣禅一致》を説いたもので、宮本武蔵が著わした兵法書の『五輪書』と並び称され、柳生宗矩にとっては後の兵法指南役及び武道に多大な影響を与えたものである。

全文を披露するのは差し控えるが、何が書いてあるか平たく言うと、序文に、

無明（むみょう）とは、明に無しと申す文字にて候。迷（まよい）を申し候。

とある。

つまり、人間が生きるうえで、いつも捉われる煩悩を根元から問う。つまり、生死流転の根本が「無明」から起こっているからだと説くのだが、その「無明」とは〝迷い〟を指し、心が止まる状態はよくないと諭（さと）す。

沢庵は、それを宗矩に開陳披露する時、こう言った。

「おぬしの兵法にあてはめてみよう。向こうから切りかかって来る太刀を一目見て、そのまま、そこに太刀を合わせようと思えば、相手の太刀に心が止まって、こちらの働きが留守になり、向こうから斬られてしまうであろう。これを心が止まると申す。打ってくる太刀を見ることは見ていても、それに心を止めず、振り上げる太刀を見るや否や、それに少しも捉われないで、そのまま無心で飛び込めば、相手の太刀を奪って逆に斬ることも可能である」

すなわち、その「無刀」の心構えを語った。

そして、沢庵は、

「禅宗では、是を『還把二鎗頭（そうとう）一倒刺レ人来』と申し候。鎗頭の〈鎗〉は戈（ほこ）のこと。『人の持ちたる鎗頭をとって逆さまに人を刺し来る』の意で

す。つまり、これは相手の刀をもぎとって、逆に相手を斬ると言う意味で、宗矩どのがいつもおっしゃっている『無刀流』のことです」

と申し添えたのであった。

第九章　春日局殿

1

過日、玄治は大奥の総取締役となっている「春日局」に呼ばれた。

この「春日局」のもとの名は「お福の方様」。呼び名が変わったのには次のような経緯がある。

―お福は、寛永六年（一六二九）、家光の疱瘡完治祈願と称して伊勢参りをした後、上洛して御所への昇殿を図った。しかしながら、身分が違うので三条西実条卿の猶妹（妹分）の資格にて参内し、後水尾天皇や中宮和子様に拝謁、従三位の位階と「春日局」の名号を賜った。

玄治は春日局に会うなり、お方様の困った様子が手に取るように分かった。

「玄治どの、わらわは頭が痛うて気が狂いそうじゃ。何か、良い薬はないか」

「お方さま、何をそのように悩んでおりまするのか」

「上さまのお側付きの酒井忠勝どのや柳生但馬守どのに話ができないから、おぬしを呼んだのじゃ。ちとわらわの話を聞いておくれでないか」

「てまえでよければ構いませぬが」

「玄治どのは医師じゃから、わらわの悩みごとをよもや他に洩らすことはなかろうと思うてのことじゃ」

「それは、もう安心してよろしゅうございます。医師は患者の診立てについて他に洩らすことは禁句でございますから」

「そうであったの。しからば存分に話せるのう」

そこは誰も聞き耳を立てられぬような、春日局専用の一室であった。

春日局は語り出す。

「そちは、上さまの侍医でもあるので、関係がないともいえまいが、悩みとは上さまの世継ぎのことじゃ」

「そのことですか」

玄冶もあちこちで聞く話なので、やや食傷気味に困り顔をした。しかし、ここに至っては逃げられぬと思い観念した。

「よいか、よく聞いておくれ玄冶どの。上さまは征夷大将軍に就任した年に、五摂家出身の鷹司孝子さまを正室に迎えられたが、その後の二人の関係は悪くなる一方で、ほどなくして別居生活に入ってしまわれた」

「存じております。その後は、武芸に執心し、柳生但馬守さま（宗矩のこと）に付き、柳生新陰流の免許もお取りになりましたが……」

「それはよいとして、今は何やら身の回りを世話する若い小姓相手に男色好みの方にうつつを抜かすようになってしまわれた」

「あれは、噂ではなかったのですか」

「そちは知らなかったのか。では、聞かなかったことにしてもらいたい」

「分かりました」

「そこで、わらわは大御所さま（秀忠公）がお造りになった『大奥法度』を発展させて、上さまのお世継ぎに叶う側室を迎えるべく、事細かな制度を造ったのじゃが」

と言った。

—その『大奥法度』とは、

江戸城内は、幕府の政庁である「表」将軍の居間空間と政務室を兼ねる「中奥」将軍の正室や娘、側室などの女性が住む「大奥」との三つに区分される、その三つ目の「大奥」に関する決まりごとのことである。すなわち、男子禁制で、女性でも券がなければ城門を出入りできない、夕方六つ（午後六時頃）以後は門の出入りは許されない、など。しかし、春日局はさらに事細かな制度作りに専念し、女性は「表」「中奥」に出ることはままならぬ。また、女性の身なりに関することなども縷々規定した。

そこで春日局は、

「お世継ぎは、幕府最大の関心事項じゃぞ」

「そのとおりでございます」

「しからば、わらわは上さまの好みの女性たちをあちこちからかき集めてでも、大奥に留めおきたいのじゃ。そして、いつでも上さまが夜伽をできるように準備しておきたい」

「まさに女の戦場になりはしませぬか」

「それは、大丈夫。大奥内は万事シキタリに従うよう規定してあるからのう」

「それで、てまえにできることとはなんでございますか」

「そうそう、そのことだった。この間公家出身の尼が慶光院の跡目着任の挨拶に京から江戸にやって来て、将軍に対面したのだが、どうもその時、上さまはそのうら若き尼僧姿にのぼせて魅せられてしまったようだ」

「はあ、そうでしたか」

「いや、上さまはやはり中性的な尼僧姿に惚れてしまわれたのかと、その時思いました」

「他にも大奥には、春日局さまが集めた評判の女子はたくさんいたと思われまするが……」

「そうじゃが、上さまはきらびやかな彼女たちには、見向きもしなかった。そこに突然現れたのが十六歳の公卿六条有純さまの御息女だが、あまりにも清らかな美少女だったので、そっちの方に目がいってしまわれたのであろうな」

「お方さま、なんどもお聞きするようですが、わたくし目の役目はなんでございましょうか」

「おお、それか。それは、今度その尼僧がこの江戸にやって来ることになった。そちに彼女の健康状態を診てもらいたいのじゃ」

（そう来たか……）

と思ったが何食わぬ顔で、

「それは一向に構いませぬが……」

「還俗（げんぞく）させる前に、しかと確かめておきたいのじゃ」

「承知いたしました。それでは今日はこの辺で、お暇（いとま）いたしまする」

「玄治どの、長居させてすまなかったの。また、その折にはお呼び立てするのでよろしゅう頼みまするぞ」

「かしこまりました」

そう言って、玄治は春日局の部屋から退出した。

2

幼い頃から生母のお江与（えよ）の方と、乳母であった春日局とは、長い間激しく争いが絶えなかった。それを傍で見て来た家光が女性嫌いになったとも言えるのだが、やっとのことで京の尼僧姿に魅了されたことは先の見通しが少々明るくなった。その彼女が江戸にやって来た。

何しろ頭は尼僧姿なので髪が伸びるまで御三家の一つである田安（たやす）家の屋敷に留めおかれた。

その田安屋敷に、玄治が春日局の下で働くお小姓一人を連れて向かったのは、春弥生（やよい）の季節であった。

芳香放つ紅白梅林の中をくぐり抜けると田安家の表門が見えた。玄関口で用件を告げると、さっそく奥の間に通され、暫くすると徳川家一門に繋がる田安家の主人が出て来て慇懃に挨拶を交わした。そして、いつ現れるのかと思い巡らしていると、衣擦れの音がしてそれと近づくのが分かった。

そのお目当ての尼僧が現れた瞬間、玄治はその姿に目を奪われた。なんせ尼寺で修行する女とはとても思えない美貌である。また、その白色の法衣がよく似合う女で、凛とした清々しい眉目も印象付けられた。すると、尼僧は、

「お初にお目に掛かります」

と丁寧な挨拶をするではないか。

玄治は今日来たのは、他でもないが将軍様のお相手役としては健康な持ち主でなければ相務まらぬことを告げ、さしずめその診断のためと申した。

尼僧は、

「承知しておりますのでよろしくお願い仕りまする」

と、軽く頭を下げた。

玄治は、まず相貌と顔色から診ていく。

口の動き、手指の動き、さらには歩かせて足の動きまで観察した。無論、その際何気なく分からぬように体臭までをも吟味していた。

それから、体の内面を診断するために脈を取っ

たが、特に異常は見られなかった。最後に、少々気の毒な気もするが、これはぜひとも必要なので、衣を剝いでもらうことになった。しかし、こればかりは玄冶ではなく連れてきたお小姓に任せることにし、そのお小姓には前もって、調べる点検箇所を申し伝えておいた。

そこは、襖障子を隔てた次の間で行われた。あいにくそこは納戸のようで暗かったため、行灯で部屋全体を明るくせねばならなかった。

尼僧の重ね衣が払われ最後の肌襦袢が脱ぎ捨てられると、その立ち姿がぼんやりと影絵になって現れた。その光焔に浮き立つ裸身はまるで白人魚か観音様のように思えたから不思議だった。

一刻を過ぎてから、お小姓はすべての尼僧の身体検査が終了したことを玄冶にそっと告げ、

「からだに何の異常もなく、彼女は輝くばかりのもち肌でした」

と伝えた。その言葉を聞いてほっとした玄冶は、彼女に向かい、

「お疲れさまでございます。これですべて終わりました。後は、髪が揃えば江戸城・大奥へ何不自由なく出仕できまする。それまでお待ちくだされ」

すると、尼僧も軽く会釈を返し、気持ちをほぐされたのであった。

還俗後の尼僧の名は〈万〉と改められ、大奥内では〈お万〉と呼ばれるようになった。

3

数ヶ月後、お万は江戸城内の大奥にいた。

初めて見た大奥の暮らし向きには驚きを隠せないお万だったが、春日局の指導よろしく次第に慣

れていった。

　将軍家光も、この頃から一気に女性に目覚めていき、お万を深く寵愛した。城内で能、狂言、茶席など宴を催した際は、必ずお万を傍において見学していた。しかし、不思議なことにお万との間に子をもうけることができなかった。一度受胎したことはあったが、流産してしまわれたのである。これには、闇めいた謎が密かに囁かれた。それは、老中・土井(どい)大炊頭利勝(おおいのかみとしかつ)や酒井(さかい)讃岐守(さぬきのかみ)忠勝(ただかつ)などの幕閣中心が示し合わせたように、画策していることがあった。

「次期将軍が五摂家である宮家出身の御台所から生まれることになっては、天皇家・公家を外戚に持つ将軍となり、思わしくない」

　という幕閣の御触れを出し、大奥総取締役の春日局に通達していたことがらである。

　春日局自身も、幕閣に対しては対等な位の権限を持っていたから、

「これは朝廷と幕府の将来における権限委譲の問題にもかかわることなので、これは致しかたあるまい」

　と言って、引き下がることにした。

　ところがこの時、すでにお万は懐妊していたのである。また幸か不幸か医師の玄冶は御所の依頼で京に行っており、江戸を留守にしていた。

　春日局は、玄冶がいればなんでも相談できたものの、このような時にいないのを悔やんだ。

「なんとしても堕ろさねばならぬ」

　しかたなく、最近長崎から江戸表に来ていた医師の元陳(げんちん)に話すと、二つ言葉で引き受けてくれた。堕胎のやり方はいろいろあるが、服み薬ではしくじることもあるので、元陳は奥の手を使った。そ

れは、秘部の子袋内に南蛮流の差し薬を下から投入するやり方であった。

手荒であったがその効き目はすぐに現われ、胎児(ややこ)は流れてしまった。

だが、その仔細を知らぬお万は、ひどく悲しまれた。

また、そのようなことは内密に進められたから、家光自身、知る由もなく、その後は、円満な時を過ごしていたので、とうとう二人の間に子が産まれることはなかった。

しかし、それでは困るのが春日局。何とかせねばとまた、別の側室候補を当たることになって、的を射たのが、〈お振(ふ)りの方〉であった。

春日局には、姪にあたる、〈祖心尼(そしんに)〉がいた。

その親戚筋にあたる祖心尼を春日局の引き立てで老女として大奥に仕えるようにした。ある時、春日局はその祖心尼の孫の〈お振り〉を養女にし、男装の美少女の格好で将軍家光に近づけさせた。

家光は、春日局の飽くなき世継ぎ相手の作戦と熱心さに負けた。その〈お振り〉に会ってからは気持ちも凪いで、彼女を気に入りやさしく扱ったので、ついに懐妊した。

別途、武州川越喜多院でも、天海僧正(てんかいそうじょう)が上様のお子が授かるように祈祷を繰り返していた。

だがこの時は、大事を取り過ぎて臥せてばかりいたせいか、お腹が大きくなるばかりで少々心配の種になっていた。あわや、難産かと思われたが、産婆の必死の介護によりやっとお子が産まれた。

こうして、家光に最初に子ができたのは、側室の〈お振りの方〉であったが、産まれたのは女の子で〈千代姫(ちよひめ)〉と名付けられた。

その後、〈お振りの方〉は難産の時の無理が祟ったせいか体調を崩し亡くなられた。

　そこでまた春日局は、お世継ぎ相手を探すことになった。

　運はどこにあるか分からぬが、世継ぎの誕生を祈願して、春日局は祖心尼とともに浅草参りをしての帰り道だった。古着屋で手伝っていた〈お楽(らく)〉に目が留まり、祖心尼があの子を女中部屋の呉服の間に誘い入れた。ある時、家光がその部屋の脇を通ると他の奥女中たちに交じって故郷の麦搗(つ)き歌を歌っている〈お楽〉がいた。家光はその歌を歌っている〈お楽〉が忘れられず、さっそく呼び寄せると彼女を気に入ってしまったのである。

　だが、彼女の素性を聞いた春日局は驚いた。

　父親は、尾木三太郎利長といい、もとは下野国(しもつけのくに)（栃木県）鹿麻(しかま)村の百姓である。江戸に出て旗本朝倉才三郎に奉公し武士に取り立てられたが、才三郎が病死したのち暇を取って故郷の鹿麻村へ帰り、領主の眼を盗んで禁制の鶴を獲ること数度に及び、ついに死罪になったという。

　春日局は言った。

「上さま、あの娘だけはいただけませぬ」

「なぜじゃ」

「下野(しもつけ)の百姓の娘ですぞ」

「それがどうした。百姓も、公家も女子としては変わりあるまい」

「いや、困りまする。お楽の父は武家奉公をしたには違いはないが、成れの果てにはご法度の鶴を何度も生け捕り、罰則により死罪になりました者にござります」

「そうか、かわいそうな女子ではないか」

「その後、母親は古河(こが)藩主・永井尚政(ながいなおまさ)公の下屋敷に仕え女中頭となり、古着商の七沢清宗と再婚しました。〈お楽〉は母親とともにその店でお手伝いをしていたところ、過日われと祖心尼の眼に止まったわけです」

「結構なことではないか。ならば、この際、年寄衆の浮言にならぬように、古河城主・永井尚政の娘として大奥に上がらせればよいではないか」

そのような経緯のなかで、〈お楽の方〉は家光にとって初めての男児を出産したのである。それが家綱公（四代将軍）であった。

その後は別の側室、お夏の方様が三男の綱重公（甲府藩主）を産み、また〈お玉の方〉が四男の綱吉公（五代将軍）を次々とお産みになられた。

変わり種は、八百屋の娘であったその〈お玉〉である。家光に見初められたまではよかったのだが、格式や身分が重んじられた時代、側室になるにも建前上は相応の身分が必要とされる。そこで〈お玉〉は、格式も高く由緒ある京の大店の家に養女として出され、そこから神輿に乗って江戸まで赴いたので、「玉の輿」という言葉が生まれた。

千代姫が産まれた寛永十四年は、初子で祝い事もあったが、前年からの難題、ポルトガル人の追放による鎖国政策や切支丹一派による島原の乱が起こったので、将軍家光は政務に負われ、始終体に異常を来していた。腹痛にはじまり、不眠・発熱・癇癪持ちが高じて、言うに言われぬ病に襲われた。

ところが、またもやこういう時にお抱えの医師・玄冶が留守で、朝廷に呼ばれて京に行っていた。この頃の玄冶は医師としての評判がますます高くなり、江戸と京の間を何度も往還することが多くなっていた。

家光は他の何人かの侍医に掛かり、「灸」による治療も受けたが一向に治らず、不眠が続いた。そのため、無気力状態になり、いわゆる鬱的症状に陥った。

医者衆は困り果て、談合した結果の最後の手段として調合した薬を出したが、これも空振りに終わった。

お側衆の面々は、

「もう、どうしてよいか分からぬな」

と言いながら途方に暮れかかっていた。

そこへ、長旅の末やっとの思いで戻って来たのが玄治であった。

ひょっこり「中奥」の執務室に顔を出すと、家光のお傍付の小姓の一人に滝山直エ門と申す者がいたが、直エ門は玄治の顔を見て驚いた。

「玄治どの帰っておったのですか。よう帰って来てくれました」

「わたしにとっては、予定どおりの行動ですぞ。何かありましたかな?」

「いや、今、上さまが大変な病に罹られて、どの医師も手の打ちようがなくて困っておったところです」

「そうですか、上さまはどのような様子でしたか」

すると、直エ門は腹痛から始まった病の状態をこと細かに玄治に説明した。玄治はそれが前年度も起きた「虫気」であると思い、さっそく上様の寝所に向かった。

家光は、玄治がやって来るなり、ことのほかやせ細ったかに見えた顔がほころんだ。

「玄治か、よう帰って来たな。おぬしがいつ来るか待っておったぞ」

「上さま、大丈夫ですか。しっかりしてくださいませ」

「この頃、手足も冷えて、余の体でないような気がするのじゃ」

「それはいけませんな。では、まず手をお貸しくださいい。お脈から診て差し上げますから」

そう言って、玄冶は家光の診察を始めた。脈を診ようと手で触った瞬間、微熱があるのが分かった。脈はやや速く深く感じられ、息づかいが少々荒かったのに気付く。

当初、毎日の深酒が続き、頭痛と胃腸障害の炎症を起こしたというので、悪酔いの処法として〈黄連解毒湯(おうれんげどくとう)〉を服ませたと言うのであるが、これはこれで間違いではなかった。しかし、その後も胸の苦しさが収まらず、食欲不振が続くというので、玄冶としては呼吸を和らげ、からだ全体の疲れをとる処方〈小柴胡湯(しょうさいことう)〉に変え、これを服ませたのである。

すると、日に日に気持ちが落ち着いて来て、食事も喉を通るようになってきた。

それと同時に、能や狂言の催しがあるたびにそれらを見物するように仕向けると、目に見えて顔の表情が明るくなってきた。

ある日のこと御舎弟の保科肥後守正之(ほしなひごのかみまさゆき)様が見舞いに来た時は茶を献じて興じたり、御三家の一人の水戸の頼房様が来た時は一緒に膳を献じたりして、またたく間に回復の基調を示した。

秋ぐちに入って、玄冶は言葉を添えた。

「上さま、養生のためには鷹狩りもよろしいかもしれませぬ」

玄冶の言うことがいつも理に適っていることばかりなので、まったく信じ切っていた家光は、

「そうか、もう体に支障はないのだな。医師のお

ぬしが言うのだったら、この次は鷹狩りに出掛けようぞ」

　翌年の初めには、

「今度御違例中昼夜相詰、其上御気色大形依御快然」

　要約すると、

（こたびの異例とも思える昼夜の相詰めでの治療により、ご気色もよく病が快然され平癒された）

との御沙汰があった。

　そこで、家光の快復が本物となったことを受けて、岡本玄治に対しては、褒美として山城国葛野及び武蔵国都筑両群の内に於ける采地一〇〇〇石を賜ったのである。

—采地とは、領地から採れる石高米のこと。

4

　玄治は、江戸城内の勤めから幾日間かお暇をいただいて、久しぶりに麻布の自分の家に戻っていた。

　するとそこに、一足先に下城していた弟子の快心もいるではないか。

「おぬしもいたか」

「わけあって、さきにおじゃま仕っております」

　だが、その後ろにうら若き小娘が座っていたのに驚く。玄治は果て何ごとかといぶかった。そこへ白湯を持ってきた妻の文が顔を出して、

「こちらは、お登勢どのと言うて、快心どのと結納を交わされたお方だそうじゃ」

　玄治は振り向きざま、

「おお、そちもようやっと嫁を貰う気になったの

か。これは目出度い」

「先生には、ご心配をお掛けしましたが、やっと大人の仲間入りを果たせそうです」

「そうだな、医者の仲間入りを果たすには家庭を持つのが一番じゃ」

「ですが、先生。家庭といっても、これからの暮らしに家庭円満の秘訣はなんでしょうか」

「そりゃあ、もう何と言ったって家庭の中心は男女の愛だから、そこが上手くいかなきゃあ、始まらんな」

「…………」

「つまり、愛情によって夫婦の絆ができ、子供が生まれる。一夫一婦の家庭で子供を育てていけば、その愛は自然と子供へ注がれる」

「でも、大奥は一夫多妻ではありませぬか」

「それは、将軍のお世継ぎが絶えては困るという、春日局どのが考えた知恵でござろう。快心は城内にいるから分かるであろうが、一人の男性を共通に持つと、妻妾たちの葛藤が絶えず、苦しみや悲しみ、それに嫉妬、憎悪が渦巻いているのが分かるじゃろう」

「それに愛は持続的なものでなくてはなりませぬ」

「そうよ、快心はこれから一生お登勢さんを大事にして愛情をそそいでいってほしい。それから、もう一つこの際だから言っておきたいことがある」

そう言うと、間に割って入ってきた文が、

「さあさ、今日は祝い事ですから、お酒でひとつおやりなさいな」

と言って酒を持参したが、快心とすれば、先のことが聞きたいので、

「それは何でございまするか」

「おぬしの仕事場でのことよ」

「医師の務めでございますか」

「そうよ、その務めじゃが、医師たるものは、怪我や病で苦しむ者に最適の治療を施し、回復を促すことじゃ」

「それは、医師であれば当然なすべきことです」

「しかし、患者との信頼関係も大事だ。患者がこの医師に診てもらえば必ず治る、という安心感を与えることも必要なのじゃ」

「それが、医師と患者との固い絆ですか」

「それから、城内では才智に走ることは危険じゃ。特に命にかかわる時がそうで、何としても手柄を立てようとするので、焦りが高じて失敗を招く」

「心得ました」

「城内にいる医者衆の連携のもとで事に当たれよ。これは、己に名指しされた場合でも同じようにせよ」

「これが長い間に信頼を勝ち取るということですね」

「そうだ。特に同僚の場合は、一人だけが得をすれば必ずその者は妬まれる」

「『出る杭は打たれる』の喩えですか」

「そのとおり。一緒に仕事した者同士の信頼関係はいつまでも続くものだから、これは大切なことじゃぞ」

「いろいろとご教示ありがとう存じます」

「そして、昔からよく『医は仁慈』というが、これは医師と患者の間だけではなく、人間同士の間でも同じように言える言葉ですぞ」

「はい」

「相手の立場を思いやることができれば、その人間関係は上手くいくということだ」

「何から何まで、これから行く先々の活路を得たようで嬉しい限りです。今日はここに来て本当にようございました」

そう言うと快心は、満ち足りた気分になって、お登勢の手をとりながら玄治の家を後にした。

第十章　朝鮮通信使との接遇

1

「朝鮮通信使」という言葉が使われたのは、第四回の三代将軍徳川家光公からである。それまでは、「回答兼刷還使」という言葉を使い、家康の国書に対する回答と、連行された人びとを帰国させるという名目のもとでこう呼んだ。

　これは、大義名分なき豊臣秀吉による文禄・慶長の役（壬辰・丁酉の倭乱）の戦後処理を回復させる一環として、徳川幕府が朝鮮王朝側に使節を要請したことから始まった。したがって、第一回の慶長十二年（一六〇七）は将軍秀忠公と国書交換をして、一、四一八人を帰国させた。ついで第二回の元和三年（一六一七）は三二一人で、第三回の寛永元年（一六二四）は一四六人であった。

　そして、第四回の寛永十三年（一六三六）以降は帰国者が少なくなっていったため「刷還使」という名目の役割が薄れ、第四回からは「通信使」と名付けられ、派遣された。

　その後は、両国間の友好親善の交流を前提に行われていった。

　時に第四回の将軍家光の時、日本の泰平を祝賀することを使命として正式に派遣されたのが、正使任絖、副使金世濂・従事官黄戻で総勢四七五人であった。

　使節団の構成員には一定の基準があり、それぞれの任務・役割があった。

　正使・副使・従事官の三使をはじめ、上官と呼ばれる通訳文書の起草を担当する写字官、警護にあたる武官、学者・文人・僧侶・医官（医者）・画家・技芸の〈馬上才人〉や次官と呼ばれる歌舞・音曲の名手も連ねていた。

正使は「通信使」の総責任者、副使はその補佐役、従事官は日々の出来事を記録し、帰国してから国王に報告する役目の人。

これら三使は教養の高い人たちであるから、日本各地で詩や書を所望された。

また、ここでいう〈馬上才人〉とは、騎兵たちが馬に乗って伎芸を行う集団のことを言うのだが、将軍家光のたっての要望で今回から繰り入れられた。

したがって一行の総人数は、四七五名にもなる大人数の一団となった。

なお、朝鮮国の都・漢城から江戸まではおよそ二千キロある。通信使が都を出発してから江戸に着くまでには十ヶ月近い日数を費やした。通信使一行の旅は華やかではあったが、反面長旅による身体的な負担も大きい。

第四回の通信使一行がこれから行くその行程を述べると、ざっと次のようになる。

① 漢城の南大門をくぐり都を後にすると、途中の歓迎宴会を催しながら釜山まで陸路を行く。
漢城→釜山

② 釜山から船で朝鮮海峡を進み、対馬の北端、佐須奈まで行く。
釜山→対馬（佐須奈）

③ 佐須奈から厳原へ行き、対馬藩主との打ち合わせをする。
佐須奈→対馬（厳原）

④ 厳原から、対馬藩が先導する大船団とともに玄界灘を渡る。

⑤ 厳原→壱岐・勝本→藍島→赤間関（下関）
赤間関（下関）から瀬戸内海の主な停泊地を経て大坂まで行く。

赤間関→上関→下蒲刈→鞆の浦→牛窓→室津→兵庫→大坂

⑥ 大坂から川船で淀川を遡りて京都へ行く。
大坂→京都

⑦ 京都から江戸までは陸路を行く。
京都→草津→八幡→安土→彦根（朝鮮人街道）→垂井

⑧ 垂井宿で美濃路に入り、名古屋まで行く。
垂井→大垣→名古屋

⑨ 名古屋から東海道の各地を経て江戸に到着する。
名古屋→岡崎→浜松→静岡→箱根→品川→江戸

一日およそ四十キロメートルの行程で進む。

しかし、その間には季節風で荒れる玄界灘の海や日本国内では大井川の難所、急峻な山道で知られる箱根の関所などがあり、困難を極めることが予想された。

また、朝鮮国は他国へ踏み入れてから、気候の変化や食べ物の違いで、体を壊す者がたくさん出て来るであろうことを予測して、使節団のなかに医療を担当する『医官（良医）』を随員として加えたのであった。

2

日本国側の受け入れは、対馬藩の宗家が代々受け持っていたが、この年家臣との間で、将軍国書の偽造問題が発覚した。しかし、家光はこの問題に決着を付け、「日本国王」の名称を「大君（たいくん）」に変えて、朝鮮外交体制に対する穏便化を計った。

したがって第四回のこの年は、両国間の友好親善を主として派遣されたのだった。

通信使の一行は、国書を奉じて漢城を出発し、陸路をくだって釜山港に着く。釜山から船団に分乗して対馬に向かった。その一行のなかに徐（ソ）敬安（ギョンアン）という名の医官がいた。彼は専門技術職の上官である〈良医〉に属し、何人かいる医の中の責任者でもあった。

対馬の厳原に到着するや否や、津島藩主宗良成（そうよしなり）はじめ迎聘使（げいへいし）や島民の熱烈なる手厚い歓待を受けた。

その後、歴代宗家の豪華な古風居館に向かったのであるが、そこに行くまでの通りを見ると、両脇の民家はどこも真っ白な石壁でできていたので、一行の誰もが口々に感嘆の声を上げていた。それは通詞（つうじ）（通訳人）からの取り次ぎで分かった。

ある者は、

「ずいぶん立派な石造りだなあ」

他の者も、

「左右の民家が壮麗で美しい」

また、

「それにしても家が贅沢（ぜいたく）にできているではないか」

などと、てんでに話していた。

すると傍にいた医官の徐敬安は日本語を習得していたので、出し抜けに、迎聘使に向かって、こう話した。

「こんな小さな島でこのような石造りの家がたくさん建っているのだから、さぞかしこれから行く本土はもっと立派な所なんでしょうな」

これに対して、迎聘使は、

「まあ、そのように急ぐことはありますまい。それは行ってからのお楽しみにしてはいかがですかな」

と言い、少々曖昧模糊とした答えが返って来るのだった。

館に着くと、さっそく正使、副使、従事官の三使と上官、次官級の一同は、藩主の宗義成公と迎聘使からの接待を受けた。

徐敬安自身も、いよいよここから日本国に入ったのだという自覚を半ば緊張を噛みしめながら、ご相伴に預かったのである。

――迎聘使とは、朝鮮通信使を迎え入れるために設けられた日本側対馬藩の使者役人のこと。なお、石造りの街並みが多かったのは、ここ厳原の近くで石英斑岩（せきえいはんがん）やデイサイトなどの白い岩石がたくさん採掘されたからである。

また、ここでの通信使の次官級以上の役割は、

一、江戸までの各藩との接待や歓迎の仕方

二、江戸城内における将軍との謁見の仕方

三、国書取り交わしの聘礼（へいれい）のしきたり

などである。その他こまごまとした習慣の違いなどを対馬藩の担当者から聞き、入念な打ち合わせをした。

数日後、一行の江戸行きの「日本国・参向道中（さんこうどうちゅう）」が国境の島〝対馬〟から始まった。

通信使たちは騎船三隻と、荷船三隻に乗船するが、護衛船には対馬藩の日本人が同乗する。対馬海峡に乗り出した船団は、あわや波濤（はとう）に飲み込まれそうになりながらも壱岐の送迎船団に守られて、壱岐勝本港に入った。

壱岐入港後、あいにくの暴風雨に苛（さいな）まれ、滞在

が三日余分に掛かった。

壱岐からは玄界灘に差し掛かり、普通なら季節風に煽られ、渡海するのに困難を極めるのであるが、さいわい昨日までの時化(しけ)模様は止んでいて、青空が覗いていた。

それでも大きな波濤の揺れは惜しげもなくやってきて船を揺らす。徐敬安は次第に不快感を生じてきたが、乗船まえに〈五苓散(ごれいさん)〉の漢方薬を服んでいたため船酔いは避けられた。ところが船内では、顔面蒼白になって船べりで横たわる者が続出し、たちまち船酔いの苦痛を訴えて来たため、彼らにさっそくこの薬を与えた。

一般的にこういった船酔いは、水分の代謝がうまくいかず引き起こされるものなので、体内に余分な水分が停滞するから、この水がゆらゆら揺れて吐き気や嘔吐が始まると考えられた。

ちなみに〈五苓散〉は沢瀉(タクシャ)・猪苓(チョレイ)・蒼朮(ソウジュツ)・茯苓(ブクリョウ)・桂皮(ケイヒ)の調合薬で、中心生薬は沢瀉で、直接膀胱に働き掛け、停滞した不要の水分を除去する働きがある。

そうこうするうちに船は藍島に着く。ここでは福岡藩が通信使たちを饗応し接待した。

次に向かったのは長州藩の赤間関と上関であった。赤間関では藩校明倫館の生徒が宿舎に訪ねて来て、副正使の金世濂と「詩文唱酬(しぶんしょうしゅう)」の文化交流を行なった。三使はいずれも教養の高い人たちだが、なかでも金氏は詩文には長(た)けていて各地でさかんに詩や書を所望された。

―「詩文唱酬」とは、自分の詩歌・文章を書いて互いに贈答し合うこと。

赤間関から上関までの航路は潮流が激しい所で、

熟練の航海技術を要すると言われ、朝鮮船団の先導には長州藩でも最も手慣れた村上水軍の関船（せきぶね）が使われた。

上関に入港したのが夜遅くなって入港したが、さすが毛利家の直轄地だけあって送迎船の灯火が蛍の如く無数にキラキラと輝き、さしもの徐敬安もうっとり見とれていた。聞くところによるとこの港は琉球船や北前船の出入りで賑わう漁港でもあった。

正使たち三使の泊まる本陣の迎賓館は谷の奥まった高台の場所にあったが、徐敬安や他の通信使たちは、一般の住民の家を宿とした。

そこで徐敬安が気付き、驚いたことがあった。

それは、日本の珍しい習慣の一つなのだと思いながら、衣服や提灯、船に付ける幟（のぼり）旗まで、すべてに各家の紋が付いていることだった。

二日滞在したのち、早朝船は、上関から次の寄港地安芸（あき）（広島）の「下蒲刈島（しもかまがり）・三之瀬（さんのせ）」に向けて進行する。しかし、午後になって雲行きが怪しくなり追い風の西風も東風に変わり、漕ぎ手がへばってしまった。そこで、その日は船中に泊まり、翌日、潮流にしたがい船は入港した。

下蒲刈島の広島藩は、失礼があってはならないと神経を使い、他藩に負けないよう接待に気を配っていた。その饗応料理の中味だが、「三什十五採」といって、三種類の汁と十五種類のおかずで構成されたものを用意した。

食材は、肉類でいうと、雉（きじ）、豚、猪、鹿、鶏、鴨など、魚では、鯛（たい）、すずき、鱈（たら）、鮑（あわび）、平目（ひらめ）、スルメなど、それに添えて新鮮な野菜や豆など非常に多彩の食材が出された。加えて、酒は「古酒、焼酎」が出たが、酒好きの人が多い通信使たちには特に三原の銘酒と謳われた「忍冬酒（にんとうしゅ）」が好評であった。

――「忍冬酒」は、焼酎を主体にした忍冬（すいかずら）の果実酒である。

饗応料理で満足した通信使たちは、次の寄港地「鞆の浦」に向かう。

今また船内から望む瀬戸内のいくつもの島々や入江、岬などは変化に富んでいて、行き交う船も多く、徐敬安はいつまでも眺めていて飽きることがなかった。船は陸地からそう遠くない海岸線に沿って進む。よく見ると波も穏やかな入江の奥に漁村とおぼしき船宿もあった。

やがて、船は「鞆の浦」に着いた。

海岸港では着飾った女給がお出迎え、町中が祭り気分で賑わっていた。今日の宿館は、海岸山の山号を持つ絶景の地に建つ〈福禅寺（ふくぜんじ）〉である。今までに来た朝鮮通信使からは「対潮桜」と呼ばれた客殿で、「日本第一の景勝地」と高く評価されていた所だった。

ここでも藩の役人たちが宿館にやってきて漢詩文の書による揮毫（きごう）をたくさん求めてきた。

鞆の浦を発つと、次の寄港地は「牛窓」。

ここは良質の水が出る天然の良港である。

以前は水の補給だけで室津に向かったが、第三次からは本連寺（ほんれんじ）を宿館とし、備前岡山藩が接待した。ここでは通信使の従事官が備前の儒学者たちと夜遅くまで交流を諮ったが、従事官が嘆いたのはあまりの熱心さにその夜眠れなかったことだ。その証拠と言っては何だが、次のような七言絶句を書いて残した。

牛頭寺古残僧少

翠竹蒼藤白日昏
宿客不眠過夜半
蚊雷殷々振重門
過客為妙上人題

つまり、「牛窓の古寺は青々とした竹におおわれ、藤の花がきれいに咲いていたが、蚊が雷のように羽音を立てて飛び回り、眠れなかった」との意である。

しかし、この地で通信使たち一行は小童対舞（しょうどうついぶ）による「唐子（からこ）踊り」を披露したが、これは地元の人たちにも大変評判がよかった。

―「唐子踊り」は、今でも牛窓町の西にある紺浦（こんのうら）の疫（やく）神社で、毎年秋十月に奉納され披露されている。

牛窓を後にした一行だが、夕方「室津港」に近づくにしたがって途中から降ってきた雨で海が荒れ始めた。ここは港口が深く船を停泊させるのには甚だ便利だといわれていたが、時化ている時はそう簡単にはいかず、雨があがると同時に深い霧が辺り一面を覆い、百メートル先も視界がきかなくなっていた。先導船に乗っていた対馬藩主の船が先に港に着いたが、後の正使たちの船がやって来ないのが気になった。

とうとう夜も遅くなってきたので、姫路藩の水軍の船手組が出てきてかがり火を焚き始めた。室津の湾内をまるで昼間のように煌々（こうこう）と明るくした。

数時間が経過した。心配も頂点に達したちょうどその時、誰かが、

「正使船の吹き出しの赤い帆が見えました」

と言ったので、それを聞いた藩主一同は皆胸をなで下ろした。

正使船が到着すると、その後から次々と後者の通信船も船着き場に到着した。

そこから数歩の所には姫路藩主の別荘があり、ここが迎賓館となっていたから、一行全員が揃うとあまり歩かずにそのまま館内に入っていった。

しかし、室津に着いてから来る日も来る日も雨風は止まず、しかも強風に晒されたので、正使の任絖は、船将の趙守逸（チョスイル）に命じて祈風祭（きふうさい）を行わせた。これは正使船の中に三段の祭壇を設け、全員が酒を断ち、ネギ、ニンニクを食せず、器楽は行わず、心身を清めることだった。それでも天候は一向に回復せず皆ハタと弱り果てた。

3

その内、これまでの長い船上生活による気苦労が溜まったのか、正使任絖の体に異変があらわれた。すると、すぐに医官の徐敬安が呼ばれた。

宿館を出た敬安は、迎賓館に着くや否や、付け人には目もくれず一目散に正使の寝所の部屋に入った。

正使の顔色は艶がなく疲労感が漂っていたのに気が付き、さっそく、正使の腕をとり脈を診たが、伝わり方が弱く遅い脈なので、体力の消耗しているのが分かった。

（これはまさに虚の症状に近く、体の機能のどこかが低下しているな）

と判断した。それに、やや神経質気味になっているので漢方用薬の「小柴胡湯（ショウサイコトウ）」を出すことにした。

「正使さま、この薬を服めば少しは落ち着いて来ると思います」

そう言うと、

「おまえも、忙しいところ呼んですまなかったな」

「いいえ大丈夫です。正使さまが治らねば船は先に進めませんから……」

「江戸までは、後どの位かな?」

「そうですね。たぶん、半分は来ていると思いますが……」

「そうか、まだ半分なのか」

「でも、気を落としては困ります」

ところが、翌日になっても以前正使の体は回復してこなかった。このままでは日程に支障を来たすと捉えた対馬藩主の宗義成は、事態を大きく捉えた。

幕府側に通達すべく姫路藩から京都所司代に連絡を取ってもらったのである。

京都所司代への書状には、

——通信使一行、十一月十日室津ニ到着ス。然ルニ
正使病ニ臥シテ難渋ス、
因テ此地ニテ療治致シ度、至急良キ医師を派遣
願度言上仕リ候

ざっとこのような文面を送った。

時の京都所司代は、板倉勝重(かつしげ)の長男の板倉重宗(しげむね)であったが、これを聞いた重宗は至急家臣を呼び、これに応えるよう手配した。すると、ちょうど今、上皇様のご依頼で江戸表より京に来ている医師の岡本玄冶(げんや)の名が上がった。

参内から戻ったばかりであった玄冶にその旨を話すと、玄冶はこの度の通信使一行が江戸表の将軍家光公自らの要請により来日したものであり、その賓客(ひんきゃく)にもしものことがあれば大変なことになると考え、急ぎ身支度を整えた。

京の淀川を大坂まで川船で下り、大坂からは幕府仕立ての送迎船にのり、一路室津までやって来た。

　室津の迎賓館の宿に向かった玄治は、茫洋として玄関口に突っ立っていた一人の男に気が付いた。通信使の一行の医師団の責任者・徐敬安であった。玄治は、ひと目見るなり、挨拶もそこそこにして敬安から患者の様子を逐一聞いた。

　玄治は、その話ぶりからおおよその検討はついたが、まずは本人の体を診ようと急ぎ正使の寝所に向かった。正使の任絖は、日本の医師が来てくれたことに感謝を述べようと、無理にも体を起こそうとしたので、玄治は、

「正使さま、そのまま寝ていてくださいまし。てまえは将軍さまの依頼で参りました侍医の岡本玄治と申します。急用とのお達しで正使さまの病状を拝見しに参りました。よろしくお願いいたします」

「それは、それは遠いところ、ほんとにご苦労様です」

「大体のところは医官の徐敬安どのよりお聞きしましたので、後はてまえどもの診断にお任せください」

　そこで、顔の表情を伺いながら左手の脈をとると脈が細くなっているのが分かり、また、口や喉の渇きを訴えるので口の中を覗くと舌が紅色で舌苔(ぜったい)が少ないことに気が付いた。玄治は正使の体がかなり衰弱していて時々息切れのひどさが伝わってきたので、これは〈温補養陰(おんぽよういん)〉を重んじた薬がいいなと診断した。

　傍に敬安がいたので、

「体の快復に全力を投じたいと思いますので、朝

鮮で最も高価な人参を持って来てはくれませんか」

「はい、それでは少々お待ちください」

と言って、下がって行ったが、その間に玄冶は「人参養栄湯（ニンジンヨウエイトウ）」の調合に用いる生薬を一つずつ揃えた。これは衰弱している者には最も効果を発揮すると言われる特効薬なのである。

―ちなみに、「人参養栄湯」の調合剤は、人参（ニンジン）・芍薬（シャクヤク）・黄耆（オウギ）・白朮（ビャクジュツ）・当帰（トウキ）・陳皮（チンピ）・桂枝（ケイシ）・甘草（カンゾウ）・茯苓（ブクリョウ）・五味子（ゴミシ）・熟地黄（ジュクジオウ）・遠志（オンジ）の生薬から成る。

これは、玄冶が学んだ李朱医学伝来の曲直瀬（まなせ）流に基づく薬方で、やはり朝鮮人参を主体にして考えられたものであった。

「敬安どの、この薬方の生薬で最も大事なのは、おぬしの国で採れる人参でござる」

「そうだったのですか」

「これでひとまず、体が楽になると存じます」

正使の任統は、

「カムサハムニダ、カムサハムニダ」

と言って何度も手を合わせたが、そのうち安心したのかすぐに寝入ってしまわれた。

4

数日後、正使の病はほぼ快復していた。正使の任統は玄冶を呼んで感謝の気持ちを表わし、次のような言葉を掛けた。

「玄冶どの、今日、久しぶりの朝、快適ネ。よろしければ敬安とともに京まで一緒にご同道願えまいか。敬安からも所望されている。ヨロシイカ」

「それは、構いませぬが、ご迷惑ではありませぬか」

　すると、そこへ敬安が顔を出してきた。

「何を仰られますか。お互い日本国と朝鮮国の医学の啓蒙ができれば、これに越したことはありませぬ」

「そのようにお考えでしたら、同道仕ります。専門家同士の交歓ができますれば幸い、嬉しい限りです」

「それでは、決まりデス」

　ただ玄冶とすれば勝手な判断はできず、対馬藩主・宗義成(そうよしとし)にその旨の事情を話したところ、

「それならば正使のお側で介護の世話をし、しかも医官の徐敬安どのと同乗できるようはからうので、正使官の船に乗るが良かろう」

　ということになった。

　夜明けに室津を出港した一行だが、網干(あぼし)、高砂、播磨、明石、須磨など明け方の瀬戸内浜の風光明媚に接し満喫していた。徐敬安と玄冶の二人は船室から外に出て海風をもろに受けながら歓談していた。

　玄冶はおもむろに口を開き、

「時に敬安どの。朝鮮医学は、我が国より早く中国医学を身に付けた先輩でござる。学ぶべきところ、多々ありまする」

　と言うと、

「しかし、玄冶どのの正使さまへの御診断はお見事でした。わたしには思いつかないことでした。主となる朝鮮人蔘の効能をすっかり忘れていました」

「それにしても、あの人蔘とやら、形も色もそっくりの物を日本でも栽培し、それを服用しました

が、効能はさっぱり。何ゆえそなたの国の物と違うのでしょうか、てまえには合点が参りませぬ」

「それは、薬性というものの違いでしょう。天然物は、根と茎葉がその土地の天然自然から享けて育まれたものですから、言わば天稟の土壌からできており霊薬に近いものと考えます。しかし、栽培は、一度収穫した畑に二十年間植えることができず、質の良い土壌と栽培技術が求められます」

「そうでしたか」

「薬用の人蔘は、わが国では「インサム」と呼び、野菜の「タンクン（唐根）」とは別物にしています。したがって単に人蔘とは言わず「高麗人蔘（コリョインサム）」と呼んでいます」

さらに続けて徐敬安は言う。

「李氏朝鮮の世宗期に編纂された韓医学書に、類を見ない量を誇る『医方類聚』（三百六十五巻）という本がありますが、これには、この人参を生薬に加えた薬剤が多数掲載されております」

「いつか機会があったらお目に掛かりたいものですな」

――「朝鮮人蔘」または「高麗人蔘」と呼ばれるものは、慶長十二年（一六〇七）朝鮮通信使を経て家康に献上されたが、その後日本での本格的な栽培研究は享保七年（一七二二）八代将軍吉宗の頃で、六年後の享保十三年（一七二八）日光御薬園で初めて国産化に成功した。幕府の威光を受けたこの種子から、オタネニンジン（御種人蔘）の名が生まれた。

また敬安が、

「日本には士農工商の制度があり、この四民の他に、別に医師、僧徒、儒者がおります。しかし、医師は命を預かるので上とし、僧徒がこれに次ぎ、儒者は末席です。儒者は詩文をなしても高位にはつけない。それは、科挙試験がなく仕官の道がないからですか。その点、医師は各藩に取り立てられて廩料にあずかること甚だしく、医官は皆富んでおりますな」

――「廩料」とは、扶持米のこと。扶持として与えられる俸禄米である。

するとと玄治が、

「確かに日本は、貴行の国の両班が科挙試験という過当競争に打ち勝って儒学者の資格を得て来たのとは大いに違いまする」

と言うと、

「交歓した各寄港地には、儒学を学び漢詩を能くし、高潔の士がたくさんおりました。でも彼らが上司に登用されず、そのまま世に埋没していくのだと思うと忍びない限りです」

「そのような人材もいたのですか。それは残念です。それと、医師のことですが、確かに藩主の目に留まり医官に登用されれば待遇はいいかもしれません。しかし、医師の仲間も色々で、汲々として日々の生計を立てるのに精一杯の者もおりまする」

「分かりました。その他のことになりますが、市中や村里の道筋でよく見た金牌の薬看板が目立つのですが、あれは何なのですか」

すると、玄治は、

「おぬしには、なんと写ったのかな」

「何丸。何丹、何湯、何散などの諸薬名が一杯書いてあるので薬屋の宣伝ではないのかと」

「そのとおり。医者に罹れば高くつくので、庶民はじぶんで民間薬を購入して治すのです」

「それにしても、『和中散』とか『通聖散』とかいうのが多かったが……」

「それは、たぶん日本の気候・風土から来るもので、普段〈食当たり〉が多かったせいか、その時に効くのがこの『和中散』で、もう一つの『通聖散』は渋り腹、つまり腹痛に効くので、これも庶民にはなくてはならぬ民間薬だったのです」

「そうでしたか、それでよくこの二つが目に付く。そのことですネ」

　船は明石、須磨辺りを通過していたのだろうか。絶佳の景色を見ながら、また敬安は玄治に声を掛ける。

「玄治どの、日本に来て不思議でならないこと、まだあるネ。何ゆえ、貴人にかかわらず庶民までもがわたしどもの書画を一心に求め、ほしがるのか」

「それはひと言で言うと、それが〈珠玉の書〉であるからです」

「〈珠玉の書〉ですか。驚きました。わが国では当たり前のモノですが……」

「日本では、文字を識る、知らないにかかわらず、昔から唐の国の書画を求めて屛風や衝立を作り、自画自賛のように珍重しておりまする」

「時々、日本の書画の掛け軸もお見受けするが、それはほとんど弘法大師帖の手本にしたがっており、少々軟弱で骨がない、と副使が申しておりました」

「高邁なる儒学者の文士からみれば致しかたないことかもしれませぬ」

「それにしても、迎賓館の応接書院に通されると、必ずや掛け軸の絵があり、そのほとんどが唐風の水墨山水画で、いたって端正で秀麗に描かれておりました」

「それですよ、敬安どの。もとより唐から来た文字・書画は貴きものであり、しかも海を越えてははるか遠くから来た貴殿たち〈朝鮮通信使〉が珍しく、つい仰ぎ見て慕って来るのです」

「頭の上に手を合わせて謝すので、ありがたいと言えば、それまでなのですが……」

「それに、皆さまの着ている衣冠装束の出で立ちを見るのは初めてでござるから、これも人目を引くのでしょうな」

二人の話は何くれとなく尽きなかったが、船は兵庫津に着く。

この港は明の時代、対明貿易の中心地であった。一時、堺に奪われて荒廃したこともあったが、秀吉が堺の商人を大坂に移すと、兵庫津はまた大坂の外港として勢いを取り戻した。順調に着いた通信船だったが、陽はすでに落ちて風も強かったので急ぎ下船して浜近くにある民家に泊まることになった。

民家では、玄治と敬安は同宿した。宿舎の接待の刻限が来たので、玄治は身を引こうと思ったその矢先、敬安が脇から手を伸ばし玄治の袖を引いた。

「玄治どの、今夜は一緒に食事をともにしてくれまいか」

「それはまずい」

「いや、正使の許可を得ているからダイジョウブ」

「何か、特別な話があるのか」

「聞いてもらいたいことアルヨ」

「医療のことか」

「そうではない。医療とはまったく関係ないことヨ」

「そうか、それならまた面白い話でも聞かせてもらおうか」

「無論デストモ」

玄治は、徐敬安がまた乗船内での話の続きでもするのかと思っていた。

その間に、接待女給からご馳走が次々と運ばれて来た。

その前に、まずは一献と、二人は今日の疲れを癒そうと酒杯を交わした。

折敷（おしき）の中は、フロフキ大根や鮑（あわび）の醤油煮、ヒラメの刺身など盛りだくさんで、敬安はこれに手を付けながら、接待の料理に舌鼓を打った。

玄治も、敬安がそのうち話を切り出してくるだろうと箸を運んでいたが、なかなか切り出してこない。これは船中でのような世情の話ではないな、と思いながら、

「敬安どの、わたしに話があると言っていたが、そろそろ聞かせてもらおうではないか」

待ち切れなくなった玄治とすれば、いつまでも切り出せない敬安を見て、ついせかさざるを得なかった。すると、彼は言葉を選ぶようにして話し出した。

「実は、これは医業の談話でもないことなので、玄治どのにお話しすべきかどうか迷ったのであるヨ」

「わたしにできることならば、何も遠慮はいらぬ。かまわず話してくだされ」

「それでは、落ち着いて聞いてくれないか」

「分かり申した」

　敬安は、話を切り出すまえに、一度裾前を正した。

「実は、わたしには叔父がおりましてな。だが、わたしが日本に来る前に亡くなりました」

「それは、お気の毒なことをしましたな」

「いや、その叔父が日本の薩摩地方におった時のことで、そこで病に罹り亡くなったのです。致し方ないのですが、亡くなる前に故郷のわたし宛てに書状が来ました。それが世迷言のように書いてありましたので、頭から離れなくなってしまいました」

「というと、困りごとでしょうか」

「そのとおり。日本では陶工職人として薩摩の島津家に保護されて優遇されておりました」

　少々、驚いた様子の玄冶は、

「それで……」

と、先を急がせた。

「その時叔父はすでに当時の流行り病に罹り死が迫っていたようです。叔父の書状には涙の跡が付いていたため、ただごとではないと分かりました。彼にはひとり娘がいて、この子は幼き頃父親とその陶工仲間とともに日本に連れて来られ、薩摩の島津家の保護のもとで暮らしていました。時が経ち、いつのまにか娘は見るも雅でしとやかな女性に成長していきました。その後薩摩の白陶が有名になり、徳川家が伏見にいたおり、叔父一行とともに招請されました。そこで献上品とその朝鮮舞いを披露したところ、家康の次男の秀康の目に留まり、彼の所望により正妻のお側付きになってくれと請われ、ただちに引き連れてしまわれたというのです。しかし、その後の行方が分からなくなって親子の連絡も取れなくなってしまいました」

「それじゃあ、その娘というのはおぬしの従妹にあたるのか」

「はい、そうです。歳の頃からいいますと、四十近くにはなると思いますが、叔父はわたしが日本に来る機会があったら、ぜひ捜し当てて会ってほしいと言うのです」

「その従妹に何か、手がかりはあるのかな」

「一つだけありました。彼女が最後まで持っていた武将が持つ扇子のようですが、それを伏見の陶器商い屋が預かっていたそうです」

「それを今回お持ちで……」

「はい、これがそうです」

と言って見せてくれた。

それは、帆掛け船が浮かぶ広々とした海と、富士山の背景の絵が描いてある水墨模様画であった。

また、後ろの方には武将の自筆からなる花押があった。

突如、

「玄治どの、従妹を捜してはくれまいか」

と追いつめられ、さすがの玄治も頭を抱えてしまった。

「待ってくれ、敬安どの。貴殿の役に立ちたいのは山々だが、何しろこれは病を治すことと違って、ちと荷が重過ぎる」

「そこを何とか……お願いイタシマス」

何度も懇願する敬安から抗し切れず、事態の切迫感を知った玄治は、とうとう押し切られて承知せざるを得なくなった。

「無理難題を承知の上だが、できるだけのことはやってみましょう」

と約束してしまったのである。

第十一章　「文禄・慶長の役」での陶工たち

1

徐敬安（ソギョンアン）の叔父・徐英敏（ソヨンミン）は、慶尚道河東県（キョンサンドハドン）近くの地方窯で陶工職人の頭（かしら）をしていた。この当時日本では茶の湯が熱狂的に流行していて、富裕な商人や町衆、それに戦国大名は、中国からの輸入品や高雅で洗練された白磁器の唐物ではなく、こぞって高麗茶碗の陶器を求めた。

彼らに最も賞玩（しょうがん）されたのは、侘（わ）び寂（さ）びにこだわった井戸茶碗と呼ばれる陶器モノである。朝鮮の国では、日本における千利休が茶器をはじめ茶湯の世界で一世を風靡（ふうび）したことなど知る由もなかった。

時は、〈文禄・慶長の役〉の真っ只中である。

朝鮮の身分制度からいうと、普通の陶工たち職人の身分は、最も低い賤民（せんみん）である。でも、首都漢城（ソウル）に近い京畿道（キョンキド）広州（クァンジュ）に設置された国営の中央窯に務める身分のものは、高級白磁器を造り、賤民ではなく常民（サンミン）として扱われている。しかし、いずれも休みの日は与えられず、朝早くから夜遅くまで働きずくめの連続で過酷な労働を強いられていた。

—常民とは、朝鮮国の身分制度における第四番目の身分階級のことで、主に農民などの小作人を言う。最上級は両班（ヤンバン）で、最下級は賤民（奴婢（ぬひ））であるが、その上に位置するのがこの常民である。

またその白磁を造る者でも、造った器を見て所轄の県令が気に喰わねば、「なぜこのようなモノしか造れぬ」とこん棒で叩かれる。県令は両班なので陶工たちは立ち向かうことはできないのだ。

徐英敏は言う。

「この河東（ハドン）県で採れる土質はあまりよくない。ここからはそう遠くないが晋州（チンジュ）白粘土か、もしくは泗川（サチョン）県昆陽（コニャン）水乙土の方が上質の土が採れる」

すると、陶工仲間が、

「まあ、そうだな。ましな器を造るにはあそこの良質の土に限るわさ」

「だがな、今あの辺りは朝鮮軍と日本軍の両方が相争っている所だ。絶えず両軍の監視の目が光ってるぞ」

「しかし、そんなことを言ってたら良質な土なんぞいつになっても手に入るまい」

「われらは朝鮮軍の民兵でもないのだから、怪しまれることとなんぞないではないか」

「じゃあ、行ってみるか」

陶工頭の徐英敏とその仲間たちは、相談の上で慶尚南道（キョンサンナンド）晋州（チンジュ）の方に行くことに決めた。

晋州城は朝鮮でも一、二を争う堅牢な城で、晋州城の南側は、大河洛東（ナクトン）江に合流する南江が流れ、峻険で高い石壁でできた城壁が巡らされていた。ここは二度も戦場になっていて、第一次の戦いは細川忠興軍と金時敏（キムシミン）将軍との戦いだったが、運よくこの時は朝鮮軍が勝利を収めた。今は義兵将・金千鎰（キムチョンイル）らが城を守っている。

晋州の民家は城の北にあり、さらにその奥の野山に白土の採集に適した土山があることが分かっていた。しかし、良質の白土はそう簡単には見つかるものではなく、野山一帯を隈なく捜すことになるから、野宿しながら何日もそれに費やした。

徐英敏たち数人が、白磁に適した土を見つけたのは、十日後であった。三本鍬と立て板を使い、良土を篩(ふる)い分けながらなんども掘り起こした。

「やっと見っけたな、これは良い白土だ」

一人が背負い込んだ粗布の袋を開けて待ち、もう一人が立て板で土を放り込む。

五人分の袋が一杯になり、そろそろ出掛けようとしたその時だった。

「おぬしら、何者だ。これからどこへ行く」

と、兵卒を何人か引き連れた日本軍の大将らしき人に声を掛けられた。

「ここは戦さ場じゃが、おぬしらは怖くはないのか」

すると、徐英敏はどこで覚えたか知らぬが、日本語の言葉を話すことができた。

「ワシラ、兵士ジャナイ。職人ダ」

「職人だと。こんな所で何をしとるのか」

「土、掘ットル。シカモ良質ノ土ネ」

「何に使うのか」

「ワシラ、焼物師、ツマリ陶工職人ジャ」

「おお、そうか。じゃが信用できない。この頃は農工民の義民兵が多くなっているからのう」

「怪シイモンジャナイ。コレ見テクレ」

と言って、背負い袋の中身を見せたが、納得してくれなかった。

その日本軍の将とは、薩摩藩の島津義弘(しまづよしひろ)の息子島津忠恒(ただつね)だった。

忠恒は、蹴鞠(けまり)・茶の湯・連歌に関心があり、茶器は父親ほどの入れ込みはなかったが、その時忠恒の頭に閃(ひらめ)いたことは、この者たちを父親に目通りさせれば、父親が何と申すか興味が涌いたのである。

薩摩の陣に引き連れて行った忠恒は、さっそく大将の父親である島津義弘の陣屋の前で、声を掛けた。

「親父どの、この者たち五人が裏山で怪しき行動をしており、義民兵ではないかと連れてまいりました」

床几に腰掛けて家臣と戦略を練っていた義弘は、息子の声に気が付き何事かと向きを変えた。

「義民兵だと……。忠恒、早くその者たちをこれへ連れて参れ」

すると、徐英敏たち五人の男が薩摩藩主の前に引き出された。

藩主の義弘は、顔じゅう泥だらけになったその者たちを見て、

「おぬしらは義民兵か？　それとも何か……」

すると、慌てた徐英敏は言葉を遮るように、

「ワシラ、器ヲ造ル陶工職人デアリマス。ケッシテ怪シイモンデハアリマッセン」

「いや、城の廻りの民百姓は、皆義民兵になっていて、城に立て籠もっていると聞いたが、おぬしらもその一味ではないかと疑っておるのじゃ」

「ワシラ五人、ココノ晋州ノ民デナイ。ココカラ五里隔テタ河東県近クノ地方窯デ陶工職人シテル者デ、ゴザイマス。根ッカラノ焼物師デス」

それを聞いた途端、義弘は目の色が変わった。

それもそのはずで、秀吉指揮下の文禄・慶長の役では、日本の武将はやみくもに朝鮮で造る焼き物の器に興味を示していた。その陶器や磁器を造る陶工職人が偶然目の前に現れたのだから驚きを隠せなかった。しかし、この者たちを無理やり日本に連れて行くのはやや抵抗があった。

　そこで、義弘はやんわり、徐英敏に聞いた。

「おぬしらは、日本で竈を持ち自由に器を造ってみる気はないか」

　その意外な言葉を聞いた五人は、いっせいに顔色が変わった。

　なぜかと言うと、当時の李氏朝鮮時代はまだ身分制度が厳格で、陶工職人などは奴婢同様の賤民であったからだ。所轄の県令の指示で造らされたモノが、思うとおりのモノでなければ何度でも造らされる。精魂込めて造った作品でもお眼鏡にかなわなければ、

「こんなモノしか造れぬのか」

　と、見ているその場で粉砕されてしまうのだ。

相手が両班では太刀打ちできない宿命。それに俸給はたかが知れている。生活するのにすれすれの俸給しかもらえぬ。こんな一生で終わりたくないという陶工職人たちは気持ちが動揺した。

　しばらく考えたうえで五人は結論をくだす。

「日本ニ行ッテ、陶器造リヲスルカ？」

　だが、家族はどうしよう、ということになったが、頭の徐英敏が、

「ムロン、一緒ニ連レテ行カネバナルマイ」

　といったので、他の四人も、

「ソリャアソウダ。当タリ前ジャナイカ」

　そう言ってくれたので英敏はなんとなく安堵した。

　だが、ここは今戦局の真っ最中であるし、徐英敏ら五人はいったん、河東県の村に帰らねばならない。

　島津の大将は彼らに言った。

「もし、この戦が我が方に勝利をもたらしたら迎えに行くから待ってるがよい」

闘いはいずれに傾くか分からないが、陶工頭の徐英敏は、

「ワシラ、コノ国ノ過酷ナ労働ニアキタ。蔑マレタ生活ノゾマヌ。自由ニ器ヲ造レル倭国ニ行キタイ」

と返答した。おかしな話だが、戦にはかかわりたくないという賤民がこの国にはたくさんいた。いわば李朝の身分制度の足枷から抜け出したいという輩がたくさんいたという事実だ。

2

文禄二年（一五九三）、二度目の晋州城の攻防戦は日本軍に勝利をもたらしたが、かなり凄絶な戦いが繰り返された。それは、城内には義民兵の他にたくさんの女、子供などの村民がいたということだ。加藤清正公の配下の者は、これらの俘虜民たちを捕虜兵士とともに一網打尽にとらえ、日本軍の城砦に引き連れて取り調べた。

取り調べが済むと、義民兵及び女子供までを含む一群は、捕縛されたまま幾日も歩かされた。さすがに夜は休憩したが、次の日は朝早くから起こされてまた重い足を引きずって行く。疲労が極限に達したと思う頃、ようやく海がみえる港に着いた。

港には小舟が何艘も繋いであり、その小舟に一人ひとりが乗り込んでは、漕ぎ出して行って湾内に停泊している別の日本軍の安宅船に乗り移っていった。

ところが、その港に別の一団がいたのだ。

それは先の晋州城の裏山で陶器造りに適した土掘りをしていた者たちである。その時いた五人は

自分たちのほか、他人の家族をも引き連れて総勢四十三人の集団になっていた。徐英敏は、朝鮮内で所帯を持っていたが、妻とともに実家の南原（ナムウォン）に行く途中、日本軍と義兵軍との戦いに巻き込まれ、その妻があっけなく亡くなってしまった。でもその時英敏は二人の間にできた五歳になる女の子を引き連れていた。

港には島津義弘公の家臣の者がいた。徐英敏の一団を見つけるとそそくさとやって来た。

「おまえたち、やっぱり来たか。それにしても大勢だな」

「エエ、村ノ家族ニ話シタラ皆賛成シテ、コンナニナッテシマイマシタデス」

すると、その家臣は、

「藩主どのも、必ず来るとおっしゃっていたが、本当だったな」

すかさず英敏は、

「ワシラ、日本へ行キ立派ナ陶工職人ニナリマスダ」

「よう分かったから、早くあの小舟に乗って行け」

その指図どおりに小舟に向かった陶工一団は、日本軍の安宅船へ乗り移り、先の捕虜民とともに一路日本列島を目指した。

湾内を出た船は、北北東の風を受けて荒波を削るように進んで行った。

対馬の厳原（いずはら）にいったん停泊したのちは、壱岐島を目で追いながら通過し、一路秀吉が築いた肥前名護屋（なごや）城に向かった。しばらくして徐英敏たちは、海の向こうに島影を捉えるが、その先端に獅子のように聳（そび）え立つ城をみて、度肝を抜かれた。皆一同にして、

「ナンテ立派ナ城ナンダ」

と感嘆していた。

その名護屋城のある港では、加藤清正公の家臣が引き連れた多くの捕虜群を受け渡す煩瑣な手続きなどで、ごった返していた。

しばらくすると、島津義弘公の家臣がやって来て、名護屋城内の一画にある、島津郭（くるわ）に陶工の一団を案内してくれた。

休憩していると、郭の城代頭が出て来て渡航の労（ねぎら）いの言葉を掛けてくれ、明日以降の手はずを知らせてくれた。

一行が別船で薩摩の地へ着いたのは、その二日後であった。

串木野（くしきの）という漁村の南の外れにある島平（しまびら）という無人浜であった。荒涼たるその風景を見て絶句したが、それでも丘に上がった一行は自分たちの住む簡素な小屋を造り、畑を耕しては食物を得ようと一所懸命に働いた。半年も経った頃だろうか。壺をほそぼそと粘土で拵（こしら）えて、その中で茶碗らしきものを焼き始めていた。

しかし、島津家が用意したその島平の地は、良質な陶土が取れず失敗の連続に終わった。

一行が藩の役人に仔細を打ち明けると、内陸部の苗代川（なえしろがわ）村（今の美山地区）の土が陶工に適していることが分かり、全員、その地に移って行った。

一方その時代に、ちょうど関ヶ原の戦いがあり、西側に付いた島津藩は負け戦の不遇を味わったが、幸い領土は安堵されて危機を脱した。そのため苗代川村に居着いた徐英敏たちの一群もようやく落ち着きを取り戻し、日頃の陶工の仕事に従事することができた。

両三年が経つと、島津義弘は彼らに土地と屋敷を与え、士分として扱い、扶持も与えた。そして、徐英敏を庄屋役に任じたのである。

　また、彼らの努力でさらに良質な土を国中に探し求め、指宿では白土を、加世田では白砂を、栗野では釉薬用の楢の木を見つけた。

　本来、李朝の白磁は有名である。乳白色した白磁がこれほど美麗なものなのかと思わせるほど素晴らしい代物だ。だが、残念なことに薩摩には朝鮮ほど良質な土が求められず、やむなく白い陶器として、できるだけ白磁に近づけたものを造るしかなかった。

　かくして、『薩摩の白焼き』が完成するが、これが江戸表に知られ、陶工たちの演じる朝鮮式の〝神舞い〟とともに評判になった。

　たまたま家康が京の伏見城にいた時、この薩摩焼と朝鮮式の神舞いを見物したいということになった。

　陶工たちの一行は薩摩藩の島津家御用船に乗って、はるばる薩摩から京に向かって行った。

3

伏見城内でそのお披露目の演目が催された。

村から選抜された中には、陶工頭の徐英敏とその娘がいた。娘の名は、レンといって十五歳になっていた。日本に渡って来た時はまだ幼い女の子であったが、いつの間にか垢抜けた娘子に育っていて、澄みきった瞳と鼻筋の通った顔立ちが一段と人目を惹いた。

　この時の伏見城代は、権中納言結城秀康である。家康の次男であったが、秀吉在位のおり下野国の結城家の養子となり、家督を継いでいた。

陶工の一行が伏見城で演じることになった時、家康とこの秀康も一緒に見学していた。

異国風な演者の〝神舞い〟が絶好調に達すると、秀康は彼女の仕草に目を奪われて魅了されてしまった。演じ終わると、秀康は家康に相談して、ぜひあの舞女を正室の侍女としてよいかと耳打ちし懇望したのだった。

家康は、始め自身の傍においておきたかったのだが、家臣の本多正信辺りから年甲斐もないと言われそうで辞めた。先に秀康に言われてしまったことが幸いともとれた。

その後、本多正信から徐英敏に話が持ち掛けられて唖然としたが、まずは本人の意向も確かめねばとその場での即答を避けた。

そうはいうものの返事をそう伸ばせるわけにもいかず、英敏は娘のレンに事の次第を話すと、レンは、

「お父さま、わたくしは秀康さまの御台所さまのお側に進んでお仕えしたいとおもいます」

英敏は一瞬躊躇いながら、

「肉親の者はおまえしかいないので、おまえと離れるのは辛いが、レンが幸せになるのならそれも良しとせねばならないかのう」

英敏は、今や押しも押されもせぬ天下人のお達しに、よもや逆らうことなどできないと覚悟していたから、レンの親を思う気持ちにありがたく感謝した。

レンは、その時を限りに伏見の秀康の邸に奉公したのだった。

だが、半年も経たないうちに権中納言秀康は病に罹り、伏見では職務を全うできず、越前（今の

福井県）に移封されてしまった。秀康の家族やその家臣もこぞって越前へ移転したに違いないので、徐英敏の娘も一緒に越前に付き添われて行ったものと思われた。

普段から几帳面のレンは、いつも父親のいる薩摩の苗代川村に月を待たずにたびたび便りを書いてよこしていた。ところが権中納言秀康の越前移封があってしばらくすると、レンの便りがぷつりと消えてしまい、父親の英敏から出した書状の返事もまったく来なくなってしまった。心配になった英敏は薩摩藩主のもとに行き、事情を説明した。

薩摩藩の苗代川村で造る朝鮮人の「薩摩焼き」はすでにかなりの評判になっていたから、島津家はじめ徳川家でも一目おいてくれていたはずであった。したがって、藩としてもその陶工頭の娘の行方が分からぬでは見過ごすわけにはいかぬと考えていた。

しかし、なんど尋ねても、薩摩藩の担当者は、

「幕府の返事は、なしのつぶてでこちらも困っているところだ」

という返答ばかりであった。

いつのまにか、徐英敏は歳を重ねてしまったが、ある年のこと、長崎から発した流行り病が九州全土に蔓延しつつあり、薩摩の方にもやって来た。島津義弘は薩摩藩各所に箝口令をしき、非常事態のお触れを出し、国境の警護を強化した。

だが、この疫病というのは目に見えぬ何かがひたひたと波の如く押し寄せて来る得体のしれぬ化け物としか映らない。肥後八代（今の熊本県）や天草諸島では死者が多数出ているとの知らせもあった。

そして、とうとうこの苗代川村でも何人かがこ

の病に罹ってしまい、この間まで元気でいた焼き物職人が何人か亡くなった。陶工頭である徐英敏は村の責任者として、これを必死に食い止めようと防備に相務め、村の出入り口には柵を設けて、藩の役人でさえ誰一人入れさせることはなかった。しかし、死者が一人また一人と増えて来るので、これはこの村に何かの祟(たた)りがあるのではと考えるようになった。とうとう彼は、村に病封じの御社(おやしろ)を建てて、病の穢(けが)れや死霊を禊(みそぎ)によって追い払うことにしたのである。彼は雨の日も風の日も朝鮮式の白の装束を着て御社に日参し祈祷した。

　しかし、彼のお祓いが通じることはなかった。とうとう徐英敏もその病に罹ってしまい、二ヶ月後には亡くなってしまったのだった。

4

徐敬安は故郷の朝鮮で、日本にいる叔父の徐英敏が亡くなった報せを受けた。たった一人の親族の叔父であったし、寂しさはひとしおであった。だが、それよりも従妹のレンがいたはずだが、彼女はどうなったのかと不安がよぎった。

敬安は幼き頃より学問に目覚めて医学を学ぶことに熱心であった。朝鮮の科挙には文科、武科、雑科があり、雑科は医官、数学者、通訳官、天文学者などの特殊技能であるが、その雑科の医官試験に合格していたのである。

　ある時、朝鮮王朝の官廷から、日本への使節派遣団官吏の一員として加わってほしいとの書面を受け取った。

使節団の人員の選抜は、全国から優れた才能を持ってる人が選ばれる。文才のある者、漢詩を能くする者、書や絵画を能くする者、楽器演奏の名手、踊りの名手、それに医学に詳しい者が選ばれた。

徐敬安がそれに抜擢されたのは、これまでの真面目で几帳面な仕事ぶりが実を結んだのである。彼は、その通達を受けて半年後には日本へ出立する予定になっていたので、その間、日本語の学習に取り組んだ。猛特訓のお蔭で何とか通訳官を通さずとも理解できるまでになっていた。

通信使の出立の日が近づくにしたがって、徐敬安に頭から離れないことがあった。それは、叔父の英敏から亡くなる少し前に一通の書状を受け取っていたことだった。

その中味というのが、死を予告しての内容であり、それには、次のように書いてあった。

「自分はすでに日本での流行り病に罹り、余命は幾ばくもない。

日本のこの薩摩の地に来てからは、陶工の仲間や娘とともに苦楽をともにしながらも、焼き物を造り、薩摩の殿さまや他の諸大名にも喜ばれる陶器を献上できた。そのうえ、後にできた高雅で気品に満ちた白陶薩摩焼きを徳川将軍家に献上できたことは、この上なく嬉しかったことの一つだ。

しかも、これらは次の世代に引き継げるよう伝承技術も教え込んだ。もう何も思い残すことはない。

ただ、心配事は一つ。娘のレンとの連絡が取れなくなってしまったことだ。この日本のどこかにいるはずだが未だ行方(ゆくえ)知れずだ。朝鮮で亡くなった妻にも申しわけが立たない。おまえに頼むのはちと酷なようだが、日本に来る機会があったら、ぜひ捜してほしい。わしの最期の頼みと思うて聞き届けてはくれまいか」

　徐敬安は、この手紙を読んですぐに返事を書いて出した。

「叔父上どの、御手紙は万感胸に迫る思いで拝見、思わず落涙してしまいました。日本での生活とその後の叔父上の人生には拍手をおくりたい気持ちです。娘レンさんのことですが、こちらにいた時はまだ幼くて可愛い女の子で私ともあまり歳が変わりませんでした。それが今では成長して心やさしい女性に育ったことと推察いたします。その、レンさんが行方不明になろうとは、どんなに不憫(ふびん)に思われたことかお察しいたします。

　わたしは、この度国からの要請で、日本へは半年後使節団の一員として行くことが決まりました。日本で叔父上にお会いすることができれば、その時またもっとくわしくお聞きすることができますので、それまでお元気でいてください」

　しかし、叔父上と再会することは叶わなかった。敬安が日本に到着した時、叔父の英敏はすでに亡くなっていたのだ。

第十二章
通信使の旅は続く（大坂・京から江戸へ）

1

岡本玄冶と徐敬安らを乗せた通信使船団は兵庫津を出ると、瀬戸内海の最終行程である大坂港に向かった。港が見える頃になると尼崎藩の船が近づいて警護に当たっていた。

ここで吃水の深い通信船の六隻は尻無川に係留させて、幕府が用意した御桜船四隻に乗り換えた。そのうしろに諸大名の川御座船七隻と供の船十五隻が続くので、総勢数十隻の大船団が難波橋まで航行する。左右両岸から数千名の人足に曳かれる大船団は、ゆっくり川面を滑るように進むのだが、近在からはこれを見逃すまいと数十万の見物客が押し寄せて来た。

難波橋に到着し、そこから上陸した一行は、堺筋本町を通り、宿館の本願寺北御堂に入るのだが、道の両脇にある商家は金屏風を巡らせ、最高の賓客のもてなしをした。

この北御堂でもまた、各地の学者、町人たちが押し寄せて漢詩文による書画や絵画の揮毫を求めてきたので、またもや通信使たちはその過熱ぶりに驚いた。

数日の滞在後、再び幕府が用意した豪華絢爛な川御座船を連ねて淀川を遡って行き、京の都、淀を目指した。

だが、この淀川の航行ほど大変なものはない。先頭には浚渫船数隻が砂をさらいながら進み、さらに後ろの船団は両岸から数千人の綱引き人足がそれを引っ張って川を遡るのだ。

　玄治と徐敬安の二人も同じ船の中で外の景色に見とれながら抹茶をたしなんでいたが、ふと気が付いた玄治は、

「この茶碗だが、これはおぬしの国の茶碗ではないか」

「それは、朝鮮では雑器（ざっき）と言われているものです」

「何ゆえかな？」

「朝鮮の陶工が造る高級茶碗は、昔から白磁器に限ると言われております」

「しかし、日本では〈侘（わ）び寂（さ）び〉を重んじる風があって、このような何の変哲もない茶碗の方が高く評価されておりまするぞ」

「それは、日本では白磁器のもととなる良質な土が採れないからでしょう」

「そうか、それで薩摩の陶工はそれに近い白い陶器造りに懸命になったのだな」

「そのようですな。それでも、日本には昔からの陶磁器があるとお聞きしましたが」

「それは、たぶん〈六古窯（ろっこよう）〉のことでしょう。日本には昔から弥生式土器や土師（はじ）器、須恵（すえ）器がありましたが、それが発達して鎌倉時代には高温で焼いた本格的な陶器が造られました」

「ほう、それはどのようなモノですか」

「これは日本独自の造り方ですが、先ほどの〈六古窯〉がそれです。つまり、六つの窯場（かまば）のことで、尾張の瀬戸（せと）焼・常滑（とこなめ）焼、近江甲賀の信楽（しがらき）焼、越前（えちぜん）の越前焼、丹波（たんば）篠山（ささやま）の丹波焼それに備前（びぜん）の備前焼がそうです」

「そうすると叔父たちが造っていた薩摩焼はずっと時代が後になりますか」

「しかし、朝鮮から来た製陶技術の方が進んでい

たので、かなり刺激になったことは確かです」

そのような話をしているうちに京の淀・船着き場に着いた。

「ここからは陸路を行くことになりまする」

と、玄治はひと言添えた。

しばらくして、伏見稲荷大社付近を通る時など、この使節団をひとめ見ようと道の両脇に大勢の人だかりができていた。その中をエキゾチックな朝鮮衣装を着たラッパ吹きの楽奏隊が入って来たのである。

プッピィ　プッピィ　プッピッピ

プッピィ　プッピィ　プッピッピ

と大きく奏でている。また、ピリ（縦笛）とチャンゴ（小太鼓）が調子よく、

プープー　トトン　トンタッタ

プープー　トトン　トンタッタ

その後に続いて、ケンガリ（鉦）の鳴り物入りがやって来た。

キンコンカン　キンコンカン　キンコンカン

キンコンカン　キンコンカン　キンコンカン

と響かせる。そして、これに合わせて小童女（こわっぱ）の唐子踊りが始まったのだ。

なんとも小気味良い五人の小童女がテンポよく踊る。

「いいぞ！　キャー！　上手いぞ！」

別の方角からも、

「いいぞ！　もっと、気張ってやァ」

沿道の庶民は大人から子供まで拍手喝采で大賑わい、沸きに沸いた。

玄治は、一行の隊列から離れて見ていたが、徐敬安とのあの約束もあり、その下調べをするべく、

ひと足先に京の市中へ向かうのだった。

京都所司代屋敷は、二条城の表北側にある。所司代の役目は、京の治安維持をはじめ、朝廷・公家の監察、京・伏見・奈良の町奉行の管理、近畿全域の訴訟の裁決、西国大名の監視と多彩な任務を背負っていた。

その重い任務に就いていたのが、板倉重宗であった。父の板倉勝重からの二代目であったが、重宗はこの上なく名所司代の誉れ高く、よくその職責を果たしていた。

家光からの信任も厚く、公平な裁きには定評があった。

いつぞや、玄治が将軍家光とともに上洛した折、将軍は京都所司代・板倉重宗を紹介してくれた。その時の言葉を思い出したのである。

「玄治どの、京での困りごとはこの重宗に頼むがよいぞ。なんとかしてくれようぞ」

その時は、何気なく聞き逃していたが、今そのことが玄治の頭の中にしっかりと浮かび上がってきたのだった。

2

京の街を安住させることはそう容易いことではない。京都所司代として、「禁中並公家諸法度」の掟に違反してないか、朝廷や公卿の管掌をせねばならない。また、「武家諸法度」により西国大名の睨みをきかせて掌握しておかねばならない。さらには、京周辺八か国の訴訟の処理など気の休まる時などないくらいだ。

そのようなことは分かっていながら、玄治は京都所司代屋敷を訪れて板倉重宗に会おうとした。

前もって話を通していればすぐにでも会えるのだろうが、何しろ相手は忙しいお人である。

受付のところに行くと、その番士役人は、

「いちいち日常の些細なことには構っておれぬ」

と言い放った。

ところが、玄冶はそうやすやすと引き下がるわけにはいかなかったから、

「幕府ご用達で朝鮮通信使の急病人を治すよう頼まれて、今京に舞い戻って岡本玄冶が来た、と言ってくれぬか」

そう言って、再度頼み込んだ。

下役人からこれを聞いた重宗はびっくりしたらしい。

受付の番士に急ぎ別室に通すよう指示を出した。板倉重宗とすれば幕府の面目を果たし、何を差し置いても礼を言わねばならぬ相手であった。面会を断るなどもってのほか、毛頭できるわけがない。

別室に向かった重宗は、襖を開けるなり、

「先ほどは失礼仕った。まさかおぬしが来ておるとはよもや思わなかったのだ。失礼の段、ご容赦願いたい」

「それは、構いませぬが、てまえの方こそ急な用向きで軽率でありました」

「して、急ぎとは、何ごとでござるかな？」

「十数年前に、大御所さまが京に上洛したおり、伏見城で行われた異国風な薩摩陶器職人たちの神舞いが披露されたのを覚えておいでだろうか」

「大御所さまが上洛すると、新奇なモノをご所望されるが、異国情緒たっぷりのあの異国風な演者の〝神舞い(かみまい)〟だけは覚えておりまする」

「あの時の演者の〝神舞い〟をした女子も覚えて

おいでか」

「おお、きらびやかな衣装とその舞姿の妖艶なことは忘れるものではない」

「その麗人のことじゃ。彼女が今度来た通信使の医官、徐敬安の叔父の娘に当たる。つまり、彼の従妹なのだ」

「そこまでは、よう分かったが……」

「その彼女は、父親にいつも便りを出していて、返事には健在であり楽しく暮らしていると文に書いて寄こしたとのことであるが、ある時からぷっりと来なくなってしまったというのだ」

「つまり、行方知れずになったということかな」

「そのとおり。その後、彼女の父親は流行り病で亡くなってしまい、従弟の敬安が叔父の遺志を受け継ぐことになった、というわけだ」

「すると、彼女は父親が亡くなったことを知らぬというのか」

「京都所司代といえば、京の町は無論のこと、近畿八か国までも知り尽くすお方だ。なんとか彼女を捜し出してもらえぬだろうか」

「それで、何か手がかりはあるのか？」

「一つありまする。それは、彼女が伏見の陶器商いの店に預けていた扇子でござる。その扇子には、帆掛け船が浮かぶ広々とした海とうしろに富士山がそびえる水墨画が描いてある。また後の方には武将の自筆からなる花押がありまする」

「それをお持ちかな」

「ここにございます」

板倉重宗は、その扇子の絵を眺めていたが、その花押をみて驚いた。

「玄治どの、これは東照大権現（だいごんげん）さま（徳川家康）の花押ですぞ」

「えッ！　それは何かの間違いではござらぬか」

「いえ、拙者は、どなたの武将の花押でも区別がつきまする。間違いはござらん」

「しかし、大権現さまはもうこの世にはおりませぬ」

「そうだな、今ここでの詮索はできぬので、時間は掛かるがこの件は拙者に預からせていただきたい」

「そう願えれば、ありがたい。てまえは京に長居し過ぎたので、近いうちに江戸表に戻らねばならぬ。いずれ、分かりましたら書状で知らせてはくれまいか」

「承知した。だが、簡単にはいくまいのう」

「それでも、これは所司代どのにしかできぬこと、お願い仕りまする」

　そう言って、玄治はお暇（いとま）し、いったん宿に戻り、朝鮮通信使よりひと足先に江戸へ向かう旅支度をした。

3

　一方通信使の京での滞在宿は下京区堀川にある本国寺であったが、通信使の音楽隊を聴きたいという軽薄な公家などのお忍びもあってやたら賑やかだった。

　ところが翌日、副正使の金世濂（キムセリョム）がまた厄介な、『文禄・慶長の役』の名残りでもある秀吉の遺構「耳塚」を見たいと言ってきた。

　始め、幕府側はこれを遠ざけようと画策していたのであるが、金氏から先に言われてしまい、ハタと困った。

（話が出た以上ここを省くわけにもいくまいな）

これは秀吉が家臣に命じ、戦勝の証しとして耳や鼻を塩漬けにして日本へ持ち帰った遺物である。役人はやむを得ずその供養塔がある場所へ彼を案内した。

すると、感慨深い気持ちがよぎったのだろうか、金世濂は遠く同朋に思いを馳せて首（こうべ）を垂れ、

（南無阿弥陀仏（ナムアミタブル）、ナムアミタブル、ナムアミタブル）

と、お国言葉で呪文を唱えた。

その後、一行は京を出立し、近江に向かった。

雄大な琵琶湖が見えてくると皆一斉にその方角に目を向けて、湖の景観を楽しみながら歩みを進めた。大津、瀬田の唐橋（からはし）を経て草津に入ると、東海道と中山道の分岐点になるが、一行はそのまま直進し野洲（やす）から彦根までである〈朝鮮人街道〉を進む。ここは徳川幕府にとっては関ケ原の戦いで勝利を収め、京へ向かった時の縁起のいい道であった。将軍が上洛する道として使用し、一般人たちの通行を禁じていた道でもあるが、その集落が続く全長四十一キロメートルの街道である。

途中近江八幡に寄った。さすが近江商人の町で発展しただけのことはある。商人屋敷がずらりと立ち並んで賑わいを見せている。だが、幕府は街道の両脇に幕を張り、余計な墓碑・石造りの地蔵などは覆い隠した。

また、本陣前は水を打って清められ、金屏風の衝立がしてあった。ここで昼食を摂ったが、通信使が好む猪と鹿の料理が出てきて彼らも大いに食がすすんだのである。

その後、近江八幡から彦根に向かうが、途中通信使は安土城下を通り、愛知（えち）川を渡り、荒神（こうじん）山麓の脇を進む。

「もうすぐ彦根城下に入ります」

と誰かが言うと、前方に輝かしい立派な城が見えてきた。

国内では数少ない堅固な城と謳われており、その城の西側に「宗安寺」という、これも立派な宿舎があった。その宗安寺の正門とは別の黒門から通信使一行は入って行ったので、そこは後世、唐人門または高麗門と言われた。

ここでの接待料理も至れり尽くせりであった。

肉類の猪と鹿は無論のこと、魚類の鯛、すずき、鮭、あわび、するめなど、それに新鮮な土地の野菜がふんだんに出て来た。

だが、どれもこれも盛った器の方に目が行ってしまい、おまけに日本の酒が出て来た時もその徳利とお猪口の焼き物に目を向けてしまうのである。

徐敬安はその焼き物を眺めまわしていたが、つい接待係の者に聞いた。

「これはどこでできた器のものでしょうか」

すると係の者が応える。

「近江地方の信楽焼です。日本六古窯の一つです」

「なるほど、何ともいえぬ深い渋みがありますな」

「私どもではお料理やお酒を美味しくいただくためにも、このような渋い光沢のある器でいただくことにしております」

「そうでしたか。豪華な料理もさることながら、盛った器に料理人の心意気が感じられ、素晴らしいできばえです」

「それは、ありがとう存じます」

存分なる馳走に満足した一行は、翌日大垣へ向けて出立するが途中の摺針峠で小休止した。さらに、垂井宿に出ると中山道と美濃路の分岐点になるが、皆は美濃路へと進んだ。

美濃路は、関ヶ原の合戦で勝利した家康公戦勝の道でもあり、美濃路と朝鮮人街道は京へと続く将軍上洛の道になった。

大垣での正使の宿舎は全昌寺である。ここでも大垣の文化人や医師が集まってきて、徐敬安と筆談での会話問答で盛り上がった。特に地元の医師北尾玄甫がやって来た時は、朝鮮で刊行され許浚が著した『東医宝鑑』に記載された朝鮮人参の代用薬や難病の治療法など突っ込んだ医事談義で終始した。

大垣から次の尾張名古屋までは、大きな川に阻まれて通信使一行は渡るのに難渋する。このような大きな川を渡る時は江戸の将軍が渡る時と同じように、臨時に船を繋いで橋とする〈船橋工作法〉を利用した。木曽川は川幅が九百メートルもあり、ここではおよそ二百八十隻の船を繋いで渡った。

通信使一行は大坂から尾張まで、船と歩行の行程を合わせてほぼ五十里（二百キロメートル）の道のりをのらりくらりと進んで行った。

そして、尾張名古屋から江戸までの八十五里（三百四十キロメートル）の行程は、東海道を行くことになる。この街道は徳川幕府が切り開いた道なので、先導役の幕府の役人も、

「ここからは、わしら持ち場の領内ずら。少しは気が楽になって来たっていうもんじゃな」

駿河の国に入ると、雄大な富士の山が雲の上にぽっかりと浮かんだように姿を現わし、通信使一行はその存在感に圧倒されていた。やがて、天下の険の箱根の山に入り、駕籠を担ぐ者はたびたび人を代えては喘ぎながら急坂を超えて、ついに

小田原に到着。その後、酒匂(さかわ)川、馬入(ばにゅう)川（相模(さがみ)川）を船橋で渡り、藤沢へ、旅は最終口に差し掛かった。多摩川下流の六郷(ろくごう)川を渡ると最終地点・江戸日本橋の一つ手前の宿館品川に着いた。

翌朝、品川宿を発った一行は、いよいよ幕府お出迎えの先導を受けて、市民たちが待ち構える江戸入りである。

北の方角の泉岳寺まで行くと高輪の大木戸があり、そこから先がまことの江戸府内となった。

正装で行列を整えた通信使節一行は東海道の始発着基点の日本橋に着く。

この朝鮮通信使の招請は、幕府にとっては将軍一代の盛儀として威信を高める行事でもあったため、一般庶民の見物が奨励されていた。そこで、江戸市中の代表格でもある日本橋に着いた時は、その界隈が見物客で大いに埋まり、その人出とやらは、大坂、京都の比ではなく三倍も多かった。

そこから、宿舎の〈浅草東本願寺〉へ向かった。そこに行くまでの順路は、日本橋を通り、本町三丁目、大伝馬(おおでんま)町を経て、横山町通り、浅草御門茅(かや)町、黒船町、観音雷門(かんのんかみなりもん)通り、田原町から東本願寺へと入る。

一行の正使である任絖(イムグアン)をはじめとする通信使たちは緊張の面持ちで進んで行ったが、何しろ沿道の見物人であふれ返り、今までの町での歓迎ぶりとは雲泥の差である。とにかくその中を通信使節の一行は突き進んだのだった。

先導は幕府の騎馬が二十騎、その後ろは対馬藩主とその一行が続く。それに続く使節の先頭を行くのは清道旗(せいどうばた)と国書を奉じた輿(こし)で、そのうしろから軍官、奏楽隊の笛、太鼓の演奏があり、その鳴り響く楽の音(ね)は嬉々として躍動感に満ち溢れていた。さらに正使・副使・従事官の輿と随員、上々官、制述官、医官などが続いた。

またそこに青い幟を手にした騎馬の若者が通り過ぎる。後は、自分たちの荷物と幕府への献上物を積んだ荷駄の列である。約千頭もあろうか。行列は延々二刻半（五時間）も続いた。

翌日の十二月七日、将軍家光は、老中の二人、土井大炊守利勝と酒井讃岐守忠勝を〈浅草東本願寺〉まで遣わして使節一行を労った。

いよいよ朝鮮通信使の最大行事である、江戸城への参内と将軍家光との国書交換の日が十三日と決まった。

登場の日は、大手門から入った。大手三ノ門に来ると輿から下乗した使節は徒歩で、幕府側の案内にしたがい奥へ進んだ。

江戸城大広間に通されると、将軍家光が厳粛な出で立ちで現われ、正使、副使、従事官はおもむろに頭を下げ謁見した。その後三使は、補佐役と相対して国書交換の儀を済ませ、三献の拝事を行う。朝鮮国王からの献じ品は、白布六十疋、虎皮十五枚、豹皮二十枚、繻子十巻、人参五十斤、蜜蝋百斤、鮫百本、色紙三十巻、鷹二聯、馬二疋などが贈られた。その後、最高のもてなしとして出される七五三膳が出された。

聘礼の儀が終わり、将軍家光は、兼ねてより朝鮮式の「立馬の馬上才」を所望していたので、城外に場を移してこれを見物することになった。これは、立ち馬に乗った曲芸師が、開いた扇子を手に持ったまま疾走させる壮観かつ豪快なアトラクションである。馬上の二人は、立ち乗り、乗り下り、鐙乗りなどの曲馬術を披露し、将軍はじめと丁寧に謝意を伝えたのだった。

目の前にいる武士たちは皆感動し拍手喝采した。

馬上才が終わると、いったん控えに戻った三使だが、突如、将軍から土井大炊守を通じて持ち出された言葉に驚いた。

「この年完成した日光東照社に招待したいので参詣願いたいが、いかがであろうか」

と言うのである。

これには、さしもの三使たちも国命を受けていず、予想外のことで返答に窮した。

しかし、幕府の意向を受けた対馬藩主宋義成(そうよしなり)の切なる願いもあり、拒否するのは失礼に当たると考え、しぶしぶ承諾せざるを得なかった。

無理なお願いは承知していたものの、その承諾を得たという返事をもらい、家光は至極ご満悦の体であった。宗義成を通じて、

「一国の光栄であり、悦びに堪えぬぞ」

第十三章　玄冶、江戸へ戻る

1

玄冶（げんや）は、朝鮮通信使の一行よりも早く京を出ており、江戸に着いていた。

江戸城内では、日頃の医師の任務を怠りなくこなしていたが、気に掛かるのは、使節一行の中の医官・徐敬安（ソギョンアン）との約束ごとであった。

京都所司代・板倉重宗（いたくらしげむね）氏から何の音沙汰もないのでやきもきしていた。まして江戸で相談する相手など見つかるはずもない。というのも、その手がかりとなるモノが大権現（だいごんげん）様の家紋のついた扇子のみとあっては、誰もかかわりたくないと手を引くに決まっていたからだ。

この年の寛永十三年（一六三六）は、家光による江戸城惣構（えどじょうそうがまえ）の天下普請の年でもあった。本丸、二の丸、三の丸の工事とともに西ノ丸までも大修築を行ったのである。西側の防備を強化するためには牛込から市ヶ谷・四ツ谷・赤坂・溜池に至る長大な濠を開鑿（かいさく）した。

石垣普請には西国大名を、掘・堤普請には東国大名を動員し、総勢五十八家の大名を使った。まして、これを約半年で竣工するという突貫工事であったから、加賀藩の石垣職人の中から突如具合が悪くなり休む者が数人出てきて慌てた。工期が遅れれば他の藩の組に迷惑が掛かるので、藩主の前田利常（としつね）は困り果て、奉行の柳生宗矩（やぎゅうむねのり）に相談すると、医師の玄冶を紹介してくれた。

依頼を受けた玄冶だが、さっそく現場近くの宿舎に赴いて、職人の患者を診た。

職人の何人かが、体がだるく下半身に力が入らないと言い、時々下腹部に激痛が走ると言う。ところがこの者たちは酒が好きで毎晩浴びるように飲むし、昨日も仲間同士で夜遅くまで飲んでいたというのだ。

玄冶は三人の中の一人を診た。

「どこが痛むのか」

「へえ、下の方で」

「下の方じゃ分からん。はっきり言うてくれんかのー」

「実を言うと申し上げにくいのですが、睾丸の当たりなんです……」

恥ずかしがる職人の手を除けてそこを見ると、どうも睾丸の膨(ふく)れ方が異常で、これは明らかに脱腸まがいの症状であることが分かった。

（このところ寒さが増してきて、睾丸がいったんは縮み上がったものの、そのうち膨れて来て痛みが出て来たのに違いない）

「おぬしのは、慢性病に近い疝気(せんき)の虫にやられておるので、まずは股火鉢(またひばち)で、そのモノを温めるがよい。さすれば痛みは和らぐ。その後、〈柴胡桂枝湯(さいこけいしとう)〉を差し上げるからこれを服みなさい」

「ありがとう存じます」

後の二人を診ると、二人とも何日か前から近くの農家から採ってきた生の野菜類と漬物をバクバク食っていたというから、回虫の仕業による腹痛に違いないと診た。

当然今の農家は肥料に人糞尿を用いていたので、作る野菜類に回虫の幼虫が付き、それが知らぬ間に口から入る。すると、小腸などで腹痛が起きる。衛生観念に乏しいこの時代ではやむを得ないことだった。

玄治はこの回虫の駆除には、〈鷓鴣菜湯（しゃこさいとう）〉という、マクリ（海人草）を主にした虫下しを服ませた。

―〈鷓鴣菜湯〉はマクリ（海人草）五・〇、大黄（だいおう）一・五、甘草（カンゾウ）一・五の配合による駆虫剤である。マクリは熱帯から亜熱帯の近海に分布する、紅藻類のフジマツモ科の海人草を乾燥させた生薬のこと。

三人とも効き目はすぐに出てきた。一日休むと翌日から元気を取り戻して現場に戻ることができた。

数日経つと、玄治は加賀藩の屋敷に呼ばれた。奥の部屋まで通されて待っていると藩主の前田肥前守利常殿が出て来て、相対した。

「玄治どの、この度は藩の対面を汚さずに済み申した。なんとお礼を申してよいのやら、褒美を取らせたいのじゃが、何なりと申すがよい」

そのように言われたが、玄治の頭の中は使節団の医官から言われた〈行方不明の者を捜す〉ことで一杯だった。そこで、覚悟のうえでこう言上した。

「肥前守どの、まことに恐れ入りまするが、てまえと致しましては褒美など毛頭いりませぬ。医者として当然のことをしたまででございます。ただし、お願いの儀がありまする」

「そうか。してそちのその願いの儀とは何ぞや」

「もう二十数年も経ちましょうか。東照大権現さまや大御所さまがまだご健在の頃のことです。京の伏見で通信使節一行を迎えて朝鮮の舞いをご披露した時のことでございます」

「おお、あの時のことか。わしも覚えておるぞ」

「それはちょうどようございました。あの時、薩摩陶器職人たちに交じってただ一人若き女子が異国風な〝神舞い〟をされました。ところがその舞い姿の妖艶さに心惹かれたのが、そこにいた大権現さまの御次男である秀康さまでして、宴が終わった後で彼女を所望され、秀康さまの奥方さまのお側付きとしてそのまま望まれて参られました」

「それは重畳ではないか」

「しかし、ある時までは薩摩にいる父親とも書簡のやり取りをしていたのですが、父親が亡くなる前から便りがぷつりと来なくなり、そのまま父親は亡くなってしまわれました。また、秀康さまもお亡くなりになってしまわれましたので、その後の消息がまったく掴めなくなったというわけです」

「それで、おぬしとの関係はどうなのじゃ」

「この度の朝鮮通信使の中に徐敬安という医官がおりまして、てまえが使節者の病を治療するなか、その者と知り合いになりましたが、その者の従妹に当たるのが行方不明の娘なのです。ましてや、その娘も父親が亡くなったことを知らぬままいるので何とも不憫になり、わたしもひと役買って出たという次第です」

「玄治どの、それでよう分かった。だが、わしに何をしてほしいのじゃ」

「ですが、これをお願いしてよいものやら、まだ迷っております」

「いや、わしとてそこまで聞いたのだから同じこと、ひと肌脱がねばなりますまい」

「それはまことですか。肥前守さまにそうおっしゃっていただきますと心強いです」

「して何か、手がかりはあるのか」

「それですけれど、心もとないモノが一つあります」

「うむ、それはなんじゃ」

「これです」

と言って、玄治は帆掛け船が浮かぶ広々とした海と、富士山がうしろにそびえる水墨画が描いてある扇子を見せた。

「それと、この最後には東照大権現家康さまの花押もありまする」

「なんとも厄介な手がかりじゃのう。これを持っていたというのだな」

「そのようでございます」

「まあ、乗り掛けた舟じゃ、わしのできる範囲で動いてみようぞ」

「ありがたき幸せにぞんじます」

話し終えた玄治は、褒美の品も受け取らずにそのまま加賀藩屋敷を後にした。

後日、加賀肥前守から書状が届いた。その中身には次のように書かれていた。

《先日ノ御尋ノ件、御伝へ申ス、其折、大権現様直ニ神舞女ニ渡ス所存有リ、而息子秀康殿ニ先ヲ越サレテ所望サレタ由、仕方ナク秀康殿ニ呉レテヤリ、直ニ秀康殿神舞女ニ褒美取ラセタ儀有リ》

というのであった。

これで、手がかりの扇子の一件は、結城秀康殿からあの時直接渡されたモノだと分かった。しかし、肝心の本人が今どこにいるのかは分からずじまいだった。

2

京都所司代の方からは、まだ何も返事がなく梨(なし)

の礫（つぶて）だった。

玄治は、ここのところ将軍家光様が時々鷹狩りなどをされて健康に気を遣っていたので、医師の出番がなかったことは幸いであった。

ある日、越前北の庄藩の松平秀康（結城秀康）の御内儀から一通の書状を受け取った。その文面には、

《京都所司代・板倉重宗殿ヨリ依頼サレシ薩摩女ノ件ニテ喫緊可申上事是有、御出願度候》

とあった。

玄治は、ハタと困ったが、何しろ急がねば使節一行も朝鮮国に帰ってしまう。

思い切って、酒井讃岐守（さかいさぬきのかみ）忠勝（ただかつ）様に事情を話し、少しの間暇をいただくことにした。

今度は時間にゆとりがなく、馬を手配して東海道をひた走り、何度も馬を乗り継ぎながら、尾張から大垣・長浜まで行き、そこから一路北国街道を走り越前・北の庄に入った。

北の庄の屋敷に通された玄治は、秀康様の御内儀が来るのを奥で待っていた。

すると、衣擦れの音がして襖の戸がスーッと開かれた。

上座に座ったご内儀は、おもむろに話を切り出した。

「そちが岡本玄治どのか。遠い所を難儀であったろう。ささ、固くならずに火鉢で体を温めなされ」

「まことにかたじけなく、奥方さまもご壮健であられ執着に存じます」

「さて、そちの通信使節の友の従妹のことでござるが、大殿（おおとの）が亡くなってからもしばらくは妾（わらわ）の傍に仕えておりました。その後、息子の忠直がこの

女を見初めてしまい、傍女にと所望されまして、そのまま引き取って行きました」

「それでは、同じこちらのお屋敷におられるのですか」

「それが、今はおりませぬ。息子のあまりの乱暴虐待や淫事(いんじ)に嫌気がさして、ある日とうとう夜逃げしてしまったのです」

「今は、どちらに……」

「分かりませぬ。ただ、息子の手荒な暴力の影で、ひとえに恋い慕っておりました家臣がおりまして、その者も一緒にいなくなってしまったものですから、たぶん二人は示し合わせて出奔したものと存じまする」

「駆け落ち同然なのに、追っ手を差し向けなかったのですか」

「その頃から乱暴が目立ち素行が悪くなっていた息子でしたから、己の落ち度もあり、敢えて追い打ちを掛けませんでした」

「その家臣の出身はどちらかお分かりですか」

「それは、以前私どもが住んでいた結城藩領に近い古河(こが)藩出身の者です」

「それでは、女はその家臣とともに古河藩内にいるかもしれませんね」

「それは何とも申し上げかねます」

「その者のお名前は何と申しまするか」

「以前は江戸藩邸で土井大炊頭利勝(どいおおいのかみとしかつ)どのにもお仕えしていたこともあるといい、荻原猶左衛門(おぎわらなおざえもん)と申します」

「ありがとう存じます。いずれにしましても、こちらにはいないことは確かですな」

「まことにお恥ずかしい限りで、他人にはお話しできませぬゆえ、こうして内々でお話しいたしました。ぜひご内聞にお願いいたしまする」

「よく分かりました。てまえも急がねばならぬ諸事情がありますので、この辺でお暇(いとま)いたしとう存じます」

「いやはや、大変ご苦労さまでした。もし、お会いになったら妾からもよろしくとお伝え願いまする」

「承知いたしました。それではこれにて失礼仕りまする」

玄治は帰途も再び馬にまたがり、一路江戸を目がけて疾駆した。

—ところで、先代の秀康の子の松平忠直は、家光の従兄に当たる。慶長十二年（一六〇七）結城秀康の死によって越前七十五万石を相続するのだが、その後藩内の家中騒動や正室勝姫（秀忠の娘）の殺害を企てたり、家臣の妊婦の腹を割くなどの乱交ぶりが目立ち、時の将軍秀忠より隠居を命じられた。

江戸に戻った玄治は、酒井讃岐守様に帰着報告をした。すると、その場でさっそく将軍家光様のお呼びが掛かってしまった。

将軍家光の前に出た玄治は、何か失態を犯したかのごとくかしこまって言葉を待った。

「玄治どの、わしは今のところ体の具合がいいぞ。前に受けた〈灸(やいと)〉の効きめが出ているものと思われる」

「それはようございました」

「ところで、今年は大権現さまの二十一年神忌の祭礼に当たり、日光東照社の大造替(だいぞうたい)を果たした。四月には朝廷より奉幣使(ほうへいし)の姉小路公影(あねがこうじきんかげ)が社参し、その際明正天皇と御水尾(ごみずのお)上皇から太刀を、わしの妹君・東福門院からは鏡二面が奉納された。その完成した日光東照社に通信使節一行をも案内し参詣させたいと思う。その旨、すでに申し渡してあるが、その一行におぬしも同行願いたいのじゃ。受けてくれるな」

「朝鮮通信使の一行には、その予定がおありだったのですか」

「いやない。わしの思い付きじゃ。日光に眠る大権現さまに報告したいと思うてな」

「それは、よきご配慮でございます。さぞや、大権現さまもお慶びのことと存じまする」

「明後日出立するので、そのつもりで用意をしておくように」

「はい、承知しました」

と言って、そのまま書院を出て行った玄治だったが、頭の中はまだ行方不明の謎の娘のことで一杯であった。

第十四章　玄冶、将軍及び使節とともに日光社参へ

1

十二月十七日、家光の参詣行列と朝鮮通信使の一行はともに江戸を出立した。

従来の通信使一行にとって、江戸以北への旅は初めてとなる。玄冶（げんや）が家光の侍医として日光社参に追随するのは初めてで、内心嬉しさ半分、不安さ半分の気持ちであった。

玄冶は、将軍側の行列に参列していたが、束縛されることもなく、隊列にかかわりなく自由に動くことができた。行列は日光街道を進み、最初の宿営地の岩槻（いわつき）宿に着いた。

玄冶は、この時を利用して使節一行の行列内にいる医官の徐敬安（ソギョンアン）を探しあてていた。

一方の敬安も通信使節一行の中に病人でも出ると大変なので、かなり気を揉みながら皆の顔色を窺っていた。そこへ玄冶の姿が突然現われたので、頬がいっぺんにゆるみ口元がほころんだ。

「やあ、しばらくでしたな、玄冶どの」

「おお、そこにいましたか。こう大勢の中では探すのにひと苦労でござる」

「玄冶どのが一緒ならばわたしも心強い。それはそうと、あの一件はいかがされましたか」

「それよ。おぬしに会って早く話したかったのは」

「何か分かりましたか？」

「それがしが知りうる外様大名や徳川一門に繋がる大名の奥方にもじかに会い、いろいろと調べて

みたが、今のところ、まだ本人までにはたどり着いてはいないのじゃ」

「それは、ご苦労をお掛けしましたな」

「それはそうと、次の宿営地の〈古河〉という宿場だが、ここにはどうも手がかりがありそうじゃ」

そこで、玄治はこれまでの経緯を敬安に要領よく話して聞かせ、気持ちを安堵させた。

だが、敬安とすればまだ気持ちが割り切れずにいたので、そのまま玄治に任せるしかなかった。

朝のうち早く岩槻を発った一行は、古河宿へ向けて出発したが、途中日光街道でも水陸交通の要衝の地と言われる〈栗橋関所〉に出た。ここは箱根関所、碓氷関所とならぶ関東三大関所の一つになっていた。なぜなら関東平野を北から東へ流れる日本最大の河川の一つ〈利根川〉を渡らねばならないからだ。

その利根川に差しかかると、東海道中の河川往来の時と同じように小舟を何艘も横に繋ぎ、船橋を造って渡ったのである。

川幅が広いだけに将軍たちも使節一行も渡河に難渋したが、半日掛けてようやく全員が通過した。しばらく行くと古河三宿の一つ中田宿があり、ここにも関所を設けていたが、ここで休息をとった。

次は、お目当ての古河宿である。ここは老中土井大炊守利勝が寛永十年（一六三三）佐倉から転封し古河藩主になった所で、利勝は藩主になると古河城の三階櫓（天守閣）を完成させ、城下町の拡張・整備に取り組んだ。さらに老中から大老になると、日光東照社の造営、参勤交代、鎖国令、武家諸法度など、将軍家光を助けて幕政で大いに手腕をふるったのである。

しかし、土井利勝といえば、熊本藩の加藤家の改易問題にかかわったのをはじめ、将軍家一門の内紛に否応なくかかわらざるを得なかった人である。

宿命のライバル本多正純を追放処分にした黒幕も彼の仕業であったというし、松平忠直、忠輝、徳川忠長などの追い落としにもかかわったであろうこと、すべて徳川宗家安泰のため、自らが犠牲者となって行われたといわれた。

これらのことからすると、土井利勝は権謀術数に長けた人であると見られがちだが、その実像は意外と違っていて、謹厳実直な人間像を露呈していた。その証拠に当時利勝は、全国諸大名七、八十人から縁談の斡旋を受けていたというのだ。利勝の人柄はなかなか如才なく、諸大名のよき相談相手となり、大変な人気者であったという。封建時代という時代的背景の中で、さまざまな社会的階級、職業の者たちと自然体で交流できる人物であったともいえる。こうして、利勝は公平かつ良心的な態度で、まず相手の言い分を聞いてから判断を下したので、大いに周りの人々から信頼を勝ち取っていたのである。

なお、彼が本当は家康の子だったという風聞が以前から流れていたのだが、それもそのはず、歳わずか七歳にして二百俵の扶持を与えられたというのだ。しかし、当の本人は、この落胤（らくいん）と噂されることを大変嫌っていた。

また、前の藩主である老中永井尚政（ながいなおまさ）が、日光社参のための将軍専用の通用門として古河城・御成門（おなりもん）を造った。しかし、その御門の土台が土塁でできていたため、利勝は、これを石垣に改修し、将軍家に敬意を表する意味で、敢えてこれにふさわしい御門に造り変えたのである。さらには古河三宿の中田宿・古河宿・野木宿を通る日光街道には松並木を植えて、見通しのきく道幅の広い街道に整備した。

その見違えるようになった三宿街道を今行列が通って行く。

陽は暮れかかっていた。宿場近くになると足軽組が弓張提灯（ゆみはりちょうちん）を提げて警護していたが、宿所までは古河藩の役人が入れ替わり立ち替わり案内にせわしなかった。

将軍家光は、そのまま古河城南側の御成道を通り、その門を経て宿所となる二の丸御殿に入ったが、その他の重臣たちは三の丸を宿所とした。

なお、通信使一行は、古河藩の本陣と脇本陣にそれぞれ分かれて入ったのである。

この時玄冶は、ふとこの「古河」という地名の言葉にくぎ付けになった。なんとも浅からぬ奇縁が蘇って来たのだ。

（そうだ、ここはてまえの師である曲直瀬玄朔（まなせげんさく）先生の義父（ちち）である道三（どうさん）どのが医学修行に励んだ土地だ。そして、その道三どのが教えを乞うた恩師の田代三喜（たしろさんき）老師の菩提寺もあるはずじゃ）

思い立ったが吉日、玄冶は、それを尋ねるために古河藩の役人の一人に声を掛けた。その凛々しいいで立ちの若者の名は堀江兼之介といった。

彼に〈古河の三喜〉と謳われた医師の田代三喜の菩提寺を尋ねると、すぐに分かってくれて、

「そこは、ここからそう遠くない所の〈永仙院（ようぜんいん）〉というお寺です」

と応えた。

「確かそのように聞いたような気がする寺だ」

「でも、陽も落ちかかっておりますので、わたしが御案内仕ります」

「そう願えれば、ありがたい」

「では、参りましょうか」

　と言うと、兼之介は手持ち提灯をぶらさげながら案内に立ち、永仙院を訪れた。

　寺僧には遅い時間の墓参りの断りを入れて、田代三喜老師の墓表に近づくと、傍に大きな松の木が凛として立ってあり、墓表には、

「田代三喜翁供養碑」

　と書かれてあった。

　その時ふと、師の玄朔様があの常陸への追放のおりここに立ち寄った、と話していたことを思い出したのである。玄治は、過ぎし日の玄朔様や道三殿に思いを馳せながら墓前に頭を垂れた。

　唐突ではあったが、帰りしな、玄治は兼之介に訊ねてみた。

「兼之介どの、つかぬことをお訊ね申すがよろしいか」

　すると、兼之介も何ごとかというように、姿勢を正し直した。

「これは人前で話すことができぬので、おぬしを信頼して話すのだが……」

「てまえのような者でよろしいのでしょうか」

「おぬしもうわしが医者であることは見抜いていたであろう。わしは医者なのでな。おぬしの顔の相で善し悪しが分かるのじゃよ」

「それはどういうことですか」

「おぬしが信頼のおける面相ということじゃ」

「それは、お買いかぶりでございましょう」

「まあ、それはよいが本題に入ろう」

　そう言ってから、玄治は例の越前北ノ庄での出来事を逐一語り、薩摩女のレンという名の娘と、その連れ合いの荻原猶左衛門の二人を探し求めて

いるのだと話した。

それを聞いた兼之介は、内心こころ穏やかでなくなったが、

「今、荻原猶左衛門どのは古河藩の牢屋に監禁されておりまする」

と、打ち明けざるを得なかった。

そう言われて、逆に驚いたのは玄冶の方であった。

「それはまことか、何ゆえじゃ」

「荻原どのは、以前江戸表で土井利勝さまの家臣として仕えておりましたが、武術の腕を買われ、結城秀康さまの身の周りの警護役に家臣として請われて行きました」

「ほう、そうであったのか」

「ところが、秀康さまご自身が結城から越前に転封されてしまわれたので、そのまま猶左衛門さまも越前に付いていきました。しかし、秀康さまが亡くなると何の理由もなく突然、この下総・古河藩主に土井（どい）大炊守（おおいのかみ）さまが収まっていることを知って、舞い戻ってきたのです」

「それは、合点がいくことではないか。仕える上司が亡くなれば、もとの鞘に収まっても仕方ないことじゃからのう」

「それが違うのです」

「なぜじゃ」

「数ヶ月が経ってから越前北ノ庄の家老より、探索令状が来たのです」

「なんと、それは何ごとでござるか」

「藩主土井大炊守さまはその令状を見て驚いたようです」

つまり、

《元家臣荻原猶左衛門、越前松平家ノ家臣ヲ斬殺

シ逃亡ス
依リテ見ツケラルル時ハ直チニ捕縛スベシ
罪科ハ古河藩ニ任ス》

というものでした。

この書付け内容を見た土井大炊守は、すぐさま家臣を呼び調べさせた。

猶左衛門から事情を聞いた家臣の話はこうだった。

「秀康さま亡き後、嫡男の忠直さまは、噂どおり江戸への参勤を怠り、家臣の乱行や側女の虐待・横暴が激しくなって、狂的乱心が目立つようになっていった、という。家臣であった猶左衛門は忠直さまの側女となっていたその薩摩女があまりにも不憫におもえ、ついにある日決行して連れ出そうとしたところ、松平家の家来衆に見つかり、やむを得ず刀を抜いて一刀のもとに一人を斬ってしまわれた」

すると、それを聞いた土井大炊守は、

「忠直どのが江戸表でも話題になっていたことは承知していたが、まさかそれが噂ではなく真実であったとは残念た。しかし、それとこれとは別問題だ。猶左衛門が刃傷沙汰に及んだことは決してただごとでは済まされまい。しばらくは牢に入ってもらうしかあるまいな」

そう言って、古河藩はその時以来、猶左衛門を捕縛し投獄したのだった。

2

当初、古河藩に戻って来ていた荻原猶左衛門は腕が立つので剣の指南役になっていたという。古河藩内でも剣に掛けては彼の右に出る者はいないし、もともと武芸が立つ存在であったから道場を持ち、兼之介もその弟子の一人になっていた。

　しかし、猶左衛門自身平素はまことに勤勉実直な好人物で、歳は四十を少し過ぎていたが、円熟の境地に達している。兼之介はそんな猶左衛門の人柄に惹かれ魅せられてもいた。

　その兼之介の思っている武名の人とは正反対の歯切れの悪さで、玄治は申しわけなさを感じていたが、この時をおいて話す機会はないと考え、思い切って兼之介に今自分が探し求めている薩摩女のことを話した。

　すると兼之介は、

「わたしも剣の指導にかかわる他は話したことがないので、家庭のことなど知る由もありませぬ。ただ一度だけ、彼が赤子が弄(もてあそ)びそうな玩具を買い求めているのを見てしまいました」

「それはまことか」

「ええ、それは間違いございませぬ」

「おぬしは、猶左衛門の住まいをご存じないのか」

「先ほど申したとおりで、武術以外のことは一切言葉を交わしておりませぬので」

「どなたか、知り得る者はいないかのう。わたしはこの度の将軍家光さまの日光往還で朝鮮通信使と行動をともにしているので、時間も余裕もない。兼之介どの、わたしを助けると思って手を貸してくれまいか」

　玄治は、この時とばかりに必死に頭を下げて懇願した。

「玄治どの、そのように頭を下げられても困るが、わたしにできる限りのことはやってみましょう」

「明日はまた、古河を発ってしまいますので、日光からの帰りまでにはなんとか調べを済ませていただくと有難いのだが……」

「よう、承知しました。今日は遅くなってしまいましたので、これにて失礼いたします」

そのように言って、二人は別れた。

ただ、玄冶は宿に戻ってからも落ち着かず寝つきが悪かった。

次の日は、朝早く古河を出立して小山宿を過ぎ、次の宿泊所の宇都宮まで来た。

今宇都宮の現藩主は、古河藩主からここに転封された奥平忠昌であったが、それ以前にも一度ここの藩主になっていたことがあったから出戻り藩主になったわけだ。なぜ、そのようになってしまったのか。

過去に「宇都宮城釣天井事件」というのがあった。

この事件は、まだ十年そこそこしか経ってないので、記憶に残っている家臣たちは大勢いるはずだが、家臣たちは知っていても素知らぬ顔をしており、今は誰も言葉には出しにくかったようだ。

すなわち、これは、元和八年（一六二二）、下野国宇都宮藩主であった幕府年寄・本多正純が、宇都宮城に釣天井を仕掛けて将軍秀忠公の暗殺を謀ったなどの嫌疑を掛けられ、本多家が改易、正純は流罪となった事件である。

本多正純の父は本多正信である。二人とも家康の側近で年寄りに列せられていたが、家康と正信が他界すると、正純は二代将軍秀忠公の側近として引き継いだ。

さらに、先代からの宿老であることをたのみ権勢を誇り続けたので、秀忠や秀忠側近から恨まれるようになる。その後、正純は家康公の遺命であるとして、自身を下野小山五万三千石から宇都宮十五万五千五石に加増し、一方宇都宮で藩主をしていた奥平忠昌公の十万石を下総古河藩十一万石にして移封させたのである。これにより、正純は忠昌の祖母・加納御前（家康の娘で秀忠の姉、亀姫）から反感を買うことになる。また、御前の娘はかねて正純より失脚させられ取り潰された大久保忠隣の息子忠常に嫁いでおり、なおさら怨みを買うことになった。

　はたして、先の暗殺嫌疑の情報を幕府にもたらしたのは、この加納御前ではなかったのか、というもっぱらの噂が流布された。しかし、そののち使者が検分したところ、この釣天井の仕掛けは存在しなかったというのだが、恐るべきは女性の怨みで、しぶとく執念深い事件と相成ったのである。

3

　宇都宮の次の宿営地は今市宿である。

　今市宿は、壬生街道、会津西街道、日光北街道などが集まる要衝の地である。

　昔は今村と呼ばれて辺鄙な所であったが、将軍家の日光社参が始まると栄えて来た町である。家光はここの如来寺の敷地に新しく休泊施設「御成御殿」を建てて宿泊所としたが、他の家臣は本陣、脇本陣を宿泊所とした。それでも足りない場合は、その他の民家や農家を利用することにした。

　玄治はあまり格式張らないところが好きなので、幕府お抱えの通詞とともに、とある農家の一軒家を宿とした。

　木戸口から入ると、すぐに台所の煙と煮炊きの匂いがして外の寒さを忘れさせた。奥からは老夫婦と嫁が出て来て、ご丁寧にもわれらを歓迎してくれた。この老夫婦は野良着のままで見るからに百姓風の身のこなし方であったが、嫁の方は小袖に湯巻姿で洒落た細帯などを巻いていたので、百姓の嫁にしては、ちと垢抜（あかぬ）けしているように見受けた。

　土間の向こうには囲炉裏があって、自在鉤には煮炊き鍋が天井から吊り下がっていた。爺さんは愛想がよく、

「さあさ、遠慮なくお上がりくださいませ。食事はすぐに用意できますから」

　そう言うと、嫁に早くシロウマを出しなさい、と催促した。

　嫁は、今から馬を外に出すわけないので、

「それって、なんのことでしょうか」

　と丁寧な言葉で聞いた。すると爺さん、

「働き盛りの若いもんには、まずはほどよく燗（かん）した濁り酒を出すのが常識ってもんだべさ」

「それは知りませんでした」

　嫁は困った様子もなく、そそくさとその用意をし始めた。

　そのうち、奥から一人の女の子が出て来た。五、六歳位になるのだろうか。

　玄治が挨拶すると、それに応えるように女の子も恥じらうことなくはっきりと挨拶を交わした。背後に嫁の声がして、その子にも手伝うよう声が掛かると、素直な歯切れのよい返事を返していた。

　玄治と通詞の二人は、大黒柱である働き盛りの若い亭主がいないことに気が付いたのが遅かったが、嫁の注ぐ晩酌に手慣れない多少他人行儀めいたものを感じ取っていた。それでもなお畑で採れた野菜の煮炊き物は美味しくて、お腹を満たして

くれた。

翌朝は目覚めもよく、宿の老夫婦と小奇麗に化粧していた嫁に、世話になった礼を言いながら宿を出た。

行列一行に加わると、いやがうえにも街道最後の終着地点である日光東照社を目指しつつ、高ぶりを抑えるのが精一杯であった。

それもそのはず、世界最長の杉並木として知られる「日光杉並街道」に入ったからだ。総延長三十五キロメートルに渡り、道の両脇が植樹の杉並木で整備されて壮観この上もない。これは家康に仕えた若い家臣・松平正綱がその恩に報いるため、寛永二年（一六二八）に紀州から取り寄せた杉の苗を植樹し、今に至っているのだ。

彼は、松ではなく、杉を植えたところにその意気込みが感じられた。

なぜかというと、湿気の多い地形には生育の適する杉を植えた方が良いという機敏さと、思慮深さに感心せざるを得なかったからだ。

行列一行は、やっとの思いで東照社の表参道入口に着いた。

ここ、日光東照社は初代将軍徳川家康公を神格して祀ったので、東照大権現（だいごんげん）を主祭神とする。二代将軍秀忠公が建立したが、寛永十三年のこの年家光公が大造替（だいぞうたい）を行い完成させた。この度の通信使の日光遊覧は、慶長十一年に起きた対馬藩による国書改竄（かいざん）事件を払拭し、また両国間の友好関係を助長し、さらには徳川政権の内外への威光を家光自身が仕組み発揮せしめたものである。

一行が表参道を進むと、待ち構えていた東照社の宮司がやってきて説明役に加わった。歩き始めると、九メートルもの高さがある石造りの鳥居が見えた。これは福岡藩初代藩主の黒田長政が寄進したものであると分かった。一礼をして進むと左右に仁王像を安置した東照社最初の「表門」に着く。

　その先は、「神厩舎」で、昔から猿が馬を守るとされているところから、長押上に猿の彫刻が八面あって人間の一生が風刺されてある。ここに《見ざる・言わざる・聞かざる》の三申で有名な彫刻があった。宮司が不都合なことは、「こうした方がいいですよ」と顔に手を当てて説明すると、対馬藩の役人たちはお互いに目と目を合わせ、過去の罰の悪さを感じ取ったようだった。

　次の所は、建物全体がまばゆく輝き極彩色彫刻で覆われた「陽命門」であった。屋根は入母屋造り、銅瓦葺き東西南北の各面に唐破風を施してあり、規模は間口七メートル、奥行が約四メートル、棟までの高さが十一メートルである。使節一行は、まずこの豪華さに圧倒された。

「ここは、一日中見ていても飽きないところから、〈日暮し御門〉とも言われます」

　と、宮司が説明すると、通信使節一行の者たちもその御門に感動し切っていた。

　その門をくぐると正面が「唐門」で、その先に〈東照社拝殿〉があった。

　社殿にも数々の彫刻が施されていたが、人物彫刻には中国伝説や故事にまつわるものが多く、鳥獣の彫刻には霊獣、霊鳥と呼ばれる、吉祥的意味合いを持つものが多かった。

　すると、使節団員のなかの「怜員」と呼ばれる画家が前に出て来て宮司に訊ねた。

「斯様な細工を施した建築物もさることながら、そこに装飾された数多くの彫刻品の何と素晴らしいこと、職人の腕の高さがうかがえます」

　すると、宮司も満足げに応えた。

「おっしゃるとおりでございます。建築物は江戸でも第一の棟梁と言われる甲良豊後守宗広に作事させましたが、陽命門はじめここの造営物の施された絵画装飾はこれも有名な狩野探幽一派の絵師たちからなるものです。また、東回廊奥・坂下門にある〈眠り猫〉などは左甚五郎という名工によって彫られたものでございます」

　すると傍で聞いていた徐敬安が問うた。

「これらは木造の建築物でできているようですが、木は時を経るごとに腐って参ります。どのような工夫があるのでしょうか」

　またも、宮司は誇らしげに、

「よくお気付きになりましたね。これらは金箔やきらびやかな色彩塗りで装飾を施し人目を惹いておりますが、いつまでもその荘厳色を保っていくのには、それ相当の職人の工夫と努力が凝らされておりまする」

「それはどのようなものなのでしょうか」

「つまり、それには多彩色の下塗りに〈漆〉を使うことなのです。日光という所はいたって湿度が高いという気候条件にもよるのですが、腐るのを防ぐために陽命門の銅板の屋根にもこの漆が塗られておりまする。これが防腐・防虫効果を発揮させるのに非常に役立つのです。また、金箔塗りの際は、この〈漆〉の接着効果で金箔をしっかり定着させるのです」

　またも、敬安が問う。

「さすれば、どの位の保存効果があるのでしょうか」

「木造の建造物は、風雨や直射日光に劣化を招きやすいので、こうした腕利きの漆塗り職人により、五十年近くは強度を保たせることができまする。つまり、この神域内の社寺一〇三棟の表面が見えている部分の九割以上に、下地にはこの〈漆〉が塗られているのでございます」

　これに対して、後ろの方で何度も頷いていた使節正使の任絖(イムグァン)氏が最後に、

「こたびの日光東照宮の参観は、使節全員にとって本当に有り難きものでした。この修復に対する将軍の熱の入れようを垣間見るようで、幾世代の後々までも伝えられる建築美を見られることができて何よりも幸いでした。またその裏で果たす技巧職人の技を聞かせていただき恐れ入りました」

　その言葉を聞いた宮司は、

「ありがとう存じます。後で、酒井忠勝さまを通じて将軍家光さまには皆さまからお褒めの言葉を頂戴したことをお伝え申し上げておきまする。また、作事奉行の棟梁・甲良さまはじめ狩野派一派の方々、さらには彫刻職人、漆職人にも使節の方々からの賛辞をお伝え申し上げておきまする」

　その後も使節の有識者たちは、中国古代の人物伝説に詳しい者が多く、互いにその蘊蓄(うんちく)の深さを示しながら徳川家の通詞と語り合っていました。

　家光は、一行のよろこぶ面々を見ながら、祖父の家康公、父の秀忠公が果たせなかった、朝鮮通信使の日光招待を初めて果たしたことに大変満足気であった。

　玄治も、ここまでの日光道中が大きな病人も出ず来られたことに感謝した。

　帰路の行列一行は、往路に変えて今市から小山

へ出る壬生街道を通ることにした。今市から小山までの宿場は、板橋、文挟（ふばさみ）、鹿沼（かぬま）、奈佐原（なさはら）、楡木（にれぎ）、壬生、飯塚と七宿あり、楡木では例幣使街道との分岐点になり、ここで壬生の道を通ることになった。延長は約五十キロメートルの道のりであるが、日光街道の西を通るので「日光西街道」とも言われた。

　小山宿へ出ると、古河まではもうすぐである。玄治は古河藩の家臣・堀江兼之介に早く会いたいと願い、待ち遠しかった。

　将軍の行列と通信使節一行が、遥かかなたに古河城の三階櫓を捉えると今日の行程の終わりを告げるかの如く皆安堵した。

第十五章　古河城下町

1

古河藩主の土井大炊守利勝は、老中から大老になった大きな器者で、一説には家康の落とし子とも言われている。彼は古河城と城下町の拡張・整備に力を尽くし、寛永五年（一六二八）に遺訓として残した「利勝公遺戒」がある。そこには、土井家藩主が常に戒めるべき心得が十九ケ条にわたって書かれてあった。

それには、

「藩主たる者、常に学問を心掛けるべきこと……」をはじめ、人物の用い方、役職の在り方、家臣・民への気配りや心得などが逐一書かれていた。なお、この遺戒は、のちの土井家代々の藩主が大切に守り伝え、藩の政策の基本方針として活かされ、繁栄のもとになった。

古河藩は下総国に属し、河岸問屋が栄えた所で、江戸と下野国（今の栃木県）を河川で結ぶ要衝の地である。すなわち、江戸と古河を河川輸送で結び、その繁栄にあやかった。江戸川、利根川、渡良瀬川、思川、巴波川の河川交通として河岸が果たした役割は大きい。その中心河岸が古河の船渡河岸という所であった。河岸問屋は、年貢米・日用品・農村で採れた作物の輸送にあたった。つまり、肥料・綿・小間物・塩・蝋燭・薪・炭・地酒・地油の類が陸揚げされた。このように、当時の下総古河藩は城下町、宿場町、河岸の町として最も栄えていたのである。

堀江兼之介は、代々武士の家柄で父親も初代古河藩主の小笠原秀政に仕えていたので、幼少の頃より武芸に親しみ、青年になって唯一の武芸修練場・荻原道場に通い、また学問は〈盈心堂（えいしんどう）〉で儒学を学んだ。

無論今は土井大炊守の家臣として、生真面目に働く凜々しい青年であった。

古河藩は、河川交通がにぎわう商業の地で、農作物をはじめ古くから多くの恩恵を与えていたが、反面台風や大雨で河川の増水、洪水の被害に遭遇すると、そのたびに田畑や屋敷への浸水でしばしば悩まされた。

ある日、将軍から土井大炊守へ書状が届き、今、江戸湾へ注ぐ河川の大改修工事を伊奈忠治（いなただはる）、忠克（ただかつ）（通称・半左衛門（はんざえもん））親子に任せているが、これに古河藩の者も手を貸すよう御申し付けがあった。

大炊守は古河藩としても責任ある者を立てたいと、当役に堀江兼之介を抜擢した。いわゆる古河藩領内の治水事業の責任者である。

――伊奈忠治は、老中松平伊豆守信綱（まつだいらいずのかみのぶつな）に命じられ、農民出の玉川兄弟とともに「玉川上水」を成し遂げた功労者でも知られている。

話はもっと源流に遡（さかのぼ）らねばならない。すなわち、江戸湾に注ぐ利根川が流量も多く、幾筋にもなって流れるので河口を広げ過ぎてしまい、江戸の地を水浸しにしている頃の話である。

そもそも利根川は、上野国（こうづけのくに）の北部、水上（みなかみ）（群馬県利根郡みなかみ町）の山ふかくを水源とし、始め南東へ、やがて南へ流れて江戸湾関屋（せきや）（今の足立区千住関屋町付近）に流れ注いでいた。周囲はいちめんの湿地となり海水と混じり合い、米も実らぬ、畑にもならぬ、不作の地となっていた。この地に雨が降らずとも、遠く北関東で降れば手の付けられぬ水が押し寄せ、河口では大洪水となるのが常だった。

これを解決させる方法に、忠治の父の忠次の発想があった。今、利根川と渡良瀬川（旧太日川）は別々に江戸湾に注いでいる。その利根川を東へ曲げて渡良瀬川と合流させてしまう案であった。そうすれば利根川の中下流は廃川となり、河口は干上がり江戸の可住面積が拡がることになる。

その渡良瀬川（今の江戸川）の河口は下総国の猫実村（ねこざね）（今の浦安付近）である。それを実現させたのが息子の伊奈忠治であった。しかし、これには渡良瀬川の合流地点地域に詳しい古河藩の力が必要となる。

兼之介はその地域の治水と導水に最適な現場を日々巡察しながら検分し、ついに最適な地域を選定した。渡良瀬川と利根川の間には〈合の川（あいのかわ）〉といって川筋が定まらず洪水のたびに離れてはまたくっつくということを繰り返す流域が八百八筋にまたがっている箇所がたくさんあった。これを一本の水路にまとめ、東に向けて導き渡良瀬川に繋げる。従来の川筋は締め切ってしまうので、そこに遊水地を設け、外側に水が溢れないように堤防を築く工事を続けていた。

それでも梅雨時の大雨や台風が来るとしばしば洪水を招き、農作物に大きな被害をもたらし、古河藩内の領民を悩ましていた。

その後、さらに「東還事業」を拡大して、川の流れを少しずつ東へ遷（うつ）す事業が始められた。

―寛永十九年（一六四二）、新設の赤堀川（あかぼりがわ）（古河市中田から境までの流れ）を掘り、これを常陸川に結びつけるという利根川東還の最終大工事が行われた。その鹿島灘の太平洋へ直結させる工事の完成が陽の目を見たのは、時に承応（じょうおう）三年（一六五四）のことだった。

その「東環事業」がまだ完結を見ない寛永十三年（一六三六）のこの年に日光東照宮社参があった。この年もまた秋の台風の被害が出て、古河藩内各地で疲弊した領民が続出した。前年に続く河川洪水で農民の不作は相次いだ。年貢を納める収穫物は絶えて、不満は募るばかり。

そんな時、古河藩城下町の一画で夜な夜な辻斬りが出るという噂が立った。噂は本物となり、とうとう被害者が役人に届け出た。その場所というのは、町中の賑わい通りから一本外れた寂しい所であるが、その先には遊郭があるので、そこに通う御仁は通らないわけにはいかない場所だった。

藩の役人は、

「この街には取引相場で財をなした金持ちの商人がたくさんおるから、懐目当ての辻斬りに違いない」

と言ったが、役人とすれば、ほっておくわけにはいかず行き詰まっていた。

ところが、その難題がまたもや堀江兼之介のところに降り掛かってきたのである。

兼之介とすれば、まだ第一期「東還事業」を終えたばかりで、安堵していた矢先のことであったから、少々面喰った。

（わしにどうしろと言うのだ。辻斬りと向き合えとでも言うのか）

不満やるかたない気持ちで煮え切らずにいた。

でも、ふと頭に浮かんだのはあの方だった。

（これは、やはり剣の腕が立つという、今牢屋に

入っている剣術師範の持ち主・荻原猶左衛門どのに相談するしかないか)

そう思った彼は、上役の了解を得て猶左衛門に会いに行った。

兼之介は城内の離れにある牢屋に向かったが、なにか気まずい迷いを生じてきた。

もし、猶左衛門殿が話を聞いてくれなかったらなんとしようか、などと余計ことまで考えてしまったのである。

牢舎前まで来て、逡巡した。だが、ここまで来て帰ることなど到底できないと悟ると、思い切って老舎の戸に手を掛けて中に入って行った。

牢内の暗がりで、始めよく分からなかったが、少し経つと周囲の輪郭とともに猶左衛門の容貌がはっきり見えて来た。その顔立ちからすると、彼は牢内ではあまり不自由していなさそうだった。

ところが、兼之介の顔はその逆でいかにも困り果てた様子だったので、猶左衛門から先に声が掛かった。

「兼之介どの、しばらく見なかったが息災であったかのう」

「ええ、まあ……」

「元気がないな。何か困りごとでもあるのか?」

「それが、大変なことを仰せつかってしまいました」

「利根川東還事業のことか。あれは大事業で大変であったとお聞きしたがのう」

「いいえ、その第一次事業は終わりまして、今は休息をいただいておりまする」

「それでは、他のことでの悩みごとか」

「そうなんでございます、師範どの」

「なんだ、改まって師範どのと丁寧な言葉を使いよって……」

「それなんですが、こたびの御下命は、巷で起きてる辻斬りのことでございます」

「なんじゃと。街で辻斬りが起きてるというのか」

「そうなんでございます。これにわたしが対処しろと言われましたので……」

「それはちと厄介じゃのう。して相手は相当の剣の達人か？」

「それは分かり兼ねまする」

「おぬしが立ち会って勝てるかどうか分からぬと申すのじゃな」

「てまえも、先生に指導されてはおりまするがまだ未熟者で、真剣の立ち合いがございません」

「それはそうだな。おぬしが困っているのはよう分かる。物は相談だが、その件はわしに任せてはくれぬか。ただし、当然上役どのの了解がいるので、その承諾をばもらってくれぬか」

「それでは、師範どのにご迷惑が掛かりまする」

「今さら何を言うか。ここに来てるということが、もう迷惑が掛かっておる。それよりも、早く解決策を導くのであれば、今から上役の許可を取るのが先じゃ。それが一番の早道じゃ」

「分かりました。本当に何から何までお手数をお掛けして申しわけありませぬ。どうかよろしくお願いいたしまする」

そう言って、牢舎を去って行った。

城内に戻った兼之介は、すばやく上役に事の次第を話して、今老舎に入っている荻原猶左衛門を辻斬りに立ち会わせたい旨の許可を願い出た。

古河藩の城内家老は一瞬迷ったが、もし辻斬りの犯人が剣の立つ達人であれば兼之介の相手ではなく、やられてしまえば古河藩の不名誉にもなる。

ここは剣の指南役の荻原猶左衛門に立ち合わせるのが妥当であるということになった。

2

そうと決まれば話は早い。一夜明けて、さっそく牢舎に行き、猶左衛門に事の次第を告げてその決行の日を決めた。

それは猶左衛門という人物が、剣術師範としてこれまで実直な道場指南を行い、またこたびの局面を理解したうえでの放免であった。家老はじめ上役たちは彼が逃走するなどはよもやあり得まいとの考えで、この事件を託したのである。

その日、上役が誰か警護人の助っ人を付けようと進言したが、猶左衛門はこれを断った。一人の方が警戒されずに済むと考えたからだ。

出掛ける前に兼之介が心配してやってきた。

「今日は、やけに寒さが身に沁みる夜となりそうだが本当に犯人はやって来るのかな」

身支度を整えながら猶左衛門がそうつぶやくと、

「先生、くれぐれも油断なきように願います」

「そうだな。相手が相当の達人ならば、わしがやられるな。その時はこの書状に書いてある所に届けてはくれまいか」

「その相手先というのはどちらに……」

「じゃから、それは後で読め」

「奥方のレンさまへの文なのでございますか」

「わしの実家に今おるから、渡せばよい」

「実家はどちらですか」

「まあ、話してもよいか。下野国今村（今市のこと）じゃ。日光の片田舎よ」

「そうでございましたか。今、ここで話すのはちと心苦しいのですが、話さねばなりませぬ。その奥方のレンさまをお探しの方が、おるのです」

「何？　レンのことだと。このような時に話すのか、わしは切られて死ぬかもしれぬのだぞ」

「ですから、死んでは困りまする。ぜひ、その犯人をやっつけてくれぬと、奥方にも、お捜しの方にも申しわけがたちませせぬ」

「そうだな、まあ、行く前からどうのこうのと言ってもはじまらぬな。いつもどおりの立ち合いの所作構えで向かい合うしかあるまい。行って参るぞ」

「お気を付けて」

亥の刻（午後十時頃）を過ぎてから、猶左衛門は茶を一杯すすり、小袖を羽織ってひとり外に出た。現地までの距離は三、四百メートルあり、途中の町中に入ると見慣れた小間物屋の主人がほろ酔い気分で歩いて来たが、こちらに気付くと、ぎこちなく頭（こうべ）を垂れた。たぶん富裕層たちが行く遊郭でその夜を楽しんだ後の帰りではないかと思われた。少し歩いて行くと、その先に観音様を祀った境内があったので、何気なく手を合わせた。

事に当たっては冷静沈着で通す猶左衛門であったが、真剣で勝負するのは久しぶりで、寒さもあったが胴震いが生じた。その時ふと、妻のレンと娘の顔がよぎった。

（両親と上手くやっているといいのだが……。皆、息災にしとるかな）

そんなことを考え巡らしていると、いつのまにか商いの街通りを過ぎていた。

露地にあるいくつかの石灯篭の灯もすでに消え、闇はますます深まっていた。

暗がりに人影は見えず、廻りは夜の帳（とばり）に包まれて何も見えない。

ただ、遠くに遊郭の明かりがちらほらと仄（ほの）暗く見えるだけだった。寂しさが一段と増してきた。

（こんな所に辻斬りはまっこと現れるのか）

猶左衛門は、酔客めいた町人風情と思わせるために、肩揺れの格好でふらふらと歩き始めていた。一陣の風が吹いてきて急に、足元の裾がめくれた。

「寒い!!」

と感じたその時である。暗がりの中から頬を隠した黒頭巾の侍がぬっと現れた。

結構な長身でやせ型であるが、着流しの腰には太刀を差しているのが分かる。こちらは、目に付かぬように小太刀を背中に回しておいた。

荻原猶左衛門は、れっきとした「柳生新陰流」の持ち主で、柳生家の弟子の中でも一、二を争う高弟の一人であった。それは古河藩の家臣で知らぬ者はいなかった。つまり柳生家は、「新陰流」の創始者・上泉（かみいずみ）伊勢守（いせのかみ）信綱（のぶつな）を祖とする一派である。

猶左衛門は、足を止めて声を掛けた。

「おぬしか。毎夜通行人から金銭を巻き上げているという辻斬り人は……」

「………」

「なんとか言ったらどうだ」

「………」

「わしを斬っても金銭は膨らまないぞ。そんなに持ち合わせてはいないからな」

すると、相手はくぐもった声で発した。

「問答無用!!」

と言って、長刀を抜き猶左衛門目がけて飛び込んできた。

しかし、そこは新陰流の持ち主、一振りを後ろにそらせた。

その時、猶左衛門は直感した。

（こ奴、武士ではないな。構えといい、剣の打ち込みといい、どの流派にもない、いわば〝ガムシャラ流〟じゃ）

次の二の太刀が振り下ろされた時、体を交わして素手で相手の刀を奪い取った。これぞ相手に手傷を負わすことのない、まことの「柳生新陰流」の奥伝であった。

太刀を取られた辻斬り人は逃げるでもなく、その場にへたり込んでしまった。

「参りました。お武家さま、わたしを斬るなり、焼くなり、どうとでもしておくんなせえ」

「何、おぬしは百姓か。やはり武士ではなかったのか」

秀吉の時代、刀狩令があったにもかかわらず、その後武士でない庶民までもが平素から帯刀していた習慣があったことは否めない事実であった。

すると、その百姓はめんめんと語り始めた。

「あっしらは、昨年は日照り続きで作物が穫れず、今年は秋の野分き（台風）で豪雨に遭い、渡良瀬川が氾濫したお陰で家ももろとも流されてしまって、家族五人が路頭に迷ったでがす」

「そうだったのか」

「そんでも少しは周りの者が食い扶持を恵んでくれたから何とかこの前まで凌いで来やしたが、それも限界に来ちまって、こうするしか手がなかっただ」

「しかし、そうなる前に、なぜ番所に訴え出なかったのか」

「そんでも、お武家さんもお分かりのとおり、今のご時世不作の連続で収穫は皆無に等しく、年貢も収められない始末だわ。訴え出てもどうにもしょうがねえべさ」

「事情は分かった。しかし、それとこたびの一件は別だ。お咎めを受けるのは免れまいな。相手の金子を奪ったのは罪に当たる。しかし、脅しただけで刃傷に及ばなかったことだけが救いじゃな」

「なんとも面目ありませぬ、平にご容赦のほどを……」

「後は、番所で釈明するんだな」

その後、引っ立てられたその者は、老舎に入れられたが、家族の者には少なからぬ食い扶持が与えられた。

一方の猶左衛門は、この事件を解決したことにより、彼が償っていた罪が赦免された。

そのことを聞いた兼之介は、さっそく猶左衛門のところにやって来た。

「先生、こたびの一件落着し、おめでとう存じます」

「ああ、そのことか。あの夜、おぬしに会った時のことだが、内心はどうなることかと肝を冷やしたぞ」

「剣の達人先生でも、そのようなことがおありですか」

「そりゃあ、あるとも。斬るか斬られるかだからな」

「でも、それが肩透かしに終わったってことですよね」

「今だから言えるが、まさに、取り越し苦労だったな」

「それはそうと、失礼とは存じましたが、前もって書状は読ませていただきました。ご実家に奥さまのレンさまとお子さまを預けたのは正解でした。わたしの添え書きもして、書状を飛脚便でお送りしましたので、追っ付けこちらに向かっていることでございましょう」

「なんと、おぬしそこまでしてくれたのか」

「それが、わたしの課題となっていた案件でしたから、厭(いと)いませんでした」

　さらに、兼之介とすればこのことを、今日光社参からの行列帰りで古河宿に滞在している玄治(げんや)殿に急ぎ知らせねばならなかった。

3

　岡本玄治はというと、旅の疲れもそこそこに堀江兼之介に会いに行こうとしていた矢先だったが、突然、兼之介が宿に入ってきたのにびっくり、二人は鉢合わせそうになった。

　仔細を聞くと事の偶然さを知った。まさか玄治自身が今村（今市）で泊まった農家の一軒家が、その猶左衛門殿の実家だったとは驚きであった。

　また、そこにいた若き奥方がレン様だったとは。今だに信じられないといった風である。兼之介は玄治に向かって、

「それはそうと、飛脚便で書状を出し、急ぎこちらに来るように手配しましたので、健脚な駕籠かきが引き継いで来れば追っ付け一日から二日で来れるでありましょう」

「であれば、通信使の医官・徐敬安（ソギョンアン）氏にもこのことを急ぎ話さねばなるまい」

「通信使の古河宿は、本陣と脇本陣に分けてあるが、医官はたぶん脇本陣に宿泊しているはず、そこに一刻も早く知らさねば……」

　この時を逃したら、この二人の従妹同士の再会はもうあり得ないと思うと、玄治はやや焦り気味になっていた。将軍の行列は予定の行動を取っていたし、日程変更はまずできないのだ。

　一日も早く、レン様親子を通信使の医官・敬安に会わせてやりたいと願った。

　玄治は、脇本陣目がけて宿舎に着くや否や、敬安を呼んだ。

　敬安も始め、何ごとかと訝（いぶか）ってみたが、玄治が来たことは何か新事実が分かった証拠だなと理解した。

　仔細を聞いた敬安はびっくりすると同時に、これまでの手探り状況から捜し当てるまでのご苦労に頭が下がる思いで一杯になった。

「玄治どの、それは真実（まこと）なのですね」

「実は、てまえはあなたさまよりも先に今村（今市）でご家族にはお会いしていたのです」

「えっ、そうでございましたか」

「でも、まさかその方がレンさまとは気が付きませんでした。五歳位の可愛いお子さまも傍におりました」

「なんと、なんと、早く会いたいものですな」

「この行列と通信使一行が古河に滞在している間にお会いできるといいですな」

「そう願えればありがたい」

古河の滞在期間は三日間で、その出立最後の日がやって来た。

だが、レン様親子の連絡は今だになく、とうとう社参行列と通信使節の一行の古河を発つ日が来てしまった。

玄治と敬安は、二人とも期待外れに終わってしまったことにがっかりし、不安で一杯になった。


レンとその子の親子は、早や駕籠に乗って今村を発って順調な滑り出しだったのだが、古河宿の手前の小山宿まで来た時、子供が高熱を出してしまった。レンは、ここで無理をして命にかかわることにでもなれば、亭主の猶左衛門にも申しわけが立たなくなるので、土地の医者に見せた。

医者は、熱が下がるまでしばらく安静が必要とのことだったのでやむを得ず、ここで一日の休息を取ったのだった。

そのあくる日は、熱もさめて親子の出立の用意もできたが、古河では最後の滞在期間の三日目にあたっていた。

古河に到着すると、もはや使節一行の行列は古河を発った後だったが、猶左衛門だけはそのまま今か今かと待っていた。

そこへレン親子の姿が現れると猶左衛門は手を振って迎え、素早く寄って行って二人を抱きしめた。女の子の名は「すず」といった。

「すず、頭の痛いの、治ったか」

「もう、痛くない」

レンは親子三人がまた会えたことに涙ぐみながら声を詰まらせた。

「ごめんなさい。すずは、駕籠に揺られっぱなしで疲れが出たのでしょう。仕方ありませんでした」

「もう言うな。これぱっかりはしょうがないじゃないか」

するとと、レンが、

「今、行列と使節一行はどの辺りでしょうか？」

「今朝早く出たが、そんなに遠くまでは行っていまい、次の宿場の中田宿辺りではないかの。わしの馬で行けばすぐに追い付けると思うぞ」

機転を効かした猶左衛門は、馬を用意するとすぐさま二人を乗せて、深緑に茂る松林の間を疾駆して行った。

4

行列と使節一行に追い付いた所が中田宿だった。

幸い朝鮮使節の一行は後ろの方に付いていたので助かった。だが、医官の敬安とは初めてであり、ましてや玄冶殿を差し置いて会うのは礼儀に反すると思い、いったん前の方にいる行列まで行き、医師の玄冶を探し当てることにした。

玄冶は誰かが自分を呼んでいることに気が付いた。振り向くと、それが猶左衛門とレンの親子だと分かった。

挨拶もそこそこに玄冶は、将軍の行列から離れ、後ろの方にいる使節一行のところに猶左衛門親子を連れて行った。

中田宿は今ちょうど休憩中であったため、通信使節の廻りは異人の姿をひと目見ようとごった返していた。沿道は相変わらず老若男女の一般庶民の見物人で一杯だ。野良着姿の年寄り、赤ん坊を負ぶった若い母親、小さい子供までもが使節一行を垣間見ようと覗き込む始末だった。

そのような中をかいくぐって行くと、そこに敬安がいた。

敬安は今一人の男を腰掛に座らせて診察していたところだった。

玄治が声を掛けると、敬安は今手が離せないとの仕草を返してきた。しかし、玄治とすれば、この時をおいては逢瀬の機会がなくなると思い、傍まで行って耳打ちした。すると、敬安の様子が一変して驚きの顔に変わり、脇にいる母子をじっと見据えてしまったのだった。

「玄治どの、とうとう見つけてくれたのか」

玄治も、

「敬安どの、そのとおり。この方たちがあなたの従兄妹のレンさまと娘子のすずさんじゃ」

「悪いが、今この患者を見終わるから、中田宿のどこでもよいから、ひと部屋借りることができないか手配願いたい」

それを聞いた玄治は、さっそく行列の接待役に話すと、特別な計らいで茅葺の農家の一軒家を借りる手はずを整えてくれた。

この時、通信使一行に行列の先方役から大きな声で通達が来た。

それは、上流で降った大雨が利根川の水量を大幅に増水させ、渡河するのに難があるとの報せだった。

たぶん一日もあれば水は引くので、今日はこの中田宿に一泊するとのことだった。こんなことは、まああることではないが、敬安とレンの二人に向けた万に一つの僥倖(ぎょうこう)であった。

農家の一軒家で顔を合わせたのは、玄治と敬安、それにレンと夫の猶左衛門夫婦に娘のすずであった。

玄治は、皆に敬安と初めて会った時からの経緯を話した。

するると、敬安がこたびの通信使の医官の役割と、もう一つの目的であった叔父との約束を話した。

敬安は、レンには悲しませることになったが正直に話をした。

「レン。父親のことだが最後までおまえの便りを待っていた。だがそれも杞憂におわり、最後は当時の流行り病に罹って、亡くなってしまわれた。連絡しようにも当てが分からずどうにもしようがなかった」

「カムサハムニダ、敬安どの。わたしが悪かったのだからほんとゴメンナサイ」

すると、横にいた猶左衛門が急に言葉を挟んできた。

「いや、レンは悪くない。悪いのはこのわしの方だ。あの越前北ノ庄松平家の忠直さまの横暴三昧を早く見抜いておれば、あんなことにはならず、もっと早くレンを解放できた。拙者の武士にあるまじき腑抜けが災いしたものと心得まする」

すると、玄治が、

「それはもう、終わったことじゃないですか。不幸な時期はありましたが、こうして皆が会えたこと、これが何事にも代えがたい嬉しいことではありませぬか。先ほど、行列の上役から聞いた話だと、今日は川が増水して渡れそうもないそうじゃ。幸い、この宿で泊まることも差配してくれたので助かった。今宵は、ご家族みんなで存分に寛いでくだされ」

「ありがとう存じます」

レンと猶左衛門はじめ敬安までが感謝の気持ちで一杯になった。

その後、玄治はなんども皆に感謝されながら、その一軒家の宿を離れ自分の持ち場に帰って行った。

あくる日、玄治が宿を訪れると、皆晴れ晴れとした顔つきになっていた。お互いに存分に話ができたのであろう、敬安も後くされなく日本を去ることができそうに思えた。

玄治自身、これで無事江戸まで戻れば、通信使一行からも解放されるので気持ちが楽になっていた。

二日後、将軍行列と一行は江戸に着いた。

そして、一連の朝鮮通信使一行は、その後も日本列島を西に向かって帰路の行進をして行ったのだった。

第十六章　品川・東海寺建つ

1

　家光が沢庵のために、品川に東海寺を建てたのは、寛永十五年（一六三八）である。それまで何度訊ねてもよき返事が返って来なかった沢庵が、やっとこの年重い腰を上げた。

　大奥の女傑・春日局や剣豪の柳生宗矩が敬慕し帰依してはばからぬという沢庵を、将軍家光はどうしても江戸におき、禅匠の御教示を仰ぎたいという願望があった。

　沢庵は江戸にやって来ても和尚にふさわしいと思われる屋敷にはいかず、麻布の地にある柳生の下屋敷に泊まった。そこには旧知の友、医師の岡本玄冶もいるからだ。

　沢庵がこの麻布屋敷に泊まっていた時に、近くにいる玄冶の住まいを訪ねたことがあった。その時彼はこう言ったのである。

「玄冶どの、わしは今、上さまから、江戸住まいを迫られておる。それは、品川の地に寺を建てるから住んでもらいたいというお達しじゃ」

「けっこうなことじゃありませぬか」

「だが、わしは所詮貧乏性じゃ。京の大徳寺でさえ長く住まわなかったことで分かるとおり、何かに縛られるのはわしの性にあわぬのじゃ」

「しかし、一度建立される場所を見てはいかがでしょうか。あの辺は海にも近いし、景観が良いとお聞きしてますが……」


　そのような話をしていた二人だったが、流罪もとけて平穏になった和尚はいったん京に戻り、故郷の但馬（たじま）・出石（いずし）にある宗鏡寺（すきょうじ）に里帰りしてしまった。

ところが、何をかいわんや数ヶ月後また往還して江戸に戻ってきた。

その時、柳生宗矩はいやがる沢庵を無理やり品川の候補地へ連れ出した。

その地まで来ると、宗矩は、

「沢庵どの、ここは良き所ぞ。後ろには万松（ばんしょう）という山がせまり、谷から流れる川は音を立てて青い海に注いでいる。遠くを見れば松林が広がり、彼方まで海原が続いているではないか。こんな風趣に富んだ所はないではないか」

沢庵は応えもせず、しばし言葉を発せず黙っていた。

「どうなんだ、沢庵どの。ここはわしの麻布の下屋敷よりも数倍も良い所じゃぞ」

宗矩はさかんに候補地をほめそやした。

すると、沢庵はおもむろに、

「わしにはもったいない話だ。わしは昔より素朴な寂庵で慣れ親しんでおるので、そのような所でよいと思うているのじゃよ」

なおも、妥協せぬ面持ちでいたが、

（これ以上宗矩に迷惑が掛かるのは避けねばならぬ）

と思い、つぶやくようにぼそっと、

「……宗矩どのに任すとしようか」

「それじゃあ、上さまのご意向を受けてくれるのじゃな」

「これ以上、上さまに楯（たて）突いてもしようがないからな」

「そうか、よかった。これで上さまも大喜びじゃ」

宗矩からそのような内諾を聞くと、将軍家光はすぐさま堀田正盛に建立を命じた。できあがったのが翌年の五月、「万松山東海寺」と命名された。寺領五千石、境内地四万七千坪を要する臨済宗大徳寺派の寺院が完成した。

沢庵は、新しい伽藍に立派な唐破風などが付いたのを見ると、

（あたかも甍のうえに西方浄土が降りて来たようだ）

と感嘆した。俗世の人たちはそれを「沢庵屋敷」とも呼んだ。

「これからこの寺を訪ねて来る客は、身分高き高位高官や富貴の人が多くなり、煩わしさをおぼえるに違いない。我慢せねばならぬことも多く、また耐え忍んで相手せねばならぬこともあるであろうな」

と、述懐しつつ何気に、

（われは沙門。いかなる時も言行正しきをもって応対し、権威に恐れてはならぬ）

と力強く誓った。

その後、堀田正盛は東海寺に塔頭を創建し、〈臨川院〉と称した。また、家光は江戸城内に沢庵の休息所を造り、与えた。

たまたまその休息所に家光が立ち寄ったおりのこと、突然切り出した。

「上さま、申し上げたき儀がございます。それはこの頃の大徳寺のことですが、出世の任が止まって、住持の職に就くものが少のうなりました。このままでは宗門は絶えていきまする。どうか、昔日のように出世の儀をお赦しくださいませ。さすれば宗門の愁眉をひらくだけでなく、上さまの徳

を万世に施すことにもなり得ましょう」

すると、普段から帰依してやまない家光のこと、即座に、

「おぬしがそう思うなら、そうするがよい」

と言って聞き入れてくれたのである。その後、幕府は沢庵を江戸城に呼び、老中酒井忠勝はじめ他の三老中と、それに京都所司代板倉重宗、寺社奉行などを列座させて、将軍の命を通達した。

「大徳寺・妙心寺住職は東照君の厳命により、これより後は錬行年齢相応の者あらば、入寺開堂、先規のごとく行うべし。但し、京都所司代に告げて、その趣きを朝奏すべし」

と言ったのである。

沢庵はこのことを受けて、さっそく江月(こうげつ)ら四人に告げた。すなわち、大徳寺、妙心寺は十四年ぶりに、〈紫衣(しえ)事件〉による寛永の法度(はっと)から解放され、旧に復したのであった。沢庵は、公言したとおり権力に負けず沙門の道を正々堂々と貫いた。

2

ある時家光が東海寺を訪れた際、沢庵は何も食するものがなかったので、

「これをどうぞ」

と差し出したモノがあった。それは「大根漬け」であった。

家光も口が寂しいところに偶然この漬物の大根が出て来て、むしゃむしゃ食べ始めた。

「和尚、これは美味じゃな。何という名前の漬物じゃ」

と言われて、ハテと困ったのが沢庵であった。

「そのように言われても、ただの大根の漬物にご

ざりまするから……」

「そうか、分かった。それでは以後、この漬物を〈沢庵漬け(たくわんづけ)〉と呼ぶがよい」

　なんだか、嘘のようなほんとのような話が降って湧いたのだった。

—巷談では、沢庵のお墓の形が漬物石に似ていたからとも言われ、また〈貯え漬け(たくわえづけ)〉から転じたとも言われている。

　将軍家光は、犬やけものを飼うのが好きで、長崎港に来た唐人が、子牛位ある唐犬を江戸表へ献上したところ、将軍はその唐犬を気に入り庭先で飼っていた。

　ある日、家光が沢庵と雑談をしていた際、檻に入れてあるはずの唐犬が飛び出して来て、家光に吠え掛かった。家光はカッとなり、

「主人を忘れて吠えるとはもってのほか。誰か、この犬めの耳をハサミでちぎってしまえ」

　とどなった。近習(きんじゅ)は色をなして手の施しようもなかった。

　すると、沢庵は老体ながら背筋を伸ばし、唐犬に向かって歩き始めた。唐犬は吠えていたが、やがて静かになり、沢庵がさらに近づいて、手を差し伸べると、唐犬は沢庵の手をべろべろとなめ回し始めた。犬はまるで、別人のようにおとなしくなった。

「和尚、何としてその猛り狂う犬をおさえることができたのだ」

　と訊くと、

「べつに大したことではありませぬ。己の心をそっくり犬に移してやったまでのことでございまする」

「なんと……」

「つまり、己の唾をこの手の平につけて、犬にくれてやったまでです」

と言うのだ。

沢庵の応えが、家光や近習を感動させた。

「なるほど、以心伝心の禅の境地とは畜生にも通じることなのか」

と、家光は感心しきってしまった。

また、家光は、朝鮮から献上された剛猛な虎も飼っていた。

家光の供をしていたのは柳生但馬守（やぎゅうたじまのかみ）、沢庵、それに周りには酒井若狭守忠勝（さかいわかさのかみただかつ）、井伊掃部頭直勝（いいかもんのかみ）、土井大炊守利勝（どいおおいのかみとしかつ）、松平伊豆守信綱（まつだいらいずのかみのぶつな）、保科肥後守（ほしなひごのかみ）正之（まさゆき）などが付きしたがっていた。

家光は、見物が多いのを幸い、一計を案じて、

「誰か、檻に入って虎の皮を撫でることができる者はいないか」

その刹那皆が一瞬黙ってしまったのである。

「これはやはり、天下無双の達人剣の持ち主・但馬しかできぬであろうの」

すると、保科肥後守が、

「猛虎扱い以外の者には噛みつく性質にござりまする。他の者は寄り付かぬのがよろしいかと存じますが……」

と、但馬守をかばった。だが、家光は難題をふっかけて家臣を困らせることが多々あり、この時もそうであった。

「但馬、苦しゅうない。ひとつ檻へ入って、あの毛皮を撫でてみてはくれまいか」

宗矩も皆の前でそこまで言われると、引くに引けなくなった。

檻の看守に扉を開かせ、中へ入った。

宗矩は、胸元から出した鉄扇を正眼（しょうげん）に構え、虎に迫って行った。虎も首をもたげ今にも飛びかからんばかりである。周りの者は固唾（かたず）を呑んだ。その鉄扇を構えじりじりと詰め寄ると、虎は牙をむき出して凄い形相になって、剣聖と猛虎のにらみ合いが続いたのである。ところが次第に虎は宗矩の威厳に圧倒されて視線を逸らしてしまった。ここで「勝負あり」となったが、宗矩は気を抜くことなく、静かに後退し檻を出た。

家光はじめ周囲の者は舌を巻いた。

「あっぱれ！　但馬。見事じゃ」

ところが、今度は隣にいる和尚を見て言った。

「和尚、おぬしもやってみないか。日ごろ、仏法は生きとし生けるものに通じると申しておるのー」

「仏法により好みはありませぬ。お望みとあらばやってみましょう」

「それならやってはくれぬか」

「承知しました」

沢庵は、一礼して、つかつかと歩み寄り檻の扉を開かせた。

虎は法衣を着た沢庵を見て、一声吠え立てた。但馬守のように鉄扇を持ってない和尚は素手であった。和尚はその手に唾を付けて犬や猫を可愛がるのと同じように傍まで行くと、すり寄って撫でまわした。虎は敵意を示すどころか、主人に愛撫されるように目を細め、尻尾を振り、沢庵の体に頭をこすり付けてきたのである。しばらくすると心地よげに四肢を伸ばし、寝入ってしまった。

家光と廻りの者たちはこれを見てあっけに取られた。和尚は、ゆっくりと扉をあけて出て来たのだった。いずれにしても、但馬守は、剣技のやり方で猛虎をしずめ、沢庵和尚は仏道によって猛虎を手なずけた。

だが、一番感動していたのは宗矩の方であった。

「これぞ、和尚の不動智よ。悟道の活殺自在とはこのことか。素晴らしい心の働きを見せてもらった」

のちほどこれを和尚から聞いた玄治は、

「できれば、わたしもその場にいたかった」

と、沢庵にもらしたのだった。

3

江戸の下町には火事が頻繁にあったが、江戸城内でもたびたび火事が起きた。ある所で出火が起こると見る見るうちに広がり、本丸全体が炎上することがあった。

寛永十六年（一六三九）もそういう年であった。

江戸城本丸には、儀式や政（まつりごと）を行う「表（おもて）」、将軍の居間にあたる「中奥（なかおく）」、それに御台所（みだいどころ）の住まう「大奥（おおおく）」がある。暑い夏の盛りであるにもかかわらず、その大奥の北にある奥女中の「長局（ながつぼね）」から出火した。その「大奥」には、将軍の妻子が日常を過ごす「御殿向（ごてんむき）」、大奥の庶務を行う「御広敷（おひろしき）」、将軍家に仕える奥女中の居所がある「長局」がある。

医師である玄治の弟子の快心（かいしん）は、この日は当番で城内に宿泊することになっていたが、玄治は、春日局が体の不調を訴えてきて、診断すると熱があったので心配になり、快心とともにそのまま医師仲間の部屋に泊まることになった。

「長局」には、女中の各部屋の他にお召し物を入れる納戸がある。

お小姓のマツは、明日の夏の祭礼のため、御中臈(おちゅうろう)から頼まれたお召し物を探しに納戸に入って行った。しかも戌の刻(午後八時頃)を過ぎた遅い時間にである。

昼の間に探して持っていったものが、夜遅くになってから御中臈は気に入らぬと突き返し、マツにまた探しに行ってくれと申し付けたのである。

マツは、探し物に時間が掛かると思い手燭ではなく長筒燭台を持参した。

なかなか探し物のお召しが見つからず、やや苛立ちを覚えたが、夜亥の刻(午後十時頃)を過ぎた時間にようやくお探しのお召し物を見つけ出した。しかし、マツはまた御中臈に気に入らぬと返されたら、戻って探しに来なければならないと思い、燭台をそのままにしてそこに置いて来たのだった。

今度は御中臈は「これでよいから、お下がり」と言ってくれた。

ところが、運悪く、その時前触れの余震が起こり、続いて地表の揺れを感じる本揺れの地震が来た。マツ自身は、咄嗟(とっさ)に納戸の燭台の火を消していないことに気が付いた。

揺れがしばらく続くと、誰かが納戸辺りから火が出ていることを告げ騒ぎ始めた。

「火事ですぞ! 出会え!! 出会え!!」

火の移動があまりにも早く、奥女中の面々も右往左往し始め、御殿内がますます騒然となってくるのが分かった。黒い煙が廊下づたいに吹き募ってくるようになった。御使番の金切り声も繰り返し聞こえて来た。

春日局に仕えるお側の者が慌てふためき出した。奥にいる春日局の避難準備をしなければと、皆が一心不乱になって駆け出した。

大奥と中奥の間は、唯一「御錠口（おじょうぐち）」と呼ばれる銅（あかがね）の塀で仕切られた出入り口がある。しかし、今や春日局が集めた大奥は、三千人を越える異常さだ。このような大勢の女性たちがいるなかで、中奥から表に通じる所は、「御錠口」一つしかない。外に出られる所はここしかないと思われたが、こういう非常時には別の出入り口があった。それは、非常の場合に造られた〈鋼（はがね）の扉口〉であった。しかし、ここは二重の戸締りでしかも鍵が掛かっている。表側の一方が開けられたとしても、大奥側のもう一方が開かないと出ることはできない。

大奥側では、慌てふためく狂騒声が盛んに聞こえて来る。

すると、表の方から御用人の大きな声がして、

「今から助けるぞ。慌てるでない!!」

という声とともに、ドーン、ドーンという大槌を打つ音が響いて来た。

春日局のお側の女中たちは、身の回りの品々を集めて風呂敷に包むと、火事看板の文字入り御紋付きを羽織った〈表使（おもてづかい）〉の報告を待つ。さらに、大奥のなかの奥女中たちはお小姓とともに皆、この〈表使〉の指示に従った。

――〈表使〉とは、大奥の役職名であるが、御年寄、御中臈の代参として表向きの用に当たる人をいう。

あれやこれやと大騒ぎしているうちに、とうとうその非常口の鉄の扉が開いた。

非常口から逃げ出して来た女中たちは、各々〈表使〉の指示に従い本丸外の避難場所に誘導された。

容体がすぐれない春日局は、別に用意した駕籠に乗せられて、立ち退いて行った。後から来た者のなかに側室のお振りの方様がいたが彼女の足元を見ると裸足だった。

避難先は、西ノ丸の背後にある吹上御苑で、他の奥女中や小姓たちもここに移動を余儀なくさせられた。

その後の報告によると上様はじめ、春日局、奥女中たちは西ノ丸に入られご休息になられたという。

その間も、火はまたたく間に建物をなめ尽くし本丸は全焼し、ようやく鎮火したのが明け六ツ(午前六時)頃だった。

逃げ出してくる女中の姿は見るも無残であった。着物は煤(すす)で真っ黒になり、その着物もはだけて乳首も丸見え同然の裸となっていた。

玄冶は医師の当直となっていた快心と他の数人の医師たちを連れて、避難先の吹上御苑に向かった。

避難先では当役人が避難所を『治療詰め所』に早変わりさせて重症者の手当てをしていた。

そこへ玄冶たちの医師たちが現れると、彼らはほっとした面持ちで迎えた。

「玄冶どの、はよう来てくれたな。どうにもこうにもわれわれでは一向にはかどらぬ。何とぞお願い申す」

そう言われた玄冶は、あまりにも悲壮な顔でいた役人たちに、

「ここはわれわれにお任せください」

と言って、引き継いだ。

玄冶は、避難して来る怪我人を軽症者と重傷者に分けて、それぞれ何人かの医師が任に当たった。

焼け跡から戸板に乗せられて来た一人の女中の体は、煙に巻かれてしまったのか、逃げ場を失いまるで黒焦げ人形のようで、よく見るとすでに息の根がなかった。

その時玄治は咄嗟に、

「南無阿弥陀仏、ナムアミダブ」

と手を合わせ悔やみ言葉を発していた。

次に連れて来たもう一人の若い女中は、気を失っていたがまだ気道は開いていて事切れてはいなかった。脈を診ると力のない弱い脈で、小刻みに速かった。顔と手足に火傷の跡がある。玄治は、汲んできた手桶の冷たい水の中に布を浸し、顔と手足の患部にあてがった。

しばらくすると、その女中は息を吹き返し、大きく呼吸をした。だが、瞼も火傷がひどく、目がよく開かないので、玄治は、

「気付きましたか。まだ、目の当たりに火ぶくれがあるので、無理して開けないようにしてくださ れ」

すると、

「ハィ」

と、か細い声が返ってきた。

「そのまま、二刻も冷やしておれば、瞼も癒えて見えるようになりまする。もう少し辛抱してくれないか」

と、見えない不安をやさしく慮（おもんばか）った。

今度は、快心が年を経た御年寄を連れて来た。

「先生、こちらの御局（おつぼね）さまは火中のなかを逃げおおせる途中で足を取られ転んでしまわれた。その時受けた足の怪我を引きずりながら、やっとのことで外に助け出されたようです」

玄治は、いたわるように、

「御局さま、ご無事で何よりでした。もう、ご心配なきように。そこに横になってくださいますか」

そう言い、おびえていて何も言葉を発せないでいる御年寄の気持ちをほぐしてあげた。

よく診ると、明らかに右足の脛を骨折していた。この患部には、従来より用意された酢入りの湿布薬を貼り、その上に布宛てをし、さらに固定の添え木をして患部の動揺を防いだ。

「これで、少しばかり苦痛はなくなるが、当分の間無理はせぬように願いまする」

これらの玄治の処置と治療に感心した御年寄は、いかにも安堵し、充たされた顔になった。

「玄治どの、感謝申し上げまする。なるほど、そちの患者に対する態度は素晴らしい。従来の医師たちは、上から目線の傲慢の素振りが見え見えで、なんとも見苦しかったが、そちの治療法には感心させられた。これは、上さまにも申しておかねばなるまいのう」

すると、玄治は、

「御局さま、それだけはご勘弁を。城内には他の医師もたくさんおりまする。てまえは、当たり前のことを当たり前のように施しておりますが、医者とは斯様な商売ですので、特別なことは何もしてございませんので……」

「そうか、分かり申した。ただ、このような非常時の難儀に対してお役目を理解し、そのご苦労を十分に果たしたことだけは上さまに申し上げねば、わらわの気が済まぬのでな」

「それではご自由になさってくださいませ」

玄治とすれば、この際の長話は避けねばと心得ていたからだった。

一方、避難の治療所の脇では、知恵伊豆こと松平伊豆守信綱が上様を西ノ丸にお移しになった後、ここに戻って来て「火消陣屋」を設けていた。彼は屋敷住まいの旗本御家人や大名たちにてきぱきと手際よく、急場の陣頭指揮を執ったので、被害を最小限に食い止めることができた。

さらには、難を逃れた女中たちを集めて、全焼を免れた米蔵から調達した米で粥の炊き出しを命じた。これにより悲愴と飢えに疲れ切っていた大奥の女たちを元気付かせたのであった。

—記録によると、本丸が全焼したのは、この時だけではなかった。

その後は、明暦三年（一六五七）の「明暦の大火」があって、本丸と天守閣が焼けた。

続けて、弘化元年（一八四四）、安政六年（一八五九）、文久三年（一八六三）と本丸炎上はあったが、天守閣は明暦の大火後再建されることはなかった。

しかし、火の不始末による罪を放っておくわけにはいかず、マツと上司の御中臈は江戸から十里（約四十キロメートル）四方離れた「追放の刑」に処せられたのだった。

4

春日局は、寛永元年（一六二四）本郷湯島に隠棲所を求めた。これを知った家光は、願いを叶えさせるために境内地一万坪、寺領三百石を贈呈した。願いが叶えられた春日局は、「報恩山天沢寺」と名付けたが、寛永七年（一六三〇）渭川周劉という高僧を迎えた後は、改めて春日局自身の菩提寺となり、次号も家光の命により「天沢山麟祥院」と改め号するようになった。

　ここはまた、周囲を「からたち」の生垣で巡らしていたので、「からたち寺」とも言われたが、その後の拡張工事で消滅してしまった。

　春日局には、狩野探幽筆の肖像画がある。これは、彼女が寛永九年（一六三二）京都御所に参内し、明正天皇より従二位緋袴を賜られた折の寿像であるが、家光がこの時の慶事を祝して描かせたものである。

　寛永二十年（一六四三）の秋、春日局はこの麟祥院にて病を発し床に伏していた。ある日、玄冶が将軍家光に命じられて見舞いに訪れた時のこと、駕籠から降りて、すたすたと表口から這い上がると、

「お局どの、今日は上さまの御命じによりお見舞いを兼ねて参上いたしました。具合はいかがでございまするか」

　と、声を掛けた。局は、

「これはまた、玄冶どの。何ゆえの伺いじゃ」

　すると、玄冶は、

「お局さまが薬を服まぬので困っておると、上さまからお聞きしまして、一度病状を診て来てほしいと仰せられてのことでございます」

「おお、そのことかのう。見てのとおりじゃ。食のとおりが悪くなって骨と皮ばかりになってしもうた」

「ですが、食欲も薬の調合で回復いたしまする。てまえが処方して差し上げますので服んではいただけますまいか」

「それは、先だっても上さまがお出でになったおりに、はっきりと申し上げたつもりじゃ」

「なんと……」

「それはな、お聞きお呼びと思うが、上さまが疱瘡に罹ったおり、上さまの身代わりにと薬絶ちの願掛けをしたことじゃ」

「てまえも、それは聞いておりまする。しかし、それは一時の便法というものであって、何もこの期に及んでは約たがいしてもよろしいのではありませぬか」

すると、今までの弱弱しい寝顔が一瞬きりっとなって、

「何をおっしゃいまするか、玄冶どの。わらわの言葉に二言はありませぬぞ」

春日局は、きっぱりと言い切ったのである。

それを聞いた玄冶は、これ以上の説得は無理と判断したが、帰りしなに言われた春日局の回想言葉が耳に残った。それは、

「玄冶どの。わらわはほんに幸せ者よ。信長どのに弓引いた謀反の一門の生まれであったが、いつのまにかこうして徳川家の主に取り立てられて召し抱えられた。息子たちも徳川家を支える存在になってくれた。将軍家光さまの跡取りである四代の竹千代さまも早や三歳になられて、徳川家は万々歳でござる。わらわは、安心して権現さまのお側に参られまするぞ」

玄冶は、城に戻ってから、このことを将軍家光公に申し上げると、家光もまた、

「よう分かった。乳母どのに長生きしてもらいたいのは山々じゃが、それは本人の定めに従うしかないということかのう」

それから数日後、春日局は亡くなられた。享年六十四歳だった。辞世の句は、

西に入る　月を誘い法を得て
　今日ぞ火宅を　逃れけるかな

(西の方へ歿していく美しい月を心に留めながら、仏の心に従い、やっと今日悩み多いこの世から逃れることができまする)

―ところが、麟祥院にある春日局の墓石を見ると、墓石と台石にそれぞれ穴が穿ってあった。これは「死して後も天下の御政道を見守り、黄泉からも見通せる墓を造ってほしい」という春日局の遺言であったという。

第十七章　町方医師の岡本玄治

1

玄治（げんや）の長男は玄琳介球（げんりんかいきゅう）といい、通称は玄琳といった。また次男は壽仙祐品（じゅせんゆうひん）といい、通称は壽仙といった。二人とも妻の曲直瀬（まなせ）家の血と岡本玄治の血を引く素直ないい子に育っていった。

　長男の玄琳は岡本家の医師を継ぐべく、寛永十五年（一六三八）父親の玄治とともに初めて将軍家光に拝謁した。

　玄治五十二歳、玄琳二十二歳の時であった。

「上さま、てまえもそろそろ二代目に引き継いでいこうと存じます。この者がその二代目の長男玄琳にございます」

　すると、やや緊張気味の玄琳も、

「お初にお目通りくださり、恐悦至極に存じ奉ります。以後よろしく御願い申し上げます」

　家光は、

「玄治どのも、よき跡取りができたか。これからもよろしく頼むぞ」

　すると、玄治が、

「もう一人息子がおりますが、これも追って医師になって仕官すると思いまする」

「そうか、二人とも同じ医道を歩んでいくのじゃな。そちは良き息子を持って幸せじゃ」

「恐縮に存じます」

　玄治は、城勤めになる息子たちの今後を考えて、今の麻布の住まいを払って、どこか良き所がないか妻の文（ふみ）にも相談していたところだった。

以前玄治が京にいたおり、御水尾天皇の后となった東福門院和子様の病を治したことがあった。東福門院様は二代将軍徳川秀忠公の八女で、将軍家光には妹君に当たる方である。徳川家としてもそれに対して恩賞を与えないわけにはいかず、ご褒美に徳川家から賜られた土地が江戸城からほど近い「中橋」にあった。これが幸いした。「中橋」というのは、日本橋と京橋との中間にある掘割に架かった橋だが、すでにこの界隈は人通りが多く町の賑わいを成していた。

　そこに家族は引っ越して行ったのだが、偶然にもその中橋の南詰には、玄治親子が引っ越す十四年前から、江戸に初めて歌舞伎を披露した中村勘三郎一座の芝居小屋があった。

――この「中橋」は、今は埋められて現存しないが、ここは東京駅正面の八重洲通りを真っ直ぐに行って中央通りと交差する辺りである。ここには「猿若狂言尽」を興行した中村勘三郎の一座があって、埋め立てたその後も「中橋広小路」として、ご用達商人や拝領屋敷、狩野家の邸などがあって賑わっていた。

　閑静な住まいであった麻布付近とは大違いの賑やかな街並みに来てしまった玄治夫婦は、驚きを隠せなかったが、これも城勤めの息子たちのためだと思い観念した。他方、玄治が町医者としてやっていくのには好都合の場所でもあった。

　家の表に「啓廸庵」の看板を出すと、その夜さっそく近くの商家の主人がやって来た。

「先生、こう下っ腹が痛くちゃあ眠れねえですよ。なんとかしてくんなせい」

玄治は、江戸っ子訛りの強い主人の言葉に閉口したが、それでも苦しそうなその顔を見るとそうもいかず、横に寝かせてから主人の帯をゆるめ、手を伸ばして脈を診た。だが、脈に特に異常はなく、次に腹を撫で気味に上から下へとゆっくり触れていった。すると下腹部全体がかなり緊張した張りを示していたのでそこを押してみたら、主が「痛エッ」と言った。

玄治はそこをもう一度強く押した時だった。

いきなり、

「ブオー」

という放屁音が出た。さらに、もう一度押してみると、また、

「ブオー、ブップー。ブオー、ブップー」

と見事な音が連発して出たが、あまりの臭さに一瞬鼻をつまんでしまった。

しばらくすると、主人はケロッとした表情になり、

「先生、もう痛いのが治ったようでやす」

というのであった。玄治は、

「もう心配はいりませんな。ご主人のは病ではなく、単なる食べ過ぎです。これからは、夜遅くなってから食事を摂ることのないよう、規則正しい生活を行うようにしてくだされ。そうすれば腹痛はおきませぬ」

そう言って、お代を取ることなく帰ってもらった。

次の日は、内神田にある大大名・佐竹家上屋敷から藩主の佐竹義隆（さたけよしたか）公の具合が悪いというので急ぎ来てほしいという急患の依頼であった。

駕籠は手際よく用意されており、伺うことにし

た。

佐竹藩というのは、関ヶ原の戦いにおいて、煮え切らない態度でその挙動を咎められ、常陸国から出羽国（秋田）へ入封された藩である。初代の久保田藩は佐竹義宣であるが、この時、

「出羽之内『秋田・仙北』両所進め置き候、すべて御知行あるべく候也」

というお達しだけで、石高が不明であった。

――この「秋田・仙北」とは、秋田六郡のことで、秋田郡・檜山郡（後の山本郡）・豊島郡（後の河辺郡）・山本郡（後の仙北郡）・平鹿郡・雄勝郡を指す。

替地は分かったものの依然として石高が決められていなかったのである。これが二代目義隆公に引き継がれ、義隆は幕府へ高辻帳を提出して、当時の実高である三十二万石の公認を求めようとしていた。「高辻帳」とは、領主の支配領域から獲れる石高総計を書き出した帳簿である。

その日の午後一番に城へ登場せよという勤番からの御下命があったが、事は重大事項なので昨日から神経質になっていた。

義隆は朝起きてからも気分が悪く、そのうち胃が痙攣をおこし、間断なく痙攣が起きるようになってきたらしい。そこで、中橋にできたという施療所「啓廸庵」に小姓を走らせたというわけである。

玄冶は用意された駕籠に乗り、内神田の大きな冠木門のある佐竹邸を訪れると、家臣の一人が奥へ案内してくれた。

挨拶もそこそこに顔を見た瞬間、青ざめている藩主の姿があった。

いつものように手に取って脈をみると、脈は弱く力がなかった。

藩主の義隆公は言う。

「昨日の夕餉のことだが、胃がつかえて食が通らず、考え事をしていたら昨夜は一睡もできなんだ。昼から登場せんと困るのじゃが、先生何とかならんかのう」

こういう時は不安と鬱屈が重なり合ったような状態であることがよくあり、玄治はまず本人の気持ちを落ち着かせようとした。

「藩主どの、あまり余計なことは考えないようにした方がよろしいかと。事はなるようにしかなりませぬ」

すると、義隆公も、

「おぬしの言うとおりよ。わしも領民の食い扶持のことを考え出すと難渋するのだ」

「ごもっともですが、藩主どのが元気でないと民も困りまする」

「そうだな、玄治どのの言うとおりよ。少し気持ちが楽になった。何か良き薬はないかのう」

玄治は、このような時に最も良い処方箋はこれだと思い、

「藩主どの、こんな時によく効く薬がございます。それを今すぐ処方いたしますのでしばらくお待ちくだされ」

と言って、薬用箱から取り出した薬が「甘草瀉心湯」であった。生薬は「甘草」「半夏」「黄芩」「乾姜」「人参」「大棗」「黄連」の七つ。

これを服ませると、ほどなくして藩主の顔色が見る見るうちによくなってくるのが分かった。

義隆公は、

「なんと、玄治どの。これはよく効く薬じゃのう。

胃のつかえが取れてすっきりした気分になってきたわい」

「そうでございますか。それはようございました」

午後になってから登城した義隆は、幕閣の面々と談判したが、三十二万石は認められなかったものの、その後の話し合いで結局二十万石に落ち着き、決着をみた。

2

翌年になると、長男の玄琳は奥の御番勤めになった。玄琳は「本道」つまり内科の医師であるが、その他の番医師には外科・眼科・鍼灸医がいた。

殿中では交替の宿直があり、これらの者は不時の診療にも相務めねばならぬ重要な任務であった。

ところで「大奥」は、春日局が健在の頃は取締りも厳格で、生死にまつわる事件らしきものは起こらなかったが、取り仕切るリーダー格の春日局が亡くなると乱れが生じ始めた。

「大奥」は、以前にも説明したが本丸の半分以上を占める敷地。およそ三つの区画に別れている。それが、「御殿向き」「長局」「御広敷」である。

その内、「御広敷」は警護の役人や庶務もいるので、女ばかりの園とはいえない。したがって、いわゆる「大奥」と呼ぶのは、「御殿向き」と「長局」のことをいう。その「長局」には、最高の上臈、御年寄、御中臈（御局）から最下級の女中の御末までの女性が千人近くは住んでいる。

ある日、玄琳は川越藩・松平伊豆守に呼ばれたが、大奥の暮らし向きの習わしを知るため、将軍や御台所様（みだいどころ）の食事膳がどのように出されるのかを聞いた。

伊豆守は、食事膳の役目を果たす家臣を呼び、その内容を縷々（るる）説明させた。

「まず将軍の食事ですが、朝五つ（午前八時）に御膳所でかねて用意された食事が器（うつわ）に盛られ『御膳立之間（ぜんだてのま）（笹之間）』に運ばれます。次に裃（かみしも）に威儀を正した御膳所奉行の毒見があり、これが終わると、大奥側・御膳番の『御小納戸（おこなんど）』が御膳を受け取り、さらに奥女中の「御次（おつぎ）」に渡し、その後将軍に出されまする。この食事の後、将軍に少しでも不調がありましたら、御膳番はその時の食事の内容と、食べ残しの量を秤に掛けて食事量を記録したものを奥医師に知らせることになっておるのでございます」

なお、朝食の膳が下がった後のことも説明した。

「結髪が行われている間に御医師の二人が御脈伺いをいたします。将軍は無言のまま左右の手を差し出されますから、これを二人の医師が診ます。次に将軍は左右の手を交差してまた二人の医師に診てもらいます。これもシキタリであります。ことほどさように慎重な御脈伺いがありますが、その後、将軍の舌も診るのです。よいですかな」

「はい、しかと受け賜りました」

「昼食も同様ですが、夜は大奥で摂ることが多くなるのでございます」

「さようでございますか」

次に家臣は、大奥での御台所の食事を説明した。

「まず、御広敷御膳所で十人前の料理が作られます。それを御広敷番頭が毒味して、一人前が減る。次に奥の御膳所で当番の御中臈が味わい、また一人前が減る。それが御台所さまの前までくると、今度は御年寄が魚などをむしってさしあげ、一口でもお召し上がりになると、次の御膳の魚が出されます。このお代わりも三度までですので、結局残ったものは手つかずになられまする。残ったものは御年寄が食べてしまうことが多いのでございますが」

　そう言いながら、食事膳係の家臣は去って行った。

　玄琳はその話を聞いて、

（この要領で食事が出されるのなら、毒を盛られる心配はなさそうだ）

と、ひとり合点していた。

　非番になって家に帰り、その話を親父殿の玄冶に話すと、

「それは甘いぞ、玄琳」

と言われた。

「確かに上さまや御台所さまの食事には十分な目が行き届いているから大丈夫だろうが、大奥の中は女だけの世界。陰湿極まりない妬(ねた)み、嫉(そね)みが渦巻いておるのじゃ。御中臈の御局さまたちにも不祥事が起きないよう十分気を付けられよ」

「そうでしたか。おすべらかしの髪型で、豪華な小袖を羽織っていても、頭の中では何を考えているか分かりませんな」

「もう一つ言っておくが、本道頭の神馬道安(じんばどうあん)どのには気を付けられよ。わしの後から入って来た後輩じゃ。表向きは良い顔をするが、なぜか得体のしれない曲者のようなのだ」

　神馬道安は、本道医師の頭だった玄冶が去った後釜(あとがま)として君臨していた。

「それは知りませんでした。肝に銘じておきましょう」

「それともう一つ。大奥はお目見え以上とお目見え以下など上下の関係が甚だしいのだが、医師の診断には上位も下位もなく、皆平等であることを忘れるでないぞ」

これには何か意味ありげだと玄琳は思ったが、ただ、

「はい、分かりました」

とだけ応えたのだった。

番医師は、普段は通いが多いのだが、宿直は輪番制で六人が当たっている。

ある日のこと、玄琳が宿直に当たっていたその日、皮肉にも頭(かしら)の神馬道安も当たっていた。ところが、将軍は夕食後、昼間の政務に負われて疲労を感じていたせいか、それを理由に大奥への渡りを辞退した。

大奥で、そのことが素早く知れると、大奥全体の雰囲気が変わった。

春日局は先年お亡くなりになっており、家光の正室の御台所・鷹司孝子(たかつかさたかこ)様も上様とは仲違(なかたが)いしてすでに別居生活に入り、大奥にはいない。後は、上様の側室の御中臈たちや御局たちが上位にいる位で、その他気にするものは何もない。

このような時は、奥女中たちの住む「長局」では、皆勝手気ままな自由な振る舞いが行われていた。ある部屋では双六、カルタで遊びに興じ、ある部屋では百人一首に興じる。またある部屋では、豪華な小袖と帯を出して次回のお芝居見物に着て行くための品評会を催したりしていた。

また、「御次」といった役割の女中などは、大奥での催しの際、興じる演題の遊芸に熱心に励んでいた。この御次の場合は若い美貌の持ち主が多

かったが、当日の催しの際、上様の目にとまりでもすれば、一気に御中臈に出世できるかもしれない運が待ってるやもしれないのだ。室内での音曲は奏でられないにしても、舞踊はいくらでもできる。その部屋で、舞っていたのがお駒（こま）という女中で、細おもてで身も心も純真そうな子であった。

誰がこの次、お上の夜の相手に選ばれるか、御年寄の間でも関心があり、ぜひ自分のところで仕える女中から出てほしいと鵜（う）の目鷹（たか）の目で狙っているのは確かであった。

したがって、「御次」を担ぐ御年寄の華嶋（はなしま）は、このお駒に付いて遊芸を見てやり、教え込むのに懸命だった。

ところがその御年寄仲間にライバルがいて、その名を桂仙（けいせん）といった。その下に仕える女中にもまた切れ長の目としなやかな腰つきに特徴のある小娘がいた。その名をお初（はつ）といった。こちらも同様に桂仙がお初にお花、お茶の行儀作法や躾（しつけ）に賢明で、その努力を惜しまなかった。

二人の御年寄は、春日局が存命の頃は、彼女に快く付きしたがう頼もしいばかりの御年寄であったが、春日局が亡くなると一気に頭角をあらわして、大奥を仕切るようになっていった。でも、両者は、何かというと角付き合って相譲ることはしなかったから、もめごとが絶えなかったのである。

3

江戸の大祭に日枝山王（ひえさんのう）神社の山王祭があるが、これは家康が西ノ丸の紅葉山に鎮守したのが始まりで、「天下祭（てんかさい）」とも言われた。つまり、山車（だし）の行列、小町娘の舞踊り、神輿（みこし）がご城下だけでなく江戸城内にまで繰り込んでお上のご上覧を受ける祭りなのだ。無論、御台所や奥女中たちも見物を許される。半蔵門から入った行列は竹橋門から出るまでに、今の乾門（いぬいもん）辺りにあった吹上の上覧所で将軍に拝謁することになっていた。

六月の初め、前夜から江戸の庶民はこの「天下祭」で浮き足立っていた。城内の大奥でもまたしかり。

大奥の女性たちにとって年にただ一度、活気に満ちた城外の雰囲気に触れる機会でもあるこの本祭りは、待ち遠しく大きな楽しみであった。

当日はお上を先頭に奥女中たちもひときわ際立った衣装を着て、大祭の行列を今か今かと待った。

ここでも見物の際の席順というものがあって、みだりに前に出ることは許されず、将軍家光の後ろには側室の御中臈を筆頭に上臈年寄、御年寄、中年寄、御小姓、御次と続くのであった。上臈年寄は京都の公卿の出身者がなるが、御年寄は、旗本の出身者がなり、大奥を仕切るのは主にこの御年寄の方であった。

その当日がやって来た。

笛や太鼓のお囃子が山下門の辺りから聞こえ始めてきた。

それから間もなくして、先頭の山車が半蔵門に入るやいなや、いずこから大きな拍手とどよめきがあった。当然、吹上の場所で待機して待っている将軍のところにも聞こえて来る。

将軍家光は、傍にいる酒井忠勝に声を掛けて、

「もう、そろそろやって来るのかな」

忠勝自身もまた、

「はい、近いと思います。年に一度とはいえ、祭

りは胸が高鳴りまするな」

「ところでお楽と竹千代は来ておるか」

「はい、あそこに見えておりまする」

竹千代とは四代将軍となる家綱のことで、この時はまだ幼少であり、産みの親のお楽と将軍と血縁関係にある保科肥後守正之（ほしなひごのかみまさゆき）に付き添われていた。

「おお、そうか。肥後守（保科正之）も一緒ならば安心じゃ」

「竹千代さまも五歳になり、この行列は大層お喜びになると思いまする」

「他の大奥の女中たちも気晴らしになるであろうな」

「そのようでござりまする」

四十五台の山車の列が半蔵門を次から次へと入城し、城内に入って来るのが分かった。


その一番手は南伝馬町で、烏帽子狩衣（えぼしかりぎぬ）姿の猿の山車であり、二番手は大伝馬町で、太鼓の上に閑古鳥を乗せた山車である。これらの二つはあまりにも重量があり過ぎて、その山車を牛三頭が曳いていた。そして、三番手は麹町（こうじ）の傘鉾であった。傘の上には羽を広げた金箔の鶏が乗っている。

将軍がいる吹上の上覧所に行列が差し掛かると、いっせいに見物している奥女中たちの甲高い叫び声とどよめきがあった。さしもの、将軍はじめお側衆たちも一瞬度肝を抜かれた。

山車も前半分が過ぎた頃、その後に三基の神輿がやって来た。白い腹帯と褌（ふんどし）を巻いた男衆が気勢を発して威勢よく担いできたのである。

こういう時には、なぜか普段おとなしい大奥の女中でさえ「キャア、キャア」と嬌声を発し続け喜び勇んだ。

御年寄の華嶋も桂仙もお付きの若い女中二人を連れて見物していた。御年寄の二人は、祭りの見物は毎年の行事のことで見慣れているが、若い御次女中たちは初めての場合が多く、興味津々の呈で見つめている。

しかし、華嶋や桂仙がいつも頭から抜けないのは、いついかなる時でも若い御次を将軍の目に留まらせる工夫だった。そのためには、このような山王祭の時でも容赦せずに、思案をめぐらせていた。

華嶋は、お駒の手を引いて皆のいる中をかき分けながら前へ前へと進んで行った。手には何か手桶らしきものを抱えていた。

将軍の姿が見える所まで来た。

すると、華嶋は自分たちで作った濡れ手巾（しゅきん）が入った手桶を持ってスーッと前に出て来た。後ろに控えていたお駒は次の瞬間、その中の濡れ手巾を取り出して必要な神輿の担ぎ手に一人ずつ配り出したのである。周りの大衆はあっけにとられたが、誰もその行いに非難を浴びせる者はいなかったし、むしろ機転を利かしたその態度に好意的であった。

度肝を抜かれた将軍と忠勝といえども、ただただ唖然とするしかなかった。そして、お駒のやさしそうな手で渡す仕草と、今日の紫陽花（あじさい）模様入りの衣装姿が、いやが上にも将軍の目に焼き付けられていた。

行列を見ていた他の多くの者たちも何ごとかと目を向けたのであるから、目の前にいる将軍がそれを見過ごすわけはない。

酒井忠勝は、なおも続ける二人を見て押し留めようとしたが、将軍は、

「忠勝、そのままでよい」

「でも、御上覧が軽く見られますぞ」

「いや、そうではない。このような粋な計らいは大目に見なくてどうするか」

「それもそうですな」

　その場の急事は収まったかに見えた。

　ところが、その後今度は後半分の何組目かの山車の一群が通り始めた時、山車の曳き手の足元が揺らいで覚束（おぼつか）なかった。よく見ると、二人の草鞋（わらじ）のヒモが切れそうになっていたのである。

　その時である。御年寄の桂仙と御次女中のお初が二人していきなり飛び出し、その草鞋の切れそうな二人の前に持って行き、履き替えを勧めたのである。

　これには、曳き手の二人もびっくりしたが、すぐにその咄嗟（とっさ）の好意に準じた。

　危うい行進の乱れを押し留め、いきなり行列の前に出て行った大奥の二人だったが、この行いに目を見張った将軍家光の視線はその一点に注がれていた。

　しかも山車の行列は、進行を妨げることなく通り過ぎて行った。

「忠勝、あれもまた、でかしたな」

「そうでございますな。大奥の者たちの奥ゆかしさと勇気を兼ね備えた行為でございまする」

「先の者の行いといい、また、今の行いといい、二つとも見上げたものよ。後で褒美を取らせるから予のところに呼ぶがよい」

「かしこまりました」

　こうして、城内を練り歩いた行列だったが、竹橋門を出る頃には陽はとっぷりと暮れかけていた。

　一方、大奥に戻った女中たちは、華麗な山車の数々、小町娘の舞踊り、それに粋のいい若者たちの神輿に大満足であった。もとより、御年寄の二人も若い御次女中が予定どおりに将軍様のお目に止まったことで、内心満ち足りた気分になっていた。

後日、中奥御殿に二組が呼ばれていた。下段の間で控えていた御年寄の華嶋と桂仙は、二人の御次を後ろに控えさせ、上様の来るのを待っていた。

そこへ将軍がお供の忠勝を連れてやってきた。

座るやいなや、

「其方たちのあの場の機転は、見事であった」

すると御年寄も、

「ありがたき幸せに存じます」

と、二人が声を揃えた。

「あれは、予の評判を上げてくれたわい。そうだな、忠勝」

傍にいる酒井忠勝にも同意させると、忠勝も頷いてみせた。

「ところで、後ろにひかえている女子の顔もよく見せてはくれまいか」

と言ったので、御年寄の二人はここぞとばかりに自分たちは後ろに下がり、お駒とお初の二人を前に押しやった。

家光は、すでに側室を何人も抱え子供も拵えているから、以前のような興味をそそることはなかったが、それでは御年寄のあからさまな目論見をそこね兼ねないので、やんわりとこう言った。

「二人の御次は、名はなんと申すか」

すると、どちらかともなく、

「わたくし目は、お駒と申します」

「ほう、お駒とな。よき名前じゃ。あの神輿の担ぎ手に濡れ手巾を渡したのはそちじゃな。よき頃合いじゃった。これからも御年寄に付き従いよく仕えてはくれぬか」

「はい、ありがとう存じます」

「してもう一人は」

「わたくし目が、お初と申します」

「ほう、そちがお初か。あの時の草履はよく気が付いたの。あれは天晴れじゃった」

「ありがたき幸せに存じます」

「ところで、わしはそなたたちに褒美を取らすと忠勝に申し付けたが、その後贈り物を与えても致し方ないと考え、それは止めにした。そなたたちの好きな願いを聞き届けるので存分に申してみよ」

　すると、まさかそのような上様の答えが返って来るとは思わなかったので、二人は目を合わせ、しばし考えあぐんだが、まずお駒が応えた。

「こんなことを言うと、大奥の他の女中たちに恨まれるかもしれませぬが、また上さまには不躾なお願いごととなりまするが、よろしいでしょうか」

　そう言うと、

「何を言うか。わしの言葉に二言はない。先ほど申したとおりで、望みの願いを言うてみよ」

「それでは憚りながら申し上げまする。わたくし目は、中橋南地の猿若座（後の中村座）にある芝居を見とうござりまする」

「おお、そうか。あの近くには医師の岡本玄冶も住んでおるぞ」

「そうでございますか」

「おお、よいよい、行くがいい」

「ありがとう存じます」

「それから、お初と申したな。そちの願いはなんじゃ」

「わたくし目は、歴代将軍の霊廟がある、寛永寺と増上寺の二つを代参したいと存じます」

「おお、それは殊勝な心掛けよのう。忠勝、大奥にも二つの霊廟がある寺院は人気があるのか」

するると、忠勝が応える。

「それは、そうでございましょう。将軍とのゆかりの寺院でございますから。葵の紋所すなわち、徳川将軍家の威光は絶大ですから、これにあやかりたいと願うのは至極当たり前のことと存じます」

「そんなものかのう」

「そのようです。それに寺社側も葵の紋所が付いた御品の寄付を受けたということで、それを売りにして大変な評判を集めまする。ご開帳の際はそれらの品々を展示することで、効果もますます発揮しますゆえ」

「女中たちにとっての利益はあるのか」

「御台所さま、御局さまや御年寄たちと違って、一般の女中たちは、原則として大奥の外には出られません。よもや城外に出られるとなれば、気分爽快で元気になりましょうな」

「それで納得したぞ。お初とやら、お付きの者とともにその二つの寺院へ行くがよい」

「ありがとう存じます」

そのようなわけで、この謁見では、将軍から若い御次への御手付きはならず、二人の御年寄は落胆を隠せなかったが、また次の機会に期待した。

それとは別に、華嶋とすれば大奥のトップの座を狙い、大奥での実権を何がなんでも握りたかったので、いつかは鼻持ちならぬ桂仙をへこましておかねばという気が心の奥底にあった。

4

大奥というと男子禁制と思われるが、大奥内の「御広敷」だけは、男子禁制ではなかった。「長局」と「御広敷」の境には、「七ツ口」と呼ばれる所がある。

その「御広敷」には、大奥に食料品など生活物資を納入する、〈商人〉たちが出入りしている。つまり、「長局」からは奥女中が出て来て、櫛（くし）や簪（かんざし）、化粧品、小間物などの生活用品を注文する。

それとは別にまた「五菜（ごさい）」と呼ばれる、奥女中に代わって、城外での用件を果たす男性使用人がいた。買い物をしたり、手紙を届けたりする役目を持ち、この者も「七ツ口」までは出入りが可能であった。また、上級の御年寄だけがこの「五菜」を一人〜三人位付けられることになっていた。

「七ツ口」とは、朝五ツ時（午前八時）に開かれ、七ツ時（午後四時）には閉められるので、この名が付いた。

御年寄の華嶋は、これらの「七ツ口」での商人や「五菜」を牛耳っておけば、自分の意のままにできると考えていた。当然、他の御年寄には分からぬように、「七ツ口」で取り仕切っている商人に目星を付けた。その商人の名前は、勘右衛門（かんえもん）といったが、その勘右衛門にはそれ相当の賂（まいない）をあらかじめ渡しておいた。

ある日のこと。予定の日にやって来た勘右衛門が見せたのは、今長崎で流行りの櫛、笄（こうがい）、簪であった。その際、まず最初に「七ツ口」まで呼び出すのは御年寄の華嶋に決めていた。ことほどさように根回しを利かせていたのである。

簪といってもさまざまで、花簪もあれば扇形の平打ち簪、耳かきの付いた簪、後ろ刺しの簪もある。また、笄には単に髪を整えるモノもあるが、材質の違いで象牙やべっ甲もあれば鯨ひげや銀製でできたモノもある。

これらの新規の流行品を身に付けることによって、廻りの者の気を引くのである。華嶋とすれば目新しいモノは手当たり次第購入してしまい、後は一般のどこにでもあるモノが残る始末だ。

華嶋はそれを自分の身の周りを世話する女中やお小姓たちに振る舞ってやるのだが、なかでも一番の良き品は目を掛けている売れっ子の女中のお駒に着飾ってやった。

それを小耳にしたもう一人の御年寄の桂仙は、地団駄を踏んで悔しがった。

するとさっそくそれに対抗すべく方法を考えた。今度は自分で抱えている「五菜」商人の平九郎(へいくろう)を利用することにした。当然、華嶋には分からぬようにして、その筋の小間物専門店から櫛、笄、簪の類の今流行の品々を取り寄せて、その中から物色買いをした。

ある日、御年寄たちが将軍に拝謁する行事があった時のこと、華嶋は最も目立つと思われた花簪を差して出席した。当然桂仙も出席することになっていた。

先に席に付いていた華嶋は、これ見よがしに花簪をひけらかして皆の前でお澄ましをしていた。そこへやってきたのが桂仙であった。

ところが華嶋は桂仙の自分と同じ髪飾りを見てびっくり。まったく同一の飾りの花簪であったからだ。

これにはまず華嶋が驚いた。しかし、桂仙も華

嶋の頭に付けている花簪に目が行き、

（これは偶然か。確か、あの「五菜」の平九郎に今長崎で一番の流行りの花簪はあるかと言ってやったが、まさかそれが同じ花簪とは……）

一方の華嶋も、勘右衛門に一杯食わされたと思ったが、ここは年季の入った御年寄のこと、平然と構えていた。

そこへ桂仙もやってきて、何ごともなかったように、

「これは、これは華嶋さま。ご機嫌はいかがでいらっしゃられますか」

との挨拶をされて、華嶋も黙ってるわけにもいかず、

「今日の上さまの拝謁にはふさわしいきらびやかなお衣装で、ひときわ異彩を放ってお美しいこと。ただ、その衣装にその髪飾りは似合わないと思いまするが……」

すると、桂仙も黙ってはいなかった。

「何をおっしゃられますか。華嶋どのこそ、今日のお衣装にはその髪飾りは不似合いだと思いますわ。もっと小さい花飾りの方がお顔に合いますこと」

次第に二人の目が血走って来たのを見て、年齢では一番上の御年寄のお光(みつ)殿が間に入ってきた。

「おふたりとも、ここではみっともないからお辞めなさい」

お光殿にそう言われると二人は口をつぐみ、その場を離れて行った。

5

いつの頃からか分からぬが、大奥で小さな犬、

つまり当時「狆（ちん）」と呼ばれる子犬が飼われることが流行りとなった。

大奥は閣僚である老中に匹敵する実力を誇っていたので、その実権を握ると何かと都合がよい。そこで大奥への貢ぎ物も多くなるという算段だ。その一つにこの「狆」が贈答品として選ばれた。当然、飼育にはお金が掛かるから御年寄の身分でなければ飼うことはできない。それを一番先に大奥の室内で飼うようにしたのが華嶋であった。華嶋は「狆」の名前を「シロ」と名付けた。華嶋の動物好きは大奥内でも有名であるが、世話などはお付きの小姓に任せ、自分が愛玩する時だけ「狆」を抱きしめて弄んでいる。

絹糸のような毛並みにいつもブラッシングを掛けながら抱いているその姿を見るたびに、他の奥女中たちはイラつきを隠せなかった。

御年寄の俸給は大奥の中でもトップクラスで、年に六十両、今の価値で言うと（一両＝十万円）として六百万円だが、扶持米（ふちまい）が十人扶持なので、自分一人と数えて九人の女中を雇えるだけの米、五十石が支給される。その他に表に出ない筋からの付け届けもあるから、ざっと年収は一千万円位になると試算された。それが念々積み重なればその蓄財は大変なもので、千両位は普通であり、数億円レベルになる御年寄もいた。

その華嶋は、食事時の「シロ」がお腹を空かしてペロペロ舐めるその仕草にいつもご満悦至極であった。

大奥の中の「長局」という所はかなりの広さを持ち、女中部屋も百近くあるので、初めての新人は一つ間違えると、もう迷路のごとくなり、頭を抱えることになる。

華嶋の下で働く雑用係に、まだ大奥に入って来て間もない梅という者がいたが、ある日のこと、なぜかあの狆の「シロ」を小脇に抱え、右往左往していた。どうも「シロ」が奥座敷で粗相を仕出かしてしまい、その後始末を命じられたのだ。座敷の後始末は別の者がなんとかしたが、「シロ」の方は梅に押し付けられてしまったらしい。

表の一画に井戸端があるのに気付き、そこに「シロ」を抱えて連れていき洗おうとした。

丁寧な所作で何度も何度も手ぬぐいで拭いてあげていたが、ふとしたスキに「シロ」は手元から離れ飛び出してしまった。これは大変と梅は追っ掛けて行ったが、なかなか捕まらない。「シロ」は室内ではお利口さんでじっとしているが、外に出るとその開放感からか、兎のように飛び跳ねて行く。捕まえあぐねている間に、とうとう縁の下に入ってしまった。

いつの間にかどこに行ったか分からずじまいになってしまった。

さあ、大変。困り果てた梅だが、もとより新入りの梅は長局の配置がよく分からない。もといた部屋に帰ろうとするがよく分からず、迷いに迷って華嶋の部屋に戻って来たのは夕刻近くであった。

しかも、「シロ」が逃げて行方不明になったことを華嶋に話すと、華嶋は激怒した。

「梅や、なんてことをしてくれたの、おまえは。シロが見つかるまで食事なしじゃ」

次の日から華嶋に仕える九人が全員で必死に探し回ったが、一向に見つからない。

来る日も来る日も「シロ」は発見されずにいた。

その間、梅は食べずにいたので、他の使用人の煮炊き係が見るに見かねて、そっと梅におにぎりを渡していた。それで梅はなんとか飢えを凌いでいたのだった。

三日目になって、事件が起きた。

「長局」と「御広敷」の間の「七つ口」近くで「シロ」の死体が発見されたのだ。

普通の飼い犬や飼い猫であれば、検視などせずに葬ってしまうのが常であるが、大奥でも権力のある御年寄の華嶋の愛玩動物「狆」ともなるとそうはいかない。誰かに狙われて殺されたのかもしれないという噂が流れた。

しかし、死体は人間ではなく動物なのだ。それでも毒物の検視をせねばならぬ。ところが、その死体の検視役に玄冶の長男・番医師担当の玄琳が指名された。これは番医師筆頭の神馬道安からの命令で、暗に嫌がらせがあったかもしれない。

玄琳は番医師の中では、まだ日が浅くこのような役目を命じられても文句は言えず、仕方なく、道安の指示にしたがった。

玄琳はまず現場を見なければ埒が明かないと思い、「七ツ口」近くで発見されたシロの屍を調べた。すると、屍の置かれた僅か先にシロの吐瀉物らしき残滓を見つけ、そっと布切れで包み込んだ。その他には不審な点はなく、そのまま引きあげた。

玄琳は、持ち帰った残滓を調べると、練り粉の生地で造ったと思われる餡入り菓子の残がいと、その中にヒ素の薬物が見られた。ヒ素は毒性が強く殺虫剤の役割を果たす代物だ。

果たして、このまま報告すべきかどうか迷ったが、その時父の言葉を思い出した。

（医師は、世情や外部の環境に惑わされてはならぬ。診断に乱れがあってはならぬ。死体に真正面から向き合い診断すべきである）と。

あくまでも、冷静にしてかつ常識的な診断を下すべきと考えて、その旨を番医師筆頭の道安に報告した。

すると、道安は、

「玄琳どの、よく調べてくれた。だが、それを老中・酒井忠勝さまにでも報告してみなされ。大奥中が右往左往の大変な大騒ぎになって、収拾がつかなくなる。ここは別な死因を考えなされ」

玄琳は困った顔をしたが、

「他にどのようなことが考えられますか」

「おぬし、それを某に言わせる気か」

「いえ、とんでもありませぬ」

「ならば、考えよ」

玄琳はもともと厳格な父の指導のもとで医師になったので、清廉潔白な持ち主であった。なかなか返答が出せずに言いよどんでいると、道安も痺れをきらして、とうとう恫喝に近い言葉を発していた。

「おぬし、こんな簡単なことも浮かばぬのか。〈シロ〉には絞殺の跡があり、死因はこれだ、と言えばよいのだ」

「…………」

「まだ、何か不服でもあるのか」

「いえ」

「よいか。これは人様の死体ではないのだ。目くじら立ててどうこうしても仕方がない。禍根を残したくないので、早期に検視結果を出したい。よいな」

そして、二人の話し合いの結果、老中酒井様にはそのような報告をしたのだった。

だが、華嶋の方は納得がいかないという態度を示してきた。もし、絞殺によるものであるのなら、その犯人を捕まえてほしいという要望が出されたのである。

しかし、それは番医師の範疇にはなく、玄琳の手を離れた。筆頭医師の道安からも離れた。玄琳は、道安が考えた手はこのことかと後で分かった。

酒井忠勝は、このことを不正取締りの吟味役に任せた。

しかし、大奥の中の取締りではそう簡単にもいかず、時の経過とともにこの事件はうやむやのまま葬り去られようとしていた。華嶋も、雑用係の梅には見つかるまで食事はお預けと言ってしまった手前もあるが、死体といえども見つかったからには、これを反故（ほご）にせざるをえず、もとの雑役係に戻したのだった。

梅はまたもとに戻ることができてほっとした。

その梅が今度は別の仲間から聞いて来たという話を出した。

それは、仲間の七つ口係のお秋（あき）という者が、事件のあったあの日、「七つ口」の所で、「シロ」を見掛けたというのだ。

七つ口は極めて重要な所で、将軍様以外の男子禁制の番所みたいな所である。そのため、七つ口係という役目は重要で、常に目を光らせている必要があった。

そこで、華嶋は梅にそのお秋を部屋に連れて来るように頼んだ。

お秋は顔が小さいが目がクリクリとして大きく、鼻筋も通っていて、まあまあの容貌をしていた。

そのお秋が言うには、

「自分の役目柄、〈シロ〉を七つ口の傍で見掛けたので呼ぼうとしたら、突然七つ口の向こうの『御広敷』から声を掛けた者がいたのです」

すると華嶋は、慌てて口を挟んだ。

「お秋、その時いかがした」

「はい、咄嗟（とっさ）のことでしたので、息を呑んでしまいました。ところがその後、顔に黒子（くろこ）の頭巾をかぶった男が『御広敷』側に〈シロ〉を呼んで、何かモノを与えようとしていました」

「その男の顔を見ることは叶わなかったのか」

「何せ、頭巾を被っていたのでその男の正体は分かりません。〈シロ〉はお腹が空いていたのかもしれませぬが、何か口の中にモノを入れてパクパク食べていました。自分はその時何がなんだか分からぬが、奇妙な光景を見てしまったような気がしたのです」

「何を食べていたのか？」

「それは、よく分かりませぬが、たぶんその者が与えたのは饅頭のような食べ物に違いないと思いました。その後、〈シロ〉は狂ったように体をグルグル回らせたかと思うと、すぐにヘナヘナと横たえて動かなくなってしまったのです」

「その始終を見ていたのだな。お秋、よく言ってくれた。お礼に肌化粧を一つ与えよう」

「ありがとう存じます」

6

ただごとでは済まされない事実が判明した。

華嶋はただちに番医師の玄琳を、「御広敷」の中にある待合部屋まで呼び寄せた。

「そなたが玄琳どのか」

「はい、わたし目が玄琳でございます」

「身どもがそなたを呼んだのは他でもない。この間の狆の〈シロ〉のことでお訊ねしたきことがあるのじゃ」

「なんでございましょうか」

「正直に応えてもらいたいのじゃが〈シロ〉の死因は絞殺と言われたそうだな。でも、死因は他にあると訴えて来た者がいる。その者は現場を見ているので証拠があるそうじゃが、いかがかな」

「それはまことでございますか」

玄琳は返事に窮した。

玄琳は医師としての人間性を問われていることに気付いた。だが、吐瀉物の食物から饅頭のようなモノを食べた形跡はあったが、なぜ、どこで、いつ、どのようにして、誰から食されたのか、分からずじまいであったから、それを知ろうと華嶋様に確認しようとした。

「よく分かりました。てまえも正直に応えまするが、その前にそれが別な死因であるという、訴えをして来た者のお話をしていただけますか」

するると、華嶋は七つ口係のお秋から聞いた話を逐一説明した。

話が終わると、玄琳は、

「それで合点がいき申した。華嶋さま、わたしも正直に申しましょう」

と言って玄琳は、順を追って話すことにした。

「まず、華嶋さまには検証の誤った判断結果を申し上げたことをお詫び申し上げます。わたしは初めからこれは『ヒ素入りの毒饅頭に違いない』と筆頭医師の道安先生に申し上げたのでございますが、先生から却下されてしまいました。それは、動物がごときで大奥を混乱に陥れてはいけないと言われたからです」

「そのようなウラがあったのか。それは知りませなんだ。しかし、身どもにとっては少なくとも人間の親子同然に可愛がっていた〈シロ〉ですよ。それが毒に煽られて亡くなったとあっては、哀れでなりません。なんとしても犯人を捜して処罰せねば気が済みませぬ」

「華嶋さまのお気持ちはよく分かりましたので、わたしも及ばずながらその犯人探しのお手伝いをいたしまする。それで、今日のところはご勘弁のほどお許しくださいまし」

玄琳は、この時から華嶋様の事情もくみ取って誰にも話さず調査をし始めた。すると、他の番医師から聞いた話なのだが、道安先生は御年寄の仲間からの評判がよくないことが分かり、特に華嶋様とは過去に嫌な事件を起こしていたということが分かった。

それは、一年前のことだった。華嶋が秋口に流行った風邪と思われる病に罹り、熱が出てきたので、道安先生に診てもらった。

道安先生曰く、

「これは、季節の変わり目に流行る風邪なので、これを服用すればじきに治りまする」

と言って、かぜの症状によく効くという「葛根湯」をくれた。

安心した華嶋は、二日後に控えた寛永寺の参詣に間に合うと思ったのである。寛永寺の参詣には将軍家光のお供で御台所の代理として行くことになっていた。

華嶋はその当日、熱も下がり、体も楽になっていたから衣装を整え身支度を始めていた。そこへ、お付きの小姓がやって来てこう言うのだった。

「奥医師道安先生からの伝言ですが『御年寄華嶋さまは、まだ病が癒えておらぬので、今日の参詣はお控えくだされ』とありましたので、ご連絡に参りました」

むかついたのは華嶋の方であった。

「身どもの病はとうにもう治っておるぞ。道安先生に会いたいからそのように申して来い」

と、小姓に向って言うと、

「華嶋さま、それはもう遅うございまする。将軍さまはじめお付きの方々はすでに出立の準備ができておりまする」

すると、

「道安に謀られたか。始めから身どもを行かせぬつもりだったのではないか」

「そうではございませぬ。道安先生もまだ治りきってはおらぬ華嶋さまを労わってのことだと思われますが。それにお供して、もしも上さまにでも移られては困ると思ったやもしれませぬ」

「しかし、次の日の診察ではもう大丈夫、と太鼓判を押してくれたではないか。あれは嘘か」

「嘘ではないと思いますが、再発を警戒してのことではありませぬか」

「それにしても、身どもの楽しみにしていた行事がまた一つ減ったではないか」

「それは残念なことではありますが、お体を養生された方が後あとのためにもよろしいかと存じます」

と、申した。

そのような一件があったとは知らなかったが、それとはべつの一件で、こんなこともあった。

それは、華嶋の下働きでみねという者が年に一度の宿下がりをして、また奥勤めに戻って来た時のこと。「御広敷」を通って「長局」に向かう時であった。運悪く、奥医師の道安先生にぶつかってしまった。ところがみねはその場で痰が絡むような空咳を何度もしていた。これに気付いた道安は、みねを呼び止めて、強引な診断により言い含めた。

「このまま奥に入れば他の者に迷惑が掛かるから、このまま実家に戻り健康体になってからまた出直しなさい」

と言われて、帰されたというのだった。

これにも華嶋様は怒った。

「何かと言えば、わたしのところのお付きの者に当たって嫌がらせを申し付ける」

しかし、何ゆえあの道安がわたしに言いがかりを付けて来るのか思い当たる節があった。それはいつか上様から、

「華嶋、今の奥医師たちのことだが、奥の者を丁寧に診てくれているか」

とお訊ねになった時、

「それはよく診てくれてます。ですが、あの筆頭医師の道安先生だけは女性に対しての心配りが欠けているせいか、診察ではいきなり体をはだけさせたりして、大奥の皆から顰蹙（ひんしゅく）を買っております る」

「そうか、それはいかんな、それはわしからもよく言って聞かせよう」

あの後から、奥医師道安の華嶋に対する態度が変わってきたように思われたのだった。

しかし、あの七つ口の近くで〈シロ〉に饅頭を与えていた黒子頭巾の男は、誰だったのか未だに分からなかった。あの時頭巾男を見た御錠口係の

お秋も、あの容姿は道安先生とは似ても似つかぬやせ型の男だったというから、犯人ではないと分かった。

　数年が経ったある日のこと、御広敷の中で衣装を商う仲間内の中にこんな話があった。

（今は京に行ってしまってこの江戸にはいないが、その商人（あきんど）が道安先生と仲がよくて、しかも動物好きであったらしい。道安先生から大奥に可愛い「狆」がいるので、見掛けたらこの饅頭でも上げてほしい、歓ぶと思うよ。と言ってその商人が御広敷に来ていた時に渡されたことがあったが、たまたまその時七つ口に出て来たシロがいたので、これが噂の「狆」だなと思って、その饅頭を食べさせたというのだ。その後商人はびっくり仰天、始末に困って一目散にその場を立ち去ったというのだ）

たぶん、その商人も饅頭の中に毒が入っていたのは知らなかったが、シロの急変に気付いて、これは異変だと感じながら、江戸を去って行ったものと思われた。

　饅頭の中に入れた毒も、ヒ素ならば僅かの量で死にいたることは自明なこと。このヒ素を扱える者は薬剤に詳しい道安しかおらず、道安にとっては容易（たやす）く手に入るので、今を思えば間違いなくあれは道安の仕業（しわざ）と分かるに相違なかった。

　しかし、今となっては早や茫漠（ぼうばく）の果てとなってしまったのである。

第十八章　城外での出来事

1

御年寄(おとしより)の桂泉(けいせん)とお付きのお初は、以前上様からのご褒美で寛永寺と増上寺へ行くことが許されていた。

朝夕秋らしい風が吹くようになった頃、御年寄の桂泉はお初、それにお付きの数人を連れて寺社へのお参りとしゃれこんだ。お初は甲斐国都留(つる)郡谷村(やむら)の機屋(はた)の娘で村評判の器量よしであった。桂泉は谷村藩の家臣からこのことを聞いていたので、十二歳の時からこの娘を大奥ご奉公に入って来させた。

彼女は真面目一筋でお勤めに孝行して来たため、大奥の外に出る機会などまるでなかった。それが、あの山王祭りの城内での思い切った行動が認められて今日の参詣が叶った。無論、まだお付を従えるほどの身分ではないから、御年寄の桂仙と一緒である。

桂泉はこの特別な機会を上臈(じょうろう)年寄に願い出ると、

「それは上々！」

と言ってくれ、ついでに御台所(みだいどころ)の代理として参ったらどうか、という提案もありこれも許された。すると、両寺社にはそれ相当の寄進をしなければならず、贈答品をたくさん持参することとなった。葵の紋所の付いた木箱の中には、本尊様に着用させる袈裟や衣などがあった。また、御開帳や供養のおり使用する幔幕(まんまく)などもあって、これにも葵の紋所が入っていた。三つ葉葵の刺繍はなんにも増して僧侶に喜ばれたのだ。

上野の森にある、この寛永寺についた桂泉一行だが、寺社側はこの奥女中たちの参詣を大いに歓迎した。

そもそもこの「寛永寺」は、正式には「東叡山寛永寺」と称し、京の都の比叡山寛永寺にならったものである。

寛永二年（一六二五）江戸城の鬼門にあたる上野のこの台地に、天海僧正によって開山された天台宗の寺院だ。江戸入府以来、家康公によって手厚い保護を受けて徳川家の祈祷寺として諸大名の帰依を受けたが、後になって三代家光公はここにも霊廟を建立し増上寺同様徳川家の菩提寺にした。

参詣を済ますと、帰りには一行のために手土産として用意された、寛永寺の文字印入りの饅頭を十箱ほど贈られた。

一行は次の目的地の芝にある「増上寺」に向かった。徳川家の宗旨は浄土宗である。この増上寺もまた関東の浄土宗を統括する大寺院である。

一行が到着すると、まずは安国殿の本堂に入り、御台所の代参としての役目を果たすべく、東照権現様（徳川家康）、台徳院様（徳川秀忠）ならびに崇源院様（お江与の方）への供養を僧正自らの経読みで拝受した。

一同は浄土宗の御本尊である阿弥陀像に向かって、合掌一礼した後、

「南無阿弥陀仏　ナムアミダブ　南無阿弥陀仏
　ナムアミダブ　南無阿弥陀仏
南無阿弥陀仏　ナムアミダブ　南無阿弥陀仏
　ナムアミダブ　南無阿弥陀仏」

と十遍唱えてまた合掌一礼した。

供養が終わるとまた、奥に入って東照権現様が最も崇拝してやまなかったといわれる二尺六寸

（約八十センチメートル）の輝ける金色の阿弥陀如来立像に向かって拝礼した。

——時に、この阿弥陀如来立像は室町時代の恵心僧都の作であるとされている。

安国殿の法要を済ませると、台徳院（秀忠様）と崇源院（お江与の方様）の墓碑がある場所にお線香を持参してお詣りすることにした。

身の丈ほどもある二代将軍の秀忠様の墓碑前で、皆一様に深々と頭を下げ供養した。

ただ崇源院の墓前に来ると、桂泉は不可解な気持ちに襲われた。

当時のお江与の方様が亡くなる寸前どのようだったかを思い出してしまったからである。あの時のお方様の発作的な錯乱状態は尋常ではなく、まるでからだ全体が毒漬けにあったようなドドメ色で、最後に吐血して果てたので、見るも哀れであった。その亡霊がそこにまた蘇って来たようで、桂泉は死者の霊魂を感じないわけにはいかなかった。しかし、それをお初や他のお付きの者に話すことはなかった。

皆が墓前でのお参りを済ますと、桂泉はいやな気分を追い払おうとして、皆にこう言い放った。

「今日は帰るまでにまだ時間のゆとりがあるから、これから中橋の芝居見物でも参りましょうか」

桂泉の言葉に操られながら、お初と他の女中は悦びを隠せなかった。

中橋の「猿若座」に着くと、もう何幕目が始まっていた。お付の者に六人の座席を確認させると、確保できそうだと言うので、中に入って行った。

——猿若座についてひと言付け加えると、猿若座の江戸歌舞伎芝居は、この中橋で興行したのが始まりで、猿若勘三郎という人が「猿若」という名の歌舞伎狂言を作った。現在の中村勘三郎の先祖にあたる人である。しかし、一般庶民が見るには木戸銭も高く、手が届かず、結局お金持ちの商人や役人たちが頻繁に通っていた所だった。時に大奥でも上臈年寄や御年寄格の奥女中が、着物を新調するたびに芝居見物としゃれこんでいたというのが当時の流行であった。

中に入った桂泉の一行だったが、座の前席の方を見ると、なんと同じ大奥から華嶋とお駒の一行が偶然にも来ていたのだ。第一幕目が終わり幕が閉まると、休憩になる。その時華嶋も桂泉の一行が来ているのに気が付いた。

お互いに上様からは許可を受けているので、個個には問題はないのだが、顔を会わせたこと自体お互い気まずい思いになった。

幕が開き、また芝居が始まった。

第一幕は、主人にかくれて伊勢参りした下人が、主人の叱責を逃れるために、道化役で流行唄まじりに道中話をするという設定だった。

その第二幕が始まり、能狂言の構成を借りた、茶屋女と戯れる道化役の猿若が現れるとさしもの観客は大いに沸いた。また、勘三郎は当時の売れっ子で木遣音頭、獅子舞といった芸を披露するのに長けていた。観客もそれを知っているから、第三幕、第四幕を期待しながら最後まで見てしまう。

だが、華嶋とお駒一行は、第四幕を終える前に、芝居小屋を出て行った。途中小間物屋に寄って買い物を済ます用事があり、その後城に戻って行ったのである。

大奥の女性たちが通用門としているのは、城の北東にある「平川門（ひらかわもん）」である。

大奥に最も近い位置にあり、ここから出入りする。この門は江戸城の艮（うしとら）の方角、つまり鬼門に当たり、この門から死者や罪人を運び出したので「不浄門（ふじょうもん）」の異名もある。ここは門限が決められていたから、門限を過ぎると身分を問わず通すことはできないとされた。

過去に家光の乳母の春日局（かすがのつぼね）が門限に遅れて締め出されてしまい、この「平川門」の前で一夜を明かしたという苦い前歴があった。

華嶋とお駒一行は、余裕を持って城に戻れた。

しかし、後から芝居見物に来た桂泉とお初一行は、最後まで見ることに決めてしまい、帰りの門限に間に合うかどうか怪しくなって来ていた。

幕が降り芝居小屋を出た桂泉は、駕籠掻きに急ぎ走らせるように仕向け、先に行ってしまわれた。だが、お初はじめ後の者たちは駕籠ではなく速足で行かねばならず着物姿のままでは、苦難を強いられた。

お初が途中の小石を跨ごうとしたその瞬間、体がよろめき膝からもんどり打って倒れた。その時他の女中はギクッという奇妙な音を聞き嫌な予感がした。

お初は立とうとしたが、激痛が走って立てない。

その時、誰かが、

「この近くには岡本玄冶（げんや）先生が開いた施療所『啓廸庵（けいてきあん）』があるはずです」

と言った。すると、女中の中でも大柄で体つきのいい、いかにも力がありそうな年嵩（としかさ）のくめとい

う女中が、

「お初さんは、わたしが背負ってそこへ連れて参るから、そなたたちはこのことを帰ってから桂泉どのにお伝えくだされ」

するると、別の女中が、

「このままではお初さんとくめさんは門限に間に合わないと思います。わたしたち残りの三人だけで帰って、怪しまれないだろうか」

また、くめが、

「お初さんとわたしの二人は、たぶん門限には間に合わず、大奥には戻れないと思います。しかしながら、そのことは、事情を話せばきっと分かってくれるはずであるから早くお行きになって」

くめにそう言われた三人は、平川門を目指しどうにか門限に間に合った。

2

くめは御仲居といって御膳所にて料理一切の煮炊きなどを担当する女中であったが、日頃真面目に務めていたので御年寄の桂泉がこの度ご褒美として一行に加わらせたのである。

くめ自身、こんなことになるとは思いもしなかったが、歩くこともままならぬお初を背に負ぶり、もと来た道をたどりながら、「啓廸庵」を探し求めた。すると、町並みの一角にいかにも施療所らしき構えがあり、また「啓廸庵」という看板があったので、そこに入って行った。

「頼みまする！　頼みまする！」

張りのある声高で言うと、奥の方から出てきたのは玄治の奥方、文であった。

「どちらさまで？」

くめは先ほどまでに起こった事情を一気に話した。

文はただごとでないことに気付き、

「とにかく中の処置室へお入りください」

と言われたので、くめはそのまま室へ入りすぐにお初を背中から降ろして寝台の上に寝かせた。

やや間があって、文からの事情を聞いた玄治が現れた。

玄治は初老の年齢に達していたが、顔の色つやはよく、老け込んだ様子は微塵もなかった。

「大奥の方ですか、大変な目にあわれましたな」

お初は痛さを堪えながら、おもむろに、

「わたしたちの驕(おご)り高ぶった慢心さが起こした出来事です」

くめも、

「御年寄の桂泉さまはじめ皆さまになんとお詫び申し上げてよいのやら……」

「まあそれはともかく、怪我の様子を診ましょう」

そう言ってから玄治はお初の足の怪我を診た。

「足首の患部が打撲でかなり腫れてますな。ここを押すとどうですか」

と言った途端、お初は、

「イタイ!!」

と悲鳴を上げた。

「どうも転んだ拍子に捻(ね)じれたようですな。骨折には至ってないのが幸い、二、三日すれば腫れは引くはずじゃろう」

そう言って、玄治は患部の手当てをしてやった。

まずは、捻挫の足首の部位の廻りが炎症を起こして腫れているので、ここを冷やす必要がある。

この炎症を取り除くためには昔から曲直瀬玄朔(まなせげんさく)先生が施術療法として行ってきた「湿布(しっぷ)法」があっ

た。これはすり下ろした芋頭と小麦粉を混ぜ合わせ、生姜を加え、さらに酢を混ぜて練り合わせたものだ。これを患部に塗った。次に、患部は動かさないように固定する必要があり、木の皮を当てて足首全体を晒し布で巻いておいた。

お初は、

「先生、ここまですれば歩けまするか」

「歩くことは杖を使えばなんとかなるが、無理をすると痛みが増すばかりじゃ。まあ、今日は城に戻れないからここに泊まっていきなされ」

「えっ、それは困りまする」

「仕方あるまい。うら若き大奥の女中を城外で野放しにはできぬからのう」

すると、くめが、

「いいえ、わたしは野宿でもどこでも構わないのですが、普段から身ぎれいにしているお初さんには無理なのではありませぬか」

お初も、

「いいえ、わたしだって大丈夫です!!」

その時脇で聞いていた奥方の文が、

「二人とも、そのように意地を張ってはいけませぬ。先生があぁ仰っているのですから大船に乗ってよろしいのでは」

二人は、お互いに顔を見合わせると、

「それではよろしくお頼み申しまする」

と一斉に声を揃えた。

しかし、二人はその夜また別のことで頭を抱えていた。

それもそのはず、城へ戻ってから、どう言いわけをしたらいいのか考え出したら眠れなくなってしまったのだ。

一方、桂泉は早駆けの駕籠に乗って門限に間に合ったが、後の者たちが心配になっていた。そこへ一行の中の三人の女中も後からやって来て門限を守った。

ところが、三人しか来ないので不思議に思った桂泉は、

「おまえたち、後のお初とくめはどうしたのじゃ」

すると、一人の女中が事の次第を説明したのだが、桂泉は驚いた。

桂泉は悩んだ。

大奥の法度（はっと）なるモノはないが、最近の大奥の乱れを阻止しようと、家光が側室でも特に信頼の篤い「お万の方様」に、春日局亡き後の大奥取締りの任を全うするように命じていた。彼女は公卿出身で、尼僧姿から変身し側室になられた方だが将軍の子を授かることはなかった。そのようなこともあって、春日局亡き後大奥の総取締りに穴が空くことは許されないと考えた家光は、とうとうその任をお万に果たさせようとした。

当然のこと、外出許可が出されていたとしても大奥へ戻る門限は守らなければならぬ〈定め〉にある。だが、この〈定め〉に違反した者がどのような罰を受けるのかは決められていなかった。

桂泉とお初の事件は、数日のうちに大奥の奥女中の間に広まった。さらには、お目見え以下の最下段の御末（おすえ）にも伝わっていた。それも次のように噂されていた。

（桂泉とお初は、こともあろうに芝居見物の後茶屋で役者と宴を催し、酔狂のあまり転げて足を怪我し、おまけに門限に間に合わなかったという。大奥の恥さらしだわさ!!）

これを御使番から聞いた桂泉は怒り心頭した。

御使番は、御広敷・長局間の御錠口の開閉を管理する女中なので、場合によっては上様の耳にも入ってしまうかもしれないのだ。

しかし、上様の耳には入っていなかったが、今この大奥を取締まっているお万の方様の耳には届いていた。

そのお万がさっそく真偽のほどを確かめるために御年寄の桂泉を呼び出した。

「今、大奥内でよからぬ噂が立っているのをご存じあろう。しかもおてまえが何で呼ばれたか分かるであろうの」

桂泉は、落ち着き払って申し上げた。

「お万の方さま、あの噂はまったくのでたらめな話でございます。吹聴した発端のもとがどなたかは存じませぬが、これはわれらへの罪の宛てつけに相違ありませぬ」

「そうであれば、桂泉よ。そなたがその噂の出どころを確かめ、また、事実がどうであったかを明らかにせよ。さすれば、そなたたちの嫌疑は晴れることになる。よいな」

「恐れ入りまする。しかと、承りました」

「じゃが、あまり時間を掛けるでないぞ。少なくともひと月内で解決させせよ」

「かしこまりました」

桂泉は、まずお初の怪我の具合がどの程度に回復してるか確かめるため、彼女の部屋に向かった。

お初はあれから二日後、連れのくめに付き添われ啓廸庵を出て城に戻っていた。桂泉は、部屋で着物の繕いなどをしていたお初に声を掛けた。

「お初、身どもが入るぞよ」

お初も部屋を出るのをこの数日の間我慢していたので、桂泉の声が懐かしかった。

「はい、桂泉さま。どうぞお入りください」

「お初、さっそくだが今大奥内でのもっぱらの噂が何であるかご存じあろう」

「はい、存じております」

「そのことだが、このまま釈明できなければわれらの身は安穏と暮らすことはできぬであろうし、むしろ罰せられることになるであろう」

「………」

「そこで、この間の《事の次第》を私の他に誰に話したのか思い出してはくれまいか」

「まずは、岡本玄冶さまにお世話になりましたので、番医師になっているご長男の玄琳（げんりん）さまにご挨拶に行き、《事の次第》と啓廸庵での手当・治療のお礼をして参りました」

「それはそれは、よく気の利いたことをしたな」

「後は、どなたじゃ」

「いいえ、桂泉さまと玄琳さま以外には話をしておりませぬ」

「そうか？　さすれば後はくめだな」

そう言うと、桂泉は自分の部屋に戻り、すぐにくめを呼んだ。

「くめや。この間は、よくお初を介抱してくれた。礼をいうぞ」

「咄嗟のことで驚きましたが、お初さまが大事に至らなくてよかったです」

「ところで、今はそのことが大奥内で怪事件呼ばわりをされているのを存じておろう」

「何ゆえに話があんな風に伝わっているのかわたしにも分かりませぬ」

「いいか、くめ。このままではあの時のわれら六人は、定めに反した罰則を受けることになる。なんとしても、言いふらしたもとの張本人を捜し出さねばならぬ」

「はい」

「そこでじゃが、くめは当日の《事の次第》をどなたに話したか申して見よ」

「少々お待ちください。今思い出してみますから……」

そう言ってしばらく考えていたくめは、

「思い出しました、桂泉さま」

「そうか、誰じゃ、その者たちは」

「それは、あの後すぐに御年寄の華嶋さまがやって来られ、災難に遭ったことの慰みの言葉を言われましたので、ついほだされてこまごまと《事の次第》を話してしまいました」

「やはり、そうだったか。すると、華嶋さまから御次のお駒にも話は通じておろうな」

「この間お駒さまにお会いした時、御年寄の華嶋さまからお聞きしましたよ、と申しておりましたので、伝わっていることは間違いありません」

「くめ、それでよく分かったが、あの時先に帰って行った三人の女中もここに呼んではくれまいか」

そう言われて、くめは三人の女中を呼んで来た。

その三人に向かって桂泉は言った。

「おまえたちは、あの時のことを誰かに聞かれたか？」

すると、各々が、

「いいえ、わたしたちは誰にも聞かれていません」

と応えたのであった。

「それはまことだな」

と、桂泉に念を押されて三人はまたはっきりと、

「はい、まことでございます」

と応えるのだった。

桂泉はいつも自分に仕えているこの子たちを信じるしかなかった。

桂泉は噂の発信源を確信した。

だが、当の本人に問いただしても正直に答える御年寄の華嶋ではないから、一計を案じた。

3

桂泉は、内々で番医師の玄琳に会う約束をした。

玄琳も何ごとがあったのかと不審に思ったが、その日会うことにした。

玄琳は日頃から目上の御年寄に対しては受けがよく、お互いに面識はあるものの暫くぶりの対面であった。

医療部屋の十畳敷きの一室に桂泉を迎えた。

「お久しぶりです、桂泉さま」

「そうであったな、玄琳どのも息災かな」

「ありがとう存じます。して今日はどのようなお話ですか」

「ちと厄介なことが起きまして、それで参ったのです」

「何ごとですか？」

「それは、今大奥内で変な噂が立っていることをご存知か」

「ああ、そのことでござるか」

「もう、ご存知でしたか」

「最近は、噂もいち早く御広敷には洩れまする」

「まことに面目なく相申しわけないことですが、あれは真実ではありませぬ」

「ほほう、そうでございましょう。桂泉さまともあろう方達がそのような粗相（そそう）を仕出かすとは思いも致しかねまする」

「玄琳さまがそのように思ってくださるのはありがたいのですが、一度噂にのぼってしまうと、なかなかこれを払拭できなくなるのが世の常でございまする」

「そのようですな。して、てまえに何か……」

「そのことなのでございますが、御次（おつぎ）のお初は正直で真面目ないい子でございます。怪我をしたおり、そのことを御父上の玄治どのに正直に申し上げたようでございます。その時のことを御父上の玄治どのが、わが大奥の取締役をしているお万の方さまに直接お話をしてくだされば信じてもらえるのですが……。いかがでしょうか、玄治どのにお願いしてはくださらぬか」

「えッ！　拙者からですか」

「それしか、今のわたしたちの立場を証明できるものがないのです」

「変な噂も困りものですが、それにてまえが係わるというのも……」

「これは御年寄の私のみだけではなく、これに係わった六人の進退と厳罰を問われる重大問題なのです。どうかお聞き届けてくださいまし」

「そう言われると、拙者も引くに引けなくなってしまいますな。明日が非番になりますので、戻ったら父上に話してみましょう」

「そうですか。ぜひ、説得してお万の方さまに会っていただけるように願いまする」

「承知しました。でも、あまり期待なされても困ります」

そのような会話をした息子の玄琳でしたが、もともと玄琳は善人を絵にかいたような人物で、真面目な性格は良いが少々情にほだされるところがある。つまり、人から頼まれると断り切れない性分なのだ。

　家に戻った玄琳は、夕餉の時、父親に昨日御年寄の桂泉からの話を切り出した。父の玄冶は神妙な面持ちで玄琳の話を最後まで聞いていたが、これといった反応を示さなかった。

　玄琳が話し終わると、玄冶は口重そうに話し出した。

「玄琳、おまえは儂を城に舞い戻らさせて、お万の方さまに説明させるつもりだろうが、それがどのようなことか分かっておるのか」

　いきなりそのように言われた玄琳は、ドキリと胸に刺さる居心地で動揺を隠せなかった。

「なぜでございまするか」

　すると、

「番医師身分のおまえさまは形無しになるのじゃぞ。引退した親に、またご足労願うとは何事ぞ、と思われる」

「仕方ありませぬ。これは父上でなければ証明できないことゆえですから」

「いや、そうであってもじゃ。わしが顔を出せば、一応の目通りはさせてくれよう。だが、将軍の侍医であったてまえ、幕閣の者どもがわしの顔を見れば何ごとかあったのかと不審に思われ、上さまのお付の者にもすぐに気付かれるに違いない。小さきことも大ごとになり、収拾がつかぬことにもなる」

「そこまでは気付きませせなんだ」

「そうであろう。だから、こういうことはもっと慎重になって取り扱わねばならぬのだ」

「何かいい案がございましょうか」

「おまえは、どうしたらいいと思うか」

「………なんとも分かり兼ねまする」

「内々で事を進めるのには、書付という便利なモノがある。これに一筆したためておけば事足りるであろう」

「そうでございました」

「いかにも、大奥ではお偉い御年寄だからといって、その言葉のまま鵜呑みにしてはならぬ。もう少し、番医師の体面というものを考えて応えねばならぬのだ」

「よう分かりましたが、あの時怪我をしたお初の一件を証明できるものを認めてもらえませぬか」

「これはわしにしかできぬことゆえやってもよいが、これからは安易に請負わぬことじゃな」

「ご面倒をお掛けします」

「それにもう一つ。おまえは医学の知識は十分に持ち、診立ても申し分ないが、世間に疎いところがある。困った折はもう一人の番医師、そなたの兄弟子にあたる快心にも相談するがよい」

「はい、承知しました」

　城に戻った玄琳はさっそく桂泉を介してお万の方様へお会いになり、その書付を渡した。

　その書付内容には次のように書かれていた。

―お万の方様へ
　御年寄桂泉ノ御次女中「お初」ノ一件ヲ証言ス
　お初、芝居見物ノ後役者ヲ連レテ茶屋宴三昧ハ
　真赤ナ偽リナリ。

　城門限ニ迫リ慌テフタメキテ転倒シ足捻挫スル
　者ナリ
　当啓廸庵ニテ治療スルモ歩クコト儘ナラズ致仕

方ナク当日留置(トメオ)ク事ハ真実ニ候
上述ノ件委細啓廸庵主ガ証明スルモノナリ
啓廸庵主　岡本玄冶

お万の方様はもと御典医の玄冶の言葉を信じた。数日後御年寄桂泉をお呼びになり、そこで、噂の一切が作り話であったと判明したことを伝え、この事件が一件落着したと話した。

ただし、大奥全体の規律を乱したことには変わりはなく、御年寄桂泉はじめそれに加わったお初と他の女中たち全員の一年間の外出禁止令が出された。

これには彼女たちも万(ばん)やむを得ず、承服しないわけにはいかなかった。

4

大奥の一画にある坪庭に、光沢のある葉っぱとともに五センチほどの黄色い石蕗(つわぶき)の花が目立つようになり、季節は確実に晩秋に移り変わり、陽も短くなっていくのが分かった。

一年前ここ大奥に、タエという者がご奉公にあがった。

この者の出身は破格といえば破格であるが寺の娘である。与えられた身分は奥女中の中でも一番下の御末の役で、大奥の雑用一切を受け持つ仕事に付いた。それというのも大奥に入る吟味の際、この者は柔和な顔をしている割に体も頑丈そうで長続きしそうであったからというのである。

何かの儀式やお披露目の準備の際は、何かと小道具の運搬やらその準備に追われて忙しくなるが、そのような時に必ず借り出されているのがタエであった。

　また、奥女中でも上位の御年寄がご出仕なさるのは五つ半（午前九時）なので、その前の準備に、化粧と髪結いに半刻（一時間）、お召し物の着替えに半刻（一時間）合計一刻（二時間）掛かる。また自分たちの歯磨き、洗顔もしなければならず、結局朝六つ（朝六時）前には起床していなければ務まらない。

　それにこの大奥での正式な髪型というのは、床に引きずるような「おすべらかし」であり、これは日常不自由なので普段は、いつでも垂髪に直せるように工夫した「方はずし」という髷（まげ）にする。シイタケに似た椎茸髱（しいたけたぼ）に結い上げるのである。

　このタエは嫌な顔一つせず、よく働くので誰にも可愛がられていた。特に御年寄には評判がよく、部屋の小道具の移動や、ある時は簡単な大工仕事までをも請け負っていた。

　ある日のこと、上臈年寄の光蘭（こうらん）様に頼まれた障子の張替えがあった。光蘭様は公卿の出身で京から参られた方で、いつも上品な出で立ちでおられるのを見るたびに、タエは大奥での品格に関心を寄せていた。

　この日、光蘭様は機嫌よく、

「わたしも一緒にお手伝いしますよ」

　とおっしゃってくれ、障子紙の剥がしを手伝ってくれた。障子戸をはずして冷たい水につけながら和紙を剥がすのはなかなか大変だったが、二人でのちょっとした世間話を交えながらの作業は退屈ではなく、むしろタエにとっては嬉しい心持で一杯であった。

芳香の匂いが漂う庭の一角に障子戸を立て掛けて乾きを待つ間、休憩を取りその休んでいる時には、光蘭様はお菓子を添えて茶をたててくださった。その神々しいほどのお手前の所作にタエはいとも感動していた。

その後障子戸の和紙張りを終えて帰ろうとすると、光蘭様が一枚の絵を携えてきて、足止めをされた。

「タエ、これを見てごらんなさい」

と言って、水墨画で書かれた「鳳凰（ほうおう）図」を見せてくれた。タエはただ茫然として見ていると、光蘭様が、

「これは誰がお画きになったと思いますか」

とおっしゃった。

「いえ、わたしには分かりかねまするが……」

「そうね、そなたには縁遠いかもしれませせぬが、これは上さまが描かれたものなのよ」

「そうでしたか。孔雀のように伸びた尾っぽの羽毛が五色の色で輝き、まるで高貴な鳥というのが分かりまする」

「そこまで分かったらすごい。そもそもこの〈鳳凰〉の鳥というのは、中国では『聖天子が現れる時に姿を見せる瑞鳥（ずいちょう）』とされてきたものなの。聖天子とは平安をもたらす統治者、つまり優れた皇帝を意味するのよ。たぶん上さまはご自分を見立てて描いたのかもしれませぬ」

「その絵がなぜここにあるのですか」

「上さまは、これまでも〈兎（ウサギ）図〉や〈木兎（ミミズク）図〉をお描きになっていらっしゃいますが、この絵が一番納得されたので、わたしに見せたくなったのでしょう。そしてそのまま置いていってしまわれたのです」

「上さまは良いご趣味を持って幸せですね」

「徳川幕府が制定した『武家諸法度(ぶけしょはっと)』では文武両道が奨励されておりますので、そのうちの〈文(ぶん)〉を重んじようと絵画に打ち込んだのでしょう。そのために御用絵師の狩野探幽(かのうたんゆう)に教えを乞うたのだと思いますわ」

「羽毛のフワフワ感がよく出ていて、いかにも描写が細かい絵でございます」

「将軍ともなれば、武道のみならず水泳や鷹狩り、それに茶道や能楽にも嗜(たしな)まねばなりませぬ」

「すぐれた将軍になるのには人一倍の苦労がおありなのですね」

「そのとおりです。上さまは大奥への気配りもなされるご立派な方です」

「そのような上さまに重宝される光蘭さまに仕えるわたしも幸せ者です」

ひと月も経ったある日、タエはまた光蘭に呼ばれた。

タエは光蘭に呼ばれるのは嬉しかったが、他の同僚に妬まれるのではないかとそればかりが少々心配の種になった。

また、今日は何のことかしらと興味をそそられるのも事実だった。

広い大奥の中の渡り廊下と数々の部屋を幾つも経て、上臈年寄部屋がある光蘭様のところに着くや否や、

「タエが今着きましてござります。入ってもよろしいですか」

中から声がして、

「タエか、早くお入り」

タエが中に入って行くと、ガサガサっという音

が聞こえて来た。これは何の音かと訝（いぶか）りながら、目をその方に向けると、なんと庭に面した廊下に鳥籠が置いてあり、その中に黄色と瑠璃色を配した羽を持つ鸚鵡（おうむ）がいるではないか。

　これにびっくりしたタエは、

「光蘭さま、これはいったいどういうことなのですか」

　すると、落ち着いた様子の光蘭は、

「まあ、そのように驚かないでちょうだい。これはね、上さまがご自分で持参したものなの。名前を〈パロ〉というの」

「上さまが飼っていたものなのですか」

「そのようですが、この間『鳳凰図』の絵を描いた時に参考にしたものらしいの」

「それがなぜここに……」

「お客が来るので、少しの間預かってほしいと言って置いていかれたのよ」

「何かオシャベリをするのですか」

「それが、まだ来たばかりだから分からないけど、そのうち何かオシャベリをするかもしれませんね」

「ここでの話がマネられると困りますね……」

「まあ、そんなに上手にオシャベリができるとは思わないけど」

「でも、光蘭さまにとっては退屈しのぎにいいお相手になります」

「まあ、そうね。タエが来ない時でも飽きずに済みますからね」

「そのようなことをおっしゃらないでくださいまし。タエの楽しみがなくなりますから……」

「だいじょうぶ、いつでも呼んであげますよ」

　その後のことだが、御年寄の華嶋様が犬の狆（ちん）が亡くなってから、今度は猫を飼うようになったと大奥の中でもっぱらの噂が流れ、それがタエの耳にも入ってきた。

タエが心配になったのは、光蘭様の鸚鵡のこと。上様から預かっていたとはいえ、ほとんど飼い主同様に世話している光蘭様のことであった。

ある日、尾張の義直様が江戸に参ったおり、増上寺に参拝すると言うので、これにお万の方様がご案内申し上げることになった。

そのお万の方様のお付として付いて行ったのが光蘭であったのだが、その鸚鵡の〈パロ〉の世話を頼まれたのが御末のタエであった。タエはいつも可愛がっていただいているので、嫌とは言えずそのまま承知した。ところが、餌をやろうと駕籠の戸を開けたその瞬間〈パロ〉が逃げてしまった。

さあ、慌てたのはタエである。部屋の中をバタバタとバタつきながら飛び回っていたのを追い求めていたが、終いにわずかばかり開いていた襖戸のすき間から外の廊下づたいへ逃げ出してしまった。

そこへ、待ってましたとばかりに柱の影から飛び出して来た一匹の黒の斑猫が飛びつき、〈パロ〉をくわえて立ち去ったのである。

あまりにも手際のよさにただ唖然としていたタエであった。

それにしても一瞬の出来事で、猫がどこへ逃げ去ったか見当もつかず、廻りにいた何人かの女中に聞いたが誰も首を横に振って「分からない」と言いながらおのおの立ち去って行く。事の重大さに気付いたのはその後である。

その猫はたぶん御年寄の華嶋様の猫に違いないと思い、タエは一目散に華嶋様の部屋を目がけて

小走りした。部屋前まで来ると、

「お部屋の掃除に参りました」

と言うと、華嶋様が、

「おや、今日の掃除は早いのね」

と訝る様子をしたが、構わずタエは中に入って行った。

すると、そこには、飼っていた猫がちゃんといるではありませんか。でもそれは斑猫ではなく全身白毛の猫だった。これでは犯人の証しにはならず、タエは少々落胆を隠せなかった。ただ掃除が終わっての帰りしな、素焼き火鉢の中の炭火がカンカンにおこっているのが気になった。

タエは勘繰った。

（あれは黒の斑を紛らわすために全身を白く塗って、それを乾かすために炭火を熾していたに違いない）

タエが御末たちの共同部屋に戻っていくと、もうすでに噂が立っていた。

御末の仲間の一人が言った。

「タエどの。あなた何というヘマをしたの。これは単なる始末書では済まないことよ」

「覚悟しています」

「光蘭さまにも余罪は及ぶと心得た方がいいかもしれませぬな。死罪か遠島送りになるやもしれませんぞ」

「…………」

すると、別の御末の一人が、

「タエどの、わたしは別の御年寄が飼っていたのを見ましたよ」

「えッ、まことですか？　それはどなたですか」

「確か美濃さまのお部屋で見たことがあります」

「ありがとうございます」

「ただ、あなたがまた用件なしにお伺いするのは不審に思われるから、わたしが行ってさしあげる」

この子はかやと言って、大奥ではやや古株の部類の子であった。

5

かやはさっそく美濃様のお部屋に行き、タエと同じように、

「お部屋の掃除に参りました」

と、つかつかと入って行ったが、美濃様は何の不審も抱かずに、

「そう、お願いするわ」

とあっけない返事であった。

奥まで行くと、猫はどこにも見当たらない。

「さては、怪しい？」

かやは、どうしたものかと頭を巡らしたが思い切って美濃様にお尋ねした。

「美濃さま、以前から猫を飼ってらしたようですが、見当たりませんね」

美濃も素っ気なく、

「あら、どうしてそのようなことをお聞きになるの」

「それは……美濃さまが大事にしている猫ですもの。お傍にいないのが不思議だと思いまして」

「そうではないでしょ。鸚鵡を捕えた猫をお捜しでは？」

「えッ、もうご存知でしたか」

「当たり前でしょ。その位察しがつかなくては御年寄は務まらないのよ」

「して、その猫はどちらに……」

「ここにいるわ。たぶん、誰かが探しに来ると

思って、押し入れに隠しておいたの。今見せてあげる」

そう言って、押し入れの中に入れて置いた猫をそっと出した。

ところがその猫は、まともな栗毛色であったので、期待外れに終わってしまった。

かやは共同部屋に戻り、美濃様の部屋に行って確かめた事情を話すと、タエや他の女中たちは悲痛な面持ちで一杯になってしまった。

そのうちにお万の方様と光蘭様の一行が増上寺から戻って来た。

タエは己の失態を包み隠さず話そうと覚悟を決めたのだった。

光蘭様が部屋に戻っているのを確かめると、タエはさっそく訪ねて行った。

「光蘭さま、タエですが入ってもよろしいですか」

「タエか。何か用か」

タエは、もうすでに動揺を隠せなかった風で、

「光蘭さま、わたしはとんでもないことを仕出かしてしまいました」

「何のことかしら？」

「それが……。光蘭さまが上さまからお預かりになっている鸚鵡を駕籠から逃がしてしまい、しかもそれを猫に捕らえられてしまったのです」

その時の光蘭の胸の内は、

（とうとうやってしまったか！　この子は）

と思いながら、言葉静かに、

「そうか、そのようなことがあったのか。大奥の長局に入る時、何やら女中連中がざわついているのを小耳に挟んだが、そのことだったのだな」

「まことに申しわけないことをしてしまいました。

どのようなご処分も覚悟の上でございます」

するど光蘭は、

「まあ、そう急いてはならぬ。タエの失態は、慣れぬことをお願いしたわらわの落ち度である。わらわに問題があるのじゃからタエは気にするでない」

そのようにおっしゃられたので、タエはいかにも神妙な面持ちで一杯になった。

「おまえは何も悪くないから、今まで同様にふるまえばよい、よいな」

「でも、それでは光蘭さまにご迷惑がかかります る」

「もうよい。その話はお仕舞いにしやはれ」

そう言われてしまったタエは、この光蘭様の懐大きな態度に魅了されてしまった。

その後になって、光蘭はある日、上様に正直に鸚鵡の一件を申し出た。

上様はまるでそのことがなかったかのような顔つきで日常の振る舞いに終始していた。

「光蘭や。何ごとなるぞ、その顔は」

「上さま、このわたしを罰してくださいませ」

「いきなり何を申すか。光蘭らしくもない」

「それは、上さまからお預かり物の大事な鸚鵡を逃がしてしまいました」

「おお、それで……」

「それもあろうことか、その鸚鵡を猫に捕らえられ行方不明になってしまいました」

すると、上様はすぐに返答しなかったが、次のようなことをおっしゃった。

「光蘭、よく聞いてくれまいか。余は普段狩りが好きで雉や山鳥など山野の鳥獣を捕らえるが、その後でその獲物を炙り皆で昼の馳走とするのじゃ。修羅のように見えるが人間が生きていく上のごく自然の営みじゃ。しかも美味しくいただくことで活力にもなる。動物たる猫も同じだ。腹が減っておれば鸚鵡に飛びつくのは本能じゃ、いたしかたない」

「そうは言っても……」

「それと、鸚鵡を飼っていたのは余が絵を描くためだったのじゃ。鳳凰の鳥を描くためには尾の長い雉がいいのじゃがなかなか見つからず、困っていたところ、偶然長崎からやって来たオランダ商人があの鸚鵡とやらを土産に持参してくれたので、ちょうど幸いと思い飼うことにしたのじゃ」

「それにしても高価なものを失ってしまい、申しわけございませぬ……」

「それから、鸚鵡を逃がしたのはそなたではなく、端下の者というがその者にも咎はない。たぶんその者もわざと逃がしたのではないであろう。その者に責めを負わせるでないぞ」

「ご承知でしたか、面目ありませぬ」

「それが見抜けぬ余ではないぞ」

そんなこんなで、光蘭は安堵の胸をなで下ろしたのだったが、さっそく自分の部屋に戻った光蘭は、すぐさま御末のタエを呼んで事の次第を話すと、タエは涙を溜めてお詫びの言葉を繰り返した。

「光蘭さま、本当に申しわけありませんでした。わたしのことで上さまの心証も悪くしてしまいました。なんともお詫びのしようもございません」

上臈年寄の懐大きな性格と機転の良さでこの難局を乗り越えることができた。一抹の不安を払拭することができたタエは日常に舞い戻り、同じ仲間とともにまた大奥で明るく仕事に専念することができたのであった。

ところが、しばらく経って皆が忘れた頃、また噂が噂を呼び込んだ。あの時、お万の方様も数日前から知人からもらい受けた猫を飼っていたという事実が風の噂で判明した。

お万の方様を寵愛してやまない家光にとっては彼女を犯人扱いにするわけにもいかず、表沙汰にしたくなかったのが本意かもしれなかった。

第十九章　徒然なる啓廸庵

1

岡本玄冶の啓廸庵もこの頃は、町医として十分やって行けるだけの患者がやって来て繁盛していた。

ところが、寛永五年（一六二八）四月、中橋の歓楽街から発した火災で猿若座（のちの中村座）や市村座、その他七軒の芝居小屋が焼失した。幕府はこれを機会に、芝居小屋があまりお城に近過ぎるとの理由で、寛永九年（一六三二）五月これらの芝居小屋をすべて今の〈日本橋人形町〉に移し、ここで上演させることにした。

この「人形町」という呼び名は、この地に操り人形の芝居小屋があり、その操り人形の制作と修理にあたる人形師の家が数軒あったというので、これに因んでこの界隈をいつのまにか「人形町」と称するようになった。

中橋界隈に住んでいた玄冶の家族もまた、この一連の火災で巻き添えを食らい、這う這うの体で難を逃れたが、これを知った将軍家光は、これまでの功績に報いるため、日本橋北にある人形町に約千五百坪の土地を賜った。そして一同は、ここにまた町医としての啓廸庵を建て、さらに余った敷地一帯には借家を数十軒ばかり造った。これが後に「玄冶店」と言われる由縁となった所である。

一方、医療の方は、玄冶の次男寿仙が成長し、町医としての跡継ぎをするまでになっていた。しかし、玄冶自身、五十路の坂を過ぎてもなお壮健で患者を診ることに余念がなかった。

ある日のこと、この界隈の長谷川町に住む人形師の〈勘吉〉と名乗る男が啓廸庵を尋ねて来た。この男、痩せ枯れてはいるが上背もあり、背筋がピンと伸びている。彼は、堺町にある中村座で興行している〈人形浄瑠璃〉の一員であり、その「人形遣い手」をしている人形師でもあった。〈人形浄瑠璃〉は、今は〈文楽〉と言うが、語りの太夫、三味線、それに人形遣い手の三者が息を合わせて演ずるもの。当時〈江戸歌舞伎〉と二分するほどの人気芝居であった。

―この頃の人形遣い手は一人で操り、江戸中期の享保一九年（一七三四）になると今のような三人の人形遣い手になった。

その遣い手の一人、人形師の勘吉が困った顔をして入って来て言うには、

「あっしの人形遣いの役割は、人形衣裳の中に手を入れて微妙な動作を演じ操るのを芸としております。ところが、このごろこの指に痺れが出てきて思うように動かせませぬ」

「それはお困りじゃのう」

「なお、最近では痛みも出てきておりまする」

「てまえは人形のことは素人でよく分からんが、その人形衣裳はご自分で造られるのか」

「はい、これも結構大変でして、人形の役柄に合わせてそれぞれ造ります」

「ほう、それでは木造りお面も造るのですな」

「はい、これも仏師が仏頭（仏像の頭の部分）を彫るのと同じように『首』を造りますが、違うのは中をえぐって空洞にし、目、口、眉に細工を施します」

「体の部分はいかがするのですかな？」

「まず、首の下に手で首を自由に振らせる『胴串（どぐし）』というものを造ります。胴は肩板と腰輪とそれを繋ぐ前後二枚の布からなり、肩板の中央の穴に首の胴串を差し込み、また、手足は胴の両肩から紐でぶらさげてその紐で操作いたします」

「大きさはどの位になるのかのう？」

「人形には衣裳を着けるのですが、身長は一三〇～一五〇センチメートルで、重さはそれでも二十キログラムにはなります」

「それを一人で操作するのか」

「人形遣いの一番重要なのは、太夫の語りに合わせて人形を動かし、しかも人形同士の相手の目線や距離間を常に意識しながら演じるところです。繊細な中にも感性を大事にした丁寧で緻密な表現が要求されまする」

「わしらは、そこまでは知らなんだな」

勘吉は、説明を続けた。

「はい、そうなのですが、黒衣（くろご）と呼ぶ黒い着物と頭巾をかぶって観客に見せないよう一刻もの間演じるものですから、終わると汗だくになっており、その時手が痺れて硬直してしまうのです」

「勘吉どの、よう分かりました。これはそなただけに起こるものでもなく、人形遣い手の誰もが一度は経験する職業病に近いものなのでしょう」

「先生、これは治りますかな」

すると、玄治は、

「つまり、これは『淤血（おけつ）』と呼ばれる一種の血行障害から来るものと思われまする」

勘吉が、その聞きなれない言葉に唖然としていると、

「この痺れや硬直は血流の悪化から来るものです。血流を〈川の流れ〉にたとえますと、その流れに

〈澱(よど)み〉が生じます。この〈澱み〉が『淤血』と呼ばれるもので、これを取り除かねばなりませぬ」

「その方法はあるのでしょうか」

「それにはよく効く薬がありまする。『桂枝加苓(けいしかれい)朮附湯(じゅつぶとう)』と言って、これを一日に一回服用なされませ」

「ありがとう存じます」
三、四日経過した頃、勘吉が啓廸庵に顔を見せた。彼は開口一番、
「先生、あの薬はよう効きましたわ。痺れが取れて、感覚の麻痺もなく、人形の操作が楽になって参りました」

「そうですか、それはよかった。しかし、だからと言ってすぐにやめてしまうと、また、もとに戻ってしまうので、これはしばらく服用してもらう必要がありまする。そしてくれぐれも無理をしないように」

やや、怪訝(けげん)そうにしていた勘吉だったが、

「血流の〈澱み〉をきれいにするのには時間が掛かるということですぞ。今度は余分に出しておきますから欠かさず服んでくだされ」

そういうと、勘吉は素直に聞いていてくれた。

ところが、勘吉は帰りしな、

「先生、一度あっしの〈人形浄瑠璃〉も、ぜひご覧くださいな」

と、こう言うのだった。

十日も過ぎた頃、玄冶が〈人形浄瑠璃〉の芝居小屋の前を通ると、気になる演目が掲げられてあったので、ついこの間の勘吉の言葉を思い出して、彼には内緒でそっと芝居見物をすることにし

た。

演目は「平家物語『灌頂の巻』」であった。

―この時代に至るまで「平家物語」は、琵琶法師による弾き語りによって、全国津々浦々に広まっており、この題材を中村座や市村座は人形浄瑠璃や歌舞伎に取り込むのを得意としていたのだった。

人形浄瑠璃というのは、名調子の語り口と三味線に合わせて人形を操りながらいかに動作表情を上手に駆使するかに掛かっている。

その平家物語の『灌頂の巻』を簡単に説明するとこうだ。

（壇ノ浦で平家は滅亡し、安徳天皇と平清盛の妻時子は海に身を投げてしまう。ところが、時子の娘で安徳天皇の母の建礼門院・平徳子だけが助かり都へ戻されたのであった。その後出家した建礼門院徳子は、大原の奥にある寂光院に庵室を設け平家の菩提を弔うべく寂しく暮らしていた。そこへ、後白河法皇が訪問するという印象的なシーンがある。二人は、一連の戦いの敗者と勝者を象徴する存在であると同時に、壇ノ浦の戦いで数え年八歳で崩御した安徳天皇の実の母と祖父という関係でもある。建礼門院は、時の最高権力者・平清盛の娘として何不自由ない暮らしをしていた頃から、一族滅亡に至るまでの人生において、およそこの世の天国から地獄まで、そのすべてを経験したと語り、それを聞いた法皇は涙し、世の無常を嘆くのであった）

その場面が今、人形浄瑠璃で最高潮に達していた。

前半の「大原御幸」の場面で、寂光院に着いた後白河法皇の操り人形は言う。

「『人やある、人やある』と召されども、御答え申す者もなし。はるかに在って、老い衰えたる尼一人参りたり」

すると、山で花摘みをしていた建礼門院は、後から戻って来て御白河法皇の姿を認めると、ただ呆然としてしまう。

小休止の後、後半に移り「六道之沙汰」に入ると、建礼門院が自分の辿った激動の生涯を法皇に語る。

「我が身平相国のむすめとして、天子の国母となりしかば、一天四海皆掌のままなりき」

（わたしは清盛の娘として天子つまり安徳天皇の生母となり、まるでこの世すべてが皆わたしの思うようになりました）

長く続く語りも、後半は建礼門院の人形が自分の人生を六道にたとえ、天から地獄を辿っていく様子になる。

「かたじけなくも弥陀の本願に乗じて、三時に六根を清めて、一筋に九品の浄刹を願ひ、専ら一門の菩提を祈り、常には聖衆の来迎を期す。

いつの世にも先帝の御面影、忘れんとすれども忘られず、忍ばんとすれども忍ばれず。

…………

かかる身になることはこれ皆、六道に違はじとこそ思え候へ」

（身に過ぎることではありますが、阿弥陀の本願に恃みながら、苦しみを逃れ、一日に六回、六根〈眼・耳・鼻・舌・身・意〉を清めて、一心に極楽浄土に往生することを願い、ひたすら平家一門の菩提を弔い、いつも諸菩薩が来迎することに期待を寄せておりまする。

また忘れがたいのは、先帝の安徳天皇の面影が忘れようとしても忘れることができず、悲しみを堪(こら)えようとしても堪えきれないのです。

………

これは、衆生が皆その業によって赴くという六つの世界、すなわち六道〈天道・人間道・修羅道・畜生道・餓鬼道・地獄道〉に違いないと思うのです）

玄治は、後でその建礼門院役の人形遣いを演じたのが、あの勘吉であったことを知った。

（男人形の立役(たちやく)も女人形の女方(おんながた)も衣裳を身に付けているので分からなかったが、背中から手を差し込み、引き栓(せん)でからくりを扱うのは並大抵のことではないな。あれでは、手や指に相当負担が掛かり、わしなどは数分と持つまい。それにしてもあの迫力ある演技はどこから出てくるのだろうか）

玄治は、人形遣いが太夫の語り口と三味線に合わせて、あの場面の情景や心理描写を読み込み、人形に命あるように吹き込むことは容易ではないことを知り、この「人形浄瑠璃」という舞台芸能がいつまでも大衆に受け入れられ、魅了してやまないことを悟ったのである。

同時に勘吉に「あまり無理をしないように」と言ったことを恥じねばならなかった。

2

その後、啓廸庵も忙しくなり、男手が必要になってきたので内弟子を一人雇うことにした。名は草然（そうねん）という。

そこに、幕閣の役人が見回りとは違う格好で昼ひなか啓廸庵の玄冶を訪れてきた。用件を伺うと、伝馬町（でんまちょう）の牢内の病人を診てくれないかという相談である。

この人形町からそう遠くない所にあるので、ぜひにも受けてほしいと言う。

玄冶の名は、江戸城本丸内でも奥医師経歴の持ち主として名が通っている。しかも長男の玄琳（げんりん）も番医師として現役で勤めていることから、無理強いをせずとも玄冶なら受けてくれそうだというのが、幕閣の意見であった。

伝馬町の牢の中には病に罹っている重篤な罪人が二人いた。ひとりは初老の男で、もう一人は若い娘であるが、その二人を診てもらいたいとの奉行からのお達しである。玄冶はひとまず牢の中の様子を探る意味で、見習い医師の草然を伝馬町に向かわせた。

伝馬町牢屋敷は、天正年間（一五八〇年頃）に常盤橋（ときわ）外にあった牢屋敷を慶長年間に伝馬町に移設して来たのだった。周辺は煉瓦塀で囲まれているが、外側は堀が巡らされていた。広さは約二、六〇〇坪の大きさで、南西部に表門、北東部に不浄門が設けられていた。

草然の報告によると、囚人を収容する牢獄は、東牢と西牢に分かれ、身分によって収容される牢獄が異なるという。大牢と二間牢は庶民の犯罪者を入れる牢で、その内二間牢の方が無宿の罪人を収容する所。別に〈揚屋(あげや)〉と称して他の牢より設備が良い一角があるが、こちらは御目見以下(おめみえいか)の幕臣（御家人）、大名の家臣、僧侶、山伏などを収容する所だという。

なお、女囚は身分の区別なく西の揚屋牢に収容されることが分かった。

また、初老の罪人は盗人の頭領で大牢に入っていて、牢屋内の掟における牢名主の親分肌を保っていたので、割合優遇されていた。だが、このところ滅法痩せてきて元気がなくなり、心配になったので牢内の子分が牢屋役人に訴えた、というのが実情であった。

さらにもう一人の西牢の揚屋にいる若い女の方だが、女牢とはいえ、風通しも悪く日も当たらない劣悪な環境になっている。そのためかどうか分からないが、体中の痒(かゆ)みが止まらないという病に罹っているというのだ。

草然の下調べによって、二人の症状がほぼ掌握できた玄冶だったが、まずは男牢屋の方の初老の罪人から診ることにした。

草然を引き連れての玄冶が牢屋役人の責任者に会うと、すでに話は通っており、まことに丁寧な挨拶を受けた。

「これは、これは、啓廸庵先生ですか、ご足労願いありがとう存じます」

玄冶も、

「まあ、挨拶は抜きにして患者の様子を診たいと存ずるが……」

「今、別の個別牢に移してございますのでそちらにどうぞ」

「おお、そのような牢部屋もあったのか。では案内してくれないか」

責任者と配下の二人は、先に立って案内したが、いかにも陰気で湿った通路は、外から来た者にとっては甚だなじまない場所であった。

四人は、その異様な臭気が漂うずいぶんと長い通路を渡って来て、やっとその個別牢の部屋にたどり着いた。

牢役人の責任者が、

「先生、ここがその部屋でございます。中に患者がいますのでよろしくお願いいたします。なお、配下の者を置いていきますので、何かありましたらこの者に何なりと申し付けくださいませ」

そう言って、責任者は戻って行った。

戸の前に立った玄治は、

「ご免、入るぞ」

と声を掛けて中に入った。

初老の罪人の名は、仙蔵（せんぞう）といった。

仙蔵は煎餅（せんべい）ぶとんの上に寝ていたが、玄治の声がすると、やおらふとんから這い出して胡坐（あぐら）をかいた。その構えは、親分肌の貫禄を保っており、病気らしい気配がなくもないが、体は蝙蝠（こうもり）のように痩せこけて目だけが獣を射抜くように爛爛とギラついている。

玄治は、察した。

（こいつ、わしに対して弱みを見せまいと意気がってるな）

こういう時の玄治の物言いはいつも決まっていて、居丈高に声を出すのは得策ではないと心得ている。

「おぬし、体が弱っていると聞いたが、元気そうじゃないか」

「…………」

「どこか痛むか」

何も答えたくないという素振りだ。

「だが、おぬしが死ぬと牢内にいる子分どもが悲しがるぞ。もう少し、長生きしたいと思わぬか」

すると、仙蔵はようやく胡坐をかいて肩ひじ張っていたその手をやわらげ、手前で交差するような仕草をしたので、これを見た玄治は仙蔵の様子が少しほぐれて来たのだと察した。

「わしは医者だが、ちとおぬしの体を見せてはくれぬか。重苦しい体を少しでも楽にしてあげようと思うているがのう」

「……アアー」

やっとひと言声を発した。

これで大丈夫だとみた玄治は、

「どれ、どれ、脈を診るので手を貸してくれ」

というと、仙蔵はすんなり左手を差し出した。

その時玄治が二の腕をチラと見ると、そこには般若の刺青が彫られているのが分かった。

玄治はそれには構わず、脈診する三指（示指・中指・薬指）を当てると、内に熱のあることを示す早い脈が伝わった。しかし、その脈は細くともしっかり伝わって来るので、さしあたって生死にかかわることはないと診た。

次に胸の辺りを見ようと牢衣をめくると顔をそむけたくなるような垢の臭いが鼻にツンときた。

そこを軽く押して、

「ここはどうじゃ」

と言うと、

「ウッ、ウーン……」

とひとしきり唸った。

玄治はさらに腹をみようと手を下へさげていくと、どうも下腹部の壁が弾力性がなく硬くなっている。その辺りを軽く押すと仙蔵の顔が急に緊張してこわばった。

「ここが痛いのか」

と問うと、

「アッ、アアー……」と呻き声を発した。

玄治はこれは明らかに「疝気（せんき）」の症状に違いないと思った。漢方で言うところの胸脇苦満（きょうきょうくまん）である。

「ふだんでも痙攣した痛みがおきるのか？」

というと、仙蔵は、

「うん、そう……だ」

とやっと、言葉らしい口調が出てきた。

仙蔵の総体だが、下半身が冷えており、胸の辺りから首の上は熱っぽい。

それに何よりも、痩せており骨川筋衛門（ほねかわすじえもん）なので、滋養が不足しているのが最大の原因だと診た。

玄治は、これにはまず熱を下げて下っ腹の痛みを止めねばならぬと思い、「桂枝加芍薬湯（ケイシカシャクヤクトウ）」を調合して与えることにした。

傍にいる草然にその指示を出すと、草然は薬籠箱から、桂枝（ケイシ）・大棗（タイソウ）・生姜（ショウキョウ）・甘草（カンゾウ）・芍薬（シャクヤク）の生薬を出し、これを調合すると、玄治に差し出した。玄治は仙蔵に向って、

「仙蔵とやら、これを服んだらいい」

そう言われると、今までの反骨気味の顔が緩んで、しおらしくなった。

「ありがとう……存じます」

「後はここの牢役人に、腹を壊さないように消化の良いお粥などを出すように言っておくから、それをよく食べておくことだな」

「へい、分かりやした」

「それから、親分気取りで牢内の新入りを傷めつけないことだ。なんでも、この間うち入った新入

りの無宿者を、のっけから手下の者に言って乱暴を働かせたそうだな。そういうことはいつか自分に跳ね返ってくるし、怒るのは今のおぬしの体によくない。損傷を与えることになるからやめといた方がよい」

「これからは気を付けますで」

「後は、治るも治らぬもおぬし次第じゃ」

そう言って玄治は、伝馬町の東牢を後にした。

3

玄治と草然の二人は、その日のうちに東牢から西牢の揚屋へ廻って女牢に入って行った。こちらの西牢も東牢と同じく中は全体的に暗く、しかも詰所からその女の牢部屋までは長い廊下が続いたが、他に何人かの女囚も入っていたのが気になった。

女の名は志麻と言った。歳は十六歳でまだ若かった。何ゆえの罪で入牢しているのか牢役人に聞くと、

「彼女は、遊び女で、普段は宴席で舞や歌をうたいながら客相手をする女です。ですがある時、大名を相手にした席が設けられまして、そこで何かの行き違いで小競り合いになり、カッとなった彼女が後ろ髪の中に隠してある簪で相手の喉元を刺してしまったんです」

「ほう、それはエライことになりましたな」

「幸い相手の命だけは取りとめたもののまだ治療中でございます。そのようなわけで女は今取り調べ中の身ですが、少々長い逗留になっておりまする」

「後はわしに任せていただきたい」

「それではよろしくお願いいたします」

それから、玄治がその牢前に立つと、横になって寝ていた女がなぜか身構えたように見えた。

玄治は声を掛けた。

「わしは医者の玄治だが、おぬしの体の具合を診にきたのじゃ」

「……」

「なぜ、黙っておるのか。どこか悪いのであろう」

女は中にある一帖敷きの畳に寝そべっていたが、声の主に気が付いて少しばかり体を揺るがした。

だが、返事がない。

玄治は牢格子の外で、女の眠気を覚ますようにもう一度声を掛けた。

「志麻とか申したな。おぬしのしたことは罪になるが、それはよっぽどの事の成り行きがあってのことであろう。それは仕方ないとして、今おぬしの体を治さないとまたお天道さまを見ることができないであろう。わしにおぬしの弱っている体を診させてくれまいか」

そのように話すと、志麻はゆるりと首をもたげてきて、玄治の顔をまじまじと見据えた。

「あなたは……医者だったのかい」

「そうだ、わしを誰だと思ったのだ」

「てっきり、この間の再現をまたくどくどと聞きに来た吟味役人かと思いましたさ」

「そうか、それでは相手をしたくないのは分かるがのう」

「先生、わたしの罪はたぶん流罪に処せられ、その流刑地も伊豆七島辺りになるんじゃありませんか。あまり、わたしの病の面倒見てもその甲斐がありませんよ」

　すると、玄治は、

「何を言うか。命あっての物種というではないか。何事も生きていれば何かよきことがある。そんなに死に急ぐことはない！」

　そう言うと、志麻は、

「じゃあ、入って診てもらおうか」

と言って、お互い話が通じ合うようになった。

　玄治は、草然を外に待たしておいて独房部屋の中に入った。

　どこもそうだが、ここの牢内もじめじめした湿った空気に充たされていた。

　玄治は言う。

「こんな所に長く逗留すれば誰もおかしくなるわな。ところで、志麻どの、体の具合を教えてくれぬか」

「はい、先生。わっちの体のあっちこっちに赤いブツブツができて痒くてしょうがない。お腹や胸、脚にもできて、おまけにお尻にもできてしまいましたわさ」

「そうか、分かった。じゃがまずは脈を診たい」

　と言って、差し出された右手に玄治は三指を当ててみたが、さしあたって脈診に異常はなく、次に舌も診たがこれも特別に変わったところはなかった。

　やっぱり患者の言うとおり、体にあるブツブツが原因かもしれないと、今度はその症状を見なければならない。

「志麻どの、申しわけないが肌着をぬいで体のあっちこっちにできているという赤いブツブツを見せてはくれまいか」

　と言うと、志麻は牢衣を剥いで背中の上半身をすんなり見せてくれた。それを見た玄治は、

「この赤い斑点が、痒みの原因だな。他にもあると言ったな」

「お恥ずかしい限りですが、乳房の廻りにもできておりまする」

　すると、志麻は、照れる様子もなく自分から前肌を剥いだが、女性特有の甘酸っぱい体臭がプーンと淡く匂ってきた。

　無感覚ではいられない玄治だったが、病症観察で診断を怠ることのなきように、しかもその証を求めようと真剣だった。

「まだあります。太腿からお尻の方までできております」

　普段、客を相手にしている志麻だけあって、度胸がいい。臆面もない様子で医者の玄治に向かって言うのだ。

（しからば、見せてもらおうか）

　と言おうとしたが、ここで言うがまま相手を図に乗らせてはいけないと、気を締め直した。

「もう、よい。ほぼ、病状の目星はついた」

「やはり、体に毒でも廻っているのでしょうか」

「そのようなことはない。これはヒゼンダニが人の皮膚に寄生しておこる皮膚の病じゃ。病名を〈疥癬(かいせん)〉というのじゃがな」

「わたしは初めてのことでよく分かりませぬが……」

「ちいちゃくて目には見えぬが、爪手で体のあっちこっち引っ掻けばそこにダニが住みつくというわけじゃよ。でも、どういうわけか知らぬが顔や頭にはできぬ」

「女のひとはお化粧などしてるから、そのダニも寄り付かないのではありませぬか」

「そうとも言えるが、よくは分からぬ。それはそうと、痒みが相当強く出るだろうによく我慢しておったな」

「そんなことはなんどもここの役人には言ったわさ。だけど、一向に聞く耳を持たぬのが牢役人の者どもよ。牢屋で死ねば手間が省けるからね」

「でも、わしの啓廸庵に届けが来ておぬしを診てくれないか、という申し出があったから、まんざら見捨てたもんでもなさそうじゃないか」

「まあ、いいわさ。それより先生この〈疥何とか〉という奴は、治るんですかね」

「これはな、昔の中国の書『諸病原候論』にもあるような古い病で、唐の遜思邈という人が著わした『千金翼方』にもその治療法が書かれていたというのじゃ」

「ほおー、そんなに遠い昔からあったんですか」

「つまり、硫黄を含むよく効く軟膏がここにあるからこれで大丈夫だ。それから、ダニが増えるのを防ぐには、今着ている牢衣や寝具の蔽い布も新しく取り換えるようにした方が良い。要は牢内は清潔にしておかないといつまで経っても治らぬ。これはわしの方から言っておくので気にせずとも構わぬ」

「ありがとう存じます」

志麻は、初めて会った様子とはまるで違い、いたって柔和な顔つきになって謝礼を述べたのだった。

―『諸病原候論』は、中国の隋代の医師〈巣元方〉が六一〇年に著わした医学書であり、また『千金翼方』は、中国唐代の医師〈遜思邈〉が著わした医学書『千金方』を扶翼する目的で書かれた三十巻の大著である。

4

この人形町の最も外れた一角に「葦原」と名付けられた廓があった。

周囲に葦が茂っていたのでその地名になっていたが、後で縁起を担いで「吉原」と名を替えた遊郭である。なお、ここは浅草日本堤の「新吉原」へ移る前の「元吉原」である。幕府は初め最も辺鄙だと思われたこの人形町に遊郭の設置を認めたが、そのうち江戸の人口はたちまち増えてきてここが江戸の町の歓楽街の中心部になってしまった。つまり、幕府とすればここが風紀上最も警戒すべき場所になっていったのである。

江戸の遊郭設置が許可されたのは、庄司甚右衛門の嘆願書からだが、当時、キリシタン商人による人身売買が横行し、多くの日本女性が奴隷となって海外へ売られていたのを護るためだとも言われた。最も、元和三年（一六一七）許可されたこの地に最初は丸くなっていた区画を、後に二町四方の四角形の町並みにしたのだが、広さは今の東京ドームとほぼ同じ大きさである。

彼は、江戸表から来る遊興人に便宜を図るためかどうか知らぬがとにかく橋を拵えた。それを町の人はいつの間にか「親父橋」と呼ぶようになったが、その橋の袂に惣名主としてどっしり居を構えた。

羽振りの良い甚右衛門にとっては、日頃から商売繁盛で何も苦悩はない筈である。しかし、町内に住む啓廸庵の玄冶とはお互いに知らぬ中でもないから、時々肩や腰が痛いといっては、啓廸庵にやって来て鍼や灸を打ってもらうようにしていた。

玄冶も主だった患者は倅の寿仙に任せているの

だが、こうした身内同然の顔見知りの患者がやって来ると自分で治療するのであった。今日もその類（たぐい）である。

「甚右衛門どの、今日はどこが痛むのじゃ」

「そう、先走って言われては、てまえが、ただからかいに来てるのではと疑われるではないか」

「いや、そうではないが、いつも、廻りの綺麗な妓楼（ぎろう）に囲まれて羨ましいことこの上ないので、少々嫉妬心を感じたまでのことよ」

「先生、あまりおからかいになっちゃ困ります」

「じゃあ、何かご心痛なことでもあったのですかな」

「おおありですよ。このところの御大名のケチ加減は相当なものですな。部屋での遊びに物足りず、事を済ますと、今度は外に連れて遊山に興じる始末で、しかもそのお代金を値切るので、こちらは商売上がったりでさあ」

「それで……」

「そんなこんなで、体があっちこっち凝ってしまったのでさあ」

「しかし、ほんとはお蘭さんとかいう妾に入れあげて房事過多になってるのではありませぬか。あまり金儲けや女に気を取られると長生きできませんぞ」

「まあ、そう言わずに鍼でも打って治してくれぬか。治療代はおぬしの言うとおりに出すから」

「いやいや、わしは今だかって身分が高かろうが、お金持ちであろうが貧乏人であろうが、いっさい治療の区別はしておらん。したがって、お代は払える者が払える身分で払えばいいと思うておる」

「よう分かりましたから、先生早いところ診てはくれませぬか」

そこで、玄治は甚右衛門を治療室に連れて行き、もろ肌になった背中と腰の何ケ所かに鍼を打ってやった。

かなり効き目があったせいか、甚右衛門は帰りしな、さっぱりした様子になって、

「先生、あっしの体はこれでまた若返りやした。ありがとう存じます」

そう言って、帰って行った。

ひと月も経ったある日のこと、甚右衛門がまたやって来た。

今度は何事かと訊いてみると、こうだ。

実はこの吉原遊郭では、今どき最も評判がよく乙土岐（おとき）の名で知られた太夫（たゆう）の位の最高の遊女がいた。二十歳（はたち）を過ぎて間もないこの太夫は、歌舞・音曲にすぐれ、『源氏物語』などの古典教養にも通じ、さらに華道、書道、茶道、香道なども心得ている。当然、遊客層は武士相手でもかなり上流階級の旗本大名がお相手であるから、稼ぎ手では花形で第一人者である。

ところがこの乙土岐が先日甚右衛門に申し出て、

「体の具合が悪いから当分休ませてほしい」というのだ。仔細を聞くと、舞姿で踊ってる時はなんでもないが、宴の席に戻り酒宴が始まると不快な気分になりむかつくと言うのだ。

そこで、玄治先生に一度診てほしいというのであった。

それを聞いた玄治は、それなら早くした方がいいと思い、甚右衛門の案内で「吉原遊郭楼」へ向かった。大門（おおもん）口を入ると、朝まで飲みあかした幇間（ほうかん）や下級女郎たちが寝ぼけ眼で玄治に挨拶をする。

表通りを中ほどまで行った所に廓内では人目をひく立派な茶屋があって、乙土岐はここに住まっていた。

その茶屋に入ると今度は妓楼の紋が入った店主に案内されて乙土岐の部屋に通された。彼女は普段は豪華絢爛の衣装に身を包んでいるのだろうが、今日のその姿はまるで違い、地肌に塗るお化粧はなく、顔、首、うなじから背中に続く化粧はいっさいそり落としていた。頬紅もない。じつに、いつもと異なる遊女の姿があった。

色白のうりざね顔に細身の横座りがまるで人魚のようで、玄冶は一瞬心に隙ができたかのように思われた。

だが、ほどなくして医師としての本分に立ち返り、乙土岐に問診した。

「乙土岐どの、体の不快はいつからなのじゃ」

「それは、もうひと月以上前からでございます」

「脈を診るので右手を貸してくださらぬか」

玄冶はいつものとおり脈を診ていたが、太夫のやや不思議な脈の打ち方に気が付いて、なお慎重に念を入れてみることにした。

それは、普通人差し指・中指・薬指を手首の橈骨動脈の拍動が触れる位置に指を当て、その拍動の加減で診断するのだが、この時薬指の当たる部分の尺脈があたかも丸みを帯びて球を転がすような感じを受けたので、玄冶はこれは「滑脈」に違いない、と診断した。つまり、懐妊の兆候である。

玄冶は、この際はっきりと申し上げた方がいいか迷った。それは、遊郭に務める女たちは、商売上普段から避妊法を心得ていて注意しているはずなのであるが、うっかりして身ごもってしまうことがある。

日頃彼女たちが行っている避妊法と言えば、この時代は次の三つ。

一つ目は、

毎月一日に「朔日丸（ついたちがん）」を服用する。今でいうところの簡易ピルに近い。

これは、牡丹皮（ボタンピ）や芍薬（シャクヤク）を主成分とした錠剤を服用するものだ。

また、月始めに服用するのは、この月経が月半ばから開始すると朔日（ついたち）前後が排卵日にあたると仮定した、古代中国からの定説を日本でも鵜呑みにしたことによる。

二つ目は、

「合谷（ゴウコク）」「陰交（インコウ）」のツボに灸をすえる。「合谷」は親指と人差し指との接合部手前にある陥凹部のツボで、「陰交」はお臍（へそ）から指幅一本分下がった所にあるツボである。

三つ目は、

詰め紙、通称遊里語では「揚げ底（あげぞこ）」と言う。これは、御簾紙（みすがみ）という柔かく薄い和紙を折り込んだものを女性器の中に忍ばせたもの。

一般的に遊郭の彼女たちが用いたものは三つ目の詰め紙、すなわち「揚げ底」が多かった、という。

診断後、玄治は乙土岐に正直に話すしかなかった。

「乙土岐さん、正直に申し上げますぞ。てまえの診断では乙土岐さんの体は身ごもっておりまする。後は妓楼主の甚右衛門どのにご相談のうえ、始末するかどうかご判断願いまする。てまえはこれで失礼いたします」

少々冷酷にもみえる言葉ではあったが、はっきり申し上げねば本人も妓楼主の甚右衛門も困るからであった。

　その後、二、三日して甚右衛門が啓廸庵にやって来た。

　開口一番、

「先生、乙土岐にはほとほと困りました。あれほどの年季がはいっている遊女にしてからがあのとおりだ。どうしたものかのう」

「乙土岐の相手をした者が仮に分かっていたとしても、これは遊郭のシキタリでその御旗本の本人に伝えることはご法度でござる。そのようなことをすれば吉原遊郭には客が遠のくばかりでござるからな」

「それは、よう分かっておりまする。いや、某（それがし）が相談したいのは良き中絶法をお聞きしたいのじゃ」

「楼主どの、中絶法に良いも悪いもありませんですぞ。後は覚悟がおありかどうかなのじゃ。つまり、本人が堕胎する覚悟があるか、もしくは生まれて来る子を育てる覚悟があるかじゃ」

　この当時、中條流（ちゅうじょうりゅう）の堕胎専門の女医がいて、結構流行っていた。

「甚右衛門どの、浜町入堀近くに中條流の看板が立ってあるのを見たので、本人と相談のうえでのことだが、もし堕胎する覚悟ができたのなら連れて行ってみてはどうかな」

「それは、ご丁寧にありがとう存じます」

　そのように言って帰って行った。

　その後のことであるが、甚右衛門がその方面の知人などに調べさせたら、たとえ堕胎薬で堕胎が成功したとしても、後日体調を崩したり、死んでしまうことも多かったと言うので、産まれてくる子は遊郭のみんなの手で育てることにしたというのだ。一年後、乙土岐は可愛い女の赤ちゃんを産んでいた。

だがいずれ、この子も大きくなれば、この遊郭で働くことになる運命なのかもしれなかった。

5

ある日、幕府年寄方・酒井讃岐守忠勝様の使いが啓廸庵にやってきて、明日江戸表まで来るようにとのお達しがあった。玄治とすれば、すでにお役御免になっている元奥医師なので何のことやらさっぱり分からないが、とりあえず翌日城に向かった。

表御殿の中の一室に通された玄治が待ってると、そこに讃岐守が一人の武人を連れて現れた。忠勝は玄治を見ると、

「おお、玄治どの。しばらくであったが息災であられたかのう」

「お陰さまで、このとおりでございまする」

「少し、前かがみ気味に見えるが違うか」

「まあ、歳をへれば多少はいたしかたございませぬ」

「そうであったの」

「して、今日は何用でござりまするか」

「その前に、こちらにいらっしゃる方をご存知であろうか」

「いいえ、お初にお目に掛かりまする」

「そうであろうな。おぬしが表御殿に務めていた頃はまだ不在であったに違いない。こちらは、上さまの異母弟君にあらせられる保科肥後守正之ど

のでござる」

すると、やにわにかしこまった風で、

「保科正之にござりまする」

と挨拶されたので、玄治も慌てて、

「初めてお目に掛かりまする。てまえはもとこちらで世話になっていた奥医師の岡本玄治でございます。以後お見知りおき願い奉ります」

この時の保科肥後守正之はすでに最上藩二十万石の城主になっており、国もとの政治は家老に任せていたが、自分は江戸城に詰めて家光の補佐としてその大任に当たっていた。家光がそれだけ篤い信頼を寄せていたからだ。

保科正之といえば、家光の父秀忠が正夫人お江与の方様以外にただ一人手を付けた奥女中・お静殿からの出生であったが、恐妻家の彼はこの隠し子を信州高遠藩・保科家へ養子にやり、十九歳になるまで父子の名乗りを許さなかった。二十一歳で高遠藩主となり、その後二十六歳で最上藩の城主となった。会津藩二十三万石の城主になったのはまだその先である。

その気の毒な生い立ちの異母弟であったが、頭脳優れ非凡な才能であるのを見越した家光は、彼を政治上の舞台に押し上げ、補佐役に取り立てていた。

讃岐守が、

「まあ、挨拶はその位にして用件を話そう。実は保科どのは雪深い最上山形から江戸に参勤して先頃戻って来たばかりなのだが、外桜田門内の江戸屋敷に住む奥方のお菊どのの具合がよろしくない。上さまも奥医師を向かわせようとしたが、老中たちの手前もあり、考えなおして奥医師は控えさせた。その代わりにそちの名が上がったというわけだ」

「そうでしたか。してご容体は……」

と言うと、脇から保科殿が言葉少なに、

「拙者が参る二ヶ月前から加減がよくなく、今も臥せっておりまする」

「玄治どの、そういうわけでござる。なんとか頼む」

玄治は、躊躇うことなしに、

「承知しました。とにかく、奥方のご様子をみないことには何とも申し上げられませんので、明日さっそくお伺いすることにいたしましょう」

その言葉を聞いて二人は、心なしか安堵した。

翌日、玄治は弟子の草然に薬籠箱を持たせ、保科殿が住む江戸屋敷に向かった。

そこは本丸からそう遠くない外桜田門内にあった。

屋敷に着くや否や、老女に案内されて奥に通された玄治だが、すでにご寝所で伏せている奥方に初対面の挨拶を交わした。

「お初にお目に掛けまする、医師の岡本玄治と申します」

すると、聞きしに勝る律儀でやさしさを湛えたお菊殿は、床から起き上がろうとするので、玄治は、

「そのまま、そのまま、寝たままで結構でござる」

と言って、患者を労わった。よく見ると透き通るようなうりざね顔に、厚みを帯びた唇が愛くるしさを湛えていて、肥後守殿にとっては最もふさわしい伴侶であった。しかし、その顔立ちに温もりがなく、まるで蝋人形を見ているように感じられた。すぐに、床の脇に座り、手首から脈をとる

が微かな弱弱しい脈を打つのが分かった。その間、奥方は喉元から出る痰がからみ、盛んに咳き込むので苦しさを顕わにした。その時末座にいたお付きの老女がたまりかねて膝行し、奥方の背中をさすってさしあげた。すかさず玄冶は、病状をお付きのその老女に聞く。

「奥方は、血を吐くようなことはなかったか」

　と問うと、一瞬、老女は奥方の顔をチラと見たが、観念したように、

「奥方さまは、二ヶ月前よりお咳の発作を堪えるたびに血が混じって出ておりました」

「それを気付いていたなら、何ゆえ医師に見せないでいたのじゃ」

　老女は、応えに窮しているのが分かった。たぶん、肥後守が最上藩の城主になったばかりで、山形で起こっている洪水や凶作などに懸命に打ち込み、その仕事に翻弄されていることを知っていたので、菊殿本人が自ら表ざたにしたくなかったのであろうか。それをお付きの老女にも諭していたのかもしれない。

　玄冶は、咄嗟にこの病は明らかに〈労咳〉または〈労瘵〉だと気が付いた。

「労」はツカレから出ずる。「咳」はこの病に罹れば必ずセキが出る。「瘵」はスリキレルの意で、やせ衰える。つまり「肺労の証」のことで、今でいう「肺結核」のことである。当時「伝屍労」とも言った。気血が凝結して生じた虫が病原と考えられ、この悪い虫が人の腹中にて臓腑を食らうので、伝染性を持つ死病を意味したのである。したがって、身近な者に伝染することが甚だ多かった。

　つまり、この時代〈労咳〉は、死に至る病であった。

すると、玄治が尋ねる。

「お傍に仕える者は、誰かおるのか」

老女は言う。

「いいえ、わたくし一人ですが」

「では、家族の者はおるか？」

「はい、一人、四歳になる若君の幸松（こうまつ）さまがおりまする」

「その者は、奥方に近づけなかったであろうな……」

「はい、いいえ……あのー……」

「はっきりしてくれぬと困るのじゃ。この病は人に移るのじゃ」

予期せぬ言葉に老女はうろたえた。

「この間、奥方さまが食べ残した果物の枇杷（びわ）を若君が所望して枕辺に来たことがございます」

「それだけでござるかな」

「その後も何日か前に二、三度母と子は会話を交わしたことがございまする」

「そうですか、相分かりました」

玄治は、草然に命じて、奥方には労咳の処方薬「麻黄細辛附子湯（マオウサイシンブシトウ）」を服ませるように指示した。

だが、もう一つ心配事があった。老女に若様の幸松様が今どこにおるか聞いた。すると、別室の子供部屋にいると言うのだ。そこで、また案内を乞い、その部屋に行くと、幸松様は幸いにもおとなしく絵本を読んでいた。

老女が声を掛けると、幸松様は素直なよくとおる声で返事が返ってきた。

老女は幸松様が驚かぬように医師が来た事情を話すと、すぐに玄治に面会させた。

やや不安な顔つきをしていたが、玄治は、

「若さま、心配しなくても大丈夫。ただ、お母上は移る病に罹っておりますので、若さまに移りはしないかと心配されております。そこで、少しばかり若さまのお体をも診させてはくれまいか」

そう言うと、もとより利発な幸松は素直に受け入れ、玄冶に診察を任せてくれた。その結果、脈は正常、発熱もなく、咳き込んだ様子もないので、感染した証しはないと診断した。

老女は、さっそく心配しているであろう奥方のところへ向かい、その旨を話したのだった。

数日経ってから、気になっていたお菊殿の様子伺いに保科家江戸屋敷を訪れた。だがこの病の特徴でもあるが、お菊殿の体はますます痩せ衰えていた。老女に聞くと、食事も細くなり、喉を通らないという。昨日は三度も吐血し、それが一時に二、三合も吐き出したというのだ。

玄冶は、奥方に言葉を掛けた。

「奥方さま、お体はいかがでございますか」

そう言うと、肩で息するのがやっとで、

「先生、幸松は……ほんと、ほんとに……大丈夫なのですね」

かすれ声で、しかもとぎれ、とぎれの言葉を繋ぐように応えた。

やはり、奥方の心配は息子の幸松様のことで、息子にもしものことがあったら殿に申しわけが立たぬと何度も聞くのだった。その血脈の浮き出た白き手を玄冶に差し出して、

「わらわがそう永くはないのは承知しております。ですが、幸松の身が……案じられてなりませぬ」

「それは心配いりませぬ。それよりもご自分のこ

とにお心を配るように願いまする」
　お菊殿が遠からぬ死を心のどこかで悟っている
ことに気が付き、玄治は一抹の不安が募った。
（これはいかん、わしはもっと奥方を励ましてや
らねばならぬ）
　玄治とすれば、この労咳が死を免れぬ病である
ことを知りつつも、なんとか少しでも命を長らえ
ることができたらと試行錯誤した。この病には気
持ちにゆとりを持たせることが大事であると、部
屋中にこの時期咲いてる菖蒲の花を小瓶に差して
飾るよう、また時々換気の入れ替えをして新鮮な
空気を呼び込むように指示した。
　さらにその後も滋養に気を遣い、かつ思い切っ
た処方箋をもって手を換えてみたのだが、快復の
気配が見えなかった。とうとうその日が来た。お
菊殿は保科殿に見守られ、最後には喀血の発作に
見舞われて、ついにお命を絶たれてしまわれたの
だった。
　後日、玄治は肥後守正之殿にお会いになると、
「奥方さまには、何のお役にも立てず某の力不足、
まことに申しわけありませんでした」
　と言うと、それに対して、
「玄治どの、頭をお上げなされよ。お菊の寿命が
来ていたのは拙者でも分かっておりました。それ
に医者は万能ではござりませぬ。それを、少しで
もお命を長らえてくださったのは、玄治どのの処
置のお蔭でござる。お礼を言うのは拙者の方じゃ」
「そのようにおっしゃっていただけると、医師と
しての名文は立ちまするが、それはともかく、こ
れからはお気を確かに持って過ごされますように
願いまする」
「ありがとう存じます」

「それと、お子の幸松さまは奥方さまからの感染はありませんでしたので、ご心配なきように」

「それは安心しました」

その後、肥後守正之は、七年間の山形藩主時代を経て会津に転封された。

6

玄冶の啓廸庵は、次男の寿仙が成長して父親からの町医継承も順調であった。玄冶は今の敷地内に数十軒ばかりの借家を建てたこともあり、まさに安穏な暮らし向きができるようになっていた。

借家の人たちには、長唄、浄瑠璃、三味線引きなどの諸芸人が住んでいたが、それは、近くにある芝居小屋で働く芸人たちが多かったからでもある。

ある日、年老いた老母と一緒に住む女の所に浪人とおぼしき武人が訪ねて来た。偶然玄冶がその前を通りかかると、口論の最中で外にまで声が聞こえてくる。なんでも稚児(ややこ)がどうのこうのと言ってるようだが、貸家の大家(おおや)としては、家庭内のことなのでどうにも口出しできず、その場はそれで見過ごしてしまった。

ところが翌日になって、その女が啓廸庵の母屋に住む玄冶を訪ねてきた。どうも何か仔細があってのことで来たのだろうと、外で話すのは気が引けるから家内の文(ふみ)には、中に入れるようたのんだ。女は、富貴(ふき)といった。

玄冶は、母子での収入の乏しさから店賃(たなちん)の引き延ばしを願い出てきたものと勝手に思い込んでいたが、当てが外れた。

富貴は言う。

「昨日訪ねて来た男は、わたしの亭主です。亭主は名の通った譜代大名の家臣ですが、わたしは姑と折りが合わず、とうとういたたまれずその家を出てしまいました。その後、自分と母親とはこちらの先生の貸家にお世話になりましたが、わたしには稚児が一人おります。ですが、姑が稚児をどうしても手放さずにいたので、とうとう連れ出すことができなかったのです。ところが、その稚児の体が変調をきたし、どうにもこうにも手の施しようがなくなってしまいました。困った挙句、わたしが住んでるこの啓廸庵を思い出して、あそこには世間でも評判の医者の先生がいるので診てもらったらどうかということになったらしいのです。

　しかも主人は、己の面子（めんつ）も顧みず妻のわたしのところにやって来たというのが昨日のことなのです」

「そうだったのですか。それで、合点がいきました。それで、お子さまは？」

「後で、主人がここに連れてまいります」

「それでは、来ましたら表の啓廸庵の診療室の方へお願いいたします」

「こちらこそご無理を承知で申し上げてしまいました」

　そのような言葉のやり取りがあって、しばらく経ってから、主人の高坂弥左衛門（こうさかやざえもん）が稚児を抱えて啓廸庵にやって来た。入口の前で、やおら声高に、

「高坂弥左衛門と申しまする。玄治先生はおられるか」

　中から出て来たのは、次男の寿仙であった。

「父は診療所におりますので、そのままお入りください」

　弥左衛門は、慣れない手つきで稚児を抱えて奥

に入って行った。

診療室に入ると、そこに妻の富貴がいたので一瞬戸惑った様子を見せたが、気を取り直し、すぐに抱えていた稚児を富貴に渡した。富貴は、しばらくぶりに見る稚児の顔を覗き込んだが、次の瞬間その様子が変だと気付き驚いた。

「先生、やっぱりこの子変です！」

すると玄治は、やおら母親を制しながら、父親に聞いた。

「弥左衛門どの、稚児の症状を教えてくれませぬか」

「二、三日前からですが、一日に数回痙攣（ヒキツケ）を起こすようになりました。それを母者が昔から稚児は『小児虫』がおるのじゃから、じき治るじゃろうと言われるのでほっときました。でも、昨日の夜泣きがひどくなった時の痙攣が苦しそうに見えましたので、これはいかん、と思い先生にお願いした次第です」

「飲食物を嘔吐したことはあるかの？」

「ええ、昨日も食べたものを吐いてしまいました」

「これは稚児に起こる俗に言うところの『疳（かん）の虫（むし）』じゃな。母親の母体から離れるのが早くなって、環境が変わったことによる病じゃ。過敏な神経になった稚児が消化不良を起こし、嘔吐するのはそれが原因だ」

「先生、何か良い薬はありますかな」

「主（あるじ）どの、何をおっしゃるか。これに付ける薬などはありませぬぞ」

「ええ！　なんと？」

「つまるところ、一番の良き薬は、母親のところに連れて来てお乳を服ませることじゃよ。さすればたちまち治る」

そう言われた父親の弥左衛門は、足をすくわれそうになった。頭の中には姑の母親の顔が浮かんでいたからだ。

それを見越してなおも玄治は追い打ちを掛けた。

「弥左衛門どの、お子の『疳の虫』を治すにはこれしかないですぞ。姑女に気兼ねをしていては稚児の病は治せなんだ。傍にいる富貴どのの困ってる様子が目に入りませぬか」

なおも、思いきれぬ主殿に、

「主どのは稚児が可愛くないのか。いや、富貴どのを愛してないのか」

と、急き立てるように促した。

とうとう、弥左衛門は覚悟を決めて返答した。

「先生、拙者の優柔不断には愛想を尽かしたでしょうが、これが拙者の今の姿です。ですが、先生のご助言で目が覚めました。この子のためにも母親の愛情を受けてもらうようにしたいと思います。当分の間、稚児を富貴に預け、その後のことは家族内の話し合いで決めとうござる」

「それがよろしいのではありませぬか」

玄治は、もうそれ以上のことは言わなかった。

医師というのは、体に異常がなければそれ以外はかかわらぬ方がいいというのが本来の生業（なりわい）である、と思ったからだ。

7

江戸表とは、奥方を亡くされた保科肥後守の一件以来、かかわりが一時遠のいていた。

ところが、ある日のこと、幕閣の一人である堀田（ほった）正盛（まさもり）が突然この啓廸庵にやって来て、上様がこのわしに折り入って話があるからお出で願いたいとの申し伝えがあった。

玄冶とすれば、上様のお抱え医師の役目をとうに終えているので、江戸表とは縁を切っておきたいと願っていた折、この間のことがあったが、あれでもうおしまいだと思っていた。堀田殿は将軍家光のお側衆の中でも最も篤き寵臣であったから、内々の話に違いないと察した。

次の日、玄冶は城に向かった。本丸御殿は勝手知ったる所であるが、話が通じていたと見えて通用門ではお付の者が待っていた。案内に従い、大廊下を通り過ごし、将軍が使う御座の間に通された。すると、そこに堀田殿がやって来て挨拶を交わすと、さらに別室の応接間に通された。

「ここで待つように」

と言われたので、何やら当たりを見渡すと、さっぱりとした書院造りは変わりないが、外に目を向けた時、ことのほか箱庭造りの山水や庭園が輝いて見えた。

玄冶は、なかなか気の利いた応接間があるものだと感心していた。そこへ、やって来たのが誰あろう、あの将軍家光様であった。

上様は慣れっ子のように、

「おお、玄冶どのか。息災であったかのう。じゃが、この間の肥後守の一件では世話になったと聞くぞよ」

「とんでもありませぬ。しかし、肥後守の奥方は残念でございました」

「いや、あれは致し方ござらぬ。人間には寿命というものがあり、しかも難病に罹ればなおさらじゃ。それでも、其方(そち)がよくやってくれたと肥後が申しておった」

「そのように察していただけたのであれば光栄に存じます。ところで、今日のお話というのは、どのようなことでございましょうか」

「おお、それよのう。話せば長くなるので、ちと端折って話すことにする」

「どうぞ思う存分おっしゃってくださいませ」

　すると、家光は話を切り出した。

「ついこの間、京都御所における余の妹に当たる東福門院和子から急の飛脚便が来よった。なんでも御水尾天皇が譲位され法皇となった後、第一〇九代天皇になられたのは、わずか七歳になる御子の興子内親王なのじゃ。余の姪に当たる人だがそれが女帝の〈明正天皇〉じゃ」

「それはようございました、おめでとう存じます。して、それが何か……」

「明正天皇は内裏に住まわれているが、東福門院和子はこの度新しく建てた大宮御所に住んでいる。また、法皇になった後水尾上皇は仙洞御所に遷り住んだ。ところが別々に住まわれたことを幸いにしてその後、上皇は密かに公家の娘を相手に御子づくりに励んでいるという」

「上皇のやんごとなき甲斐性癖が始まったというわけですな」

「それが、左大臣京極其任の娘に皇子が生まれてしまったのじゃ。それも続けて二人もじゃ」

「それはいけませんな」

「そこでじゃ、余はその長男の方の御子・素鵞宮を東福門院の養子として、つまり、徳川の子としたのじゃよ」

「公武和合作戦ですな」

「そんな体のいい話ではない。とにかく、そんなこんなで東福門院和子が重荷を背負い、体の具合に変調を来たして、なかなか治らず困っているという。京の医師にも診てもらったが、改善が見られないのでぜひ江戸の医師を派遣してくれないかという書状が来たのじゃ」

「それでてまえをお呼びになったのですか」

「そのとおりじゃよ。おぬしは京にいたおりも妹の東福門院には会っていよう。お互い気兼ねすることがなく、和子もそちに会えば至って早く回復すると思うが、いかがかな」

「上さまもお人が悪い。てまえはもう五十歳を過ぎておりまする。京までの往還は何度もやっておりまするが、この歳ではもうありますまいと思うておりました」

「それはよう分かっておる。他の者も一度は考えてみたが、なんせ江戸の医師は朝廷での経験ある者が皆無でな。しかもあの陰険な雰囲気には馴染めない者ばかりじゃよ。おぬししか心当たりがなかったというわけだ。最後のご奉公と思うて引き受けてはくれぬか」

　玄治は、ハタと困った顔をしたが、瞬時に頭の中をよぎったのは、過去に曲直瀬玄朔先生の息子であらせられる玄鑑様のことであった。

　京に将軍とともに上洛したおり、お江与の方様の危篤が告げられて、急遽江戸に呼び戻されて江戸に向かう途中、箱根で急死したことがあった。医者でも無理をすれば、命を落としかねない身であることには変わりはないという過去の変事を思い起こしてしまった。

（江戸表の将軍家の侍医を引退した後も、こうして頼って来られるのは、上様からの篤き信頼があってのことと悦ばなくてならぬし、なおも、身どもと上様との関係がまだ保たれているのは嬉し

い限りと言わねばなるまい）

玄治はここで返答しなければ、二人の間の信頼は崩れると思い、

「上さま、承知しました。これは、裏を返せば天下のためでもあるのでございますね。明正天皇に少しでも長く在位していただくためには、母親の東福門院さまもご健在であらねばならぬということですか」

「おお、そこまで読まれておられたか。おぬしは医者よりも余の後見役にしたいくらいじゃ」

「恐れ入りまする。てまえと致しましては、久しぶりなので仙洞御所に住まわれる後水尾上皇さまにもお会いして参りまするが、構いませぬでしょうじゃ」

「それがよかろう。余からもよろしくとお伝え願いたい」

「それでは、事は急がねばならず、旅支度のためこれにてお暇（いとま）仕ります」

「玄治どの、くれぐれも気を付けて参られよ」

「これにて失礼仕ります」

と言って城を後にした。

第二十章　京の御所にて

1

十数年ぶりの京に着いた玄冶(げんや)は、あまりにも変容していた町の賑わいに目を丸くした。信長、秀吉の戦国期が遥か遠い昔のように思われ、徳川の世が定着したありさまを如実に垣間見る思いであった。それは、町を行く庶民の姿が若々しく華やいでいたからだ。

家光が三代将軍の襲名を受けてから十数年が経ち武家社会も落ち着きを取り戻し、某(それがし)も五十路(いそじ)の坂を過ぎてしまったのだから、都大路が変わるのは無理もない。今京都所司代は二代目の板倉重宗であり、以前は彼の介添えなしには公家や御所内の高貴な方々に会うことなどできなかったが、今ではそのような必要もなくなった。

内裏(だいり)の白く長い築地塀に沿って歩いて行くと西側にある門にたどり着き、名を告げると、江戸表より話が通じていたせいか女官がやってきて中へ案内された。

東福門院中宮和子(とうふくもんいんちゅうぐうまさこ)様にお会いするのは、某が勅命により「啓廸院(けいてきいん)」の院号をたまわるために朝廷に参内して以来のことであった。さらに、興子(おきこ)内親王(ないしんのう)が明正(めいしょう)天皇となられてから、中宮様の住まいは内裏に隣接して建てられた大宮御所になったので、そこに案内されたが、そこは山吹色の塀で囲まれていた。

御所門をくぐり玄関口にたどり着くと、中からお側付の女官が出て来て、さらに奥まった部屋に通された。

女官が去った後、玄治が廻りを見渡すと総金箔で彩色された襖に気付き、その中に様々な動きをした何羽かの鶴が描かれてあった。

これがあの狩野派の絵師による鶴図なのかと感心し、一瞬森厳な面持ちに相なったことは確かだった。

そこに、遠くから衣擦れの音がスワスワと聞こえて来る。

これは、と思う間もなく襖戸が静かに開けられ、そこにふくよかに臈たけた、いかにも宮廷風の雅な風貌をたたえた女性が現われた。

玄治が、やや戸惑いながらもかしこまっていると、

「おお、岡本玄治どのか、しばらくお目に掛からなかったのう。息災であらっしゃられたか。苦しゅうない、お頭を上げてたもれ」

もう、どっぷりと京言葉を身に付けた中宮和子様であった。頭を上げた玄治は、

「お久しゅうございます。中宮さまのことは江戸を発つ時、上さまより仔細をお聞きしております。まことに苦渋の連続で難儀を強いられ、お心の休まることがなかったのではないでしょうか」

「おお、そのことでおわっしゃりますか。まあ、そのことはおいおい話すことにしても、こたびはちとわけがあってお呼び立てしてしもうた。玄治どの、許せよ」

「何なりとおっしゃっていただけませんでしょうか」

「まあ、そう急いてたもうな。粗茶だが一服あそばされよ」

そう言われて、女官が差し出す小ぶりな信楽焼の薄茶にそっと手を差し伸べ口に入れた。

「湯加減がよろしく、美味しい茶ですな」

「それは上々……。実は、話というのは娘の明正天皇のことじゃ。今、神経を病んで困っている様子であらっしゃる」

「何ゆえでござりまするか」

「それはな、大きい声では申し上げられないが、幕府と上皇さまの狭間にあっての悩みじゃ。本来ならば娘の二年後に生まれた高仁（たかひと）親王が幕府・葵の皇統になるはずであったが、三歳で夭折（ようせつ）してしまわれたし、その年に生まれた若宮（わかみや）も生後八日目で夭折なさった。その後は男子が生まれなかったので、娘は、公武和合の生贄（いけにえ）となったも同然の身じゃ」

「中宮さまこそ間に入ってお悩みのご様子でしたが……」

「いやいや苦悩はその後のことでござる。上皇さまは仙洞（せんとう）御所にお遷（うつ）りになり、妾（わらわ）は新設された大宮御所に住んだが、こちらは仙洞御所よりも広く、上皇は面白くなかったのであろうと思う。その後もこちらの修復に幕府は糸目を継げず惜しみなく豪華な物にしてしまった。そこで、上皇は内乱ともいうべき、皇子造りに没頭し対抗していったのじゃ」

「密かに公家の娘を相手に御子（みこ）づくりに励んだといいますが……」

「仙洞御所に住んで間もなく八重姫が生まれ、二年後には左大臣・京極園基任（そのもととう）の娘園光子（そのみつこ）に待望の皇子、素鵞宮（すがのみや）が生まれた。これを知った兄の家光は、八重姫及び素鵞宮を妾の養子にするよう命じて来たのです。上皇はこれに対しても抵抗することができなかった」

「さすれば、お方さま同様にお若い明正天皇も将軍家と皇室との間で、悩んだことでしょう。お察し申し上げます。して、今、天皇はどちらにいらっしゃいますか」

「そのこともあろうかと、内々でこちらの大宮御所の一室にお出で願ってあらっしゃります」

「えっ、それはまことですか」

「最近は、不安で仕事もろくに手をつけず、趣味の生け花にも手を出さず、御所内に造られた借景の庭ばかりを観る始末です。これから、お待ちの部屋にご案内しますので、ぜひ玄治どのに診ていただきとうございます」

「よう、分かりました。それではさっそく中宮さま、お願い仕ります」

　そのような話をされた後、長い渡り廊下を進み幾重にも曲がった辺りに坪庭が見えた。そこにはこの季節にぴったりの大輪の菊が白、黄、紫と彩りよく咲き誇っていたが、その一角にある部屋へと案内された。

　その部屋の前には二人の皇宮付の女官が立っていて、中宮様と玄治がお見えになったことを察すると、いかにも丁寧なお辞儀をして、襖戸をゆるりと開けた。

　几帳（きちょう）の向こうには楚々として初々しい姿の女人がいるのが分かった。

　薄紅模様の打着（うちぎ）に花橘の唐衣（はなたちばなからぎぬ）で正装した、まだ十四歳の宮様（明正天皇）がいらっしゃいました。

　玄治は中宮様に紹介されると、宮様が今日お会いになる意図をご理解されていて、さっそく診察のため奥にある次の間に案内された。

　ただ、その部屋には宮様の傅育（ふいく）から役を仰せつかっている〈お伸（のぶ）〉という者が傍にいて、いかにも宮様を庇護しているように見えた。

玄治とすれば、その者に気遣いながらも宮様が臆することのないように、いつもの接し方で声を掛けた。

「宮さまとはお初にお目にかかります。お母上の中宮さまとは長く誼をいただいておりまして、医師の岡本玄治と申します。これまでおすこやかにお育ちの宮さまでいらしたのでしょうが、天皇という処遇に就かれてからの責任は大変重く、ご苦労もいかばかりかとご推察申し上げます」

しかし、その時の宮様の表情は、虚ろな目をして焦点が定まらぬようであった。

玄治は、お側付きのお仲に声を掛けた。

「これから、宮さまの診察に入らせていただくがよろしいかの」

するとお仲は、

「宮さまも、それは御承知のようでございまする」

玄治はその言葉を聞いてから、

「宮さま、少しばかりお時間をいただき診察をさせていただきますので、よろしゅうお願いいたします」

宮様も、か細い小首を縦に振りながら、

「どうぞお願い申します」

と、丁寧な言葉で返してこられた。

玄治とすれば、いつものように宮様の手を取り脈診から始めたが、脈からは特に異常は感じられなかった。次にこれまでの思い当たる症状を聞き出した。すると、

「今まではわらわの傍にいつも母の中宮さまがいらはりまして、安心して日々を過ごせました。しかし、御所で一人になってからというもの、落ち着かず、いつもフワフワして夢心地が続いておりまする」

「そのお気持ちがよく分からないでもありませぬから、お心細かったでしょうな」

ここで玄治がいつも気を遣うのは、高貴な人といえども変わらずに相手の気持ちになって差し上げることであった。

これは、患者に不安を抱かせない医者の初歩的な心得かもしれない。

宮様はなおも続けておっしゃった。

「太陽がいやに眩しく感じる時がありゃっしゃります。また昼間でも早く横になって眠りとうなるのです。仕事にも専念できまへん……」

すると、玄治はこう聞き返した。

「逆に夜は、よく眠れまするか。夢などを見ることはおありですか」

「ええ、疫病神が取り付いたように悩まされることがあります。また、何かわけの分からぬ奇妙な獣に断崖絶壁まで追われ、後もう一歩で崖下に落ちるかもしれないという所で目が覚めはるのです」

宮様は幼少のみぎり、弟の高仁親王が夭折し、次の姫君の若宮の早世にも対面している。また、御水尾(ごみずのお)天皇は退位・譲位される際、

「女一之宮の皇位は一代限りである。また、皇子誕生の際はその皇子に即位させる」

と公然と言い放ったことがある。これまでに御水尾天皇の隠し子としてお局に孕ませた御子が無理やり堕胎薬を服まされ、亡き者にされた件が何回かあって闇に葬られている。

幕府側としては、公家の娘から生まれた皇子が天皇になれば、将軍家はその下に位することになり、それは徳川の血が皇位継承から外れることを意味した。

明正天皇は公武和合の掛け声とは別に、皇統を

めぐる菊と葵の狭間で苦しんでいた。

「その時の疲れ具合はどうですか」

「とっても胸苦しく、食べはるものもほしくない状態です」

「そうですか。それから歩くと眩暈がすることはありますするか」

「それはあります。なお、言い忘れたのですが、頭が帽子を被ったように重くなり、ボーッとしてしんどくなりはったりいたします」

「それから、これは女性特有のことなれどお聞きしないわけにはいかないのでございますが、定期的に帯下はおありでしょうか」

　そのように聞かれた宮様でしたが、やや、恥ずかしげに、

「そういえば、その間隔が乱れて量も一定ではなかったように思えまする」

　そのような様々な問診のなかで、果せるかな玄冶は、宮様の診断の『証』を確かに掴んだ。

　それは、やはり虚弱体質な女性に起こりやすい〈軽い気鬱症〉である、と。

　血液不足や過度の喜怒哀楽から肝臓が機能低下すると、血液が順調に体全体に送られなくなり、憂鬱感や頭痛・眩暈が起こる現象なのである。

（これらの症状に効く処方薬は〈加味逍遙散〉に限る）

　と診た玄冶は、これを何日か服用させることにした。中心生薬は〈柴胡〉と〈薄荷〉であるが、これは肝臓の動きを活性化させ、その機能回復に役立たせる。

その数日後、宮様お側付の女官・お伸が、幕府の指定宿に滞在している玄治のところにやって来た。

「啓廸院先生、先だってはありがとうございました。あの内服薬のお蔭で宮さまが大変落ち着いて参りました。続けて服ませたいと存じますがいかがでしょうか」

「それはようございましたな。全快までにはもう少し続けて服んだ方がよろしいかと。今、そのお薬を調合しますから少々お待ちくだされ」

そう言われたお伸は、薬研（やげん）に生薬を入れながら造る玄治の手さばきを見て感心していたが、やがてそれも終わり薬袋を渡されると、丁寧にお礼の言葉を述べて帰って行った。

2

玄治は江戸に戻る前にもう一つ大事なことを忘れていた。

それはなにあろうか、時の人でもある後水尾上皇にも会わねばならなかったことである。しかし、これは当初の目的ではなかったので、お会いするためには京都所司代の板倉重宗殿に断りを入れねばならぬお墨付きがあった。

煩わしいことこの上ないのだが、この内裏へ入るシキタリなのである。仕方なくそのシキタリに従い、板倉重宗殿のいる京都所司代まで手続きをしに行った。

だが、重宗は岡本玄治に会うと、月並みな挨拶を交わした後、頑（かた）くなな態度を示してその許可書に判を押さないのである。どうも、これまでの徳川家と朝廷とのつばぜり合い、いやその争いは将軍家と後水尾上皇との水面下に要因があるらしい。

二代将軍秀忠と上皇とのいがみ合いは『禁中並びに公家諸法度』により、朝廷が大幅に制約を受けてしまったので、長い間のその怒りも頂点に達していた。それが三年前の将軍家光が上洛した折は、家光は上皇様に拝謁し、その際太刀・目録・銀五百枚・錦五百把を納めた他、内裏や近侍の女房、公家たちにも金銀や豪華な物品を贈ったので、上皇ともかなり融和策が取られ遺恨がなくなってきたようにも思われたのだが……。

玄治はそのようなことを頭に入れておいていたので、この際の所司代の対応が不思議でならなかった。

しかし、その後のことであるが、後水尾上皇は東福門院和子を寝所に召さず、次々と他の局に接して御子を産ませたという噂。これは明らかに皇統を徳川の血で汚してはならぬという上皇の密かな謀(はかりごと)にほかならないと見た。

所司代の重宗からすれば、

「そのような不埒三昧(ふらちざんまい)を仕出かすような上皇に肩を持たせてはならぬ」

との思いがあったが、これはたぶん金地院崇伝(こんちいんすうでん)辺りの入れ知恵が働いていたのかもしれない。

玄治とすれば、上様とのお約束で上皇様にも会っておかねばならず、ここで引き下がるわけにはいかなかった。所司代に向かってこう言い放った。

「所司代どの、身どもは医業にたずさわる者ぞ、病を診るに何の分け隔てをする者か、篤(とく)とご存じあろう」

「それは承知のうえぞ。玄治どの」

「であれば何ゆえ、身どもが上皇に会うのを拒まれるのじゃ」

「それは、ここのところのあまりの身勝手な行動を見過ごすわけにはいかなかったからでござる」

「身勝手とは？」

「それは、ご承知かどうか分からぬが、上皇が内裏付きの女房に次々に御子を産ませたことよ。これは明らかに徳川の血筋を排除するための挑戦なのじゃ」

「それは、噂には聞いておったことだが、しかし、身どもが会うのとは関係ござらん。むしろ、将軍家光どのは三年前に上洛した折の上皇さまとの良好関係を少しでも取り戻すべく、てまえに託されての交誼じゃ。身どもも久しぶりに会うので、医師の生業で上皇の健康状態も診ておかねばということじゃから、何も不審は起きないのではないか」

「そのようなことであったか。今は何かというと幕府と朝廷の間でギクシャクしているので、僅かのことでも敏感になっておるのじゃよ」

「重宗どの、そなたも間に立って大変じゃのう。身どもも、もとはといえば上さまの侍医であったので、役目を果たさずに帰るなどということは許されることではない。特別のこととはいえ、分かってくれて感謝する」

このような経緯があって、玄冶は後水尾上皇に会うことを許された。

3

さて、その翌日、玄冶は内裏の北にある仙洞御所に向かった。

御所に着くとすでに話は通じており、お側仕えの者が先にたって長廊下を中へ中へと案内して行く。やはり御所は広いと感じながら後に付いて行き、書院造り風の一室に招じられた。周囲の襖には土佐光信などの土佐派による、日本の四季折々の風景画からなる大和絵が描かれてあった。

お側付きの女房とおぼしき女性が茶菓子を持って現れた。そして、

「遠いところご苦労はんどしたなあ。もう少しお待ちやれ。その間、お茶を点てますので御菓子でも召し上がりながらお飲みやす」

何ごとにも、慌てないゆるりとした内裏気質に慣れている玄冶だったから、いら立つこともなかったが、これが関東の武将であったならどうであったろうかと、思いを巡らしてしまった。

お召しに時間がかかったのか知らぬが、よほどの刻限がたった頃、上皇様はやってきた。目鼻や口の化粧に加え、頭には萎烏帽子(なええぼし)を被り、白衣と袴を身に付けた上皇様の姿がそこにあった。膝に手を当てて丁重にお辞儀をすると、

「おお、玄冶どのか。珍しいのお、久しぶりじゃが、息災でおじゃったかのう」

「上皇さまもお見受けする限り、お元気なご様子で何よりです」

「せっかく名医が来たのじゃから、朕(われ)の脈を診てたもれ」

「それはもう、お安いごようです」

上皇が白衣の袖をまくり、玄冶の前に腕を差し出したので、玄冶もいつものように左手首の関節に三本の指を当てると、上皇の拍動が伝わってきた。

この脈診を診る時というのは、心を平静に保ち、雑念を避けて全神経を集中させねばならない。玄

治は念のため反対側の右の手も診た。

　終わって両の手を返すと、上皇が、

「何か、脈に異常が出ておじゃるか」

「いいえ、そうではなく、その反対です。至極、脈は正常で何も問題はございません。これまでいろいろとご苦悩があったことと存じますが、脈には異常が出ておらず安定しておりまする。何ゆえ、そのように上皇さまはお心がおだやかなのでしょうか」

「それは、重畳(ちょうじょう)!!　玄治どの、これ以上のことはなかろう」

「そのようでございますな。して、上皇さまの日ごろの佇まいでもお聞かせ願いますれば、ありがたき幸せに存じまする。いわゆる健康の処世術でもおありなのでしょうか」

「それはもう、昔、家康どのが『禁中並びに公家諸法度』の中で、天皇の務めは第一に学問にある、と言われたように、それをひたすら励行しているのじゃよ」

　これはやや幕府に対して皮肉を込めた言い方になったが、もともと後水尾上皇という人は、天皇の御代(みよ)時代から立花(りっか)、茶の湯、書道、古典研究などの諸道に秀で、なかでも和歌の道には格別精通していた。

　御所内の庭を眺めつつ詠んだものに、こんなものがある。

大空を　おほはん袖に　つつむとも
　あまるばかりの　風の梅が香

鳴く蝉の　こゑも木ずゑに　しずまりて
　涼しく暮るる　森の下風

　また、後水尾上皇が天皇の座を譲位する時に詠んだ句がある。

　　葦原や　茂らば茂れ　天の下
　　　とても道ある　世にあらばこそ

　さらには、幕府をあしざまに捉えて詠んだ句もある。

　　世の中は　蘆間の蟹の　あしまとひ
　　　横にゆくこそ　道のみちなれ

　　みな人は　上に目がつく　横につく
　　　葦間のかにの　あはれなる世や

　この二句については、将軍秀忠が天皇の電撃譲位に対して怒り心頭し、後鳥羽上皇や後醍醐天皇と同じく隠岐の島に流そうとしたが、これを息子の家光が諫言して止めた経緯がある。これをお側仕えの者から小耳に挟んだ後水尾上皇が、皮肉を込めてかような歌に託したのだ。

　歌集には千数百首収めた『鴎巣集』もあり、こちらも有名である。

　その他、側近の中院通村とともに『古今和歌集』の解釈の秘伝を伝える『古今伝授』の保持者でもあり、二人でその会を催したりしていた。

　そんなこんなで幕府との間に募った不満は、見事解消できていた。さらに、女御との間にできた二人の皇子の子を中院通村の邸に預けていたので、会いたい時にはいつでも遊びに出掛けて行くことができた。

　こうして朝廷を屈服させようとする幕府に対して、後水尾上皇の方が一枚も二枚も上手であったし、日々是好日の如くであった。

上皇様の顔色を見ながら、玄治はこう言った。

「上皇さまは、今きらめく若葉に包まれているようで、ようございましたな」

すると、一転して曇り顔になった上皇は、

「玄治どの、聞いてたもれ。この間、女一宮に聞かれたことに慄然（りつぜん）としたことがあるのじゃよ」

「それはどのようなことでございまするか」

「『朕は適齢期になっても婿は取れぬのですか？』と、聞かれたのじゃ」

「何とお応えになられたのですか」

「これには正直に応えねばならぬと思うてな、天皇家は開闢（かいびゃく）以来婿取りは許されておらぬとな。ましてや、天皇家を超える格式をそなえた殿御（とのご）はおわっしゃらぬ」

「すると、女一宮がこう言い放った。〈将軍家でも〉でございますか、とな」

「なるほど、宮さまは将軍家ならば分相応と考えたのですね」

「しかし、即座に朕は応えた。あれは関八州の一武将から出た平民よ。格式などあろうはずがない、とな」

「上皇さま、それはあまり声高に申し上げるべきことではなく、控えねばなりませぬ」

「過去にも、女帝は元正（げんしょう）天皇・孝謙（こうけん）天皇・称徳（しょうとく）天皇などおわしたが、皆生涯独り身であらせられた。女一宮とすればひどい父親（てておや）と思ったであろうが、これが天皇の宿命なのじゃよ」

―天皇の後裔（こうえい）は、男系男子に限定されることから、女性天皇が皇位に就いても結婚できないという不文律があった。したがって、明正天皇は成人後も結婚することなく、独身のまま退位していた。これにより、徳川家のＤＮＡ（遺伝子）は皇室に継承されることなく、一代限りで途絶えることになったのである。

「宮さまはそれをお聞きになって、お心が動揺されたのでありませぬか」

「それは致し方あるまい。本人も公武和合の一役を担って引き受けたのじゃからな」

「それで、上皇さまは一刻も早く皇子誕生に走ったのでございますか」

「玄冶どの、その言葉は禁句でござる、少々堪えて慎まれよ。朕も天地まします開闢以来の天皇の血を絶やしたくないと思うてのことじゃからな」

「よう、分かりました。いろいろと差し出がましいことを申しましたがお赦し願いまする。身どもはこれで失礼仕りまするが、最後に江戸表の将軍家光さまからくれぐれもよろしくとのお言葉がありました」

「将軍どのも少しは朕に気を遣うてお言いなすったのじゃな。さすれば、朕は身も心も軽くなった気がするぞよ」

「物には潮時というものがございます。そんなこんなで、いつまでも角付き合っているのも困るからでございましょう。それでは上皇さま、身どもはこれにて失礼いたします。いつまでも御息災であられますように」

その後のことであるが、明正天皇は二十一歳まで十四年間在位し、退位後は結婚もせず、異母弟の素鵞宮紹仁親王に引き継ぎ、後光明天皇が誕生した。しかし、退位後の明正天皇は〈新院様〉と呼ばれたのち、異相の修験僧・江玉真慶に帰依し、彼が住職となっている京都山科の十禅寺を再興して勅願寺（ちょくがんじ）としたのである。

その十禅寺には今でも明正天皇が遺詔（いしょう）した仏像や書画、さらには幼児期からお守りとしていた這子（ほうこ）人形や身の回りの遺品が納められている。

最終章　永遠に満つる旅路

1

江戸表に戻った玄冶は、さっそく将軍家光に目どおりして京都での一切を報告した。すると、その老骨に鞭打った功労に報いたいとして、家光自ら描いた御筆さばきの「翡翠（カワセミ）」の墨絵と、練り薬を造る「丹薬器」が賜られた。家光自身は時々暇に任せて、このごろでは雀とか兎とかを題材にした墨絵をよく描いていたので、それを褒美にくれたのである。

玄冶とすれば、将軍自らが渾身に任せて筆を揮い描いたものだけに貴重品として押しいただいた。

また、「丹薬器」なるものは長崎に居住する中国人からの手土産品だと言い、これは練り薬を造る器械と思われた。

お城から家に戻ると、沢庵和尚からの書状が届いており、数日前に京から戻ったので遊びに来ないかというお誘いであった。

和尚は以前から、某と会うたびに、

（わしもそろそろ古稀の齢歳となり、体が思うように動かなくなって来てしもうた。これが最後の旅支度になるやもしれないので思い切って、思い出深い堺の南宗寺と故郷の但馬・出石、それに京都を巡って来てみたい）

そのように申しておられた。

それが実現し叶われたということで、至極ご満悦の呈でいるに違いない。

品川・東海寺までは、ここ人形町から距離にして二里と少々なので、玄治は朝早く起き出し、地元特産品の佃煮を手土産としてぶら下げて行った。

寺は谷あい深い高台の位置にあり、しかも松林と竹林が広がり、山号を「万松山（ばんしょうざん）」と称したのも故（ゆえ）無しとしない。

また、後ろは山が迫っており、山から落ちる水は音を立てて江戸湾に注ぎ入る。まさに絶景の場所であった。

玄治は山門を通り過ぎ、いきなり声を掛けると、寺の小坊主が顔を出し庫裡に通された。その庫裡だがあまりに立派過ぎる書院造りの部屋で、これは家光殿が贅を尽くして修築させた部屋に違いないと思わせた。それはのちほど酒井忠勝殿にお聞きして分かったことだった。

しかし、何にも増してもっぱら奢侈（しゃし）を嫌い、壮麗を好まぬ沢庵殿は顔をしかめたに違いない。普段から名誉を拒み、虚飾を斥ける、しかも清貧願望の持ち主だけに歯がゆかったであろうことが想像ついた。

玄治は、そのようなことはおくびにも出さなかったが、和尚は玄治との再会を手放しで喜んだ。ところが、和尚は長旅のせいか顔に精気がなくなっていた。これを咄嗟（とっさ）に見て取った玄治は、

「和尚どの、この度の旅の疲れが出ておるのではありませぬか。おやつれになっておりまする」

「そうか、そちにもそのように映ったかのう。正直、体全体が重いのじゃ」

「それはお困りでございましょう。もし、よろしければてまえがお灸でも据えて差し上げようかと存じますが、いかがでしょうか」

「中国伝来のお灸を、もと奥医師のおぬしにお願いするとは、かたじけなくも何ともありがたいこ

とじゃ」

「何をおっしゃいますか、御冗談を。医者は常に困っている患者のお体を癒そうと診て差し上げる身ですから、何なりとおっしゃってくださいませ」

そう言うと、玄治は別室に案内されて、和尚の体を診た。

だが、その時見た和尚の体は骨に皺肉がへばり付き、表皮がむき出して血管が露わになっているのに驚いた。

玄治は用意した艾を取り出した。そして背中の肩面上部に二か所、首下の頭髪際の両脇に二か所、灸を据えた。しばらくすると、

「和尚どの、今度はうつ伏せになってはくださらぬか」

と言い、玄治は、膝小僧の裏側とふくらはぎの中央、それに外くるぶしとアキレス腱の間にある三か所に、片足ずつ灸を据えた。

陶酔気味になっていた和尚であったが、何か思い出したように、

「拙僧は旅の途中で何度もこの灸を据えていたが、自分一人でできるのは、手が届く、ここにしかできなかった」

「和尚が指し示したのは、〈足の三里〉のことですな。脛側にある膝小僧から手指四本を当てた所にありますからご自分でもできまする」

「拙僧は、その灸だけは毎回やっておったわ」

「そうでしたか。これは人体の中にある六臓六腑の経絡のツボですが、その人によって多少の位置ズレが生じます。ですが、大事な健康の源になるツボですので、心得ておくと損はありませぬ」

「ツボの取り方は〈指寸法〉で決めていくそうですな」

「そのとおりです。人の顔も十人十色、人間の体も肥満型、やせ型の違いあり、また身長も高い人、低い人とまちまちです。人間には神さまから与えられた個々人の尺度があるわけで、体に比例した指を持っているので、自分の寸法は自分の指幅で決めるのが正しいとされております」

「それで、人によって多少のズレが生じると申したのかな」

「そうでございます。これは、てまえの師である曲直瀬(まなせ)玄朔(げんさく)先生のそのまた師匠の曲直瀬道三(どうさん)どのから伝承されてきた『鍼灸(しんきゅう)療法』でございます」

「昔から研鑽され積み上げてきたものが、岡本玄冶どのに引き継がれて来たということじゃな」

「そのように誇れるものでもございませぬが」

そんなこんなの雑談を繰り返しているうちに、灸の効果が現れたのか、和尚の顔に火照りが出ていた。

「玄冶どの、顔や体が熱くなってきたのを感じる。足までもがポカポカして来たわい」

「そうでしたか、それはようございました」

「ところで、この間誰かが持参した〈白馬(しろうま)〉がまだ残っているので、玄冶どのが持ってきた佃煮を肴にしてお付き合い願えませぬか」

「身どものお相手でよろしいのですか」

「それはもう、このような機会でしか、玄冶どのとお相手することはありませぬからな」

二人は、もとの書院造りの部屋に戻り、白馬を呑みながらよもやま話に花を咲かせた。

――ここで言う〈白馬〉とは濁り酒、俗に言う〈どぶろく〉のことである。

2

酔いも手伝って、二人は思うに任せて語り合った。

「拙僧は何ものにも増して郷里出石の山居が好きでたまらん。隠遁の生活が長かったせいもあるが、春が来れば古くから変わらぬ山野の若葉が芽吹く。小川の清流にそっと手をそそぎながら、夏の白い雲を眺めては、深山の森に吹く風を肌で感じていた。麦畑でスイスイ飛んでる赤蜻蛉（とんぼ）の群れを見る時なんぞ、なんて楽しそうに飛び回ってるのじゃろうと思う。いずれも五感の底から満喫できるのじゃ。これは清貧独居に慣れ親しんできた拙僧しか分からないであろうがのう」

「そんな風情に誘われながら、こたびの旅に出られたのですか」

「いや、それもあるが、拙僧も古希を超えた齢じゃよ。もう先がないと悟り、この上は最後のご奉公にと思い、思い出深い堺の南宗寺へ行き、また京では大徳寺へ行き、その後、後水尾（ごみずのお）上皇さまとお会いしたのじゃ。そして、最後に但馬・出石まで行って見納めをして来た」

「そうでしたか。和尚のそのお歳でよくもあっちこっち廻られましたな」

「それでも、旅の途中ではあまり疲れを感じずにいたから不思議じゃ」

「行く先々で、周りの皆さんがご心配になられたのではありませぬか」

「拙僧も、平安時代末期の旅の歌人西行法師の歌に隠者の死生観を窺がうことができて、共鳴するのじゃよ。つまり、その歌じゃが、

　願はくは　花のもとにて　春死なむ

その如月の　望月のころ

と詠んだその心境、歌心の中にそれを見いだすことができた。拙僧自身、旅の途中でいつ死んでもいいと覚悟を決めておったわ」

「そうでしたか。和尚は後悔しない最期を迎えたいと臨んでおられたのですね」

「拙僧は出石出奔以来、京の大徳寺で禅宗を学び、堺の南宗寺で〈沢庵〉の法号を得て、その後紆余曲折あったが今に到っておる。権力と仏法のはざまを何度となく修羅同様に生きて来た身なのでな……」

「もうこれ以上のことはないと？」

「いやそうではない。ここに至って歳のせいか、仏教で最も深淵な無常感というものを考えるようになったのじゃ」

「日本人の伝統的な宗教感〈一切衆生悉有仏性〉の如くですか。つまりすべて生あるものはことごとく仏となる可能性を有している、ということですか」

「それは自然崇拝と仏教思想が融合したものじゃよ。拙僧の言うのは、すべてのものは滅びゆくという無常感のことじゃ。つまり、祇園精舎の鐘の声というあの『平家物語』の世界じゃ。死後の世界は誰にも分からない。しかし、死をどのように迎えるかは人それぞれに違うから、死生観が生まれるのじゃないかな」

「和尚は、どのようにお考えですか」

「老いて最期をどのように迎えるかは、人それぞれ考え方が違いますな。拙僧は、直弟子の寺僧たちに次のように申し伝えてある。つまりこうじゃ」

と言って、和尚が書き記した遺戒文を見せてくれた。

一、わたしの法を継ぐ弟子はいない。死後、沢庵の弟子と名乗る者があったら、それは法の賊である。
二、弔問を受ける喪主たるべき者はなし。
三、私の死後、禅師号を受けてはならぬ。
四、本寺の祖師堂に位牌を祀ってはならぬ。位牌を納める者があったら、密かにこれを焼き捨てよ。
五、私は本寺を退いて、身を荒野に捨てた者、本寺の営みなど一切存ぜぬこと。お伽（とぎ）は行ってはならぬ。
六、わたしの身を火葬にしてはならぬ。探し出すことができぬようにするため、塚の形を造ってはならぬ。
七、寺の内外に石塔を立ててはならぬ。
八、特に年忌と称するものを営んではならぬ。

玄冶はあっけに取られて、言葉もなかった。それでも、数奇な運命を辿った人だけのことはあるな、と感心することしきりだった。

その時から二年後、沢庵和尚は七十三歳にてこの世を去った。

遺稿の言葉には、こう書いてあった。

　跡もなき　人のことばの　何にかは
　　残りてけふの　なみだとはなる

3

ある日のこと、玄冶の次男・寿仙（じゅせん）が何か困っている様子をしていた。寿仙は、医業の道に進んでからそう長くはなく、父親とともに啓廸庵（けいてきあん）で開業医をしていた。兄の玄琳（げんりん）はお城の番医であるから、この人形町界隈では親子三代の折り目正しい医者だと評判になっている。

玄治は自らが造った貸家に住む一角に病人が出ると、すぐに往診に行っていた。だが、今朝は体が重いので、せがれの寿仙に任せた。

その患者は以前から玄治が診ていた安五郎老人だと分かったが、一人娘と二人暮らしであった。娘は近くの小網神社の巫女(みこ)を務める身分で、薬の代金もちゃんと払ってくれていた。安五郎老人はいつの頃からかその神社の氏子(うじこ)をしていたので、その関係から娘が巫女になっていたのかもしれない。老人の病名は〈中風(ちゅうふう)〉であった。言葉も発することができず歩くことも困難で、あまり望みを掛けられないほど弱っていたが本人の意識はまだあった。

この〈中風〉は、今でいうところの脳出血や脳梗塞による脳血管障害に当たる。

娘の名は〈お紺(こん)〉といった。寿仙がその貸家に伺って診察を終えると、お紺はいきなり、

「先生、今の父親の病は治るのでしょうか」

そこで、寿仙はどう応えるべきか、すぐに言葉が出てこなかったが、こう申し伝えた。

「お紺さん、人間の一生は皆それぞれ違い、長い人もあれば、短い人もあります。これまでお紺さんと一緒に生活をともにして来たお父上は幸せ者だと思ってください。てまえは医者ですから、病を治すのに最善を尽くしますが、後はお父さま次第です」

そのように応えて、家に戻って来た。

しかし、後で考えるのに、「あのような応え方でお紺さんは納得してくれただろうか」と悩んでしまったのだ。

玄治はそれを聞いて、

「寿仙や、おまえさんはこれまでも医者としての本分を十分果たしているではないか。そう頭を悩ますでない。今は安五郎老人の生きようとする生命力に懸けるしかないではないか。しかし、『後はお父さま次第です』は余計な言葉で、できれば『患者の苦しみを少しでも和らげるよう相務めます』と話した方がよかったかもしれぬな。本人次第だという投げやりの言葉ではなく、医師として患者を思いやる心を伝えた方が介護者をより安心させたのではないか」

「そうですか。医者の心とは病に苦しむ人、介護する人の、その心に共感することなのですね」

「医家の家系だから、名医と思われがちだが、名医は必要なく良医として心掛けなければならない。常に患者の側に立ってその人にとって最適な治療法を行う。そして、患者や介護者とは信頼関係の絆を保ち続けることが大事だということを忘れるでない」

「よう分かりました。これからも肝に銘じて相務めて参ります」

　ある日のこと、幕府のお抱え医師として勤務している長男の玄琳が実家に戻っていた。玄琳の話はこうだ。

　将軍家光様の御嫡男の家綱様が三歳になられて間もなく、先ごろの流行病(はやりやまい)に罹り、危うく命を落としそうになった。その時の番医の診断は、小児の感冒は熱が出てのち咳がひどくなった場合は、〈六君子湯(リックンシトウ)〉を処方すればおおかた治るとみていた。しかし、その後も汗がたくさん出て来てしまい困っていた。そこで、同じ仲間の立場で番医となっていた玄琳が、その後を引き継ぎ、〈参蘇散〉を服用させると、汗がピタリと止まり快復したというのだ。参蘇散は表の気をめぐらし、鬱熱を散じたので、邪気が残らず退散し汗が曳いたのだった。そのご褒美に幕府から廩米三百俵及び月俸三十口を賜った。廩米とは、幕府が家臣の俸禄に当てる米のことである。

　それを聞いた玄治は、

「玄琳よ、よく覚えていたのう。わしが以前どなたかの大名の御子が流行病に罹った時に処方したものじゃ。それで家綱さまが回復されたのは幸いじゃった」

「御父上の書いた『玄治配剤口解』の本を熟読していたお陰です」

「そうか、それはそれは役に立ててよかった。ところで、今日は何用で我が家に立ち寄ったのじゃ」

「今、舎弟の寿仙はお父上とともに住んでおられます。わたしはいつ、いかなる時に、幕府の命を受けて京の御所などに遣わされたり、他の地域に配置転換されるやもしれませぬ。したがって、啓廸庵を護っておられる寿仙に、岡本家を継いで譲りたいのでございます。そして、この度の俸禄はそのまま寿仙に贈りたいと存じます」

「何もそこまで考えなくともよいのではないか。おまえがそこまで心配しているのであれば、いっそのことおまえの養嗣子にして家督を継ぐというのはどうかな」

「御父上がそれを了解していただければ、そのように願いたいと存じます」

　そこに、舎弟の寿仙が帰ってきた。

　玄治は、玄琳の話を逐一寿仙に伝えると、寿仙は驚きを隠せず胸が一杯になった。

（こんなに日ごろからてまえのことを思ってくれている兄者なんぞ、どこを捜してもおらぬのではないか）

そう思わずにはいられなかった。

数日経ってから、寿仙は安五郎老人がどうなったのか心配になっていた。

すると、お紺さんからその後病が持ち直して回復に向っているというのを聞いた。

おおかた、寿仙の処方する薬剤の効き目もあったのだろうが、娘のお紺さんの介護が最も功を奏したのであろうと、玄冶は思い巡らしていた。

さらに、玄冶は寿仙が啓廸庵を継いでいくためには、このような娘を嫁に迎えれば岡本家も安泰になるのだが、と思案しながら寿仙に話したところ、本人も乗り気になってくれた。

4

玄冶は、縁談は早い方が良いと考え、ある日のこと安五郎爺さんのいる住まいを訪ねた。すると、娘のお紺さんはその日神社の巫女の務めがあるとかで留守だったが、爺さんが愛想よく顔を出したので、回復の兆候が目に見えてよく分かった。ただ、口の廻りが今いちよくない。やや、舌足らずの声で玄冶に挨拶を交わした。

「こ……れは、せ……んせい。きょ……う……はなに……かご……ようで……すか」

「いやな、安五郎どのにご相談があってきましたのよ」

「あら……たまって、な……んで、ござ……いましょ……うか」

「実はな、うちの倅の寿仙の嫁に、お紺さんをもらいたいのじゃが」

「……。な〜に……。もらい……たい……じゃと。

むす……めだと」

「唐突のことで、びっくりなされたじゃろうが、これはまことじゃ。わしも年老いて来たし、跡取りの息子に嫁がなくては困るからのう」

「もっ…たい……ない……はなし……じゃが、こればかしは、ほん……にん……しだい……じゃな」

「それはごもっともですな。それじゃあ、安五郎どのは承知かえ」

「そりゃ……あ、もう……もったい……ない……くらい……じゃ」

「わしは、始め断られるかと思っていたが、今日ここへ来て話した甲斐があったというものよ。ありがとうな、安五郎爺さん」


安五郎爺さんは、その夜娘のお紺に昼間の話をした。

しかし、お紺は首を縦にふらなかった。お紺が申すのには、身分があまりにも違い過ぎると言い、また病弱気味の父親を一人に置いて行くわけにはいかないと言うのだ。

安五郎爺さんは、自分の身を案じてくれるのはありがたいが、将来の娘のことを考えても良い縁談ではないかと、さらに説得したのだが、娘のお紺は頑として請負わなかった。

安五郎は仕方なく啓廸庵を訪れて、事の次第を話し、断りを入れた。

ところが、納得のいかない寿仙もさることながら、むしろ玄治の方が憤懣やる方ないといった気持ちで一杯になった。

玄治が再び安五郎宅を訪れると、今度は二人が揃っていたから、これ幸いと思いつつ、話し出した。

「安五郎どの、それにお紺さん。ちょうど二人いるので一緒に聞いてもらいたい。わしのところの啓廸庵も町医者としては今では名もとおって、患者も多く繁盛しておる。じゃが、これも長くやって来たお蔭じゃよ。わしとてこれから先そんなに長くは生きられまい。これは安五郎どのも同じことよ。人間の命も五十を過ぎれば、もう覚悟を決めておかねばならぬ。だが、啓廸庵の跡継ぎの二代目が廃れてなくなってしまえば、この町界隈で病人が出た時困ることになるのではないか。そのような時こそ、寿仙と一緒にやっていける親切でやさしいお紺さんみたいな人がいれば、啓廸庵もなんとかやっていける。そんなことを思いながら寿仙の嫁候補を探しておったのじゃ」

すると、娘のお紺が言った。

「過分なるお褒めに預かり、ほんとにありがたいお話です。ですが、わたしどもはこのとおり貧乏暮らしで嫁入り道具は何もありません。それに身分が違い過ぎまする」

「お紺さんや、あまり余計なことは考えなさるな。わしらとて日々の贅沢はしとらん。それに、安五郎どのは今は神社の氏子に過ぎないというが、嘗ては徳川家譜代の家臣の下で働いていたというではないか。列記とした家訓もあるという。その娘として誇りを持つべきではないのかな」

「それは、遠い昔のこと。今のこの現実をごらんください。わたしの務めで父子二人がなんとか食いつなぐ始末。家賃や父の治療代は先生のお情けで棒引きにしてお安くさせていただいております が、これもいつまで続くかしれやしません。わたしが体を壊せばその日から生活は成り立たなくなるのです」

玄治は、このお紺という娘がこれほどしっかりしてるとは思いもしなかった。それに、驚いたりもしたのだが内心は嬉しかった。そこで、ここで諦めたら後で後悔すると思い、一つの提案を出した。

「お紺さん、今わしが考えていることを申し上げるが、よおく聞いておくれ。たぶんお紺さんは、安五郎どのと離れ離れになるのが心配になっておるのであろう。それはお父上に病があるからじゃ。そこでじゃが、お父上と一緒にわしの家に来るのはどうじゃろうか。幸いにも母屋の西側には弟子たちが住んでいた一軒家がある。今は誰も住んでおらず空き家になってるので、そこにお父上に住んでもらうというのはどうかな。それならば、いついかなる時でも安心して世話をすることが叶えられる。これでも、まだ不安があるかのう」

今度は、脇でずっと黙っていた安五郎がいたたまれず言葉を発した。

「せん……せい。そ……れは、い……けませんぜ。わっ…しも……ぶし……のはしくれ。それ……はごめん……こうむ……ります。あ……しは、ここ……でしに……とうござ……います。です……が、むす……めだけは、よろしく…おねげえ……いたしやす」

やはり、安五郎爺さんは武将の端くれであった。剛直な気概だけは忘れないでいたのだ。そして、最後に娘に向かって、

「おこ……ん、せん……せいの、きもー……ちもさっ…してやれ。わし……は、だい……じょうぶ

じゃ。とき……どき、かお……をみせて……くれれば、そ……れでよい」

　お紺は、父親の目をじっと見つめていたが、瞳の奥でしきりに父親が懇願しているのが分かった。それは、

（お紺よ、おまえには幸せになってもらいたい。玄冶先生は医療にも長けておるが、家族思いで人柄も立派じゃ。それに息子の寿仙どのは性格もよく親の医術をしっかりと受け継いでいる。ここがおまえの身の納めどころじゃないか）

　しばらくして、お紺の心は決まった。父上の気持ちに逆らうことがこの際最良でないことを悟ったのだ。しかし、ただ単に快諾したのではなかった。

「先生、父親もああ申しており、この母屋が本人にとって一番居心地の良い住まいと思われますので、移動はご免蒙りたいのです。ですが、わたしが嫁ぐことには反対しておらず、むしろ先生の好意を無にしてはいけないと申しておりますので、わたしも先生からの甘えをそのまま受け入れたいと存じます」

　すると、玄冶は、

「そうか、そのように考えてくれたか。それはありがたい。これは寿仙もさることながら、母親の文（ふみ）も大変喜んでくれるに違いない。さっそく、その報告をせにゃならん。お紺どの、それに安五郎どの、決心してくれて本当にありがとう。これでわしも安心して冥途（めいど）にいけるわい」

　その後において、岡本家は次男の寿仙がお紺さんを無事迎えることになり、夫婦（めおと）になった。

　すなわち、啓廸庵の跡取りはこの夫婦が継いで

いったのであるが、長男の玄琳は相変わらず幕府の指示や御所の朝廷のお召しで、江戸と京都を往還する日が続いていた。

　ある日、その日の終わりの患者が帰った後であるが、玄治が治療室へ何気なく立ち寄った時のこと。思い余るような寿仙に声を掛けられて意外だった。寿仙が唐突に、

「医者の本分とは何なのでしょうかね」

　と言ったので、玄治もこれは真面目な話なのだなと思い、正直、面と向かって話を聞かざるを得なかった。つまり、寿仙が言うには、兄者の「奥向き医師」の勤めと「町医者」とは、何がどう違いがあるのだろうかと不審に思い続けていたというのだ。

　こうも言うのだ。

「父上、兄者は本当に幕府勤めに合っていたのだろうか。病める者を助け、手を差しのべることには違いないが、御上（おかみ）に携わる者だけに医療を施すのは、いささか本来の医療の道徳倫理に反するのではありますまいか？」

「玄琳はわしが務めていた奥向き医師の務めを、長男の身で踏襲したことになる。それを言われるとわしも立場上頭が痛いでのう」

「父上を責めているのではございませぬ。兄者は根っから真面目一本で通してきた性分ですから、あまりそのようには思うてはおらず心配はご無用かと思いまするが、ただ、てまえが言いたいのは、父親から見て、どのような医師がまともな本来の医師といえるのかお教え願いたいのです」

「医者は患者あっての存在で、医療は患者の治療のためにある。人々が皆健康であれば医者などい

らぬ。ところが、「生老病死（しょうろうびょうし）」という言葉にもあるように、人は生まれると同時に四つの苦しみを味わう動物なのじゃ。これは宿命ともいえるがのう。すなわち、生まれてから年をとるまでには悩みあり、迷いありで、苦難の道を背負うことになるから、その間に〈病〉にも襲われるのじゃ。やがて〈死〉を迎えるという「四苦」の道のりを経て、天寿を全うするという生き物なのだ」

「病から死に至ることが多い中で、もともと死人との処理に縁が深い僧侶が医者に成り変わり、その役割を果たすことになっていったのでしょうか？」

「僧侶が医者に多かったのは、戦国時代までじゃ。すなわち、それまでは日本から中国に渡った留学僧が医学や薬学の知識を持ち帰り、鍼灸や薬湯などその後の医療に従事して行ったので僧侶が多かっただけのこと。また戦国時代は戦場での傷の手当てをする僧医というのがいたので僧が医者の代わりをしていたことも事実だ」

「中国や朝鮮半島で盛んになっていた儒学の影響もあったのでしょうね」

「それもあって、朝鮮からやってきた通信使との間では儒医学と日本伝統の漢方医学との交流が盛んであった」

「もう一つお聞きしたいのですが、耶蘇（やそ）教が日本に入り込んでここまで普及していったのには、医療と何かかかわり合いがあるのではありませぬか」

「まさにそのとおりだ。耶蘇教は弱く病める者に手を差しのべ、これを収容し治療する病院まで建てた。その病院も宗教の保護の下に造られ、伝導と医療が一体になり全世界に広がっていったというからな」

「日本での西洋医術の出発点もそこにあったのですか?」

「そのようだ。西洋医術は主に外科的療法を試みる。これを最初に日本に伝えたのはポルトガル人のルイス・アルメイダという者であるが、彼は天文二十一年(一五五二)貿易目的で初来日した。その後弘治三年(一五五七)豊後(大分)府内に総合病院を設立した。彼は宣教師であると同時に医療伝導師でもあったわけだ」

「つまり、西洋の医療実践者はおのずと宗教的一面を持っているということですか」

「そのとおりかもしれぬ。しかし、ひと昔前に日本の僧侶が諸派の仏教思想を波及させるために積極的に医療行為を行ったことがあるが、それは少々捉え方が違うと思う。つまり、弘法大師が加持祈祷や呪詛などで病を治したということは話にも聞くが、それは本来の医療行為とはいえまい」

「よく分かりましたが、わたしが最初に投げ掛けた『医者の本分とは何か』の答えがまだ見い出されていませんが」

「そうだったな。わしが見るところ患者の病を取り除き、また正常な生活に戻らせることができたら、医者の務めを果たせたことになる。ただ、その時の〈医者の姿勢〉が大事じゃ。つまり、〈医者の心掛け〉のことじゃ」

「どのような心掛けが必要なのですか」

「それはな、寿仙。世間の評判に立つ有名医でなくともよい。ただ〈良医〉を目指してやればよい。前にも話したことだが、『医者の本分』とは、常に患者の側に立ち親身になって患者の気持ちに寄り添う医者になることなのだ。そのためには、望診、聞診、問診、切診の四つの診断を怠るでない」

「何よりも体全体を見て、顔と顔を合わせ、目と目を見合わせ、しかも患部に触れながら、患者の不快な訴えをよく聴くことですね」

「そうだ、患者の声をよく聴いて意思疎通に重点をおけば、患者との信頼関係が増し、自ずと治療方法も分かってくるというもの」

「これは父上の経験上言えることなのですか」

「そうとも言えるが、これは曲直瀬流の元祖、曲直瀬道三先生からの普段からの訓(おし)えじゃ。何も改まった治療方針ではなく、常に基本に立ち返れという医者の心構えみたいなものじゃ」

玄治はさらに、付け加えた。

「ただ、時代とともに難解な病気も出現して来ている。人類の医学の歴史というものは、常に勇気と誠実さを持ってこれに立ち向かわねばならないし、新しいことに挑戦する治療法が繰り返し生まれ出て来るであろう。したがって、医療には常に改革が求められる。これからの医者というのは、ただ一人の患者を診るに留まらず、目前に現れた新しい病の性質までも見極めていかねば、多くの人の感染拡大に火が付いて町全体が不幸の極地に堕(お)とされることになる」

「疫病の場合がそうですね」

「また、一人の命も大切だが、社会全体の場合は感染拡大の予防措置を講じるという手立てを両立させないと、感染症などは抑え込むことができないのではないかな」

「これは最も避けねばならないことと存じます」

二人の会話は留まるところを知らず、なかなか終わりそうにもなかったが、とうとう腹の虫には勝てなかった。

「そろそろ腹も減ってきたことだし、母者の作った飯にあり付こうではないか」

　と言ってしまったのは玄治の方だった。

5

　妻の文と寿仙の嫁のお紺は、待ち焦がれたようにして食卓膳に手際よく手料理を運んでいた。玄治と寿仙の二人が席に付くと、食前酒の梅酒が運ばれて来た。

　玄治が言う。

「我が家の梅酒は一年以上の貯え酒でできており、美味で女子にも飲みやすい。毎日少しずつ飲めば体に良いし、夏でも暑気払いには打って付けの飲み物じゃ。

　昔からの民間療法として、咳が出たり喉の痛む時なんぞは、これを白布に浸して胸背部または喉に湿布をすれば治りが早いと言われた。これは痛みがひどくなる前の補助療法として知っておくべきことかもしれんな」

　すると、嫁のお紺が、

「他の家では蔗糖（しょとう）を始めから入れてますが……」

「それはいかん。蔗糖は入れずに、密閉して冷暗所においておけば長く持つ。そして、飲む時に至って適量の蔗糖や蜂蜜を加える方が、いろいろ利用ができて便利というものじゃ」

　傍で、文が玄治の講釈が長くなることを心配しているのだが、

「さあ、食前酒の杯を上げたら、食事にするか。ところで、お紺さん、我が家の主食はお米ではなく玄米ですぞ。まして、他の家の食膳料理のように豊富な物はありゃしません。あくまでも簡素な素人の手作り料理で済ませておりますからな」

お紺はそれに応えて、

「それはもっともなことです。食生活の基本は〈素食〉だと言われますから」

すると、また玄冶が言葉を挟んだ。

「よくぞ申した、お紺どの。その〈素食〉とは人工を加えない元のままの食材を食べるということじゃったな。つまり、お米で言うならば〈玄米〉を炊いて食べる。汁の味噌汁も大豆から造った自家製の味噌汁が美味しくて栄養満点だ。中に入れる具は我が家の野菜畠で採れた大根や緑菜ものがいい。それと、副食品には近海で採れた魚を焼くなり煮付けたものが良い。何せ、日本は周りを海に囲まれているから、収穫も多い。今日は何かな」

「今日は、鰯の焼き魚です」

と文が言う。

横から聞いていた寿仙はまた、

「親父どのの書棚にあった『雖知苦斎養生物語』という曲直瀬道三医聖が書いた本の中には、こんな風に書いてありました。

―日本人は水田でできる玄米を食べ、大豆を味噌にして喰い、また海魚の新鮮なものを食べておれば、たえず漢方薬の人参湯（栄養強壮剤）を用いているのと同じことだ」

と言ったので、

「そのようだな。それから、こうも書いてあったのではないか。つまり、唐人や南蛮人の真似をして、肉類を食べるから、血液が濁って、悪性の病に罹る。我が国の人々は肉食をしてはならぬ、とな」

「しかし、牛馬猿犬や鶏を食べるのを禁じただけで、このごろの人が鹿や猪など獣類や野鳥をとって食べることは自由であるというのは、少々勝手過ぎやしませんか」

「それはそうだが、鹿や猪が農作物を荒らすのでその害を防ぐためにもこれを捕獲する必要があり、その際食わずに捨てるのはどうかと思い、そうはしなかったという。また、鶏を食べなかったのは、時を告げる〈神鳥〉と考えられたことによると聞いたことがあるぞ」

　すると、文が、

「もうその位でいいじゃありませぬか。温かく盛った膳が冷めてしまいます」

　文のその言葉で、皆がようやく箸を付け始めた。

　箸を付けるたびに「これは旨い」「美味しいですね」と言葉を交わしていたが、夕飯を食べ終わる頃に、文が、

「これは我が家の庭で採れたものですよ。召し上がれ!!」

　と言って、差し出したのは枇杷(びわ)の実であった。

　昔は枇杷の木は、病人の唸り声を聞いて育つから植えるな、と言ったそうだが、今やそれはまったくの迷信で、その反対に病人の唸り声を消して、民間療法としては欠かせない自然療法になった。

　また、玄治が口を差しはさんだ。

「この枇杷じゃがな。これはその昔、お釈迦さまが枇杷の葉をあぶって患部に当てるとだいたいの病が治ったというから、わしら医者仲間の強敵なのじゃよ」

「そうなのですか。ほとんどの家で枇杷の木があるのは、そのような言い伝えからなのですね」

「特に枇杷の葉に茹(ゆ)でたこんにゃくを載せ、その上から布をかぶせ患部に宛(あて)がうと、熱によってその成分が体内に深く入り込み、腎臓、肝臓などの内臓に効き目がある。腰痛やギックリ腰にもこれ

は有効じゃ」

これらのことは、当時の民間療法の一種で医者の出番前の〈即効療法〉になっていたのである。

6

ある日のこと、患者を診終えた後のことだった。

玄冶がやってきて寿仙に向かってこう言った。

「寿仙よ。わしら医者どもは『何ゆえ存在する』と思うかの」

藪から棒に言われた寿仙も、

「父上、あからさまに何をおっしゃりたいのですか?」

「こういう機会だからこそ、話をしてみたかったのだ」

「わたしは、父上とその師の曲直瀬玄朔先生、はたまたその上の聖医と言われた曲直瀬道三先生の教訓に共鳴したことにより、この家業を受け継ぐことが使命と心得ておりまする」

「それはありがたい。もっともらしい答えじゃな。だが、もっと本質的なことを聞きたかった。つまり、人間に一つしかない生命（いのち）にかかわることに携わってるという、わしらの生業（なりわい）のことじゃ」

「それは患者の運命共同体を受け持つ存在とも言えまするが……」

「難しいことを言うじゃないか。〈生老病死〉という言葉はおまえにも話したと思うが、人間は生まれると同時に老いに向かって進むのじゃが、死ぬまでにはどれほどの病に罹るやもしれない。まあ、一度も病に罹らないという人はあまり見掛けない。そしていずれは死ぬ。人間の生命は尊い。じゃから、人の一生を幸せに送らせるためにも、その間で心身の障害から来る病に罹る人がおれば、わしらは誠心誠意これと向き合いもとどおりの体に戻したい」

「それと医者が診る患者に貴賤はありませぬから、平等に診ないといけません」

「その他にもう一つ大事なことがある」

「それはなんでしょうか」

「それはな、寿仙。宗教の考えじゃよ」

「なぜですか」

「つまり、医師とすれば最期まで面倒をみなければならないが、命には限界があってその最期を見届けなければならなくなった時、いかにすればよいかという覚悟がいる。その時宗教に頼らざるを得なくなるのじゃ」

「宗教といってもさまざまで、仏さまや神さまの教えもあり、また南蛮人が昨今持って来た耶蘇教もありまする」

「そのようだな、しかし、どれもこれも死後の世界をどのように過ごすかを物語っている。要は『あの世は永遠のものであり、安楽な世界観にひたれるところです』といって、胸に手を置き常に安心感を与えることが必要なのじゃ」

「宗教の偉大さがここに在るというわけですか」

「生きとし生けるもの、すべて宇宙の永遠、宇宙の無限から来ていることは自明の理なのだが、必ずしも人間はその掟に忠実にしたがってはいない。むしろ人間はそれに背を向けて生きている。いつも小さな自我に執着し、欲望がむき出しになっている」

「それゆえに、自分は生かされていることを悟る必要があるのですね」

「人間の永久(とこしえ)、長い長い生命の歴史が続いているのは、なんだと思うか。それは、人間の知恵では測ることができない言い知れぬ無限の力が働いていると思わねばならない。つまり、それが『畏敬の念』と言われるもので〈感謝の気持ち〉と言い換えてもよい」

「それが、わたしたちが食事の際に言う『いただきます』や『ごちそうさま』なのですね」

「これは、誰に向かって言う言葉でもない。人間を生かしてくれる永遠で無限なものに対する感謝の表われの言葉なのですぞ」

「ありがたい言葉ですね」

「そして、われわれの医師の治療術も同じじゃ。中国の四千年以上も前の伝統医学が日本に伝わって、さらに先人の医師たちの知恵が次から次へと伝わり今がある。生物学的にみても自然界に起こる伝染性の病により人間を絶やしてはならず、また減速させてもいけないのだ。それには、その見えざる敵と闘う『医師の存在』は大きい。また、これまでの医業事績を時代に受け継ぐことも重要だ。おまえはわしの後を継いでくれたが、その後もずっと繋げてくれるよう稚児(やや こ)の存在をも望んでおる」

「父上どの、それはもう分かっておりまする」

と、寿仙が言い、何気なく傍にいた嫁と顔を見合わせたが、嫁のお紺は恥ずかし気に下を向いてしまった。

夢中になっていた二人の話は臆面もなく続いたが、陽もとうに落ち、辺りも暗くなって来たのでどちらからともなく、

「そろそろ寝床に付こうではないか」

と言ったので、お開きになった。

次の日、玄治は昨日の続きだが、と言ってこんな風に話した。

「重ねて言うが、医師は、相手の立場に立つことを忘れてはいけない。菩薩の思いやりと同義語であると思し召されよ。道具ならば、壊れたものを廃棄して、また新品を求めればよい。しかし、人間にはそれをしてはならぬ。それから、人間を何かの研究のための動物実験として使うこともゆるされぬ。人間の生命は、それ自体が目的であって、手段に供すべきものではない」

この言葉はまたしても、寿仙の胸にぐさりと刺さり重みを伴った。

そして改めて、寿仙自身、これからの医業実践は良心と威厳をもって行うよう、肝に銘じなければならぬと心に誓ったのであった。

了り

あとがき

過日、私が書いた『医の旅路るてん』の主人公、曲直瀬玄朔の遺跡地となっている、渋谷・広尾の「祥雲寺」の墓に詣でた時のことです。

初めてお会いした住職の岩崎宗瑞氏に、私が持参した著書本をさし上げると、「この寺には玄朔門下の愛弟子にあたる〝岡本玄冶〟の墓もありますよ」と教えられました。その岡本玄冶の墓ですが、それは曲直瀬玄朔の遺跡地からやや離れた高台の位置にあり、しかも極めて小奇麗に区画されていました。その岡本家墓石群の中に「史跡・岡本玄冶法印」と記された立派な墓碑が建ってあったのです。

ところが、この高台の場所は以前にも崩壊にあった不安定な場所なので、どうにかしなければならないと考えていた住職は、なんとか別な移転地を候補にと悩んでおられました。

お参りしたその時から、三、四年は経った頃でしょうか。この度岡本玄冶と岡本家の墓を、新たに造成し直した曲直瀬玄朔一族の墓石群の隣りに移籍したので、その法要の日に出席願いたいというお手紙を頂戴したのです。

当日行ってみると、第十三代の岡本宰臣氏と奥様がすでに到着して私を待っていました。でも、その他に一人どこかで見慣れた顔がありました。それは、いつも大相撲の際、土俵近くに陣取って座っていらっしゃる方で、もとＮＨＫの大相撲の名アナウンサーでもある杉山邦博氏でした。ここに出席されたのにはわけがありました。つまり、杉山邦博氏の奥様が岡本家の出身で宰臣氏の姉に当たるのだそうですが、あいにくお体の具合で当日は出席できず、その代わりご主人の杉山氏に参加をお願いしたというのです。

法要の後、食事会がありましたが、その席では当時の名調子の相撲解説の一節をお側で聞かせていただき、大変感激したのを覚えております。

その席で私にはこの岡本玄冶なる人物のプロフィールを紹介してほしいと言われ、このように申し上げました。

「将軍家光が疱瘡に罹った時のこと、春日局の懸命なる介護努力のお蔭で治ったと伝記ものでは書かれていますが、その真実はこの岡本玄冶なる奥医師の治療が功を奏して全快したので、彼の功労はいかばかりか計り知れません」

その時、酔い心地も加わったせいか、そのついでに、

「私にまた機会があれば、なんとかこの人物を小説に書いてみたい」

と戯れ言を申してしまいました。いやはやなんとも無責任なことを口走ってしまったものです。

ところが、その日から早や四年が過ぎ去ろうとする今日、まさかその約束事が果たされようとは私自身夢にも思いませんでした。

書き始めの当初は、筆がスムーズに走ったのですが、その後、脊髄狭窄症の手術や心臓狭心症の手術を受けて、もう書き続けるのは無理であろうと断念し掛けました。

しかし、なぜかこの時、「ここで諦めてはいけない!!」という精霊の言霊を受けたのです。神仏の使い手による強い絆で引導を渡されているようでなりませんでした。これは私に最後まで書いてほしいと願う天からの使命でもあり宿命でもある

ような気がしたのです。そこで、また考え直した末、書き続けることに専念できました。

私の書いた三部作の主人公、つまり、田代三喜（たしろさんき）、曲直瀬道三（まなせどうさん）、曲直瀬玄朔、岡本玄冶の医師たちはいずれも、遠き道のりを逆らうことなく一生を歩み続け、己を信じて医道を貫き通した人物にほかなりません。

現世での病の苦しみや怪我などは誰もが味わう不幸と言わねばなりませんが、このようなことは一般庶民は無論のこと、上は朝廷のお上や天下人、将軍にも例外なく起こり得ます。

病というものは生まれた以上、遅かれ早かれ、また誰かれいうことなくやって来るものです。

したがって、徳行に通じた医師ならば、当然ながら貴賤貧富にかかわりなく、誠心誠意平等に診るのを信条といたします。

この世は苦しんだり、喜んだり、憎んだり、欲望に捉われたり、考え込んで迷ったりしながらも、生き永らえていくのが人間の常なのです。そして、幸せに暮らすためには健康が第一条件とも言えます。しかし、突然、病に罹った時、これを健康な体に導くのは医者にしかできない務めです。ただ、最近のただ心臓が動いているだけの状態にすれば良いという考えのもとで診断するのでは、本来の医者とは言えません。患者を〈生き物〉としてしか考えず、人間の尊厳を無視した扱い、治療法は、何としても避けねばなりません。

必死の病人や極悪非道の人間の生命でも同じこと。医の本来は、生命を何事にも代えがたく尊く思うことにあることを忘れてはならないと思います。

　これからの医学はますます進歩の一途をたどり、飛躍していくことでしょうが、くれぐれも人間を機械扱いだけにはしないように願いたいものです。

　端的なところでは、延命治療があり、臓器移植があります。医学の進歩が、実は医者一人の判断の手に余るところまで来てしまったのです。その進歩により、人工呼吸器を始め、強力な延命処置装置までもが揃っています。医者の側でその装置の活動を止めない限り、患者の生命は続くことになるのです。

　果たして、植物状態になってまで生き続けるのが、人間本来の生き方でしょうか。

　医師自身も悩み多き深刻な課題にぶち当たってしまいました。これまでは病気の侵す力と患者の生命力のせめぎ合い、最後のところで自然の摂理、あるいは神仏の御心によって患者の生死が決定されていたわけで、人間の力の及ばないところで尊厳性が決められていたように思えます。

　ところが、現在のような延命策が普及すると、人間の生命さえもが人間の手、いや医者の恣意的な決断によって決められてしまいかねないのです。

　これは医学の進歩が、人間の死亡の領域を神の手から人間の手に委ねてしまったことにあります。人間は神ではないし、その神に属すべきことに触れた時、医者は賢明な判断を下すことができるでしょうか。

　まさしく今日の医者は、自身の倫理観を根底から見直さなければならない永久命題に直面し、混迷の渦に巻き込まれてしまったのです。つまり、医療の進歩に追随する、医者の苦難の時代が始まったと言わざるを得ません。

本書は医の旅路シリーズの第三弾ともいうべきものです。この本の執筆に当たっては、前回同様に多くの人の助言と協力があり、さらに日本橋人形町界隈での取材では、地元の人たちの協力をいただき、大いに参考になりました。

また、ここでひと言、私のわがままなる執筆人生に自由と介抱を与えてくれた家内に「ありがとう」と感謝の気持ちを述べたいと思います。

参考文献は多々あり、後段に掲載させていただきましたのでご覧ください。

終わりに、本書の出版に当たって、各地での取材に協力を惜しまなかった諸氏に謝意を表するとともに、何かとお世話願ったパレードブックスの深田祐子さんはじめ、編集部の方々には心からお礼を申し上げる次第です。

令和五年二月吉日

服部忠弘

◆主要参考文献◆

『近世漢方医学書集成』岡本玄冶（責任編集）大塚敬節・矢数道明（解説）安井広迪　名著出版
『日本医学史綱要1』富士川游・小川鼎三校注　東洋文庫　平凡社
『皇国名医伝』上巻「岡本啓廸院」　国文学研究資料館
『岡本法印家譜』第十三代・岡本宰臣氏提供資料
『曲直瀬・今大路家　歴代遺墨解説』曲直瀬道三生誕四八〇年祭記念　矢数道明
『啓廸院・岡本玄冶之墓碑再建に集ひて』岡本正治氏提供資料
『寛政重修諸家譜第四輯目録』巻五百九十三　今大路・曲直瀬・岡本家
『江戸幕府の医療制度に関する資料』香取俊光　日本医史学雑誌
『家康入国』水江漣子　角川選書
『家康記』小和田哲男　新人物往来社
『二代将軍・徳川秀忠』河合 敦　幻冬舎新書
『人物叢書・徳川家光』藤井譲治　吉川弘文館
『徳川家光』全四巻　山岡壮八　講談社
『沢庵』水上勉　中公文庫
『沢庵と崇伝』寺内大吉　毎日新聞社
『東海道五十三次・徹底図解』新星出版社
『江戸城の宮廷政治』山本博文　読売新聞社
『江戸城・大奥の秘密』安藤優一郎　文春新書
『大奥』フリー百科事典　ウィキペディア出典
『絵本江戸風俗往来』菊池貫一郎著鈴木棠三編　東洋文庫　平凡社

◆主要参考文献◆

『江戸の大疑問』ＱＡ別冊号　平凡社
『江戸の病』氏家幹人　講談社選書メチエ
『くすりの歴史』岡崎寛蔵著　講談社
『毒の文化史』杉山次二郎・山崎幹夫　学生社
『漢方ポケット図鑑』宮原桂編著　源草社
『江戸古地図物語』南和男・北島正元　毎日新聞社
『海游録』朝鮮通信使の日本紀行　申維翰・姜在彦訳　東洋文庫　平凡社
『朝鮮通信使―江戸日本の誠信外交』仲尾宏　岩波新書
『江戸時代の朝鮮通信使』李進熙　講談社
『朝鮮通信使の旅日記』辛基秀　ＰＨＰ新書
『朝鮮通信使』日韓共通歴史教材制作チーム　明石書店
『朝鮮通信使の足跡仲尾宏』明石書店
『京都御所』フリー百科事典　ウィキペディア
『菊と葵―後水尾天皇と徳川三代の相克』田中剛　ゆまに書房
『東福門院和子』柿花仄著　木耳社
『葵の帝・明正天皇』小石房子　作品社
『江戸期のあゆみ・人形町の歴史』人形町商店街協同組合発刊
『藩祖　土井利勝』早見和見　Ｋプランニング
『土井利勝』フリー百科事典　ウィキペディア

【著者略歴】

服部忠弘（はっとり ただひろ）

1943年、茨城県古河市生まれ。国際特許事務所勤務、Honda系列会社勤務を経て、現在、楊名時健康太極拳の指導に当たる。並びに現在NPO法人仏像彫刻美術院会員。東京都八王子市在住。2011年、『医の旅路はるか』でデビュー。医道の精神を貫く曲直瀬道三とその師田代三喜の生涯を描き、「日本図書館協会選定図書」に推奨される。2015年、シリーズ第2弾となる『医の旅路るてん』を上梓し、第19回日本自費出版文化賞・小説部門にて入選する。

医の旅路永遠（とわ）に
—曲直瀬（まなせ）道三（どうさん）流の医師　岡本玄冶（おかもとげんや）篇—

2023年2月10日　第1刷発行

著　者　服部忠弘（はっとりただひろ）

発行者　太田宏司郎
発行所　株式会社パレード
大阪本社　〒530-0021　大阪府大阪市北区浮田1-1-8
TEL 06-6485-0766　FAX 06-6485-0767
東京支社　〒151-0051　東京都渋谷区千駄ヶ谷2-10-7
TEL 03-5413-3285　FAX 03-5413-3286
https://books.parade.co.jp
発売元　株式会社星雲社（共同出版社・流通責任出版社）
〒112-0005　東京都文京区水道1-3-30
TEL 03-3868-3275　FAX 03-3868-6588
装　幀　藤山めぐみ（PARADE Inc.）
印刷所　創栄図書印刷株式会社

ISBN 978-4-434-31464-3　C0093